KB113138

제인 에어 1

Jane Eyre

세계문학전집 109

제인 에어 1

Jane Eyre

샬럿 브론테

유종호 옮김

민음사

일러두기

1 이 책은 Charlotte Brontë, *Jane Eyre*, 2000, Modern Library Paperback Edition을
저본으로 번역했다.

2 본문의 각주는 위 책에 수록된 James Danly의 주석을 옮긴이가 선별하여 번역했다.

차례

2권 차례

1장

그날은 산보가 가당치 않은 날씨였다. 우리는 오전 중 한 시간쯤 잎이 진 관목 사이를 서성거린 터였다. 그러나 점심을 마친 무렵부터(리드 부인은 손님이 없을 때는 일찌감치 식사를 했다.) 차가운 겨울바람이 컴컴한 구름과 더불어 몸에 스미는 비를 몰고 왔기 때문에 그 이상 집 밖에서 바람을 쐰다는 것은 불가능했다.

나는 그것이 기뻤다. 오랫동안 산보하는 것이 나는 싫었다. 특히 쌀쌀한 오후의 산보가 그랬다. 손발이 온통 얼어붙고, 유모인 베시의 잔소리에 속은 상하고 또 일라이자, 존, 조지아나에 비해서 체력이 떨어진다는 생각에 기가 죽은 채 썰렁한 황혼 녘에 집으로 돌아오는 것은 정말 끔찍한 일이었다.

방금 말한 일라이자와 존과 조지아나는 이제 객실에서 저희 엄마를 둘러싸고 있었다. 리드 부인은 난롯가의 소파에 누워 있었고, (당장엔 싸움도 않고 울지도 않는) 귀염둥이들에게 둘러싸인 채 아주 행복해 보이는 모습이었다. 그러나 나만은 이렇게 말하면서 좌중에 끼워 주지를 않는 것이었다.

"너를 멀리하는 것이 속으로는 안됐다. 그러나 네가 좀 더 상냥하고 천진한 성품을 가지고, 곰살궂고 싹싹한 태도를 취해서, 이를테면 보다 밝고 순진하고 꾸밈이 없는 어린이가 되려고 진정으로 애쓴다는 것을 베시에게 전해 듣거나 실지 내 눈으로 보기 전에는 태평스럽고 행복한 아이들에게만 주어지는 특권으로부터 너를 제외할 줄 알아라."

"제가 어쨌다고 베시가 그랬기에요?" 내가 물었다.

"제인, 생트집이나 하고 이것저것 귀찮게 물어 대는 아이에게 나는 정나미가 떨어진다. 더구나 어린아이가 어른한테 그렇게 덤벼드는 게 아니다. 어디 가서 앉으려무나, 사근사근하게 말을 할 수 있을 때까지 입을 봉하고 있어."

객실 옆에는 조그만 조반 식당이 있었다. 나는 살며시 그 식당으로 들어섰다. 거기엔 책상이 있었다. 나는 그림이 많이 들어 있는 책을 하나 골라잡았다. 그러고는 창 밑의 걸상으로 올라가 터키인처럼 발을 모아 책상다리를 하고 앉았다. 붉은 모직의 커튼을 전부 내리니 이중으로 으슥한 곳에 숨어 있는 셈이었다.

오른쪽으로는 붉은 커튼 자락이 앞을 막았지만 왼쪽은 투명한 유리창이어서 그 창은 음산한 11월의 날씨로부터 나를 보호해 주기는 했으나 완전히 차단시켜 주지는 않았다. 책장을 넘기면서 이따금씩 나는 겨울 오후의 형세를 살펴보았다. 먼발치로는 안개와 구름이 어슴푸레 보였고 가까이로는 젖은 잔디와 폭풍에 시달린 관목이 보였는데 길고 을씨년스러운 질풍을 맞은 빗줄기가 끊임없이 휘몰아치고 있었다.

나는 보고 있던 책으로 눈길을 돌렸다. 읽고 있던 것은 비윅의 『영국 조류사(鳥類史)』였다. 대체로 본문의 설명에는 흥미가 없었으나 어린 나로서도 그냥 넘겨 버릴 수가 없는 서론의 페이지가 있었다. 거기에는 바닷새의 서식지라든가 바닷새만이 살고 있는 "외진 바위산과 돌출부", 남쪽 끝인 린드니스나 네이즈에서 노스케이프에 이르기까지 조막섬[小島]이 산재해 있는 노르웨이 해안 등에 대해 적혀 있었다.

크나큰 소용돌이가 치는 북해가
세상 끝 벌거숭이 외진 조막섬들을 씻고
대서양의 파도는 폭풍 휘몰아치는
헤브리디스섬 사이로 밀려든다.

나는 또한 라플란드, 시베리아, 스피츠베르겐, 노바야제믈랴, 아이슬란드, 그린란드 등의 황량한 해안선을 다룬 부분도 그냥 넘길 수가 없었다. "북극권의 광활한 벌판, 쓸쓸한 공간의 황량한 지역, 눈과 얼음의 저장지, 그곳에선 몇백 년 동안의 겨울이 쌓아 놓은 단단한 빙원(氷原)이 알프스 산을 포개어 놓은 듯 우뚝우뚝 솟은 채 극지를 에워싸고 있는 혹한의 몇 배나 되는 강추위를 한 점에 모아 놓고 있다." 죽음처럼 하얀 그 지방에 대해 나는 나대로의 짐작을 가지고 있었다. 어린 소견에 몽롱하게 떠오르는 반쯤 납득이 간 생각처럼 막연한 것이기는 했지만 그것은 야릇하게 인상적인 것이었다. 이 서론에 담긴 말들은 뒤에 나오는 그림에 연결되어 있었고, 파도와 물보라가 휘몰아치는 바다에 홀로 서 있는 바위와 쓸쓸한 바닷가에 좌초된 난파선 그리고 막 침몰하고 있는 난파선을 구름 사이로 엿보고 있는 차갑고 섬뜩한 달에 함축성을 부여해 주었다.

비명(碑銘)을 새겨 넣은 묘석이 있고 문과 두 그루의 나무, 무너진 담장에 둘러싸인 나지막한 지평선 그리고 초저녁임을 말해 주는 갓 떠오른 초승달이 걸려 있는 조용하고 적막한 묘지, 그 그림에 어떠한 감정이 붙어 다닌 것인지 나도 모른다.

바람 한 점 없이 잠잠한 바다 위에서 꼼짝 못 하고 있는 두 척의 돛배 그림을 나는 바다의 귀신이라고 생각했다.

마귀가 도둑이 진 짐을 등 뒤에서 밀어붙이고 있는 그림은 질겁을 하며 책장을 넘겼다. 정말 무서운 그림이었다.

뿔이 달린 시꺼먼 괴물이 바위 위에 걸터앉은 채 교수대를 에워싸고 있는 군중을 멀리서 바라보고 있는 그림도 마찬가지였다.

어떤 그림이나 제각기 이야깃거리를 지니고 있었다. 나의 미숙한 이해력과 불완전한 감성으로는 이해하지 못할 심이 많았지만 굉장히 흥미로웠다. 마치 겨울밤, 베시가 기분이 좋을 때 들려주는 이야기처럼 흥미진진했다. 베시는 이럴 때 육아실 난롯가에 다리미판을 들여놓고 그 둘레에 우리를 앉혀 놓고는 리드 부인의 레이스 주름 장식을 세우거나 나이트캡 테두리에 주름을 잡으며 옛날이야기나 더 옛날의 민담 혹은 (이것은 뒷날 알게 된 것이지만) 『파멜라』나 『모어랜드 백작 헨리』 등에서 따 낸 연애담이나 모험담을 열심히 귀 기울이고 있는 우리에게 들려주곤 했다.

비윅의 책을 무릎에 올려놓은 나는 그때 행복했다. 적어도 내 나름대로는 행복했다. 나는 그저 방해받는 것이 두려웠다. 그러나 훼방꾼은 너무나 빨리 나타났다. 조반실의 문이 열렸다.

"왁! 청승덩어리!" 하는 존 리드의 소리가 났다. 그러더니 잠잠해졌다. 방에 아무도 없다고 생각한 것이었다.

"요게 어디 간 것일까?" 하는 그의 목소리가 다시 들렸다. "일라이자! 조지아나! (이렇게 여동생들을 부르면서) 제인이 여기 없어. 비가 오는데 뛰쳐나갔다고 엄마한테 말해. 고약한 것 같으니라고!"

'커튼을 내리길 참 잘했다!'라고 나는 생각했다. 이렇게 숨어 있는 곳을 들키지 말아야 할 텐데 하고 간절히 바랐다. 존 리드가 찾아낼 것 같지도 않았다. 머리도 눈치도 둔한 편이기 때문이었다. 그러나 그때 일라이자가 문 안으로 얼굴을 들이밀더니 말하는 것이었다.

"틀림없이 창 근처에 있어."

나는 곧 스스로 나와 버렸다. 존에게 끌려 나갈 생각을 하니 소름이 끼쳤기 때문이다.

"왜 그래?" 쭈뼛쭈뼛 겁먹은 듯 내가 물었다.

"왜 그러세요, 도련님? 이렇게 말하란 말이야. 이리 와." 그는 안락의자에 앉더니 앞으로 와 서라는 몸짓을 했다.

존 리드는 열네 살 먹은 학생이었다. 그러니까 열 살이었던 나보다 네 살 위였다. 나이에 비해 크고 뚱뚱했는데 피부색은 우중충하니 건강치 못한 듯한 빛깔이었다. 넓적한 얼굴에 이목구비가 큼직했고 팔다리도 손발도 모두 굵직했다. 끼니마다 으레 포식을 하기 때문에 걸핏하면 골을 내기 일쑤였고 눈도 몽롱하게 흐릿하고 볼때기의 살도 축 늘어져 있었다. 지금쯤 마땅히 학교엘 가 있어야 했지만 "허약한 체질 때문에" 어머니가 집에 데려다 놓은 지 이제 한 달인가 두 달이 된 터였다. 교사인 마일스 씨는 집에서 보내 주는 케이크나 사탕 과자의 양을 줄이기만 하면 건강은 걱정이 없다고 단언했지만 어머니의 마음은 그렇듯 가혹한 의견은 외면해 버리고 아들의 안색이 나쁜 것은 지나친 공부와 집 생각 때문일 것이라는 우아한 생각을 갖게 되었다.

존은 어머니와 누이들에게도 별 애정을 갖고 있지 않았고 내게는 반감을 가지고 있었다. 나를 보면 골탕을 먹이고 괴롭히곤 했는데 그것도 일주일에 두서너 번 혹은 하루에 한두 번 정도가 아니라 계속 그러는 것이었다. 내 신경 전체가 온통 그를 두려워했고 그가 가까이 오면 뼈에 붙어 있는 모든 살점이 움츠러들었다. 그가 불러일으키는 공포로 해서 어찌할 바를 모르게 되기가 일쑤였다. 그에게 협박을 받거나 해코지당해도 호소할 길이 내게는 없었기 때문이다. 하녀들은 내 편을 들어 줌으로써 도련님의 비위를 상하게 하기를 꺼려 했고 리드 부인은 그런 문제엔 전혀 장님이요, 귀머거리였다. 존이 어머니

앞에서 가끔, 그리고 보지 않을 때 훨씬 더 자주 나를 때리고 내게 욕설을 퍼부어도 부인에겐 그게 보이지도 들리지도 않는 것이었다.

늘 그러듯이 다소곳이 나는 존의 의자께로 다가섰다. 그는 나를 향해 혀뿌리가 상하지 않을 정도로 한껏 혓바닥을 삼 분쯤 내밀고 있었다. 곧 나를 치리라는 것을 나는 알고 있었다. 그의 주먹질을 겁내면서 나는 곧 내게 주먹을 안겨 줄 그의 진절머리 나는 추악한 얼굴을 곰곰이 바라보았다. 내 표정에서 그런 내 마음을 엿본 것이리라. 아무 말도 하지 않은 채 느닷없이 그는 나를 세게 쳤다. 나는 비틀거렸다. 넘어지지 않으려고 애쓰면서 그의 의자에서 한두 발자국 뒷걸음질 쳤다.

"조금 전에 어머니한테 버릇없이 말대답을 했지. 또 커튼 뒤에 몰래 숨어 있었지. 그리고 그 눈초리는 또 뭐야. 그래서 맞은 거다, 요 계집애야!"

존 리드의 욕설에는 익숙해져 있었기 때문에 난 대답은 할 생각도 안 했다. 욕설 뒤에 따라올 주먹질을 어떻게 견뎌 낼 것인가 하는 걱정뿐이었다.

"커튼 뒤에 숨어서 무엇을 했어?" 그가 물었다.

"책을 읽었어."

"책을 내 봐."

나는 창께로 가서 책을 가져왔다.

"네가 왜 우리 책을 마구 꺼내 가는 거야? 엄마가 그러는데 넌 군식구래. 넌 돈도 한 푼 없어. 너의 아버지가 물려준 것이 아무것도 없단 말이다. 사실은 너는 비럭질을 할 처지인 거야.

우리 같은 양갓집 자녀들과 함께 살고, 우리와 똑같은 식사를 하고 또 엄마의 돈으로 옷을 사 입을 처지가 못 돼. 내 책장을 뒤지면 어떻게 되나 본때를 보여 줄 테다. 책은 모두 내 것이야. 이 집은 모두 내 것이야. 몇 해 안으로 그렇게 돼. 거울과 창을 피해서 문 쪽으로 가서 서 있어."

처음에는 그의 속셈을 모르고 나는 그저 시키는 대로 했다. 그러나 그가 책을 번쩍 쳐들어 던지려 할 때는 고함을 지르며 본능적으로 몸을 피했다. 그러나 이미 때는 늦었다. 날아온 책에 맞아 나는 넘어졌다. 머리를 문에 부딪쳐 다쳤다. 상처에서는 피가 나고 몹시 쓰렸다. 공포심의 고비를 넘기자 다른 여러 감정들이 북받쳐 올랐다.

"고약한 심술쟁이 같으니라고! 꼭 사람 백정 같아. 노예 감독 같아. 꼭 로마의 폭군 황제 같아!"

나는 골드 스미스의 『로마사』를 읽은 적이 있었고, 네로나 칼리굴라 같은 폭군에 대해서 나대로 짐작하는 바가 있었다. 그리고 혼자서 속으로 존을 폭군에 비유하고 있었지만 그렇게 큰 소리로 내뱉을 생각을 하지는 않았다.

"뭐라고? 뭐라고?" 존이 소리쳤다. "그런 소리를 내게다 대고 해? 일라이자, 조지아나, 지금 한 소리를 들었지? 내 엄마한테 안 이를 줄 알아? 그러나 우선……."

그는 무턱대고 내게 달려들었다. 내 머리칼과 어깨를 깊이 채는 것을 알았으나 내 편에서도 필사적이었다. 나는 정말로 그의 사람 백정 같은, 폭군 같은 성품을 보게 되었다. 한두 방울의 피가 머리에서 목으로 흘러 떨어지는 것이 느껴졌고 쓰리고 아팠다. 이 아픔 때문에 공포심은 도리어 누그러진 셈이었다. 나는 미친 듯이 막아 냈다. 두 손으로 어떻게 했는지는 지금 모르겠으나 그는 "요것! 요것!" 하면서 큰 소리로 울부짖었다. 그에게는 구조의 손길이 가까이에 있었다. 이 층에 가 있는 리드 부인을 부르려고 일라이자와 조지아나가 달려 나갔다. 부인이 나타났고 베시와 하녀인 애벗이 뒤따라왔다. 우리 둘 사이가 떨어졌을 때 내게는 이런 소리가 들려왔다.

"저런! 저런! 존 도련님한테 덤벼들다니 무슨 짓이야!"

"이런 꼴은 처음 보겠네!"

그러자 리드 부인도 끼어들었다.

"저 애를 붉은 방에 데리고 가서 가두어 놓아."

네 개의 손이 순식간에 나를 낚아챘다. 나는 이 층으로 끌려갔다.

2장

나는 줄곧 발버둥 치며 저항했다. 나로서는 처음 겪는 일이었다. 그 때문에 나를 걸핏하면 나쁘게 보려는 베시와 애벗 양의 생각에 불을 지른 셈이 되었다. 사실이지 난 그때 제정신이 아니었다. 프랑스 사람들의 말투를 빌리면 '정신이 나가 있었던' 것이다. 순간적인 반항의 결과로 난생처음인 생소한 형벌을 받게 된다는 것을 잘 알고 있었기 때문에 나는 될 대로 되라는 심정에서 반항하며 일어선 노예처럼 끝까지 저항해 볼 작정이었다.

"내빗 양, 필을 끅 깁이요. 끅 미킨 고양이 갇아."

"부끄럽지도 않으냐? 이게 무슨 꼴이람!" 하녀가 소리쳤다. "에어 양, 신세 지고 있는 은인의 아들인 도련님을 치다니 그런 망측한 짓이 어디 있어? 어리지만 주인 양반인데."

"주인이라고요? 어떻게 해서 그 아이가 내 주인인가요? 그럼 나는 하녀인가요?"

"아냐. 하녀만도 못하지. 먹여 주고 입혀 주는데 아무 일도 안 하니까 말이야. 자, 여기 앉아서 자기 잘못을 잘 생각해 봐."

나는 이제 리드 부인이 지정해 준 방으로 끌려간 몸이었고 억지로 의자에 앉혀졌다. 그 순간 용수철처럼 뛰어오르려고 했으나 두 사람의 네 손이 나를 꼼짝 못 하게 했다.

"가만히 앉아 있지 않으면 꽁꽁 묶인다." 하고 베시가 말했다. "애벗 양, 양말대님을 좀 빌려줘요. 내 것은 대번에 끊어질 테니까."

애벗 양은 몸을 돌려 뚱뚱한 다리에서 대님을 풀려고 했다. 이렇게 포승이 준비되는 것을 보고 또 더 심한 창피를 당할 생각을 하니 흥분이 조금 가라앉았다.

"그것 풀지 마요." 내가 소리쳤다. "가만히 있겠어요."

그 증거로 나는 두 손으로 꽉 의자에 달라붙었다.

"그래, 가만히 앉아 있기다." 베시가 말했다. 내가 정말로 수그러지는 기색임을 확인하자 그녀는 내게서 손을 풀었다. 그러더니 두 사람은 팔짱을 끼고 서서 의심쩍은 듯 험한 눈길로 내 얼굴을 바라보는 것이었다. 내가 제정신이란 것을 믿을 수가 없다는 표정이었다.

"전엔 이런 적이 없었는데요." 하녀에게 몸을 돌리며 마침내 베시가 입을 열었다.

"그러나 전부터 그런 소질이 있었어요." 하는 것이 대답이었다. "여러 번 마님한테 이 아이에 대한 내 생각을 여쭈었어요.

마님도 같은 생각입니다. 조그만 게 여간 음흉하지가 않아요. 요만 나이에 이렇게 핑계 많은 아이는 처음 보았어요."

베시는 아무 대답이 없었지만 이내 나를 향해 말했다.

"리드 부인의 신세를 지고 있다는 것을 잊어선 안 돼. 그분이 너를 키워 주고 계시는 거야. 만약 여기서 쫓겨나는 날에는 천생 구빈원(救貧院)에나 가는 수밖에 없을 거야."

이 말에는 나도 할 말이 없었다. 처음 듣는 소리는 아니었다. 내가 기억해 낼 수 있는 아주 어릴 적부터 이미 나는 그 비슷한 소리를 들어 왔던 것이다. 내가 군식구라는 이러한 비난은 이제 내 귀에 쟁쟁 울리는 단조로운 노랫소리로 생각될 정도였다. 가슴 아프게 쓰라린 말이었지만 그 뜻은 희미하게밖에는 알지 못했다. 애벗 양이 말참견을 했다.

"그리고 부인이 도련님 남매와 함께 너를 기꺼이 키워 준다고 해서 그들과 대등하다고 생각해서는 못써. 도련님 남매는 돈을 많이 갖게 될 테지만 너는 그러지 못해. 공손하게 굴어서 모두의 마음에 들도록 해야 하는 것이 네 처지다."

"모두 너를 위해서 우리가 이런 말을 하는 거다." 거칠지 않은 목소리로 베시가 덧붙였다. "상냥하고 쓸모 있는 사람이 되려고 힘써야 해. 그러면 여기가 아늑한 집이 될 거야. 골이나 내고 말썽이나 부리면 마님은 너를 내쫓고 말 거다, 틀림없이."

"그뿐인가, 그런 아이는 하느님이 벌을 주셔." 애벗 양이 말을 이었다. "골을 내고 있을 때 하느님이 벼락을 내려 죽게 할지도 모르는 거야. 그러면 어디로 가는 줄 알아? 자, 베시, 여기 두고 우린 나가 봅시다. 천만금을 준대도 난 이런 성미는

18

싫어요. 에어, 혼자 있을 때 기도를 해요. 잘못을 뉘우치지 않으면 굴뚝에서 무서운 게 내려와 너를 잡아갈지도 모른다."

두 사람은 방을 나가 문을 닫고 잠가 버렸다.

붉은 방은 침실로 쓰이는 법이 없는 예비용 방이었다. 한꺼번에 많은 손님들이 밀어닥쳐서 방이란 방을 모조리 써야 할 형편이 아니고서는 결코 쓰는 법이 없었다. 그러나 그것은 이 저택에서 제일 크고 호화로운 방 중의 하나였다. 굵직한 마호가니 두리기둥이 받치고 있으며 새빨간 다마스크 비단 커튼이 달린 침대가 방 한복판에 신전(神殿)처럼 놓여 있었다. 언제나 차일이 쳐 있는 두 개의 커다란 유리창도 비슷한 비단 커튼의 주름 장식단과 꽃줄 장식으로 반쯤 가려져 있었다. 보료도 붉은 빛깔이었다. 침대 발치에 있는 탁자에도 새빨간 보자기가 덮여 있었다. 벽은 분홍색이 도는 엷은 황갈색이었고 장롱, 화장대, 의자는 오래된 마호가니제(製)인데 반들반들 윤이 났다. 이러한 주위의 짙은 그늘 속에서 우뚝 솟아 하얗게 번쩍거리는 것은 눈같이 하얀 마르세유 비단의 침대보로 덮인, 차곡차곡 쌓여 있는 베개와 매트리스였다. 침대 머리맡에 놓인, 쿠션이 달린 커다란 안락의자도 순백색으로 침대 못지않게 돋보였다. 발을 올려놓는 발올림대를 앞에 놓아 둔 그 안락의자가 내게는 희부연 옥좌처럼 생각되었다.

방은 썰렁했다. 불을 피운 적이 없었기 때문이다. 육아실이나 부엌에서도 떨어져 있었기 때문에 조용했고 드나드는 사람이 없었기 때문에 엄숙한 느낌이 들었다. 그저 토요일마다 경대나 가구에 앉은 일주일간의 먼지를 떨어 내기 위해 하녀가

들어오고 또 이따금씩 리드 부인이 장롱의 비밀 서랍에 감춰
둔 물건들을 살피러 와 보는 것이 고작이었다. 서랍 속에는 갖
가지 서류와 보석 상자와 죽은 그녀의 남편 초상화 등이 챙
겨져 있었다. 죽은 그녀의 남편이라는 말 속에 이 침실의 비
밀(호화로움에도 불구하고 몹시 적막한 느낌을 주는 마력)이 담겨
있다.

리드 씨가 죽은 것은 구 년 전의 일이었다. 그가 마지막 숨
을 몰아쉰 것은 이 방 안에서였다. 시체는 이 방에 안치되어
있었고 장의 업자들이 이 방에서 관을 내갔다. 그날부터 슬픈
예식의 기억이 집안사람들의 발걸음을 뜸하게 만든 것이었다.

베시와 매정한 애벗 양이 꼼짝 못 하게 나를 앉혔던 의자
는 대리석 벽난로 곁에 있는 나지막한 쿠션 의자로 침대는 눈
앞에 솟아 있고 오른쪽으로는 높다란 검은색 장롱이 있어 부
드러운 반사가 끊일락 이을락 경판의 광택을 변화시키고 있
었다. 왼편으로는 커튼을 내린 창이 나 있었고 장롱과 창 사
이에 놓인 커다란 경대는 침대와 방의 텅 빈 위엄을 나타내고
있었다. 두 사람이 정말 문을 잠가 놓았는지 확실치가 않았기
때문에 몸을 움직일 기운이 나자 일어서서 가 보았다. 문은
정말 잠겨 있었다! 이렇게 단단한 감옥이 또 있을까. 아까의
자리로 올라가자니 꼭 경대 앞을 지나가지 않으면 안 되었다.
부지중에 흘린 듯이 경내 밑으로 눈실이 샜다. 그 텅 빈 환영
의 세계에서는 모든 것이 현실에서보다 차갑고 어두워 보였다.
파리한 얼굴을 하고 팔을 어둠 속에서 번뜩이면서 모든 게 괴
괴한 속에 또랑또랑 공포의 눈알만을 움직이며 나를 뚫어지

게 바라보고 있는 거울 속의 기묘한 모습은 정말 도깨비처럼 보였다. 고비가 뒤덮인 적막한 황야의 골짜기에서 밤길을 가는 길손의 눈앞에 나타난다는, 베시가 들려준 이야기에 나오는 반은 요정이고 반은 마귀인 조그만 도깨비 같다는 생각이 들었다. 나는 아까의 그 의자로 돌아갔다.

그 순간 나는 미신에 사로잡혀 있었다. 그러나 아직 완전히 지배를 받고 있는 것은 아니었다. 내 피는 아직도 뜨거웠고 반란을 일으킨 노예의 기분이 뜨겁게 나를 지탱해 주고 있었다. 음산한 현재에 질려 버리기 전에 나는 급히 되살아오는 과거 지사를 막아 내지 않으면 안 되었다.

존 리드의 갖가지 횡포, 그의 누이들의 오만한 무관심, 그의 어머니의 증오, 모든 하녀들의 역성 같은 것이 흙탕물의 샘 속 검은 침전물을 휘저은 것처럼 내 어지러운 마음속에 되살아왔다. 어째서 나는 늘 괴로움을 당하고, 늘 겁에 질리고, 늘 야단맞고, 또 늘 책망을 받아야 한단 말인가? 어째서 나는 사람들 마음에 들 수가 없는 것일까? 어째서 남의 눈에 들려고 애를 써도 허사가 되고 마는 것일까? 고집통이에 자기만 아는 일라이자는 공대를 받고 있었다. 버르장머리 없고 표독스럽고 헐뜯기 좋아하고 당돌한 조지아나는 모두에게 귀염을 받고 있었다. 그녀의 귀여움, 장밋빛의 볼과 노란 고수머리는 보는 사람에게 기쁨을 갖다주는 것 같았고 어떠한 잘못도 허용되는 것 같았다. 존으로 말하면 비둘기 목을 비틀건, 조그만 새끼 공작새를 죽이건, 개를 풀어 양에게 덤비게 하건, 온실에서 포도송이를 따건, 또 온실에서 제일 귀한 꽃봉오리를 꺾건 말건 누구 하나 벌을 주기는커녕 말리지도 않았다. 그는 자기 어머니를 '할망구'라고 불렀다. 어떤 때는 자기도 그런 주제에 살갗이 검다고 어머니를 욕했다. 어머니 말을 들은 둥 만 둥 하기가 예사고 어머니의 비단옷을 찢어발긴 적도 한두 번이 아니었다. 그러나 여전히 그는 그의 어머니의 '귀염둥이'로 통했다. 나는 감히 잘못을 저지르지도 못했다. 나는 모든 의무를 다하려고 애를 썼다. 그러나 아침부터 한낮까지, 한낮에서 밤까지 당돌하고 귀찮고 뾰로통하고 음흉하다는 소리를 듣기가 일쑤였다.

아까 주먹을 맞고 넘어졌을 때의 상처로 머리에서는 아직도 피가 나고 지끈지끈했다. 까닭 없이 나를 친 존을 나무라는 사람은 아무도 없었다. 그런데 터무니없이 당하는 주먹다짐을 피하려고 그에게 대들었다고 해서 나는 온통 집중 공격을 받은 것이었다.

"억울해! 정말 억울해!" 괴로운 나머지 순간적이긴 하지만 올된 힘에 밀려 내 이성은 말하는 것이었다. 그리고 같은 투로 자극을 받은 결단력도 견딜 수 없는 압박에서 벗어나려면 엉뚱한 비상수단이라도 쓰라고 부채질하는 것이었다. 도망쳐 나가든가, 아니면 식음을 전폐해서 자살을 하든가 하라고.

적막한 그날 오후, 내 영혼은 얼마나 대경실색을 했던가! 내 머리는 요란하게 실레었고 내 가슴속은 온통 반심(叛心)으로 지글지글했다. 그러나 그 마음속의 싸움은 또 얼마만 한 암흑, 얼마만 한 무지 속에서 벌어졌던 것일까? 도대체 나는 왜 이처럼 괴로움을 당해야 한단 말인가? 나는 끊임없이 떠오르는 이러한 마음속의 물음에 아무런 대답도 내릴 수가 없었다. 그러나 이제(그것이 몇 해만의 일이냐 하는 것은 굳이 밝히고 싶지 않지만) 나는 그 이유를 똑똑히 알 수가 있다.

게이츠헤드 저택에서 나는 위화(違和)의 존재였다. 나는 그곳의 아무와도 같지가 않았다. 리드 부인과도 그 자녀들과도 또 그녀가 좋아한 하인들과도 조화되는 면이 전혀 없었다. 그들이 나를 사랑해 주지 않았다면 내 편에서도 똑같이 그들을 사랑하지 않았다. 그들 편에서도 자기들과 맞지 않는 인간을 사랑으로 대할 의무가 없었다. 사실 나는 자질에 있어서나 능력에 있어서나 성벽에 있어서나 그들과 정반대되는 이질적인 존재였다. 그들의 이익에 도움이 되지도 못하고 그들의 즐거움을 더해 주지도 못하는 무용지물이었고 그들의 취급에 노여움의 싹을, 그들의 판단에 경멸의 싹을 안겨 주는 해로운 존재였다. 내가 만약 쾌활하고 명랑하며 태평스럽고 깐깐하고 귀엽게 생긴 장난꾸러기였다면 (똑같은 군식구요, 사고무친의 처지라 하더라도) 리드 부인은 좀 더 너그럽게 대해 주었을 터이고 그녀의 자녀들도 나를 같은 또래로 좀 더 후하게 대해 주었을 것이다. 하인들도 나를 육아실의 속죄양으로만 대하지는 않았을 것이다.

빛이 붉은 방에서 사라지기 시작했다. 벌써 네 시가 지난 후여서 구름 낀 오후는 적적한 황혼 녘이 되어 가고 있었다. 비는 여전히 줄기차게 층계의 창을 치고 있었고 저택 뒤의 덤불 속에서는 바람이 울부짖고 있었다. 내 몸은 점점 돌처럼 차가워져 갔고 용기도 사라져 갔다. 늘상 겪게 되는 굴욕감,

자기 회의, 참담한 우울증이 식어 가는 노여움에 찬물을 끼얹었었다. 모두들 내가 고약한 성질이라고 말했다. 아마 그게 사실일지도 몰랐다. 방금도 식음을 전폐하고 죽어 버리자는 생각을 한 터가 아닌가? 그것은 분명 죄악이었다. 그리고 나는 죽을 영혼의 태세를 갖추기나 했던가? 아니면 게이츠헤드 교회의 내진(內陣)에 있는 납골당이 그처럼 매력적인 행선지란 말인가? 들은 바로는 리드 외삼촌은 그러한 묘소에 묻혀 있다고 한다. 그 생각을 계기로 외숙 생각이 떠올랐다. 점점 심해지는 두려움을 느끼면서도 나는 그것을 골똘히 생각했다. 외숙의 모습이 기억에 떠오르지는 않았다. 그러나 그분이 나의 외숙이라는 것, 부모를 여읜 어린 나를 떠맡아 주셨다는 것 그리고 임종 때 나를 친자식처럼 맡아 기르겠다는 약속을 외숙모인 리드 부인에게서 다짐받으셨다는 것 등을 나는 알고 있었다. 리드 부인은 이 약속을 지켰다고 자기 딴에는 생각했을 것이다. 그리고 자기 성질이 허용하는 한에서는 사실 그 약속을 지킨 것인지도 몰랐다. 하지만 자기 집안사람도 아니고 남편이 죽은 후에는 아무런 연줄도 없는 엉뚱한 침입자를 어떻게 진심으로 사랑할 수가 있단 말인가? 억지로 하게 된 약속에 얽매여 사랑할 수 없는 남의 자식의 부모 노릇을 하고 자기 식구와 맞지 않는 군식구가 딱 버티고 있는 것을 끊임없이 보게 되는 것이 부인에게는 직잖이 괴로웠으리라.

퍼뜩 기묘한 생각이 떠올랐다. 만약 리드 외숙이 살아 계셨더라면 나를 친절하게 대해 주셨으리라는 것을 나는 믿어 의심치 않았다. 한 번도 그것을 의심해 본 적은 없었다. 지금도 의자에 앉아 하얀 침대와 어둑어둑한 주위의 벽을 바라보며 (때로 흘린 듯한 눈을 흐릿하게 비치는 경대 쪽으로 향하고서) 나는 죽은 이들에 관해서 들은 얘기를 생각하기 시작했다. 유언이 지켜지지 않아 무덤 속에서도 잠을 이루지 못하여 거짓 맹세를 한 사람들을 벌주고 학대받는 사람들의 원수를 갚기 위해서 다시 이 세상에 나온다는 죽은 사람들에 관한 얘기였다. 나는 리드 외숙의 망령도 누이의 자식이 받고 있는 구박 때문에 마음이 괴로워 그 거처를(교회의 납골당인지 혹은 그들이 살고 있는 미지의 세계인지는 모르지만) 빠져나와 지금 이 방 안의 내 눈앞에 나타나는 것은 아닌가 생각했다. 심한 슬픔의 징조를 보였다가는 나를 달래는 초자연적인 목소리가 들리고, 어둠 속에서 원광(圓光)을 두른 얼굴이 나타나 나를 딱하게 여겨 내게 몸을 구부릴 것이 아닌가 하는 생각에 나는 눈물을 닦고 흐느낌을 참았다. 따지고 보면 위로가 되는 생각이었지만 만약 실제로 망령이 나타나면 무시무시하리라는 생각이 들었다. 있는 힘을 다해서 나는 그런 생각을 누르고 또 마음을 굳게 먹으려고 애를 썼다. 눈 위로 흘러내리는 머리카락을 쓸어 올리고 고개를 들고 캄캄한 방 주위를 대담하게 둘러보려 했다. 그 순간 벽 위로 한 줄기의 빛이 번뜩였다. 차일의 틈 사이로 비친 달빛인가 하고 나는 스스로에게 물어보았다. 아니다, 달빛이라면 움직일 리가 없는데 이 빛은 움직이고 있었다. 내가 지켜보고 있는 속에서도 빛은 천장으로 올라가고 내 머리 위에서 흔들렸다. 지금의 나는 필경 그것이 잔디밭을 가로지르던 사람이 들고 있는 랜턴의 불빛이었을 것이라고 짐작하고 있다. 그러나 당시의 나는 무엇인가 무서운 일을 예상하고 있었고 신경은 불안으로 곤두서 있었기 때문에 빠른 속도로 움직이고 있는 그 빛이 저승에서 오는 망령의 전조일 거라고 생각했다. 가슴이 두근거리고, 머리에서는 열이 났다. 날개가 펄럭이는 것 같은 소리가 내 귀를 울렸다. 무엇인가가 내 곁에 와 있는 것 같았다. 가슴이 답답해지고 숨이 막혔다. 그 이상 참을 수가 없었다. 문께로 달려가서 자물쇠를 필사적으로 흔들었다. 바깥 복도를 달려오는 발걸음 소리가 들려왔다. 열쇠가 돌더니 베시와 애벗이 들어섰다.

"에어 양, 어디가 시원찮으냐?" 베시가 말했다.

"끔찍도 해라! 온통 소음이 내 몸을 뚫고 지나가는 것 같았어!" 애벗이 소리를 쳤다.

"나를 내보내 주세요! 육아실로 가게 해 줘요!" 내가 고함쳤다.

"왜 그래? 어디 다쳤니? 뭐, 무서운 거라도 보았니?" 베시가 다시 물었다.

"아이고, 빛을 보았어요. 도깨비가 나오는 줄 알았어요!" 나는 베시의 손을 잡고 있었는데 그녀는 뿌리치지 않았다.

"이 아이는 일부러 소리를 지른 거예요." 넌더리가 난다는 듯이 애벗이 말했다. "게다가 그 고함 소리란! 정말 괴로워서 그랬나면 그럴 법도 하시만, 이 아이는 그지 우리를 부르려고 그런 거예요. 저 계집아이의 잔꾀를 난 잘 알아요."

"왜들 이 야단이야?" 하고 묻는 다른 목소리가 엄숙하게 들렸다. 모자의 주름 장식을 펄럭이며 또 가운 자락이 끌리는 소리를 거칠게 울리며 리드 부인이 복도를 건너온 것이었다.

"애벗과 베시, 내가 직접 데리고 나올 때까지 제인 에어를 붉은 방에 놓아 두라고 지시를 했잖아?"

"제인 양이 크게 고함을 질렀거든요, 부인." 베시가 변명을 했다.

"내버려 둬요." 하는 것이 대답의 전부였다. "베시의 손을 놔라. 그런 잔꾀로 그 방을 나오진 못해. 난 잔꾀라면 아주 질색이야. 특히 아이들의 잔꾀는. 잔꾀를 부려 보았자 소용이 없다는 것을 네게 가르쳐 주는 것이 내 의무란다. 한 시간 정도만 여기 있어 보려무나. 아주 다소곳하게 조용히 하고 있으면 너를 내어 주마."

"아주머니, 정말 용서해 주세요. 정말 견딜 수가 없어요. 다른 방법으로 저를 벌주세요. 저는 죽게 될 거예요. 만약……."

"조용히 해. 정말 형편없이 소란을 피우는구나." 그녀는 정말로 그렇게 생각한 것 같았다. 그녀의 눈에는 내가 조숙한 광대였다. 그녀는 나를 앙심 섞인 성깔과 치사한 마음과 위험한 이중인격의 덩어리로 생각하고 있었다.

베시와 애벗이 그 자리를 뜬 뒤, 나의 미칠 듯한 슬픔과 마구 터뜨리는 울음소리를 참을 수 없게 된 리드 부인은 아무 말도 없이 덥석 나를 방 안으로 떠밀어 넣고서는 문을 잠가 버렸다. 그녀의 멀어져 가는 발소리가 들렸다. 그녀가 가 버린 직후 나는 한바탕 발작을 일으켰던 모양이다. 그다음은 전혀 생각나지 않는다.

3장

 다음으로 생각나는 것은 끔찍스러운 악몽이라도 꾼 것 같은 기분으로 깨어나 눈앞의 무시무시한 붉은 빛을 보았다는 것이다. 그 붉은 빛에는 두껍고 새까만 줄이 옆으로 나 있었다. 바람 소리나 물소리에 가려진 듯 공허하게 울리는 사람의 말소리도 들렸다. 흥분과 불안 그리고 모든 것을 압도하는 공포심 때문에 나의 정신 기능은 혼란되어 있었다. 이윽고 누군가가 내게 손을 대어 나를 일으켜서 앉은 자세로 받쳐 주고 있는 것을 알았다. 그때까지 그처럼 포근하게 안기거나 들린 적은 없었다. 나는 베개인가 팔인가에 머리를 댔다. 안온한 기분이었다.

 오 분쯤 더 있으니까 혼란의 구름이 가셨다. 내가 바로 내 침대에 있다는 것, 붉은 빛은 다름 아닌 육아실의 불빛이라는 것을 깨달았다. 밤이었다. 탁자 위에는 촛불이 켜져 있고 베시가 대야를 들고 침대 끝에 서 있었고 머리맡으로는 한 신사가 의자에 앉아 나를 지켜보고 있었다.

처음 보는 사람, 즉 게이츠헤드 저택에 살고 있는 사람도 아니고 리드 부인의 친척도 아닌 사람이 방 안에 있다는 것을 깨달았을 때 나는 이루 다 말할 수 없는 안도감 그리고 안전하다는 신념을 갖게 되었다. 베시에게서 눈길을 거두고(그녀가 옆에 있는 것은 가령 애벗이 곁에 있는 것보다는 한결 나은 것이었지만) 나는 신사의 얼굴을 자세히 뜯어보았다. 내가 아는 사람이었다. 하인들이 병이 나면 리드 부인이 불러들이는 약제사 로이드 씨였다. 자기나 아이들이 병이 나면 그녀는 어엿한 의사를 불렀다.

"자, 내가 누군지 알겠니?" 로이드 씨가 물었다.

나는 그의 이름을 대고 동시에 손을 내밀었다. 그는 내 손을 잡더니 미소를 띠며 이렇게 말하는 것이었다. "곧 나을 거다." 이어 나를 뉘어 놓더니 베시를 향해 밤 동안 잠을 푹 자도록 해 주라고 일렀다. 그러고도 몇 가지 지시를 더 하더니 이튿날 다시 들르겠다면서 그는 나가 버렸다. 나는 슬펐다. 그가 머리맡의 의자에 앉아 있었을 때는 퍽 안심이 되고 든든한 느낌이 들었지만 그가 문을 닫고 나가 버리자 방 안이 온통 캄캄해지고 가슴이 내려앉으며 이루 말할 수 없는 슬픔이 가슴을 눌렀다.

"잠이 올 것 같니?" 제법 부드러운 어조로 베시가 물었다.

나는 감히 대답을 하지 못했다. 다음에는 거친 말이 나올

지도 모른다는 두려운 생각이 들었기 때문이다. "잠이 들도록 해 보겠어요."

"뭘 좀 마시런? 아니면 뭘 좀 먹든지."

"베시, 그만두겠어요."

"그럼 나는 자도록 해야겠다. 열두 시가 넘었으니까. 그러나 밤중에 필요한 것이 있으면 나를 부르도록 해."

정말 놀랍도록 상냥한 말씨요, 태도였다. 그래서 용기를 얻은 나는 물어보았다.

"베시, 제가 어떻게 된 건가요? 병이 난 건가요?"

"붉은 방에서 하도 울어서 병이 난 거야. 틀림없이 곧 낫게 될 거다."

베시는 바로 옆의 하녀 방으로 들어갔다. 베시의 말소리가 내게 들렸다.

"세라, 육아실에 가서 나하고 같이 자. 저 가엾은 아이와 단둘이서는 못 있겠어. 어쩌면 죽게 될지도 몰라. 저 아이가 발작을 일으키다니 이상도 해. 혹시 뭘 본 것인지도 몰라. 부인이 좀 심했어."

세라가 베시와 함께 들어왔다. 두 사람은 자리에 들었다. 삼십 분쯤 서로 귀엣말을 주고받더니 그들은 잠이 들었다. 끊일락 이을락 들려오는 두 사람의 이야기를 통해서 내가 분명히 알게 된 것은 이런 것이었다.

"하얗게 차려입은 무엇인가가 저 아이 곁을 지나서 사라졌어…… 그 뒤로는 커다란 검정개가 있었고…… 방문을 두드리는 소리가 세 번 나고…… 묘지의 주인양반 무덤 위로 불빛이 보였어……."

마침내 두 사람은 잠이 들었다. 난로의 불도 촛불도 꺼졌다. 잠이 오지 않는 긴 밤을 나는 정신이 말똥말똥한 채 소름 끼치게 보냈다. 귀도 눈도 정신도 어린아이들만이 아는 공포심으로 똑같이 긴장되어 있었다.

이 붉은 방에서의 소란이 있은 뒤 나는 중병을 오래 앓지는 않았다. 그러나 나는 지금까지도 그 여파를 감지하고 있다. 그렇다. 리드 부인, 난 당신 덕택에 끔찍스러운 정신적 고통의 진미를 맛보았습니다. 그러나 나는 당신을 용서해 주어야 할 것입니다. 왜냐하면 당신의 소행을 당신 자신도 알지 못했기 때문입니다. 내 심금을 온통 갈기갈기 찢으면서도 당신은 그저 나의 못된 성벽을 뿌리 뽑고 있는 것이라고만 알고 계셨으니까요.

이튿날 점심때에는 나는 일어나 옷을 입고 숄을 두르고 육아실 난로 곁에 앉아 있었다. 몸이 허약해져 맥이 빠진 느낌이었지만 그보다 괴로웠던 것은 말로 표현할 수 없는 참담한 마음, 소리 없이 눈물을 흘리게 하는 비참한 기분이었다. 차가운 눈물을 한 방울 닦고 나면 이내 또 한 방울이 흘러내렸다. 그러나 나는 기쁜 마음가짐을 가져야 할 것이라고 생각했다. 리드 집안 사람이 아무도 없었기 때문이다. 애벗도 딴 방에서 바느질을 하고 있었고 베시만이 이리저리 왔다 갔다 하면서 장난감을 치우거나 서랍 속을 정리하면서 가끔가다 전에 없이 다정하게 말을 붙여 주었다. 늘 잔소리나 듣고, 죽어라 하고 일을 해 보았자 인사 한마디 들어 보지 못했던 나로서는 그것은 정히 평화로운 낙원이나 진배가 없었다. 그러나 나의 신경은 어떠한 고요로도 달랠 수 없고 어떠한 즐거움으로도 유쾌한 기분을 일깨울 수 없을 정도로 과도하게 긴장되어 있었다.

베시는 부엌으로 내려가더니 화려한 장식이 들어 있는 접시에 과실 파이를 담아 가지고 왔다. 나팔꽃과 장미꽃 봉오리로 된 꽃다발 속에 극락조가 둥지 치고 있는 모양이 장식된 접시로 늘 내가 감탄해 마지않던 것이었다. 좀 더 자세히 들여다볼 수 있도록 한번 만져 보게나 해 달라고 간청을 해도 내게는 주제넘은 일이라며 허락을 받지 못했던 접시였다. 그 소중한 접시가 이제 내 무릎 위에 올라와 있었고, 그 위에 담아 놓은 맛있는 파이를 먹어 보라는 친절한 권유였다. 그러나 그것은 부질없는 호의였다. 고소원이면서도 오랫동안 받지를 못했던 이 세상의 많은 호의처럼 그것은 너무나 뒤늦게 주어진 것이었다. 파이는 먹히지가 않았다. 극락조의 날개도 꽃의 색조도 이상스레 퇴색한 듯이 보였다. 나는 파이와 접시를 밀어 버렸다. 책이라도 읽겠느냐고 베시가 물었다. 책이란 말을 들으니 갑자기 기운이 나서 나는 서재에서 『걸리버 여행기』를 갖다 달라고 부탁했다. 몇 번이고 몇 번이고 정말 재미있게 읽은 책이었다. 나는 그 이야기를 실화라고 생각했고, 요정 이야기보다도 훨씬 흥미롭게 여겼다. 이야기 속에 나오는 요정들을 디기틸리스 잎이나 꽃 사이, 버섯 아래, 해묵은 벽을 덮고 있는 담쟁이덩굴 속에서 아무리 찾아보아도 헛된 일이었기 때문에 아마도 이 요정들이 영국에서 자취를 감추고 숲이 무성하고 인구도 적은 어떤 미개한 나라로 가 버린 모양이라고 나는 서글픈 결론을 내리고 있었던 것이다. 이에 반해서 난쟁이 나라와 키다리 나라는 분명 지구 표면의 일부분이었고 어느 날엔가 긴 항해가 끝나면 나도 난쟁이 나라의 조그만 밭이나 집이나 숲이나 난쟁이나 역시 난쟁이인 소, 말, 양, 새 들을 직접 보게 될 터이고 또 키다리 나라의 수풀만큼 커다란 밀밭이나 거대한 사냥개나 고양이 그리고 탑처럼 우뚝한 남녀들을 보게 되리라는 것을 믿어 의심치 않았다. 그러나 이제 그 애독서를 손에 들고 보니(책장을 넘기며 지금까지 읽을 때마다 틀림없이 찾아냈던 매력을 그 신기한 그림 속에서 찾으려고 했지만) 모든 것이 섬뜩하고 지루할 뿐이었다. 키다리들은 무시무시한 악귀로, 난쟁이들은 심술궂고 무서운 꼬마 도깨비로, 걸리버는 더할 나위 없이 무섭고 위험한 지역을 배회하는 쓸쓸한 뜨내기로 생각되었다. 나는 이제 읽고 싶은 흥이 나지 않는 그 책을 덮어 버리고 탁자 위, 손도 대지 않은 파이 곁에 놓아 두었다.

베시는 이제 방 청소를 마친 터여서 손을 씻고 나서 멋진 비단과 새틴의 헝겊 조각이 잔뜩 들어 있는 조그만 서랍을 열고 조지아나의 인형에 씌워 줄 새 모자를 만들기 시작했다. 그러면서 그녀는 노래를 불렀다.

우리가 방랑하던 시절
그 오래전 옛날에…….

그 전에 여러 번 들은 적이 있고 들을 때마다 늘 새로운 즐거움을 느꼈던 노래였다. 베시의 목소리가 고왔기 때문이었다.(적어도 나는 그렇게 생각했다.) 그러나 지금도 베시의 목소리는 여전히 고왔지만, 나는 그 선율 속에서 말할 수 없는 슬픔을 느꼈다. 때때로 하는 일에 정신이 팔린 베시는 후렴 부분을 아주 나지막하게 천천히 불렀다.

"그 오래전 옛날에" 부분은 장송곡 중에서도 가장 슬픈 가락처럼 울려 나왔다. 그러더니 베시는 다른 담시를 노래했는데 그것은 정말 구슬픈 노래였다.

    내 발은 아프고, 내 몸은 지쳤다.
    갈 길은 멀고, 산은 험하구나.
    가여운 고아가 가는 길 위로
    달도 없이 황혼은 내리는구나.

    바윗돌 우뚝우뚝한 황야로
    어찌 나 홀로 멀리 가야만 하는가.
    인정은 메마르고, 오직 천사만이
    가여운 고아의 발길을 지켜보는구나.

    소슬바람 불고 밤하늘에 구름 없고
    별빛은 총총한데, 자비로운 신은
    가여운 고아에게
    희망과 위안을 내려 주시네.

    망가진 다리로 떨어질까,

헛보고 늪에 빠질까,
아버지는 축복과 약속으로
가여운 고아를 안아 주시네.
집도 절도 일가친척 없어도
굳은 마음 내 속에 있어라.
천국의 나의 집, 안식도 거기 있으니
신은 가여운 고아의 친구여라.

"자, 제인 양, 울지 마요." 노래를 마치자 베시가 말했다. 난
롯불을 향해서 '꺼져라' 하는 격이었지만 내가 겪고 있는 병적
인 고뇌를 그녀가 알 턱이 없었다. 아침나절에 로이드 씨가 다
시 들렀다.

"저런, 벌써 일어났군요!" 육아실로 들어서면서 그가 말했
다. "그런데 그 아이는 좀 어때요?" 베시는 아주 좋은 것 같다
고 대답했다.

"그렇다면 좀 더 생기 있는 얼굴을 하고 있어야지. 자, 이리
와, 제인 양. 이름이 제인이지?"

"네, 제인 에어예요."

"저런, 울고 있었구먼. 왜 그러는 거지? 말 좀 해 볼까, 어디
가 아프냐?"

"아니에요."

"아마 부인과 함께 마차를 타고 외출을 하지 못했기 때문에
울었겠지요." 베시가 참견을 했다.

"그럴 리가! 그런 응석을 부릴 나이가 아닌걸요."

나도 그렇게 생각했다. 근거 없는 책망으로 자존심이 상한 나는 즉각 대답했다.

"그런 일 때문에 운 적은 한 번도 없어요. 마차를 타고 외출하는 것은 좋아하지도 않아요. 그저 슬퍼서 우는 거예요."

"무슨 소리!" 베시의 말이었다.

사람 좋은 약제사는 약간 난처한 듯한 표정이었다. 나는 그 앞에 서 있었다. 그는 내게서 눈을 떼지 않고 줄곧 지켜보았다. 그의 눈은 작고 회색이었다. 반짝거리지는 않았지만 지금 생각해 보면 야무진 데가 있었다. 무섭게 생겼으면서도 마음씨가 착한 것 같은 얼굴이었다. 한참 동안 나를 뜯어보고 나서 그가 말했다.

"어제는 어떻게 해서 병이 났지?"

"넘어진 거예요." 하고 다시 베시가 참견을 했다.

"넘어졌다고! 그것도 어린애 같은 짓이군요. 저 나이가 되고서도 잘 걷지도 못하는 건가요? 여덟 살이나 아홉 살은 넉넉히 되었을 텐데."

"두들겨 맞아서 쓰러진 거예요." 자존심이 상했다는 고통 때문에 다시 내 입에서 퉁명스러운 소리가 나왔다. "그러나 어제 병이 난 것은 그 때문이 아니에요." 내가 덧붙였다. 그러는 사이에 로이드 씨는 코담배의 냄새를 맡고 있었다.

그가 담배 상자를 조끼 호주머니에 넣고 있을 때 하인들의 점심시간을 알리는 요란한 종소리가 났다. 로이드 씨는 그 종소리가 무엇을 의미하는지를 알고 있었다.

"당신을 부르는 거지요." 그가 베시에게 말했다. "내려가 보세요. 당신이 돌아올 때까지 내가 제인 양에게 이야기를 해 줄 테니까요."

베시는 그대로 눌러 있고 싶은 모양이었으나 할 수 없이 나갔다. 게이츠헤드 저택에서는 식사 시간을 엄격하게 지켰기 때문이다.

"넘어져서 병이 난 게 아니라고 했지? 그러면 어떻게 된 거야?" 베시가 가 버리자 로이드 씨가 물었다.

"도깨비가 나오는 방에 어두워진 후에도 갇혀 있었던 거예요."

로이드 씨는 일변 미소를 띠면서 상을 찡그렸다. "귀신이라고! 역시 어린애구나. 너는 도깨비가 무서우냐?"

"리드 외숙의 귀신은 무서워요. 베시건 누구건 아무도 밤중에 그 방엘 안 들어가려고 해요. 촛불도 켜 놓지 않은 그 방에 나를 혼자 가두어 둔 건 정말 너무해요. 너무하기 때문에 전 평생 잊지를 못할 거예요."

"무슨 소리! 그래서 슬프다는 거냐? 지금 대낮에도 무서우냐?"

"아녜요. 그러나 곧 밤이 될 것이고, 게다가 저는 불우해요. 딴 일 때문에도 아주 불행해요."

"그 밖의 딴 일이라고? 몇 가지 말해 볼까?"

이 물음에 모든 것을 털어놓기를 나는 얼마나 간절히 바랐던 것인가! 그러나 그 대답을 챙기기란 정말 어려운 일이었다. 어린이들이란 감정은 풍부해도 그 감정을 분석하지는 못하는 법이다. 설령 분석이 머릿속에서 얼마쯤 이루어졌다 하더라도 그 분석의 결과를 말로 표현할 줄을 모른다. 그러나 타인에게 털어놓음으로써 내 슬픔을 달랠 수 있는 최초의 그리고 유일한 기회를 놓칠까 보아 나는 잠시 우물쭈물하다가 빈약하기는 하지만 거짓이 없는 대답을 하려고 애를 썼다.

"우선 저에게는 아버지도 어머니도 안 계시고, 형제도 없습니다."

"그래도 친절한 외숙모와 외사촌들이 있지 않으냐."

나는 다시 생각을 하다가 멈칫멈칫 서투른 대답을 했다.

"그러나 존 리드는 나를 쓰러뜨리고 아주머니는 나를 붉은 방에 가두어 둔걸요."

로이드 씨는 이제 두 번째로 담배 상자를 끄집어냈다.

"넌 게이츠헤드 저택이 아주 훌륭한 집이라고 생각하지 않니? 이렇게 좋은 집에 살고 있다는 것을 고맙게 생각하지 않느냐?"

"그래도 이 집은 저의 집이 아닌걸요. 게다가 애벗은 내가 이 집에 살 자격을 하인만큼도 가지고 있지 못하다고 말해요."

"무슨 소리! 설마 이렇게 좋은 집을 버리고 나간다는 어리석은 생각을 하지는 않겠지?"

"어디 갈 곳이라도 있으면 기꺼이 나가 버리겠어요. 그러나 어른이 될 때까지는 이 집을 나가지 못해요."

"누가 아니? 혹 나가게 된지, 리드 부인 이외의 다른 친척은 없니?"

"없다고 알고 있어요."

"아버지 쪽의 친척도 없니?"

"그건 모르겠어요. 한 번 리드 아주머니에게 물어보았더니 에어란 성을 가진 가난하고 지체가 낮은 친척들이 혹 있을지도 모르지만 아주머니도 전혀 모르신다는 거예요."

"그런 친척이 있다면 그리로 가고 싶으냐?"

나는 생각해 보았다. 가난이란 것은 어른들에게도 기분 나쁜 것이지만 어린이들에게는 특히 더한 법이다. 어린이들은 부지런히 일하는 의젓한 청빈(淸貧)이란 것을 이해하지 못한다. 가난하면 이내 남루한 옷차림과 넉넉지 못한 음식, 불을 피우지 못한 난로와 품위 없는 태도 그리고 천한 악덕을 연상한다. 따라서 당시의 나에게는 가난은 타락의 동의어였다.

"싫어요. 가난한 사람들 속으로 들어가기는 싫어요." 내가 대답했다.

"친절하게 대해 준대도 싫으냐?"

나는 고개를 저었다. 가난한 사람들이 무슨 수로 친절하게 대할 수가 있으랴. 게다가 그들의 말투를 배우고, 그들의 처신을 본뜨고, 교육도 받지 못하리라는 것, 게이츠헤드 마을의 오두막집에서 어린애를 돌보거나 빨래하는 것을 본 적이 있는 가난뱅이 부녀자처럼 된다는 것 등을 생각하니 사회적 신분을 버리고 자유를 얻을 용기가 나지 않았다.

"그러나 친척들이 그렇게 가난하단 말이냐? 노동자들이냐?"

"모르겠어요. 리드 아주머니는 설사 친척이 있다 하더라도 거지나 진배없을 것이라고 해요. 구걸은 하고 싶지 않거든요."

"학교에는 다니고 싶으냐?"

다시 나는 곰곰이 생각해 보았다. 학교가 어떤 곳인지 잘 몰랐기 때문이다. 베시의 말을 들어 보면 양갓집의 젊은 처녀들이 차꼬에 채워진 채 자세를 바로 하기 위해 등을 대고 앉아 아주 점잖고 엄격하게 굴어야 하는 곳이 학교였다. 존 리드는 학교를 싫어해서 선생의 욕지거리만 하는 것이었지만 그의 취미가 나와 같을 리는 없었다.

학교의 규율에 관한 베시의 이야기를 들으면(그것은 게이츠헤드 저택으로 오기 전에 일하던 집의 처녀들에게서 들은 풍월이었다.) 무시무시한 점이 있었지만 그 처녀들이 갖추었다는 교양이나 예능 이야기를 들으면 끌리는 바도 있었다. 베시는 그들이 그리는 아름다운 풍경화나 꽃 그림, 그들이 부르는 노래나 연주하는 곡, 그들이 짜는 지갑, 그들이 번역할 수 있는 프랑스 책 등속의 이야기를 자랑삼아 들려주었는데 그 이야기를 들으면 나도 경쟁심이 생기는 것이었다. 게다가 학교에 가게 되면 모든 것이 변하게 되리라. 그것은 긴 여행과 새 생활로 접어드는 것을 의미했다. 게이츠헤드에서 완전히 떨어져 나가는 것을 의미하기도 했다.

"학교엔 정말 가고 싶어요." 내가 생각의 결론을 말했다.

"응, 알겠어. 혹 그렇게 될지 누가 아나." 일어서면서 로이드 씨가 혼잣말로 덧붙였다. "이 아이는 전지 요양을 시켜야 해. 신경이 쇠약해 있는걸."

베시가 돌아왔다. 동시에 지갑길로 미처 굴리오는 소리가 들렸다.

"마님이신가요? 가기 전에 여쭈고 싶은 말이 있는데요." 로이드 씨가 베시에게 물었다.

베시는 조반실로 가자고 하면서 앞장서서 걸어갔다. 그 뒤에 일어난 일로 미루어 보아 리드 부인과의 면담 때 로이드 씨가 나를 학교에 보낼 것을 권고했던 모양이다. 그리고 이 권고는 즉각 채택되었음이 분명했다. 어느 날 밤 내가 잠자리에 든 뒤 육아실에서 바느질을 하면서 이 문제를 베시와 얘기하고 있던 애벗은 내가 자는 줄 알고 이런 말을 했으니까 말이다. "마님은 아주 속 시원하다고 하시던데요. 모두의 눈치나 슬슬 살피고 몰래 잔꾀 부릴 생각만 하고 있는 이런 귀찮고 심술궂은 아이를 처치하게 되어서 잘됐다고." 생각건대 애벗은 내가 비록 어린아이지만 가이 포크스와 같은 악당이라고 생각한 것 같다.

그날 밤 애벗 양이 베시에게 들려준 얘기를 통해서 나는 처음으로 나의 아버지가 가난한 목사였다는 것, 어울리지 않는 짝이라는 주위의 반대를 무릅쓰고 어머니가 아버지와 결혼했다는 것, 리드 외조부는 딸이 말을 안 듣자 화가 나서 돈 한 푼 주지 않고 딸과 절연했다는 것, 결혼한 지 일 년밖에 안 되었을 때 아버지가 자기 교구에 있는 공장촌의 빈민들을 방문하러 갔다가 당시 유행하던 티푸스에 걸렸고 어머니 또한 아버지에게서 감염되어 두 사람이 모두 한 달 사이에 세상을 떴다는 것 등을 알게 되었다.

이 이야기를 듣자 베시는 한숨을 쉬면서 말했다. "제인 양도 불쌍한 처지야."

"그래요." 애벗이 받았다. "만약 저 아이가 마음씨도 곱고 귀엽게 생겼다면 처지에 동정이 갈 거예요. 하지만 저렇게 밉상이어서야 어디 정이 가야지요."

"크게 정이 가진 않지요." 베시가 맞장구를 쳤다. "어쨌건, 조지아나 정도로 예쁘게 생겼다면 같은 처지라도 더 동정을 살 터인데."

"그래요. 난 조지아나가 귀여워 죽겠어요!" 열을 내며 애벗이 말했다. "정말 귀염둥이지 뭐예요! 긴 고수머리에 파란 눈 그리고 고운 얼굴색, 정말 그려 놓은 것 같아요! 베시, 오늘 저녁엔 녹인 치즈를 바른 토스트를 먹고 싶네요."

"나도 그래요, 붉은 양파를 곁들여서. 자, 내려가 봅시다."

두 사람은 방을 나갔다.

4장

로이드 씨와 주고받은 말이나 베시와 애벗 사이에 오간 위와 같은 대화로 해서 나는 빨리 몸이 회복되기를 바라는 계기가 될 수 있는 희망을 품게 되었다. 신상의 변화가 가까워지는 듯싶었고 나는 아무 말 없이 그 변화를 바라고 또 기다렸다. 그러나 그것은 쉽게 오지 않은 채 며칠이 지나고 또 몇 주일이 지나갔다. 나의 건강 상태는 정상으로 되돌아갔다. 그러나 내가 곰곰이 생각하고 있던 문제에 관한 한 새로운 얘기는 언급되지도 않았다. 리드 부인은 때때로 무서운 얼굴로 나를 훑어보는 것이었으나 내게 말을 거는 법은 없었다. 내가 앓고 나서부터 나와 자기 자녀들 사이에 더욱 뚜렷이 차이를 두게 했다. 내게는 조그만 방이 배당되어 그곳에서 혼자 자게 했고 식사도 혼자서 하게 하고 외사촌들은 객실에 있는데 나만은 진종일 육아실에서 지내게 했다. 나를 학교에 보내겠다는 언질은 한마디도 던지지 않았다. 그러나 나를 같은 지붕 아래 두는 것을 오래 참아 내지는 못할 것이라는 생각을 나는 본능적으로 했다. 나를 향한 리드 아주머니의 눈길에는 전에 없이 참을 수 없다는 투의 뿌리박힌 증오가 서리어 있었기 때문이다.

일라이자와 조지아나는 될수록 나와 말을 안 하려고 했는데 그것은 어머니의 이야기를 듣고 그러는 것임이 분명했다. 존은 나를 볼 때마다 혓바닥으로 볼을 불룩하게 만들어 얕잡아 보는 시늉을 하는 것이었고 한번은 손찌검을 하려고 한 적도 있었다. 그러나 그전에 나의 폭발을 가져왔던 것과 똑같은 심한 분노와 될 대로 되라는 반항심으로 흥분이 된 나는 즉각 그에게 대들었다. 그만두는 것이 낫겠다고 생각했는지 그는 내가 자기 콧대를 부러뜨리려 한다고 욕설을 퍼부으며 달아나 버렸다. 사실 나는 있는 힘을 다해서 주먹으로 툭 불거진 그의 콧등을 갈겼다. 그 주먹질 때문인지 혹은 내 험상궂은 얼굴 때문인지 어쨌든 그가 기가 죽은 것을 알았을 때 나는 여세를 몰아 공격을 가하고 싶은 심정이 되었다. 그러나 그는 이미 자기 엄마 곁에 가 있었다. 나는 그가 엉엉 울면서 "저 놈의 제인 에어"가 미친 고양이처럼 자기에게 덤벼들었다는 말을 시작하는 것을 들었다. 그러나 그의 말을 매섭게 가로채는 목소리가 있었다.

"존, 그 아이 얘기는 하지도 마라. 그 아이한테는 가까이 가지도 말라고 하지 않았니. 염두에 둘 필요가 없는 아이다. 너나 네 누이동생들이나 그 아이와 어울려서는 못써요."

여기까지 듣자, 나는 층계 난간에 기댄 채 아무렇게나 소리 나오는 대로 고함을 질렀다.

"그 아이들이야말로 나와 어울릴 자격이 없어요."

리드 부인은 뚱뚱한 편이었다. 그러나 전에 없이 대담한 이런 소리를 듣자 날렵하게 층계를 쫓아 올라와 회오리바람인 양 나를 육아실로 몰고 가서 나를 침대 끝으로 몰아넣더니 단호한 어조로 어디 일어서 볼 테면 봐라, 하루 종일 주둥아릴 놀렸단 봐라, 하고 혼을 내는 것이었다.

"리드 외삼촌이 살아 계시면 뭐라 하시겠어요?" 하는 소리가 부지중에 내 입에서 나왔다. 정말 부지중의 일이었다. 마치 나의 의지의 동의도 없이 혀가 소리를 낸 것 같았다. 내가 제어할 수 없는 무엇인가가 멋대로 지껄여 댄 것이었다.

"뭐라고?" 리드 부인이 숨을 죽이며 말했다. 평상시엔 차갑고 침착한 그녀의 회색 눈동자에 공포의 빛이 어렸다. 내 팔을 붙잡고 있던 손을 놓더니 과연 내가 어린애인지 혹은 악마인지 의아스럽다는 듯이 나를 빤히 바라보았다. 나의 처지는 이제 속절없는 것이었다.

"리드 외숙은 천국에서 아주머니의 거동이나 생각하는 바를 살피고 계셔요. 저의 아빠나 엄마도 그래요. 아주머니가 나를 하루 종일 가두어 두는 것도 아시고 또 내가 죽기를 바라고 있는 것도 알고 계셔요."

리드 부인은 이제 정신을 차렸다. 내 몸을 온통 흔들더니 양쪽으로 귓쌈을 갈기고는 아무 말도 없이 나가 버렸다. 그후 한 시간 동안은 꼬박 베시에게 설교를 들었는데 도대체 사람의 집에서 기른 아이들 가운데 나처럼 고약하고 방자한 아이는 없다는 것이었다. 나도 그 말을 반쯤은 곧이들었다. 내 가슴에 북받쳐 오르는 것은 오직 못된 감정뿐이었으니 말이다.

11월, 12월이 지나가고 1월도 절반이 지나갔다. 게이츠헤드에서는 해마다 그러듯이 크리스마스와 신년을 성대하게 지냈다. 선물이 교환되고 만찬회와 야회가 열렸다. 물론 모든 잔치에서 나는 제외되었다. 날마다 일라이자와 조지아나가 성장으로 차려입는 것을 보는 것, 또 얇은 모슬린 프록에 붉은 띠를 두르고 머리를 정교하게 고수머리로 해 가지고 객실로 내려가는 것을 보는 것, 그다음 아래층에서 연주되는 피아노나 하프 소리에 귀를 기울이며 하인이나 하인 우두머리의 오가는 발소리, 차나 의자를 나를 때 나는 유리잔이나 식기 소리, 객실의 문을 여닫을 때 끊일락 이을락 들려오는 대화의 마디들을 들어 보는 것이 고작 내 몫의 잔치 기분이었다. 이런 일에 지쳐 버리면 나는 층계 머리에서 한적하고 조용한 육아실로 되돌아가곤 했다. 그곳에 가 있으면 외롭기는 하지만 비참한 생각은 들지 않았다. 사실 말이지 나는 여러 사람들과 어울리고 싶지가 않았다. 어울려 보았자 남의 이목을 끌지 못했기 때문이다. 만약 베시가 좀 더 상냥하고 내게 마음을 써 주는 처지였다면 신사 숙녀들이 가득한 방에서 리드 부인의 무서운 눈총을 받기보다는 베시와 함께 조용히 저녁을 보내는 것을 나는 큰 횡재라고 여겼을 것이다. 그러나 베시는 주인집 딸들의 옷을 다 입히고 나면 곧 떠들썩한 부엌이나 가정부의 방으로 촛불을 들고 사라지는 것이었다. 그러면 나는 인형을 무릎에 올려놓고는 난로의 불이 흐릿해질 때까지 주위를 둘러보며 방에는 나 혼자뿐이며 달리 도깨비가 나타난 것이 아니라는 것을 확인하곤 했다. 그러다가 타다 남은 불이 둔한 감빛으로 되면 이음매나 끈을 살며시 잡아당기고 급히 옷을 벗고는 추위와 어둠을 피해 침대로 기어들었다. 이 침대 속으로 나는 언제나 인형을 가지고 들어갔다. 사람이란 무엇인가를 사랑하지 않고서는 못 배기는 법이다. 달리 애정을 쏟을 만한 그럴듯한 것이 없었던 나는 조그만 허수아비처럼 초라하고 퇴색한 우상을 사랑하고 귀여워하는 가운데서 즐거움을 구했다. 그 조그만 인형이 살아 있어서 감정을 가지고 있다고 생각하며 얼마나 바보같이 고지식하게 그것을 사랑했던가를 회상해 보면 내가 생각해도 묘한 느낌이 든다. 인형이 포근하고 따뜻하게 누워 있으면 나는 얼마간 행복스러운 기분이 되는 것이었고 인형 또한 그러리라고 여겨졌다.

손님들이 돌아가길 기다리며 층계를 밟는 베시의 발소리가 나기를 기다리노라면 참으로 시간은 더디 가는 것이었다. 가끔 가다 베시는 골무나 가위를 찾으러 오는 적이 있었다. 혹은 저녁 삼아서 (과자빵이나 치즈 케이크 등속 등) 무엇인가를 가져다주는 때도 있었다. 그럴 때면 내가 그것을 먹는 사이 침대에 걸터앉아 기다려 주었으며 내가 다 먹고 나면 내게 이불을 덮어 주며 두 번 입을 맞추고는 "제인 양, 안녕." 하고 인사를 해 주었다. 이렇게 친절하게 굴 때는 베시가 이 세상에서 제일 어여쁘고 친절하고 착한 사람인 듯 생각되었다. 늘 이렇게 상냥하고 다정하게 대해 주면 얼마나 좋을까, 또 늘 그러듯이 내게 이것저것을 이르고 야단치고 꾸짖는 일을 말아 준다면 오죽이나 좋을까 하고 나는 생각했다. 베시 리는 틀림없이 뛰어난 능력을 타고난 여자였을 것이라고 나는 생각한다. 무슨 일이든지 척척 잘 해냈고 또 이야기를 재미있게 하는 재주가 있었다. 적어도 그녀가 들려준 옛날이야기로 미루어 보면 그러했다. 그녀의 얼굴과 몸매에 대한 나의 기억이 틀림없다면 그녀는 또 예쁘장했다. 내 기억 속에 남아 있는 그녀의 모습은 검은 머리에 까만 눈, 반듯한 이목구비에 고운 피부를 한, 날씬한 젊은 여자의 그것이다. 그러나 변덕스럽고 성미가 급한 편인 데다가 사물의 도리나 옳고 그름에 관해서는 무관심했다. 그러나 어쨌건 게이츠헤드 저택에서는 그 누구보다도 베시가 마음에 들었다.

1월 15일 아홉 시경이었다. 베시는 아침 식사를 하러 아래로 내려가 있었다. 외사촌들은 아직 저희 엄마한테 불려가지 않았다. 일라이자는 보닛을 쓰고 따뜻한 정원복을 입고 닭 모이를 주러 나갈 참이었다. 그것은 일라이자가 즐기던 일이었고 또 달걀을 가정부에게 팔아서 그 돈을 저금해 두는 것도 그에 못지않게 좋아했다. 그녀는 장사에 소질이 있었고 또 저금에 대한 열의가 대단했다. 그냥 달걀이나 병아리만 파는 것이 아니라 구근초나 씨앗이나 가지를 정원사에게 비싼 값으로 팔아먹었다. 그 정원사는 리드 부인에게서 일라이자의 화단에서 나고 그녀가 팔고 싶어 하는 것은 무엇이라도 사들이라는 명령을 받고 있었다. 벌이만 좋다면 그녀는 머리카락이라도 잘라서 팔았을 것이다. 제 돈은 처음엔 헝겊 조각이나 두루마리 속에 차곡차곡 넣어서 으슥한 곳에 감추어 두었다. 그러나 하녀들이 어쩌다 그것을 알아냈기 때문에 귀중한 보물을 잃어버릴까 보아 일 년에 5, 6할이나 되는 높은 이자로 어머니에게 맡겨 둘 것을 동의하고서는 조그만 수첩에 액수를 일일이 정확하게 적어 두고 일 년에 네 번씩 꼬박꼬박 이자를 받아 내는 것이었다.

조지아나는 경대 앞의 높다란 의자에 앉아 머리를 단장하고 있었다. 고미다락방 속의 서랍에서 듬뿍 찾아낸 조화와 퇴색한 깃털을 고수머리에 꽂고 있었다. 나는 침대를 정돈하고 있었다. 자기가 돌아올 때까지 말끔히 정돈해 놓으라는 추상 같은 명령을 베시에게서 받았기 때문이다.(그 무렵 베시는 나를 육아실 하녀의 조수처럼 취급해서 방의 청소나 의자의 먼지 털기를 시켰다.) 이불을 펴서 잠옷을 챙겨 놓은 뒤에 나는 창 아래 붙박아 놓은 걸상으로 가서 거기 흩어져 있는 그림책이나 인형의 세간을 정돈하려고 했다. 바로 그때 자기 장난감은 만지지 말라는 갑작스러운 명령이 조지아나의 입에서 내려졌다.(조그만 의자와 거울, 예쁘장한 접시나 찻잔은 그녀의 소유였다.) 나는 하던 일손을 멈췄다. 달리 할 일도 없었기 때문에 유리창에 낀 성에의 꽃무늬에 입김을 불어 넣어 마당이 보일 만한 크기로 닦아 놓았다. 바깥은 조용하고 된서리 때문에 화석처럼 굳어져 있었다.

이 유리창을 통해서는 문지기의 오두막과 마찻길이 보였다. 유리를 덮고 있는 나뭇잎 모양의 은빛 성에를 바깥을 내다볼 수 있을 정도로 녹였을 때 대문이 열리며 마차 한 대가 저택 안으로 들어오는 것이 보였다. 나는 그 마차가 마찻길을 올라오는 것을 심드렁하게 지켜보았다. 게이츠헤드 저택으로 들어서는 마차의 수효는 많았지만 내가 흥미를 가지고 있는 손님을 태우고 오는 법은 전혀 없었기 때문이다. 마차가 저택 앞에서 멈춰 서더니 초인종이 요란하게 울리고 내객은 집 안으로 들어섰다. 이러한 모든 일이 내게는 상관없는 일이었기 때문에 그저 멍청하게 바라보고 있던 나는 오히려 한 마리의 배고픈 지빠귀에 정신이 팔렸다. 지빠귀는 창문 곁의 벽에 달라붙어 있는 잎 떨어진 벚나무 가지에 앉아 울고 있었다. 아침에 내가 먹다 남긴 빵과 우유가 탁자 위에 놓여 있어서 롤빵을 조금 부숴서 그 부스러기를 창턱에 올려놓으려고 창틀을 잡아당기려는데 베시가 층계를 뛰어오르더니 육아실로 들어오는 것이었다.

"제인 양, 앞치마를 벗어요. 거기서 무얼 하고 있니? 오늘 아침에 세수는 했느냐?" 대답을 하기 전에 나는 다시 한번 창틀을 당겨 보았다. 어떻게든 지빠귀에게 빵 부스러기를 주고 싶었던 것이다. 창틀이 움직였다. 나는 창턱과 벚나무에 조금씩 빵 부스러기를 뿌려 주고 나서 창문을 닫으며 대답했다.

"아직 안 했어요. 지금 막 청소를 끝낸 참인걸요."

"정말, 제멋대로구나! 그래, 지금 무엇을 하는 중이냐? 얼굴이 홍당무가 된 것이 또 무슨 장난을 한 게로구나. 창문은 무엇 하러 열었어?"

나는 대답을 하지 않아도 되었다. 베시는 아주 급한 모양이어서 대답을 들을 여유도 없어 보였기 때문이다. 나를 세면대로 끌고 가더니 비누와 물과 올이 센 수건으로 내 얼굴과 손을 용서 없이 마구, 그러나 다행히도 아주 간단하게 씻겨 주고, 뻣뻣한 솔로 머리를 빗겨 주고는 앞치마를 벗겼다. 그러고는 조반실에서 부르니 곧장 내려가 보라고 이르는 것이었다.

나를 보려고 하는 사람이 누구인지, 또 리드 부인도 거기 있는지를 물어보고 싶었으나 베시는 벌써 육아실의 문을 닫고 나가 버린 뒤였다. 나는 천천히 층계를 내려갔다. 두서너 달 동안이나 나는 리드 부인 앞에 불려가 본 적이 없었다. 너무나 오랫동안 육아실에만 갇혀 있었기 때문에 조반실이나 식당이나 객실이 내게는 무서운 장소가 되어 버렸고 불쑥 들어가기가 두려웠다.

텅 빈 복도에 나는 서 있었다. 내 앞에는 조반실의 문이 닫힌 채 있었다. 겁을 먹고 벌벌 떨면서 나는 멈칫거렸다. 애매한 벌 때문에 생긴 무서움으로 나는 비참한 겁쟁이가 되고 만 것이었다. 육아실로 돌아가는 것도 켕겼고 객실로 들어가는 것도 켕겼다. 한 십 분쯤 가슴을 두근거리며 주뼛주뼛 나는 서 있었다. 조반실의 종이 요란하게 울려 나는 결심을 했다. 나는 들어가 보지 않으면 안 되었다.

'나를 보려는 사람이 누구일까?' 손잡이를 두 손으로 돌리면서 나는 혼자 생각해 보았다. 손잡이는 끄떡도 않았다. '리드 아주머니 외에 누가 또 있는 걸까? 도대체 남자일까 여자일까?' 손잡이가 돌아가더니 문이 열렸다. 안으로 들어가 공손히 절을 하고 고개를 드니 보이는 것은 검은 기둥이었다. 적어도 처음 내 눈에 뜨인 것은 검은 옷을 걸친 호리호리한 것이 양탄자 위에 꼿꼿이 서 있는 모습이었다. 그 꼭대기에 있는 무시무시한 얼굴은 두리기둥 위쪽에 기둥머리처럼 올려놓은 조각 가면과 같았다.

리드 부인은 늘 앉는 난로 곁의 자리에 앉아 있다가 나에게 가까이 오라는 손짓을 했다. 내가 다가서자 그녀는 나를 석상 같은 내객에게 소개했다.

"이 아이가 바로 지원하게 된 아이입니다."

그는(내객은 남자였다.) 내게로 서서히 고개를 돌리더니 짙은 눈썹 밑에서 반짝거리는 탐색하는 듯한 회색 눈으로 나를 뜯어보고 나서 낮은 목소리로 엄숙하게 물어보는 것이었다. "몸집은 자그마한데, 몇 살이나 됩니까?"

"열 살입니다."

"어이구, 그렇게 나이를 먹었어요?" 의심쩍다는 투의 말이었다. 계속 나를 뜯어보더니 내게 말을 걸었다.

"이름이 뭐지?"

"제인 에어예요."

그렇게 말하면서 나는 고개를 들었다. 그는 아주 키가 커 보였다. 그러나 당시의 내가 워낙 작았으니 확실한 것은 알 수가 없다. 그는 얼굴 생김이 큼지막했고 얼굴의 윤곽이나 체구의 선이 험상궂고도 깔끔했다.

"그런데 제인 에어, 너는 착한 아이냐?"

그렇다고 대답할 수는 없었다. 내 주변의 조그만 세계는 반대되는 의견을 가지고 있었다. 나는 잠자코 있었다. 리드 부인이 나 대신 의미심장하게 고개를 저어 보였다. "그 점에 관해서는 말을 않는 게 좋을 성싶습니다. 브로클허스트 씨."

"그렇다면 안됐는데요! 얘기를 좀 해 보아야겠군요." 수직의 자세를 굽히더니 그가 리드 부인 맞은편의 안락의자에 앉으면서 말했다. "자, 이리 온."

나는 양탄자 위로 몇 발자국을 떼었다. 그는 나를 자기 앞에 꼿꼿이 세워 놓았다. 내 얼굴과 같은 높이의 그의 얼굴은 그야말로 못생기기가 이를 데 없었다. 커다란 코! 그 입! 그리고 툭 비어져 나온 커다란 이!

"버르장머리 없는 아이처럼 딱한 것은 없단다. 특히 버르장머리 없는 계집아이가 그렇다." 그가 말을 시작했다. "못된 사람이 죽어서 어디로 가는지 아니?"

"지옥에 갑니다." 내 입에서 단박에 나온 정통적인 답변이었다.

"그러면 지옥은 또 뭐냐? 말해 볼까?"

"불길이 타고 있는 구렁입니다."

"그런 구렁에 빠져서 영원히 불타고 싶으냐?"

"싫어요."

"그렇게 안 되려면 어떻게 해야 되지?"

나는 잠시 생각에 잠겼다. 대답을 하고 보니 마땅찮은 것이었다. "건강하게 지내서 죽지 말아야 합니다."

"어떻게 건강하게 지낼 수 있겠니? 너보다 어린 아이들이 매일같이 죽어 간다. 난 바로 며칠 전에 다섯 살 먹은 아이를 묻고 온 참이다. 아주 착한 아이라 지금은 천국에 가 있다. 네가 만약 저승으로 불려간다면 그렇게 못 될지도 모른다."

그의 의혹을 덜어 줄 형편이 못 되었기 때문에 나는 그저 눈을 내리깔고 양탄자 위에 놓인 두 개의 큼지막한 발을 바라보았다. 이런 사람 곁에서 어서 달아나고 싶다고 생각하며 나는 한숨을 쉬었다.

"지금의 한숨이 진심에서 우러나왔고 네가 신세를 진 고마운 은인께 폐를 끼쳤다는 것을 뉘우치는 한숨이길 바란다."

'뭐? 은인이라고?' 나는 속으로 생각했다. '모두들 리드 부인을 나의 은인이라고 하고 있어. 정말 그렇다면 은인이란 형편없는 것이게.'

"아침저녁으로 기도를 드리느냐?" 심문자가 말을 이었다.

"네."

"성서도 읽느냐?"

"네, 때때로 읽어요."

"즐거운 기분으로 읽느냐? 성서를 좋아하나?"

"「요한계시록」과 「다니엘서」, 「창세기」와 「사무엘서」 그리고 「출애굽기」, 「열왕기」와 「역대기」, 「욥기」와 「요나기」 중의 약간을 좋아해요."

"그리고 「시편」은? 「시편」은 좋아하겠지?"

"좋아하지 않아요."

"좋아하지 않는다고? 별일이구나! 내게 너보다 어린 사내아이가 있는데 「시편」을 여섯이나 읽고 있단다 생각이 든 비스킷을 먹는 것과 「시편」을 외는 것 중 어느 것이 더 좋으냐고 물으면 '아, 그건 「시편」이에요. 「시편」은 천사가 노래해요. 저는 지상의 천사가 되고 싶어요.'라고 한단다. 꼬마면서도 신앙심이 두텁기 때문에 그는 상으로 생강이 든 비스킷을 두 개 받게 되지."

"「시편」은 재미가 없어요." 내가 대답했다.

"바로 그게 너의 마음씨가 고약하다는 증거다. 그런 마음을 바꿔 주십사고, 새롭고 깨끗한 마음을 주십사고 하느님께 기도를 해야 한다. 돌과 같은 마음을 앗아 가고 살과 같은 마음을 주십소사 하고."

마음을 바꿔 주신다면 어떠한 방법으로 바꿔 주시는 거냐고 물어볼 참이었는데 리드 부인이 말참견을 해서 나보고 앉으라고 이른 뒤 계속 말을 이어 나갔다.

"브로클허스트 씨, 삼 주일 전에 드렸던 편지에서도 비쳤지만 이 아이는 제가 바라는 인품이나 성질을 가지고 있지 않아요. 로우드 학교에 입학을 허락해 주신다면 교장 선생님과 선생님들께서 각별히 엄하게 감독을 해 주셔야겠어요. 특히 이아이의 가장 못된 점인 사람 속이는 버릇을요. 제인, 이 얘기는 네가 듣는 데서 특히 말해 두니까 브로클허스트 씨를 속이려고 들면 못쓴다."

내가 리드 부인을 두려워하고 싫어한 것도 무리는 아니었다. 잔인하게 내 마음을 아프게 하는 것이 그녀의 본성이었으니까. 그녀 앞에서 내가 행복을 느낀 적은 한 번도 없었다. 아무리 다소곳하게 굴어도 또 그녀의 비위를 맞추려고 아무리 애를 써도 나의 노력은 헛된 것이었고 기껏 위에 적은 것 같은 말이나 듣는 것이 고작이었다. 처음 보는 사람 앞에서 이런 힐난을 듣고 보니 정말 가슴이 쓰렸다. 나를 몰아넣으려고 하는 새로운 생활에서도 벌써 희망을 꺾으려 하고 있다는 것을 나는 어렴풋이 짐작했다. 내 감정을 분명히 말로 표현할 수는 없었지만 내가 밟게 되는 역정에 혐오와 잔혹의 씨를 뿌리고 있다고 나는 느꼈다. 나는 내가 브로클허스트 씨의 면전에서 교활하고 불쾌한 아이로 탈바꿈하는 것을 목격했다. 그 상처를 어떻게 고칠 수가 있단 말인가?

'어떻게도 할 수 없는걸!' 나는 흐느낌을 참고 무력한 괴로움의 증거인 눈물을 급히 닦으며 생각했다.

"확실히 사람을 속인다는 것은 어린이로서는 예사로운 결점이 아닙니다." 브로클허스트 씨가 말했다. "거짓말을 하는 것과 같은데, 거짓말쟁이는 누구나 불길과 유황이 타고 있는 구렁 속에 떨어지기 마련이니까요. 리드 부인, 이 아이는 잘 감시하도록 하겠습니다. 템플 선생이나 다른 교사들에게 잘 얘기를 해 놓겠습니다."

"이 아이의 싹수에 맞는 방법으로 교육을 받게 되길 바랍니다." 나의 은인이 말을 이었다. "쓸모 있고 겸손한 인간이 되게 해 주십시오. 그리고 방학 동안에도 로우드 학교에서 지내게 했으면 좋겠습니다."

"부인의 결정은 아주 현명하신 판단입니다. 겸손은 기독교도의 미덕으로 로우드의 학생에게는 특히 적합한 것입니다. 따라서 학생들 사이에서 이 미덕이 길 배양되도록 특수한 배려를 하고 있는 바입니다. 나는 학생들의 세속적인 허영심을 어떻게 하면 억제할 수 있을까 연구를 해 보았습니다만 바로 얼마 전에 내가 성공했다는 기쁜 증거를 갖게 되었습니다. 나의 둘째 딸인 오거스타가 제 엄마와 함께 로우드 학교를 참관하러 갔는데 돌아오자 이렇게 말하는 것이었습니다. '아빠, 로우드의 학생들은 모두 조용하고 수더분한 것 같아요. 머리를 빗어 얹고 긴 앞치마를 두르고 웃옷 밖으로는 삼베 호주머니가 달려 있고, 아주 가난한 집 아이들 같아요! 엄마와 내 옷을 보고 비단 옷은 처음 구경하는 것처럼 쳐다보던걸요.'"

"그렇다면 제가 바라는 것과 꼭 맞아떨어지는군요." 리드 부인이 받았다. "영국 땅을 온통 다 뒤져 보아도 제인 에어와 같은 아이에게 그처럼 어울리는 학교는 없을 거예요. 브로클허스트 씨, 견실성이야말로 모든 것 가운데서 제일 바람직한 것이라고 전 생각해요."

"견실성은 기독교인의 의무 중에서도 버금가는 것이지요, 부인. 로우드 학교에서는 모든 면에서 그것이 지켜지고 있습니다. 검소한 식사에 간편한 복장, 간소한 설비에 간고를 이겨내는 활발한 습관, 이것이 현재 우리 학교와 학생들 사이에서 지켜지고 있는 질서입니다."

"좋습니다. 그러면 이 아이를 로우드의 학생으로 받아 주시고 이 아이의 처지와 싹수에 어울리는 교육을 받게 되리라는 것을 믿어도 좋겠지요?"

"좋습니다, 부인. 고르고 고른 유목(幼木)을 기르는 곳 같은 우리 학교에 이 아이를 넣어 드리겠습니다. 이 아이도 자기를 골라서 입학시켜 준 특권을 고맙게 여기게 되리라고 믿습니다."

"그러면 될 수 있는 대로 빠른 시일 내에 이 아이를 그곳으로 보내겠습니다, 브로클허스트 씨. 사실 저에게 점점 벅차지기만 하는 이 아이를 하루빨리 떠맡기고 싶은 심정이거든요.”

“그러시겠지요, 부인. 그럼 이만 실례하겠습니다. 브로클허스트관에는 일이 주일 내로 돌아갈 작정입니다. 부감독인 친구가 그 전에 나를 놓아 주지는 않을 성싶어요. 이 아이를 받아들이는 데 아무런 난점도 생기지 않도록 템플 선생에게 신입생이 가게 된다는 것을 알리겠습니다. 안녕히 계십시오.”

“안녕히 가십시오, 브로클허스트 씨. 부인과 큰따님, 오거스타와 시어도어 그리고 브로튼 도련님에게 두루 안부 여쭈어 주세요.”

“네, 그러고말고요. 얘야, 여기 『어린이의 지침』이란 책이 있다. 기도를 하고 읽어 보려무나. 특히 「거짓말과 속임수가 장기였던 마사 G.의 끔찍한 급사(急死)」란 이야기를 잘 읽어 보아라.”

이렇게 말하면서 브로클허스트 씨는 내 손에 표지가 달린 얄팍한 소책자를 건네주고 종을 울려 마차를 부르고는 돌아갔다.

리드 부인과 나만이 남게 되었다. 아무 말 없이 몇 분이 지나갔다. 그녀는 바느질을 했고 나는 그 모습을 지켜보고 있었다. 당시 그녀의 나이는 서른여섯이나 일곱쯤이었을 것이다. 아주 튼튼하게 생긴 몸집으로 어깨도 딱 벌어지고 키가 크지는 않지만 손발이 단단해 보였다. 살이 찐 편이었으나 그렇다고 뚱뚱보는 아니었다. 얼굴은 큼지막하게 생겼고 아래턱이 단단하게 발달되어 있었다. 이마는 좁고 턱은 큼지막한 것이 툭 튀어나와 있었는데 입과 코는 제법 균형이 잡혀 있었다. 엷은 눈썹 아래로는 인정을 모르는 눈이 반짝거렸고 살색은 까만 것이 탁했고 머리카락은 연한 황갈색이었다. 체질은 아주 강단이 있어서 병이 가까이 오질 못했다. 야무지고 빈틈없는 관리인으로 가족도 소작인도 다부지게 통솔하고 있었다. 오직 자녀들만이 가끔 어머니의 권위를 무시하고 조롱할 뿐이었다. 옷차림도 화려했고 훌륭한 의상을 돋보이기에 알맞은 풍채와 몸매였다.

그녀의 안락의자에서 몇 야드쯤 떨어진 낮은 걸상에 걸터앉아서 나는 그녀의 몸매를 지켜보고 얼굴도 뜯어보았다. 내 손에는 거짓말쟁이의 갑작스러운 죽음 얘기가 들어 있는 소책자가 들려 있었다. 적절한 경고로 읽어 보라고 권유받은 책이었다. 방금 일어났던 일, 나에 관해서 리드 부인이 브로클허스트 씨에게 들려준 얘기, 두 사람이 주고받은 끔찍한 대화, 이런 모든 것이 생생하게 내 마음을 쓰리게 했다. 그들의 말 한 마디 한 마디가 처음 들었을 때처럼 뼈에 사무쳤고 분노의 감정이 가슴을 휩쓸었다.

리드 부인은 바느질을 하다가 나를 쳐다보았다. 날렵한 손가락의 동작이 멈추더니 그녀의 눈길이 내 눈에 와 멎었다.

"이 방에서 나가려무나. 육아실로 돌아가." 하는 것이 그녀의 명령이었다. 내 표정이나 무슨 기색이 비위에 거슬렸는지 그녀는 내색을 않으려고 애는 썼지만 퉁명스럽게 말했다. 나는 일어서서 문께까지 갔다가 되돌아섰다. 나는 방 안을 가로질러 창께로 가서 그녀에게 바싹 다가섰다.

나는 꼭 얘기를 해야 했다. 그처럼 심하게 짓밟히지 않았던

가. 그냥 잠자코 있을 수만은 없었다. 그러나 어떻게? 적수를 향해서 대거리할 힘이 내 어디에 있단 말인가? 나는 있는 힘을 모두 내어 퉁명스럽게 대들었다.

"저는 남을 속이지 않아요. 만약 속이기가 일쑤라면 아주머니를 좋아한다고 말할 거예요. 그러나 저는 분명히 말하겠어요, 아주머니를 좋아하지 않는다고. 이 세상에서 존 리드 말고는 아주머니가 제일 싫어요. 거짓말쟁이에 관한 이 책일랑 조지아나에게 주세요. 거짓말쟁이는 제가 아니라 조지아나니까요."

리드 부인의 손은 바느질감을 든 채 꼼짝 않았다. 얼음같이 차가운 그녀의 눈길이 섬뜩하게 내 눈을 지켜보고 있었다.

"더 할 얘기가 있니?" 어린애를 상대한다기보다도 같은 어른들끼리 대거리하는 투로 그녀가 물었다.

그 눈총, 그 목소리는 내가 품고 있는 반감을 온통 휘저었다. 흥분을 누르지 못해 머리끝에서 발끝까지 온통 몸을 부들부들 떨며 나는 말을 이어 나갔다.

"아주머니가 제 살붙이가 아니라는 게 참 다행이에요. 이제부터는 아주머니라고 부르지 않겠어요, 평생을 두고. 다 큰 뒤에도 만나러 오지 않겠어요. 누구한테 외숙모를 좋아하느냐 혹은 어떤 대접을 받았느냐 하는 질문을 받게 되면 생각만 해도 몸서리가 나고 형편없는 구박을 받았다고 대답하겠어요."

"제인 에어, 어디다 대고 감히 그런 소리를 하는 거냐?"

"어디다 대고 감히 그러느냐고요? 어떻게 감히 그러느냐고요? 사실을 얘기하는 것뿐이에요. 제가 감정이 없기 때문에 애정이나 친절이 없이도 살 수 있다고 생각하시는 모양이지만 전 그것 없이는 살아갈 수가 없어요. 게다가 당신은 인정사정이 없어요. 나를 박정하게 짐짝처럼 붉은 방에 처넣어서 가두어 두었던 일을 나는 평생 두고 잊지 못할 거예요. 제가 괴로워 숨을 못 쉬면서 '부탁이에요. 리드 아주머니! 용서해 주세요.' 하고 울부짖어도 아랑곳하지 않고 말이에요. 그리고 그 벌도, 당신의 심술궂은 아들이 나를 때려눕혔기 때문에 받게 된 거예요. 내게 묻는 사람이 있으면 누구에게든 그대로 이야기해 주겠어요. 사람들은 당신을 착한 사람이라고 하고 있지만 정말은 모질고 매정한 분이에요. 당신이야말로 거짓말쟁이예요!"

채 말을 맺기도 전에 내 마음은 그때까지 겪어 본 적이 없는 야릇한 자유와 승리감으로 부풀어 오르고 후련해졌다. 보이지 않는 굴레가 풀려나가 생각지도 않았던 자유를 들이마시는 듯한 느낌이었다. 사실 그러한 느낌은 까닭이 있는 것이었다. 리드 부인은 겁먹은 표정이었다. 일감이 그녀의 무릎에서 떨어져 나갔다. 두 손을 번쩍 쳐들고 몸은 앞뒤로 요동하고 있었다. 금방 울음보라도 터뜨릴 것같이 오만상을 찌푸리고 있었다.

"제인, 그건 잘못된 생각이다. 너 왜 이러느냐? 왜 그렇게 몸을 떠니? 물 마실래?"

"일 없어요."

"그럼 뭐 딴것이라도 주랴? 제인, 나는 정말 너와 친해지고 싶은 거다."

"그만두세요. 브로클허스트 씨에게 내가 고약하고 거짓말쟁이라고 했잖아요. 로우드에 가면 당신이 어떤 사람이고 어떤 짓을 했는지 모두에게 광고하겠어요."

"제인, 넌 말귀를 알아듣지 못하는 거다. 어린이들이란 결점을 교정받아야 하는 법이야."

"속이는 건 제 결점이 아녜요." 나는 목청을 높여 사납게 고함쳤다.

"그러나 너는 걸핏하면 발끈 성을 잘 낸다. 제인, 너도 그 점은 인정해야지. 자, 그러면 육아실로 가 보아라. 착하지. 가서 좀 누워 있어."

"제가 왜 착해요? 누워 있지 못하겠어요. 빨리 학교에 보내 주세요. 여기서 살고 싶지 않아요."

"정말 빨리 보내 치워야겠군." 하고 리드 부인은 들리지 않게 입 속으로 중얼거리더니 일감을 주워 모으고는 급히 나가 버렸다.

나는 혼자서 승리자로 남아 있었다. 그것은 가장 험악한 싸움이었고 또 내가 얻은 최초의 승리였다. 나는 한동안 브로클허스트 씨가 서 있던 양탄자 위에 서서 승리자의 고독을 기분 좋게 맛보았다. 처음엔 혼자 미소 지으며 의기양양한 기분이었다. 그러나 그 뻐근한 기쁨도 빨리 뛰고 있는 가슴의 고동처럼 이내 가라앉아 버렸다. 어린이라고 하는 것은 내가 막 그랬던 것처럼 연장자와 싸우거나 혹은 감정을 마구 폭발시키고 나서는 으레 후회의 감정과 섬뜩한 무력감을 갖게 되는 법이다. 살아 있는 것처럼 번쩍거리며 날름대는 불붙은 히스 언덕이야말로 리드 부인을 힐난하며 위협하던 때의 내 기분의 적절한 상징이었을 것이다. 그리고 불 꺼진 뒤 새까맣게 쑥밭이 된 히스의 언덕은 반 시간 남짓한 침묵과 반성 끝에 내 행동이 광포했다는 것을 알게 되고 또 미워하고 미움받는 내 처지의 따분함을 깨달았을 때의 내 심정을 적절히 나타내 주는 것이었으리라.

복수 비슷한 감정을 내가 맛보기는 그것이 처음이었다. 복수는 향기 좋은 포도주와 같아서 마실 때는 따뜻하고 독특한 맛이 돌았다. 그러나 뒷맛은 쇠붙이 맛이 나고 입 안이 얼얼해서 흡사 독이라도 마신 것 같았다. 나는 당장 리드 부인에게로 달려가서 용서를 구하고 싶은 기분이었다. 그러나 그렇게 하면 그녀는 이중의 멸시로 나를 물리칠 터이고, 그렇게 함으로써 나의 성깔을 북돋우게 되리라는 것을 나는 절반은 경험으로 절반은 본능적으로 알고 있었다.

나는 거친 소리를 내뱉기보다는 보다 나은 정신 능력을 구사하고 싶었다. 음침한 분노보다는 무엇인가 부드러운 감정을 기르고 싶었다. 나는 책 한 권을, 아라비아의 이야기책을 손에 잡고 걸터앉아 읽으려고 해 보았다. 그러나 무슨 얘기인지 도무지 머릿속에 들어오지 않았다. 가지가지 생각이 떠올라 여느 때 같으면 홀리게 읽었을 책장과 나 사이를 가로막는 것이었다. 나는 조반실의 유리문을 열어 보았다. 관목 덤불은 고요하고 햇볕에도 선들바람에도 녹지 않은 검은 된서리가 마당 위를 덮고 있었다. 나는 얼굴과 팔뚝을 프록 자락으로 가리고 외진 숲속을 거닐려고 나갔다. 그러나 말없이 서 있는 수

목, 얼어붙은 가을의 유물인 떨어지는 솔방울, 지나간 바람에 불려 이제는 한 덩어리로 굳어진 적갈색의 낙엽, 그 어느 곳에서도 즐거움을 찾을 길이 없었다. 나는 대문에 기대어 텅 빈 풀밭을 바라보았다. 풀을 뜯는 양 떼도 없었고 작달막한 풀이 서리로 하얗게 되어 있을 뿐이었다. 우중충한 날씨였다. '눈발이 선' 음산한 하늘이 모든 것을 덮고 있었다. 그 하늘에서 이따금 눈송이가 내려와 얼어붙은 오솔길이나 하얀 풀밭에 떨어져서는 녹지를 않았다. "이제 어떻게 한담? 어떻게 하면 좋담?" 하고 몇 번이고 혼자서 중얼거리며 불쌍한 몰골을 하고 나는 서 있었다.

갑자기 또렷한 목소리가 들려왔다. "제인 양, 어디 있니? 점심 먹으러 와!"

베시의 목소리라는 것을 알았다. 그러나 나는 꼼짝하지 않았다. 오솔길을 따라서 그녀의 가벼운 발길이 다가왔다.

"이 말썽꾸러기야! 부르는데 왜 오지 않니?"

보통 때 흔히 그러듯이 그녀는 약간 언짢은 듯한 기색이었으나 그때까지 내가 곰곰이 되씹고 있던 생각에 비하면 베시가 와 준 것은 흐뭇한 일이었다. 리드 부인과 대거리해서 싸운 뒤 승리를 거둔 참이라 베시의 일시적인 노여움쯤은 아무렇지 않게 생각되었다. 오히려 그녀의 처녀다운 가볍고 밝은 기분에 깊이 보고 싶은 심정이었다. 나는 두 팔로 베시를 껴안으며 말했다. "베시, 야단치지 마세요."

여느 때의 나로서는 볼 수 없었던 솔직하고 숫기 있는 동작이었다. 그것이 베시에게는 좋았던 모양이다.

"제인 양, 넌 참 이상하구나." 나를 내려다보며 그녀가 말했다. "홀로 헤매기만 하고. 학교엘 가게 된다지?"

나는 고개를 끄덕여 보였다.

"그래 이 불쌍한 베시를 두고 가는 게 섭섭하지 않니?"

"베시가 내 생각을 해 주기나 하나요? 늘 야단이나 치지."

"그건 네가 이상스레 수줍어하고 겁을 잘 집어먹기 때문이란다. 좀 더 배짱이 있어야지."

"어이구, 그러다가 더 두들겨 맞으라고요?"

"무슨 소리! 그러나 네가 조금 구박을 받고 있다는 건 사실이다. 지난 주일 나를 보러 오셨을 때 우리 어머님도 말씀하셨단다. 자기 자식이 너 같은 처지가 되게 하긴 싫다고. 자, 들어가자, 네게 좋은 소식이 있다."

"좋은 소식이 있을 턱이 있나요?"

"그게 무슨 소리야. 그렇게 처량한 눈으로 보지를 마라. 어쨌건, 마님과 따님과 도련님은 모두 오후의 차 시간에 초대를 받아 나간대. 그래서 난 너와 함께 차를 마실 작정이다. 요리사에게 부탁해서 과자를 구워 달라 하고, 그다음 장롱 정리하는 것을 좀 도와 다오. 곧 네 짐을 싸야 할 테니까. 마님은 너를 하루나 이틀 안으로 출발시킬 작정이란다. 네가 가지고 가고 싶은 장난감을 골라 두려무나."

"베시, 내가 떠날 때까지 야단치지 않겠다고 약속해 줘요."

"그래, 그래. 그러나 너도 착하게 굴고 나를 무서워해서는 안 된다. 조금 심한 소리를 해도 놀라서는 안 된다. 응? 그러면 나도 화가 나거든."

"이제는 무서워하지 않겠어요. 아주 익숙해진걸요, 뭐. 그러나 곧 딴 사람들을 무서워하게 될지도 몰라요."

"사람들을 무서워하면 그들도 너를 싫어하게 된단다."

"베시처럼 말이지요?"

"난 너를 싫어하는 게 아니란다. 다른 누구보다도 너를 좋아하고 있다."

"그래도 그건 표시를 안 하는걸요, 뭐."

"에이, 요것아! 너 말투가 아주 달라졌구나. 어떻게 그리 배짱이 세어졌니?"

"뭐, 이제 헤어지게 되잖아요. 그리고……." 리드 부인과 대거리한 이야기를 하려다가 생각을 고쳐먹고 잠자코 있는 것이 낫겠다고 생각했다.

"그래, 너 나와 헤어지게 되어서 좋으냐?"

"아니에요, 베시. 지금 어쩐지 마음이 언짢은걸요."

"지금 어쩐지라고! 아주 쌀쌀한 말씨구나. 작별의 키스를 해 달라고 해도 너 안 해 주겠구나. 어쩐지 하고 싶은 생각이 없다고 하면서."

"키스하겠어요. 자, 고개를 내려요." 베시는 허리를 굽혔다. 우리는 서로 끌어안았다. 나는 포근한 기분으로 그녀를 따라 저택으로 들어섰다. 그날 오후는 평화와 조화 속에 지나갔다. 밤이 되자 베시는 내게 아주 재미있는 이야기를 들려주었다. 제일 좋은 노래도 불러 주었다. 내게도 인생이 햇빛을 번뜩여 주었던 것이다.

5장

1월 19일 아침, 시계가 다섯 시를 치자마자 베시가 촛불을 들고 내 방으로 들어왔다. 나는 벌써 일어나서 옷을 거의 입은 참이었다. 그녀가 들어오기 삼십 분 전에 벌써 나는 일어나서 침대 곁의 조그만 창으로 새어 들어오는 막 지고 있는 반달의 빛에 의지하여 세수를 하고 옷을 입었던 것이다. 그날 오전 여섯 시에 문지기 집의 문 앞을 통과하는 역마차로 게이츠헤드를 출발하기로 되어 있었다. 일어나 있는 사람은 베시뿐이었다. 육아실 난로에 불을 피우고 거기서 내 조반을 짓고 있는 참이었다. 여행을 앞두고 흥분이 되어 있을 때 밥이 먹히는 아이는 거의 없으리라. 내 경우도 그랬다. 일껏 나를 위해 지어 준 따뜻한 우유에 적신 빵을 내게 권하다가 헛된 일인 줄을 알게 되자 베시는 비스킷을 종이에 싸서 내 가방 속에 넣어 주었다. 외투를 입고 모자를 쓰는 것을 거들어 주고는 자기도 숄을 걸치더니 나를 데리고 육아실을 나섰다. 리드 부인의 침실 앞을 지날 때 그녀가 말했다. "들어가서 마님께 작별 인사를 하지 않으련?"

"그만두겠어요, 베시. 어젯밤 베시가 저녁 먹으러 내려갔을 때 아주머니가 내 침대 곁으로 와서 말했거든요, 내일 자기나 외사촌들을 깨울 필요가 없다고. 자기가 나의 가장 가까운 친구였다는 것을 잊지 말고 또 남에게도 그렇게 말하고 고마운 생각을 가져 달라고요."

"그래 무어라고 대답했니?"

"아무 말도 안 했어요. 이불로 얼굴을 가리고 벽을 향해 돌아누웠어요."

"제인 양, 그러는 게 아니야."

"뭐가 어때요? 베시가 시중들고 있는 마님은 내 친구이기는 커녕 원수였는걸요."

"제인 양, 그런 소리 하면 못써!"

"잘 있거라. 게이츠헤드!" 복도를 지나 현관 밖으로 나섰을 때 나는 소리쳤다.

달이 진 뒤여서 아주 캄캄했다. 베시는 랜턴을 들고 있었고 그 빛이 젖은 층계와 최근에 녹은 눈으로 함빡 젖은 자갈길을 비춰 주었다. 냉기가 몸에 스미는 쌀쌀한 겨울 아침이었다. 마찻길을 서둘러 가는데도 이가 덜덜 떨려 왔다. 문지기 집의 불빛이 보였다. 거기 당도해 보니 문지기 아내가 불을 피우고 있었다. 전날 밤에 옮겨 놓은 내 트렁크는 묶인 채 문간에 세워져 있었다. 여섯 시를 불과 몇 분 앞두고 있었다. 이내 여섯 시가 되자 멀리에서 마차 바퀴 소리가 울려와 역마차가 가까이 오는 것을 알 수 있었다. 나는 문가로 가서 어둠을 뚫고 가까이 다가오는 역마차의 불빛을 지켜보았다.

"이 아이는 혼자 가나요?" 문지기의 아내가 물었다.

"네."

"얼마나 되나요, 가는 곳이?"

"50마일쯤 돼요."

"아주 멀리 가네요! 마님도 참 먼 곳으로 혼자 보내는군요."

역마차가 멎었다. 네 필의 말이 끌고 손님을 위에 가득 태운 마차의 모습이 문 밖으로 보였다. 마부와 차장이 빨리 타라고 큰 소리를 쳤다. 내 트렁크가 올려졌다. 키스를 하면서 매달려 있던 베시의 목에서 나는 억지로 떼어졌다.

"이 아이를 잘 돌보아 주세요." 차장이 나를 안으로 안아 올리자 베시가 소리쳤다.

"염려 마세요." 하는 대답 소리가 났다. 문이 쾅 닫히고 "출발!" 하는 소리가 나면서 역마차가 달리기 시작했다. 이렇게 해서 나는 베시와 게이츠헤드로부터 떨어져, 알지 못하는(당시의 느낌으로는 멀고 신비로운) 고장으로 실려 가게 되었다.

그 여행은 별로 내 기억에 남아 있는 것이 없다. 그저 생각나는 것은 그날이 굉장히 길게 생각되었다는 것, 수백 마일이나 되는 길을 달린 것 같은 느낌이 들었다는 것 정도다. 서너 개의 소읍(小邑)을 지났는데 그중 꽤 큰 곳에서 마차가 멎었다. 말도 마차에서 풀리고 승객들도 식사를 위해 내렸다. 나도 주막집으로 인도되었고 차장이 무엇인가 먹으라고 일러 주었지만 나는 식욕이 없어 널찍한 방에 혼자 남아 있었다. 양쪽으로 난로가 있고 천장에는 샹들리에가 걸려 있었다. 벽 높은 곳으로 조그만 붉은 다락이 있어 악기가 가득 들어 있었다. 누군가가 들어와서 나를 유괴해 가지나 않을까 하는 불안에 싸인 채 야릇한 기분으로 나는 오랫동안 그 방 안을 거닐고 있었다. 난롯가에서 베시가 들려준 얘기 속에는 늘 유괴범들의 활동상이 나오기 때문에 유괴범이 정말로 있는 것이라고 나는 생각했던 것이다. 이윽고 차장이 돌아왔다. 나는 다시 마차를 탄 몸이 되었고 나의 보호자인 차장이 자기 자리에 앉아 각적을 불자 마차는 L읍의 자갈길을 덜커덩거리며 달리기 시작했다.

오후부터는 비가 올 것 같은 날씨에 안개도 끼었다. 땅거미 무렵이 되면서 나는 게이츠헤드에서 정말 멀리 왔다는 것을 실감하기 시작했다. 이제는 사람 사는 고을은 지나가지 않았다. 지방의 외관도 변해서 커다란 회색의 구름이 지평선 위로 솟아 있었다. 어둠이 짙어지면서 우리는 시꺼먼 수풀로 싸인 분지를 내려갔고 완전히 밤이 되어 주위의 경치를 알아볼 수 없게 되면서부터는 나무 사이를 지나가는 심한 바람 소리가 들려왔다.

바람 소리를 자장가 삼아 마침내 나는 곤히 잠들어 버렸다. 그러나 잠이 든 지 얼마 안 되어 마차가 갑자기 멈춰 서는 바람에 잠이 깨었다. 마차의 문이 열리자 하녀처럼 생긴 여인이 서 있었다. 램프의 불빛으로 그녀의 얼굴과 옷차림을 볼 수가 있었다.

"제인 에어라는 어린애가 혹 안 탔습니까?" 그녀가 물었다. "네." 내가 대답했다. 나는 들려서 내린 몸이 되었다. 내 트렁크가 내려지고 마차는 곧 떠나갔다.

오랫동안 앉아 있었기 때문에 몸이 뻣뻣했고 마차의 소음과 동요 때문에 정신이 멍했지만 정신을 차리고 주위를 둘러보았다. 비바람과 어둠이 사방을 채우고 있었지만 눈앞에 담이 있고 담으로 나 있는 출입문이 열려 있는 것이 희미하게 보였다. 나는 새 안내인과 함께 그 문을 지났다. 안내인은 안으로 들어선 뒤 문을 닫고 자물쇠를 잠갔다. 창이 많이 나 있고 그중 몇 개의 창으로는 불빛이 휘황한, (길게 뻗어 있기 때문에) 한 채로도 보이고 서너 채로도 보이는 건물이 보였다. 우리는 폭넓은 자갈길을 물을 첨벙거리며 올라가 건물 속으로 들어갔다. 안내인은 복도를 지나 난롯불이 있는 방으로 나를 안내하더니 나를 혼자 남겨 두고 방을 나갔다.

나는 선 채로 곱은 손을 불에 쬐며 주위를 둘러보았다. 촛불은 켜져 있지 않았지만 난로의 번뜩이는 불빛으로 가끔 벽지를 발라 놓은 벽과 양탄자와 커튼과 윤기 나는 마호가니 가구가 보였다. 거기는 객실이었다. 게이츠헤드 저택의 객실처럼 넓지도 화려하지도 않았지만 제법 아늑한 방이었다. 벽에 걸린 그림이 무슨 그림인가 하고 바라보고 있는데 문이 열리고 불을 든 사람이 들어왔다. 바로 뒤를 또 한 사람이 따라 들어왔다.

먼저 들어온 사람은 머리도 눈도 새까맣고 파리한 넓은 이마를 한 키가 큰 여성이었다. 숄을 걸치고 있었고 엄숙한 표정에 자세는 꼿꼿했다.

"이렇게 어린 아이를 혼자 보냈네." 촛대를 탁자 위에 올려놓으며 그녀가 말했다. 나를 한동안 빤히 쳐다보고 나서 그녀는 덧붙였다.

"곧 재우도록 하는 게 좋겠어. 아주 지쳐 보이는걸. 피곤하지?" 내 어깨 위에 손을 얹으며 그녀가 물었다.

"네, 조금."

"그리고 배도 고프겠지. 밀러 선생, 자기 전에 저녁을 좀 먹이도록 해요. 부모님 곁을 떠나서 학교로 온 것이 처음인가?"

나는 부모가 안 계신다는 것을 설명해 주었다. 부모님이 돌아가신 지 얼마나 되느냐, 나이는 몇 살이며 이름은 무엇이냐, 읽기 쓰기 바느질을 할 줄 아느냐고 물어보고 나서 그녀는 집게손가락으로 부드럽게 내 볼을 만지고는 "참한 어린이가 되어야 해요."라고 이르고 밀러 선생과 함께 나가 보라고 했다.

그녀는 스물아홉쯤 되어 보였다. 나와 함께 방을 나선 밀러 선생은 몇 살쯤 젊어 보였다. 첫 번째 여성은 목소리나 용모나 태도가 인상적이었다. 밀러 선생은 훨씬 평범해 보였고 얼굴은 불그스름한 편이었으나 근심이 있어 보이는 표정이었고 할 일이 산더미처럼 많은 사람인 양 늘 동작이나 걸음걸이가 다급해 보였다. 뒤에 보조 교사라는 것을 알았는데 정말 보조 교사다운 외양이요, 동작이었다. 이 여인에게 인도되어 넓고 불규칙한 건물의 칸막이 방과 복도를 수없이 지나갔다. 이윽고 그때까지 통과해 온 건물 이곳저곳의 적적한 고요와는 달리

72

많은 목소리들로 떠들썩한 곳에 당도해서 넓고 기다란 방 안으로 들어섰다. 방의 양쪽 가장자리로는 두 개의 커다란 소나무 재목의 탁자가 놓여 있었고 탁자 위에는 제각기 촛불이 두 개씩 켜져 있었다. 그 주위의 벤치에는 아홉이나 열 살에서 스무 살에 이르기까지 다양한 나이의 소녀들이 걸터앉아 있었다. 흐릿한 촛불에 비친 것으로는 모두들 한결같이 야릇한 모양의 갈색 모직 옷을 입고 있었고 긴 홀란드 천 앞치마를 두르고 있었다. 마침 자습 시간으로 소녀들은 이튿날 공부할 부분을 외기에 한창이었다. 아까 내 귀에 들렸던 떠들썩한 목소리는 여럿이서 한꺼번에 조그만 목소리로 반복해서 외는 소리였다.

밀러 선생은 문에 가까운 벤치에 앉으라고 내게 손짓을 하고는 긴 방의 윗자리로 걸어가서 큰 소리로 말했다.

"반장, 교과서를 모아서 치워요!"

키가 큰 네 사람의 소녀가 각자 책상에서 일어서더니 교과서를 모아서 치워 놓았다. 밀러 선생이 또 명령을 내렸다.

"반장, 저녁밥 접시를 가져와요!"

키 큰 소녀들은 나갔다가 각자 접시를 들고 들어왔다. 접시 위에는 무엇인지 모르지만 조그맣게 한 사람 몫씩 얹어 놓은 것이 있었고 물주전자와 컵이 한복판에 놓여 있었다. 한 사람 몫씩 분배되었고 물을 마시고 싶은 사람은 물을 마셨지만 컵은 공용이었다. 내 차례가 왔을 때 목이 말라 물을 마셨지만 먹을 것에는 손을 대지 않았다. 흥분과 피로가 겹쳐 먹히지가 않았다. 지금 생각해 보니 그 저녁 식사란 조그맣게 썰어 놓은 귀리 빵이었다.

식사가 끝나자 밀러 선생은 기도를 올렸고 각 반의 학생들은 두 사람씩 열을 지어 이 층으로 올라갔다. 이미 기진맥진해 있었던 나는 침실이 어떻게 생겼는지조차 알아차리지 못했다. 그저 아까의 교실처럼 폭이 좁고 퍽 긴 방이라는 것이 머릿속에 들어왔을 뿐이다. 그날 밤 나는 밀러 선생과 함께 자기로 되어 있었다. 그녀는 내가 옷 벗는 것을 거들어 주었다. 자리에 누우니 침대가 여러 줄로 줄지어 있는 것이 보였고, 침대 하나에 학생이 둘씩 들어갔다. 십 분쯤 후에 단 하나 켜져 있던 불이 꺼지고 고요와 어둠 속에서 나는 잠이 들었다.

밤은 순식간에 지나갔다. 너무 지쳐서 꿈도 꾸지 않았다. 밤중에 단 한 번 잠이 깨어 바람이 굉장히 휘몰아치고 비가 폭포수처럼 퍼붓는 소리를 들었고 또 밀러 선생이 내 곁에 누워 있다는 것을 알아차렸을 뿐이다. 다시 잠이 깼을 때는 종이 땡땡 울리고 학생들은 일어나서 옷을 입고 있었다. 날은 아직 새지 않았고 방 안에는 한두 개의 골풀 양초가 켜져 있었다. 나도 마지못해 일어났다. 굉장히 추웠다. 온몸이 떨려 왔지만 어떻게든 옷을 걸쳤고 세면대가 비기를 기다렸다가 세수를 했다. 방 한복판의 세면대에는 학생 여섯에 하나씩밖에 대야가 돌아가지 않았기 때문에 차례가 쉬 오지는 않았다. 다시 종소리가 났다. 모두들 두 사람씩 짝을 지어 2열 종대로 층계를 내려가 어두컴컴하고 추운 교실로 들어갔다. 거기서 밀러 선생이 아침 기도를 올렸고 기도가 끝나자 그녀는 외치는 것이었다.

"각 반 편성!"

몇 분 동안 계속해서 큰 소동이 벌어지고 그사이 밀러 선생은 되풀이해서 소리쳤다. "조용히! 규칙을 지켜요!" 소란이 가라앉자 학생들은 네 개의 테이블에 놓인 네 개의 의자 앞에 네 개의 반원형을 그리고 서 있었다. 모두들 손에 책을 들고 있었고, 성서인 듯한 커다란 책이 아직 자리 잡지 않은 의자 앞 각자의 테이블 위에 놓여 있었다. 잠시 사이를 두고 나지막하게 웅성대는 소음이 일어났다. 밀러 선생은 각 반을 돌아다니며 이 소음을 제거했다.

멀리서 종소리가 났다. 그 순간 세 여성이 교실로 들어와 각각 테이블로 걸어가 자기 자리에 앉았다. 밀러 선생은 문 가까이에 있는 네 번째 의자에 앉았다. 그 주위로는 제일 작은 학생들이 모여들었는데 나도 이 하급반으로 불려가 제일 끝자리를 얻었다.

일과가 시작되었다. 그날의 특별 기도문이 낭송되었고 이어 성서의 구절이 복창되고 그 후 한 시간 동안 성서 읽기가 계속되었다. 이 예배가 끝날 무렵에는 날이 아주 새어 있었다. 지칠 줄 모르는 종이 네 번째 울리자 각 학급은 열을 지어 아침 식사를 하러 별실로 행진해 갔다. 무엇인가를 먹게 된다고 생각하니 기쁘기 한이 없었다. 그 전날 거의 아무것도 먹은 게 없었던 나는 허기져 있었다.

식당은 나지막한 천장의 커다랗고 음산한 방이었다. 두 개의 커다란 테이블 위에는 무엇인가 뜨거운 것을 담아 놓은 동이가 김을 무럭무럭 내고 있었다. 그러나 도저히 입맛을 당기게 한다고는 볼 수 없는 고약한 냄새를 풍기고 있어 나는 여간 놀라지 않았다. 이 냄새가 그것을 먹기 마련인 학생들의 후각에 가 닿았을 때 모두들 한결같이 불평스러운 표정이 되는 것을 나는 보았다. 열의 앞자리에 있던 키 큰 소녀들의 입에서 소곤거리는 소리가 났다.

"아이고, 죽이 또 탔어!"

"조용히 해." 하고 외치는 소리가 났다. 밀러 선생의 목소리가 아니고 보다 상위의 선생 목소리였다. 조그만 몸매에 머리가 검고 화사한 옷차림을 했으나 무뚝뚝한 인상이었다. 테이블 하나의 상좌에 앉아 있었는데 다른 테이블에는 보다 뚱뚱하고 쾌활하게 생긴 여성이 앉아 있었다. 나는 어젯밤에 처음으로 만났던 선생님을 찾아보았으나 보이질 않았다. 밀러 선생은 내가 앉아 있던 식탁의 말석에 앉아 있었고, 나중에 프랑스어 교사임을 알게 된 외국인인 듯한 노부인이 다른 식탁의 같은 자리에 앉아 있었다. 식사 전의 긴 기도 시간 후 찬송가를 불렀다. 이어 급사가 교사들에게 차를 날라다 주자 식사가 시작되었다.

허기져 있던 나는 맛도 보지 않고 내 몫의 죽을 한두 숟가락 퍼먹었다. 그러나 허기의 최초의 예기가 가시자 내가 먹고 있는 것이 구역질나는 것임을 알게 되었다. 탄 죽은 썩은 감자와 진배가 없어서 굶주린 사람도 구역질을 내고야 말 음식이었다. 학생들의 숟가락질은 더디었다. 누구나 맛을 보고 그것을 삼키려고 애를 썼으나 대개의 경우 노력을 포기하지 않을 수 없게 되는 것을 역력히 볼 수가 있었다. 아침 식사는 끝났으나 제대로 식사를 한 사람은 없었다. 먹지 못한 식사를 위한 기도를 올리고 다시 찬송가를 부르고 학생들은 식당을 나서서 교실로 들어갔다. 나는 마지막으로 식당을 나온 학생의 하나였는데 식탁 옆을 지날 때 교사 한 사람이 죽 동이를 들고 맛을 보고 있는 것을 보았다. 그 교사는 딴 교사들을 둘러보았다. 교사들은 모두 불쾌한 표정을 짓고 있었다. 그중에 한 사람, 뚱뚱한 교사가 소곤거렸다.

"이게 뭐야! 아이, 창피해."

십오 분쯤 지나서 수업이 시작되었는데 그사이 교실은 난장판이었다. 이때만은 큰 소리로 마음대로 떠드는 것이 허용되는 모양이었고, 학생들은 그 특권을 마음껏 누렸던 것이다. 모두들 아침 식사에 관한 얘기뿐이었고, 한결같이 욕설을 내뱉었다. 가엾은 학생들! 그것이 그들의 유일한 위안거리였던 것이다. 교실 안에는 밀러 선생만이 남아 있었다. 키 큰 소녀들이 그녀 주위에 둘러서서 심각하고 뚱한 표정으로 얘기를 하고 있었다. 몇 사람의 입에서 브로클허스트 씨란 이름이 튀어나왔고, 밀러 선생은 거기에 이의가 있는 듯이 고개를 저어 보였으나 그렇다고 학생들의 분노를 진정시키려고 크게 애쓰는 것도 아니었다. 틀림없이 그녀도 함께 분노하고 있었다.

교실의 시계가 아홉 시를 쳤다. 밀러 선생은 자기를 에워싸고 있던 학생들을 헤치고 교실 한복판에 가 서서 소리쳤다.

"조용히 해요! 착석!"

이내 기강이 섰다. 오 분이 안 되어 난장판이 가라앉고 마구 떠들어 대던 소리도 쑥 들어가 비교적 조용해졌다. 상급반 학생들은 제시간에 자리에 앉아 모두 누군가를 기다리고 있는 것 같았다. 교실 양쪽으로 나란히 놓여 있는 벤치에 팔십 명의 소녀들은 꼼짝 않고 꼿꼿한 자세로 앉아 있었다. 기묘한 집단처럼 보였다. 모두들 머릿단을 묶어 놓아 곱슬머리 한 가닥 보이지 않았고, 폭이 좁은 깃이 달린 갈색의 옷을 걸치고 (스코틀랜드인의 지갑 모양의) 조그만 삼베 포켓을 프록에 해 달고 있었다. 또 모두들 긴 털양말과 놋쇠 장식이 달려 있는 촌티 나는 구두를 신고 있었다. 이러한 차림을 하고 있는 학생들 가운데서도 스무 명쯤은 이미 성숙한 처녀라고 할까, 제법 젊은 여성 같은 모습이었다. 그녀들에게 이러한 옷차림이 어울리지 않아 제일 예쁜 학생들조차 본때 없고 묘한 몰골이 되어 있었다.

나는 여전히 그들을 쳐다보고 있었고 사이사이 교사들도 관찰했다. 어느 한 사람 내 마음에 드는 이가 없었다. 몸집 좋은 교사는 약간 거칠어 보였고 깜장 머리 교사는 무서워 보였고 외국인 교사는 사납고 괴이한 인상이었다. 가엾은 밀러 선생은 고생에 찌들고 지친 듯 시퍼런 얼굴을 하고 있었다. 이렇게 내 눈이 번갈아 가며 얼굴을 쳐다보고 있는데 전체 학생이 마치 하나의 기계로 퉁긴 듯이 동시에 벌떡 일어섰다.

대체 무슨 일일까? 구령 소리도 들리지 않았는데 하고 나는 당황했다. 내가 정신을 차리고 보니 모두들 다시 자리에 앉아 있었다. 그러나 모두의 눈길이 한곳으로 향해 있었기 때문에 나도 그쪽을 바라보니 전날 밤에 나를 맞아 주었던 바로 그 선생님이었다. 그녀는 긴 교실 끝, 난롯가(교실 양쪽으로 난로가 있었다.)에 서서 두 줄로 앉아 있는 학생들을 말없이 엄숙하게 훑어보았다. 밀러 선생이 그녀 곁으로 가더니 무엇인가를 물어보는 성싶었다. 대답을 듣자 아까의 자리로 되돌아가 큰 소리로 말했다.

"1반 반장, 지구의를 가져와요!"

이 지시가 실천에 옮겨지는 동안 상의를 받았던 여성은 느릿느릿 교실 앞쪽으로 걸어 나갔다. 내게는 존경심이 제대로 갖추어져 있었다고 나는 생각한다. 그녀의 발자국을 지켜보고 있던 당시 내 외경의 기분을 지금까지 잊지 않고 있으니 말이다. 환한 대낮에 보니 큰 키에 피부가 희고 몸매가 아리따운 여성이었다. 자애로운 빛이 떠도는 갈색 눈동자, 그 주위의 그려 넣은 듯 가늘고 긴 속눈썹, 넓고 하얀 이마에, 양쪽 관자놀이에는 당시의 유행을 따라 짙은 암갈색의 머리가 동그랗게 고수머리로 늘어뜨려져 있었다. 당시에는 머리에 리본을 감는다든가 고수머리를 길게 늘어뜨리는 일은 없었기 때문이다. 옷차림도 당시의 유행을 좇아서 자줏빛 천에다가 검정 벨벳을 스페인식으로 장식해서 돋보이게 하고 있었다. 허리띠에서는 금시계가 번쩍이고 있었다.(당시에는 지금처럼 시계가 흔하지 않았다.) 그녀의 초상을 완성하기 위해서는, 여기에다 세련된 이목구비와 파리하면서도 윤기 있는 얼굴, 당당한 태도와 풍채를 첨가해 보는 것이 좋다. 그러면 적어도 말로 표현할 수 있는 한에서는 템플 선생(머라이어 템플이란 이름임을 그 후 교회에 심부름으로 가져갔던 기도서에서 알게 되었다.)의 외모를 정확하고 분명하게 전달받은 셈이 될 것이다.

로우드 학교의 교장은(그 여성이 교장이었다.) 책상 위에 놓인 한 쌍의 지구의 앞에 앉더니 제일 상급의 학생들을 자기 주위로 모아 놓고 지리 수업을 시작했다. 하급반 학생들은 다른 교사가 불러들여 역사와 문법의 암송이 한 시간 계속되고 그 뒤 받아쓰기와 산술 공부가 진행되었다. 음악은 템플 선생이 나이 많은 축들을 가르쳤다. 수업 시간은 각각 시계로 재었는데 마침내 시계가 열두 시를 쳤다. 교장 선생이 일어서서 말했다.

"학생들한테 전할 얘기가 있어요."

수업이 끝났을 때의 소란이 이미 시작되고 있었지만 교장 선생의 이 말로 조용해졌다. 교장 선생이 말을 이었다.

"여러분은 오늘 아침, 식사를 제대로 못 했어요. 아마 시장들 할 거요. 치즈를 바른 빵으로 간식을 먹을 수 있도록 내가 조처를 해 놓았어요."

교사들은 놀란 표정으로 그녀의 얼굴을 바라보았다.

"이것은 나의 책임하에 취하는 조처입니다." 그녀는 다른 교사들에게 설명하듯 덧붙이고는 곧 교실을 나가 버렸다.

이윽고 치즈 바른 빵이 나와 분배가 되었다. 전교생은 갑자기 기운을 내고 크게 기뻐했다. 그러자 "교정으로!" 하는 구령이 내렸다. 학생들은 각자 물을 들인 캘리코 끈이 달린 밀짚모자를 쓰고 회색 프리즈 망토를 입었다. 나도 같은 차림을 하고 밖으로 나갔다.

교정은 바깥 경치를 전혀 볼 수 없을 정도의 높은 담으로 둘러싸인 넓은 구내였다. 한쪽으로는 지붕이 달린 베란다가 계속되고 조그만 여러 개의 화단으로 구획된 중앙 부분에는 넓은 보도가 나 있었다. 이 화단은 화초를 심도록 학생들에게 할당된 것으로 각기 임자가 정해져 있었다. 꽃이 한창이었을 때는 보기 좋았음에 틀림이 없지만 1월 하순인 지금은 모두 말라비틀어져 갈색으로 변해 있었다. 나는 화단에 서서 주위를 둘러보고 몸을 떨었다. 야외의 운동을 하기에는 험악한 날씨였다. 비가 오는 것은 아니었지만 이슬비로 변하는 누런 안개가 잔뜩 끼어 있었다. 그리고 그 전날 온 비 때문에 땅은 온통 질퍽질퍽했다. 튼튼한 소녀들은 주위를 뛰어다니면서 활발하게 무용을 하고 놀았지만 파리한 안색의 여윈 학생들은 추위를 피해 베란다에 모여 웅성거리고 있었다. 짙은 안개가 떨리는 몸속 구석구석까지 파고들자 자꾸 헛기침 소리가 들려왔다.

아직 나는 아무에게도 말을 건넨 적이 없었고 또 아무도 나를 아랑곳하지 않았다. 나는 혼자서 서 있었지만 그런 고독감에는 익숙해 있었고 별로 괴롭지도 않았다. 나는 베란다 기둥에 기댄 채 회색 망토를 잔뜩 몸에 감고 밖에서 스며드는 추위와 안에서 파고드는 채워지지 않는 허기를 잊으려고 하면서 그저 모두의 모습을 지켜보고 생각을 하려고 애썼다. 그러나 나의 생각이라는 것은 너무나 단편적이고 또 막연한 것이어서 기록할 가치가 없는 것이었다. 나는 내가 어디에 와 있는 것인지 잘 알지를 못했다. 게이츠헤드나 지난날의 생활은 머나먼 곳으로 흘러간 것 같았고 현재는 막연하고 기이하게 생각되었다. 미래에 관해서는 짐작조차 되지 않았다. 나는 수

도원 같은 뜰을 바라보고 교사를 올려다보았다. 큼직한 건물로 절반은 낡아빠진 회색으로 보였지만 나머지 절반은 아주 새것처럼 보였다. 교실과 기숙사로 되어 있는 새 쪽은 문설주 달린 격자 모양의 창에 불이 밝혀져 있어 교회 같은 인상을 주었다. 그 입구 위쪽의 돌 현판에는 이렇게 새겨져 있었다.

로우드 자선 학교. 이 부분은 서기 ○○○○년 우리 고장의 브로클허스트 저택의 네오미 브로클허스트 여사가 재건한 것이다.

"그대의 선행을 보고 하늘에 계시는 아버지의 영광을 찬양할 수 있도록 이렇듯 그대의 빛을 사람들 앞에 빛내도다."

——「마태복음」 5장 16절

나는 되풀이해서 이 글귀를 읽어 보았다. 이 글귀는 설명이 필요한 것 같은 느낌이 들었다. 그 의미를 충분히 이해할 수가 없었기 때문이다. 나는 '자선 학교'란 말의 의미를 곰곰이 생각하며 이 말과 성서의 구절이 무슨 관련을 가지고 있는 것일까 생각하고 있었다. 그때 바로 뒤에서 기침 소리가 나 돌아보았다. 근처 돌 벤치에 한 소녀가 앉아 있었다. 그녀는 책 위로 몸을 구부리고 있었는데 골똘히 그것을 읽고 있는 성싶었다. 내가 서 있는 곳에서 책의 표제가 보였다. 『라셀라스』였다. 치음 듣는 이름이었기 때문에 나는 호기심이 갔다. 책장을 넘기던 소녀가 우연히 고개를 들자 나는 곧 말을 걸었다.

"그 책 재미있어?" 언젠가 그 책을 빌려 볼 작정을 나는 이미 하고 있었다.

잠시 사이를 두어 나를 쳐다보고 나서 그녀는 "난 재미있어." 하고 대답했다.

"어떤 얘기인데?" 내가 말을 이었다. 모르는 사람에게 이렇게 말을 거는 배짱을 어디에서 찾아냈는지는 나도 모른다. 내성질이나 습관에는 어울리지 않는 일이었으니 말이다. 아마골똘히 책을 읽고 있는 모습이 내 공감을 불러일으킨 것이리라. 나도 독서는 좋아했으니 말이다. 비록 내가 읽은 것은 유치하고 가벼운 것이어서 내용이 충실하고 심각한 것은 이해하지 못했지만.

"보고 싶으면 훑어보렴." 내게 책을 내밀며 소녀가 대답했다.

나는 들여다보았다. 잠깐 동안 훑어보니 내용은 표제만큼 재미있는 성싶지 않았다. 『라셀라스』는 나의 경박한 취미에는 지루할 성싶었다. 요정도 나오지 않고 귀신도 나오지 않는 데다 조그만 활자가 촘촘히 들어박힌 책장에는 변화무쌍한 얘기가 적혀 있을 성싶지가 않았다. 나는 책을 돌려주었다. 그녀는 그것을 가만히 받아 들더니 말없이 아까처럼 골똘히 책을 읽으려는 기색이었다. 나는 다시 한번 말을 던져 보았다.

"저 입구 위의 돌 현판에 새겨진 글귀는 무슨 뜻이야? 로우드 자선 학교란 무엇이야?"

"네가 살러 온 이 집이지 뭐야."

"그런데 왜 자선 학교라고 하는 거야? 다른 학교와 다르단 말이야?"

"자선을 베푸는 학교이기 때문에 그러는 거야. 너도 나도,

그리고 딴 모든 학생들도 구제 아동이거든. 너도 고아가 아니니? 어머님이나 아버님이 돌아가신 것 아냐?"

"내가 철도 나기 전에 두 분 다 돌아가셨대."

"어쨌든 여기 학생들은 모두 어머니나 아버지가 돌아가셨거나 아니면 둘 다 돌아가신 아이들뿐인 거야. 그래서 고아를 교육하는 자선 학교라고 하는 거란다."

"그럼 우리는 돈을 내지 않는 거야? 거저 우리를 키워 주는 거야?"

"한 학생이 일 년에 15파운드씩 돈을 내. 본인이나 본인의 친구가."

"그럼 왜 우리를 구제 아동이라고 하는 거니?"

"15파운드 가지고는 식비나 수업료로 회계가 안 닿거든. 모자라는 액수는 기부를 받아서 채우는 거란다."

"기부금은 누가 내니?"

"이 근처나 런던에 사는 자비로운 신사나 귀부인이 내."

"네오미 브로클허스트란 누구야?"

"저기 적혀 있듯이 새 교사를 세운 분이야. 그리고 그분 아들이 이 학교를 온통 운영하고 감독하는 거란다."

"어째서?"

"그가 이 학교의 관리인이고 회계인이거든."

"그럼 이 학교는 우리에게 치즈 바른 빵을 준다고 하시던 그 시계를 찬 키 큰 선생님 것이 아니구나."

"템플 선생 말이지? 그 선생님 것이 아니야. 그렇다면 참 좋겠는데! 그 선생님은 무슨 일이든 브로클허스트 씨에게 다시

의논을 해야 돼. 우리가 먹는 것이나 입는 것은 모두 브로클허스트 씨가 사들인단 말이야."

"여기 살고 있니?"

"아냐, 2마일쯤 떨어진 곳에서 큰 저택에 살고 있어."

"그분 좋은 분이야?"

"목사님이야. 착한 일을 많이 한다고들 해."

"그 키 큰 선생님이 템플 선생이라고 했지?"

"그래."

"다른 선생님들 이름은?"

"볼이 붉은 선생님은 스미스 선생. 재봉 선생이고 또 재단을 하셔. 우리가 입는 것은 프록이든 외투든 무엇이든 우리가 만들어 입거든. 머리가 새까만 작은 선생님은 스캐처드 선생. 역사와 문법을 가르치고 2학년 반의 암송도 담임하고 있어. 그리고 숄을 걸치고 노란 리본으로 된 손수건을 허리에 차고 계시는 분은 피에로 부인. 프랑스의 릴이 고향이고 프랑스어를 가르쳐."

"너는 선생님들이 맘에 드니?"

"그래."

"깜장 머리의 조그만 선생님이나 그 부인도? 너처럼 발음이 안 나오는데."

"스캐처드 선생은 성미가 급하셔. 성내지 않도록 주의를 해야 해. 피에로 부인은 나쁜 분은 아니야."

"템플 선생이 제일 좋은 분이지?"

"템플 선생은 마음도 좋고 아주 재치 있으셔. 딴 선생들보다 훨씬 나아. 아시는 것도 훨씬 많고."

"여기 온 지 얼마나 됐니?"

"이 년이야."

"너도 고아니?"

"어머님이 안 계셔."

"여기서 그래 행복하니?"

"참, 많이도 묻는구나. 그만하면 대답할 만큼 대답했잖아? 난 이제 책을 읽을 테야."

그러나 바로 그 순간에 점심 식사를 알리는 종이 울렸다. 모두들 다시 교사로 들어갔다. 식당에 가득 차 있는 냄새는 조반 때 후각에 와 닿았던 냄새보다 더 나을 것도 없었다. 두 개의 커다란 놋그릇에 점심이 담겨 있었고 고약한 기름 냄새를 풍기며 김이 무럭무럭 나고 있었다. 조막 감자와 상한 고깃점을 마구 섞어서 볶은 것임을 나는 알았다. 이 요리는 각자의 접시에 제법 담뿍 분배되었다. 나는 먹을 수 있는 한 먹어 보았으나 매일같이 이런 것을 먹게 되는 것인가 하고 속으로 생각했다.

점심 식사가 끝나자 곧 우리는 교실로 갔다. 시작된 수업은 다섯 시나 되어서야 끝이 났다.

그날 오후에 벌어진 이렇다 할 사건이라면 베란다에서 나와 얘기를 나누었던 소녀가 스캐처드 선생에게 꾸지람을 듣고 역사 수업 중에 교실에서 쫓겨나 큰 교실 한복판에 서 있었던 일을 들 수 있을 것이다. 이 벌은 내게는 큰 수치라고 생각되었다. 특히 그렇게 큰 소녀에게는 그럴 것 같았다. 그녀는 열세 살 이상은 되어 보였던 것이다. 나는 그녀가 몹시 부끄러워하고 또 괴로워할 것이라고 생각했으나 눈물을 흘리지도 않고 얼굴도 붉히지 않아 적잖이 놀랐다. 엄숙하긴 하지만 침착한 얼굴로 그녀는 모든 학생들의 눈길을 받으며 서 있는 것이었다. '어떻게 저렇듯 태연하고 의젓하게 견딜 수가 있는 것일까?' 나는 혼자 생각했다. 만약 내가 저 아이와 같은 처지라면 나는 쥐구멍에라도 들어가고 싶은 심정이리라. 그러나 저 아이는 처벌을 넘어서고 현재의 처지를 넘어선 그 무엇을 생각하고 있는 것 같다. 자기 주변이나 눈앞에 보이지 않는 그 무엇을 생각하는 것 같다. 백일몽이란 말을 들은 일이 있지만 혹 백일몽을 꾸고 있는 것일까? 그녀는 마루청을 뚫어지게 바라보고 있지만 그것이 안중에 없음은 분명하다. 그녀의 눈길은 안으로 향해서 자기의 가슴속으로 들어가 있는 성싶다. 눈앞에 있는 것을 보는 것이 아니라 자기가 기억하고 있는 과거지사를 보고 있는 것임에 틀림이 없다. 도대체 저 아이는 어떠한 아이일까? 착한 아이일까, 그렇지 않으면 장난꾸러기일까?

오후 다섯 시가 지나자 우리는 곧 저녁 식사를 했다. 조그만 찻잔으로 커피 한 잔과 갈색 빵 반 덩어리뿐이었다. 나는 허기진 듯 빵을 삼키고 맛있게 커피를 마셨다. 먹은 분량만큼을 더 먹고 싶었다. 여전히 배가 고팠던 것이다. 삼십 분간의 휴식이 끝나자 다시 수업이 있었다. 이어 한 잔의 물을 마시고 한 조각의 귀리 빵을 먹었다. 기도를 끝내고 잠자리에 들었다. 이것이 로우드 학교에서의 나의 첫날이었다.

6장

그 이튿날도 전날과 마찬가지였다. 골풀 양초의 불빛을 벗 삼아 일어나서 옷을 입는 것으로 일과가 시작되었다. 그러나 그날따라 세수는 빼놓아야만 했다. 물주전자의 물이 얼어붙 었기 때문이다. 전날 저녁부터 날씨가 변하여 밤새 차가운 동 북풍이 침실 유리창의 틈서리로 새어 들어와 잠자리에 든 우 리의 몸을 떨게 하더니 물항아리의 물을 꽁꽁 얼려 놓았던 것 이다.

한 시간 반 동안의 긴 기도와 성서 낭독이 채 끝나기도 전 에 나는 금세 얼어 죽을 것 같은 느낌이었다. 마침내 소만 시 간이 되었다. 그날은 죽이 타지 않았다. 겨우 먹을 만했지만 분량이 적었다. 내 몫이 얼마나 적게 보였던지 그 곱은 되어야 할 성싶었다.

그날 나는 4학년 반으로 편입되었다. 학과와 작업이 정해졌다. 지금까지 나는 로우드 학교에서 진행되는 일의 구경꾼에 지나지 않았으나 이제 배우가 된 셈이었다. 처음엔 암기에 익숙지를 못했기 때문에 공부 시간이 아주 길고 또 내용이 어렵게 생각되었다. 과목 내용이 바뀌는 데도 당황했다. 스미스 선생이 세 시쯤 되어서 2야드 길이의 모슬린 천과 바늘과 골무를 주면서 교실 모퉁이로 가서 옷단을 달라고 했을 때는 퍽 기뻤다. 그 시간에 다른 학생들도 대개 재봉을 했지만 한 반만은 아직도 스캐처드 선생의 의자를 둘러싸고 서서 독본을 읽고 있었다. 아주 조용했기 때문에 학과의 내용까지도 학생들의 응답, 스캐처드 선생의 꾸지람이나 칭찬 소리에 섞여서 똑똑히 들렸다. 학과는 영국사였다. 독본을 읽고 있는 학생들 가운데는 베란다에서 알게 되었던 그 학생의 모습도 보였다. 수업이 시작되었을 때는 중간 자리에 앉았지만 발음을 틀렸든가 아니면 구두점을 틀리게 읽어 갑자기 뒷자리로 쫓겨났다. 그러면 잘 눈에 띄지 않는 구석으로 쫓은 뒤에도 스캐처드 선생은 계속 그녀에게 눈길을 보내며 이러한 말을 퍼부어 대는 것이었다.

"번스,(이것이 그녀의 성인 듯싶었다. 이 학교에서는 남자 학교에서 그러듯이 여학생을 성으로 불렀다.) 그렇게 한쪽으로 서 있으면 안 돼요. 차렷 자세를 해요." "번스, 그렇게 보기 흉하게 턱을 내밀지 마요." "번스, 고개를 반듯하게 들라 하지 않았어요? 그런 태도로 선생님 앞에 서 있으면 용서 못 해요."

1장을 두 번 읽은 뒤 학생들은 책을 덮고 질문을 받았다.

수업 내용은 찰스 1세의 통치의 일부에 관한 것으로 화물에 과해진 항구세나 군함 건조세 등에 관한 여러 가지 질문이 나왔으나 학생들은 거의 대답을 못 하는 것 같았다. 그러나 아무리 사소한 난문(難問)이라도 번스에게 오면 순식간에 풀어졌다. 그녀의 기억력은 학과의 내용 전체를 포용하고 있는 듯 어디를 물어보아도 지체 없이 대답을 하는 것이었다. 나는 스캐처드 선생이 그녀의 주의력을 칭찬하리라 생각했는데 칭찬하기는커녕 이렇게 느닷없이 고함치는 것이었다.

"에끼, 더럽고, 비위에 거슬리는 것 같으니라고! 너는 오늘 손톱을 씻지 않았지!"

번스는 잠자코 있었다. 왜 그러는 것일까 하고 나는 속으로 궁금히 여겼다.

'물이 얼어붙었기 때문에 세수도 못 하고 손톱도 씻지 못했다고 어찌 변명을 못 하는 것일까?' 나는 생각했다.

스미스 선생이 나보고 실 한 타래를 가져오라고 하는 바람에 내 주의는 그리로 쏠렸다. 선생님은 실을 감으면서 이따금씩 내게 말을 거시는 것이었다. 학교에 다닌 적이 그 전에도 있었느냐, 실로 이름을 수놓을 수 있겠느냐, 혹은 재봉이나 뜨개질을 할 수 있느냐는 등속의 물음이었다. 스미스 선생이 나를 가 보라 할 때까지 스캐처드 선생의 언동은 지켜볼 수가 없었다. 내 자리로 돌아섰을 때 스캐처드 선생은 무엇인가 지시를 내리고 있었다. 나는 무슨 내용인지 알아차리지 못했으나 번스는 반을 떠나 책을 보관해 둔 구석방으로 건너가더니 곧 한쪽 끝을 동여맨 회초리 다발을 가지고 돌아왔다. 이 끔찍스러운 도구를 그녀는 공손히 절을 한 뒤 스캐처드 선생에게 바치고 명령을 받기도 전에 앞치마의 끈을 풀었다. 그러자 선생은 회초리 다발로 그녀의 목을 열두어 번 세게 후려쳤다. 번스의 눈에는 눈물 한 방울 괴지 않았다. 이 광경을 접하고 무력하고 소용없는 노여움에 손가락 끝이 떨려 와 나는 하던 바느질을 멈추었다. 그러나 그사이에도 그녀의 애수 어린 얼굴은 여느 때의 표정을 바꾸지 않았다.

"고집통이 같으니라고! 너의 형편없는 버릇은 아무리 해도 고쳐지지 않는구나! 자, 회초리를 치워요." 스캐처드 선생이 고함쳤다.

번스는 이에 순종했다. 나는 서고에서 나오는 그녀를 자세히 살펴보았다. 마침 손수건을 포켓에 넣고 있었는데 여윈 볼에 눈물 자국이 나 있었다.

로우드에서의 일과 중에서는 밤의 자유 시간이 제일 즐거운 때라고 나는 생각했다. 오후 다섯 시에 삼킨 빵 조각과 한 잔의 커피는 시장기를 가시게 하지는 못했으나 기운을 내게는 해 주었다. 하루 동안의 긴 긴장이 풀리고 교실은 오전 중보다 따뜻했다. 아직 켜 놓지 않은 촛불 대신으로 얼마쯤이라도 도움이 되도록 난로의 불을 조금 많이 피우는 것이 허용되었기 때문이다. 불그스름한 불빛, 허용된 소란, 여러 사람이 어울려 떠드는 소리는 즐거운 해방감을 안겨다 주었다.

스캐처드 선생이 학생인 번스를 매질하는 것을 본 날 저녁, 나는 늘 그러듯이 단짝도 없이 그렇다고 외로운 느낌을 가진 것도 아닌 채 결상이나 책상이나 웃음꽃을 피우고 있는 학생들 사이를 거닐고 있었다. 창가를 지날 때 가끔 차일을 올리고 나는 바깥을 내다보았다. 눈이 마구 퍼붓고 있었고 아래쪽 유리에는 이미 바람에 불린 눈이 쌓여 있었다. 창가에 귀를 댈라치면 실내의 즐거운 함성과는 달리 바깥에서 휘몰아치는 쓸쓸한 바람 소리가 들렸다. 내가 만약 좋은 가정과 정다운 부모 곁을 떠나온 터였다면 그때야말로 헤어진 것을 마음속으로 깊이 후회해 마지않았을 것이다. 바람은 내 마음을 슬프게 하고 어둑어둑한 속에서 떠들썩한 소리는 내 마음을 어지럽게 해 놓았을 것이다. 그러나 집도 부모도 없었던 나는 그 두 가지에서 묘한 흥분을 맛보았고 공연히 마음이 들떠서 바람이 더욱 사납게 휘몰아치고 주위가 아주 칠흑 같은 어둠이 되고 떠들썩한 소리가 아비규환으로 변하면 얼마나 좋을까 하고 생각했다.

걸상을 타넘고 책상 밑을 기고 해서 나는 한쪽 난롯가로 다가갔다. 그러자 난로의 높다란 쇠그물 곁에 앉아 번스가 주위의 소란에도 아랑곳하지 않고 난로 불빛에 의지하여 말없이 골똘하게 책을 읽고 있는 모습이 보였다.

"지금도 『라셀라스』를 읽고 있니?" 그녀 뒤로 가서 내가 물었다.

"응, 막 끝내려는 참이야." 그녀가 대답했다.

그러더니 오 분쯤 후에는 책을 덮어 버렸다. 나는 기뻤다. '이제 같이 얘기를 할 수가 있겠지.' 나는 속으로 생각했다.

나는 그녀 곁의 바닥에 앉았다.

"성은 번스고 이름은 뭐라고 하니?"

"헬렌이야."

"고향은 먼 곳이니?"

"멀리 북쪽이야. 스코틀랜드의 국경 근처란다."

"돌아가고 싶지는 않니?"

"돌아가고 싶고말고. 그러나 앞일을 어떻게 아니?"

"로우드를 떠나고 싶지?"

"아니. 뭣 하러? 교육을 받기 위해 온 것인데 도중에 가 버리면 어떻게 되라고."

"그렇지만 스캐처드 선생은 너에게 아주 심하게 대하잖니?"

"심하다고? 그렇지 않아! 본래 엄한 선생님이시고 또 내 결점을 싫어하는 거야."

"만약 내가 네 처지라면 난 그 선생을 미워할 거야. 그리고 아마 반항도 할 거야. 선생님이 회초리로 때리면 나는 그것을 빼앗아 버릴 거야. 선생님 보는 앞에서 분질러 버리고 말 거야."

"설마 그러기까지 하려고. 하지만 만약 그런다면 브로클허스트 씨한테 학교에서 쫓겨나게 될 거야. 그러면 친척 되는 분들이 얼마나 슬퍼하겠니? 성급한 행동을 해서 네게 관계된 친척들에게 누를 끼치기보다는 자기만이 느끼는 고통을 꾹 참고 견디는 편이 훨씬 좋아. 게다가 성서에도 적혀 있지 않니? 악을 보답하기를 선으로 하라고."

"그렇지만 매를 맞는다든가, 학생들이 잔뜩 있는 방 한복판에서 벌을 선다는 것은 수치스러운 일이야. 너는 상급생이고 난 훨씬 나이가 아래지만 나 같으면 못 견딜 것 같아."

"하지만 피할 수 없는 경우엔 참고 견뎌 내는 것이 의무인 거야. 참고 견뎌 내는 것은 정해진 운명인데 견딜 수 없다고 투덜대는 것은 어리석고 허약한 소치인 거야."

나는 그녀의 말을 들으면서 놀라움을 금치 못했다. 나는 이 인종(忍從)의 교리를 이해할 수가 없었다. 더구나 자기에게 벌을 과한 위인에게 표시하는 그녀의 관용은 이해할 수 없었고 공명이 가지도 않았다. 그러나 헬렌 번스는 내게는 보이지 않는 빛으로 사물을 보고 있다는 느낌이 들었다. 어쩌면 헬렌의 말이 옳고 내 생각이 틀린 것인지도 모른다는 생각이 들기도 했다. 그러나 나는 그 문제를 그 이상 생각지 않기로 했다. 펠릭스[1]처럼 보다 편리한 시기에 생각해 보기로 작정한 것이다.

"자기에게 결점이 있다고 하는데 무슨 결점이야? 내게는 아주 훌륭해 보이는데."

"그렇다면 사람을 외관으로 판단해서는 안 된다는 것을 내게서 배워 둬. 나는 스캐처드 선생님 말씀대로 형편이 없거든. 물건들을 차곡차곡 정리해 두는 법도 없고 챙기지도 않고. 조심성이 없고 규칙을 잊어버리기가 일쑤고 학과 공부를 해야 할 때 책이나 읽고 꼼꼼하지가 못해. 그리고 가끔가다 너처럼 규칙적인 조처에 따르기가 질색이라고 얘기를 해 버리거든. 이런 모든 것이 단정하고 꼼꼼하고 까다로운 스캐처드 선생님에게는 아주 울화가 치밀어 오르는 노릇이거든."

"그리고 퉁명스럽고 매정한 선생님이지." 내가 덧붙였으나

---

1) 로마의 법무관. 사도 바울의 재판도 맡았다. 사도 바울이 예수에 관한 이야기를 하자 겁을 내며 편리한 시기에 다시 부를 테니 돌아가라고 일렀다.

헬렌 번스는 그 말에 동의하려 하지 않고 잠자코만 있었다.

"템플 선생님도 스캐처드 선생처럼 너에게 심하게 구시니?"

템플 선생의 이름을 듣자 헬렌의 엄숙한 얼굴에 부드러운 미소가 퍼졌다.

"템플 선생님은 참 마음이 좋은 분이셔. 누구에게나, 학교에서 제일가는 말썽꾸러기에게조차 심하게 구시질 못해. 내 잘못을 보시고도 그저 부드럽게 일러 주시거든. 내가 칭찬받을 만한 일을 하면 아낌없이 칭찬해 주셔. 나의 정말 어쩔 수 없는 결함은, 템플 선생님이 아무리 부드럽고 조리 있게 타일러 주셔도 고쳐지지 않는다는 점에 잘 나타나 있어. 또 칭찬을 해 주셔도 미리 주의해서 잘못을 저지르지 않겠다고 벼르지 못하는 점에도 나타나 있지. 칭찬을 받을 때는 몹시 기쁘지만."

"그건 좀 이상하다." 내가 말했다. "조심이야 조금만 하면 되는 것인데."

"그거야 너한텐 틀림없이 그럴 거야. 오늘 아침에 네가 반에서 공부하는 것을 살펴보았더니 넌 아주 열심이더라. 밀러 선생이 설명을 해 주거나 네게 질문을 하는 동안 너는 아주 주의를 집중하고 있는 것 같더라. 그런데 나는 주의 집중이 안 된단다. 스캐처드 선생님이 하는 소리에 귀를 기울이고 열심히 주의를 집중하고 있어야 마땅할 때에도 어떤 때는 선생님의 목소리조차 안 들릴 때도 있단다. 꿈이라도 꾸는 것같이 되어 버려. 어떤 때는 내가 있는 곳이 노섬벌랜드이고 주위에서 들려오는 것은 우리 집 근처의 디프덴을 흘러가는 시냇물

소리처럼 생각되는 때도 있어. 그럴 때 질문에 대답할 차례가
되면 우선 꿈에서 깨어나야잖아? 게다가 시냇물 소리에 귀를
기울이느라고 수업 쪽은 아무것도 듣지 못했기 때문에 대답
을 못하는 수밖에."

"그래도 오늘 오후에는 대답을 참 잘하던데."

"그건 우연에 지나지 않았어. 마침 우리가 공부하고 있던
내용이 내게 흥미가 있었던 거야. 오늘은 디프텐 꿈을 꾸는
대신에 난 이런 생각을 하고 있었거든. 옳은 일을 하려는 사
람이 어떻게 해서 찰스 1세가 때때로 행했듯이 그런 부당하
고 어리석은 짓을 저지를 수가 있었는가 하고. 그처럼 성실하
고 양심적이었던 국왕이 왕가의 특권 이외에는 더 멀찍이 앞
을 내다보지 못한 것은 참 가엾은 일이야. 만약 찰스 1세에게
앞을 내다보는 능력이 있었고 이른바 시대정신이 어디로 향하
고 있는가 하는 것을 파악할 능력이 있었다면 오죽이나 좋았
을까! 그렇지만 난 찰스 1세가 좋아. 그를 존경해. 시역당한 그
왕이 불쌍하단 말이야! 그래, 그의 적수들이 고약했던 거야.
흘리게 할 권리가 없는 피를 그들이 흘리게 한 짓이지. 어떻게
감히 국왕을 죽인담!"

헬렌은 이제 혼잣말로 지껄이고 있었다. 내가 자기를 충분
히 이해할 수 없다는 것, 그녀가 얘기하고 있는 화제에 대해
내가 전혀 모르고 있거나 거의 모르고 있다는 것을 그녀는 잊
어버린 것이었다. 나는 헬렌을 나의 수준으로 불러 내렸다.

"그럼 템플 선생이 가르쳐 주실 때도 집중이 안 되니?"

"아니, 그 선생님 때는 대개의 경우 그렇지가 않아. 그 선생

님은 주로 내가 생각하고 있는 것보다 새로운 것을 가르쳐 주시거든. 그 선생님 말씀은 대개 듣기가 좋고 또 가르쳐 주시는 내용도 내가 알고 싶은 것인 경우가 많아."

"그럼 템플 선생님께는 좋은 학생이게?"

"응, 소극적인 면으로 말이야. 그저 마음 내키는 대로 언동할 뿐 별다른 노력은 안 해. 그러니까 이렇다 하게 좋은 학생인 것도 아니야."

"그렇지 않아. 아주 훌륭해. 너는 좋게 대해 주는 사람에겐 아주 좋게 굴고 있는 거야. 나도 꼭 그러고 싶어. 만약 잔인하고 옳지 않은 사람들에게 친절하게 굴며 복종을 하게 되면 고약한 사람들은 모든 것을 자기들 마음대로 하게 될 것 아냐. 그들은 겁 없이 굴고 고약한 버릇을 고치기는커녕 점점 더 고약해질 거야. 까닭 없이 손찌검을 당하면 이쪽에서도 곱으로 세게 대거리를 해야 할 거야. 내 생각으로는 꼭 그렇게 해야 될 줄 알아. 상대방이 겁을 먹고 다시는 손찌검을 못 하도록 말이야."

"너도 나이를 더 먹게 되면 그런 생각을 않게 될 거야. 아직 철부지 어린아이니까 그런 소리를 하지."

"그렇지만 헬렌, 나는 이렇게 생각해. 비위를 맞추려고 애를 써도 나를 미워하는 사람은 내 편에서도 미워하는 것이 마땅하다고. 애매하게 나를 벌주는 사람들에겐 반항을 해야 한다고. 그건 내게 정을 주는 사람들을 사랑하는 것과 똑같이 당연한 일이야. 혹은 내가 벌을 받아 마땅할 때 다소곳이 벌을 받아야 하는 것과 같이 당연해."

"이교도와 야만인들은 그런 생각을 가지고 있어. 그러나 기독교인이나 문명인들은 그럴 수 없지."

"어째서? 난 이해가 안 가는걸."

"미움을 가장 잘 이겨 내는 것은 폭력이 아니야. 상처를 아물게 하는 최상의 것이 복수인 것도 아니야."

"그러면 뭐야?"

"신약성서를 읽고 예수님이 말씀하신 것 또는 행동하신 것을 잘 알아보렴. 예수님의 말씀을 척도로 삼고 예수님의 행동을 본으로 삼아야 해."

"뭐라고 하셨기에?"

"원수를 사랑하라. 그대들을 책하는 자를 위해 기도하라. 그대를 미워하고 미움으로 이용하는 자에게 선을 베풀지어다."

"그렇다면 난 리드 부인을 사랑해야 할 텐데 그럴 수는 없는걸. 그 아들인 존을 위해 기도를 해야 할 텐데 그건 도저히 안 돼."

이제 헬렌 번스가 내게 설명을 구할 차례가 되었다. 그래서 나는 나의 고초와 분노의 얘기를 내 나름으로 즉시 시작했다. 흥분했을 때 지독한 말을 서슴지 않는 나는 조금의 사양도 없이 느낀 대로 나오는 대로 얘기를 했다.

헬렌은 끝까지 끈기 있게 내 말을 들어 주었다. 나는 그녀가 무슨 말을 하리라 기대했는데 삼자코만 있었다.

"어때, 리드 부인은 매정하고 고약한 사람이지?" 내가 참다 못해 물어보았다.

"너한텐 심하게 굴었어, 틀림없이. 그이는 너의 성격이 싫었던 거야. 마치 스캐처드 선생님이 내 성격을 싫어하듯이. 그렇지만 넌 그이가 한 말이나 네게 한 짓을 너무 세세하게 기억하고 있어. 그이의 구박이 네 가슴에 못을 박아 놓은 것 같아. 나는 아무리 구박을 받아도 그렇게 뼈아프게 외워 두지는 않는단다. 그이의 구박이나 거기 따르는 분한 생각은 잊어버리는 편이 더 낫지 않을까? 원한을 품거나 원통한 생각을 꼬박꼬박 외워 두기에는 인생이란 너무 짧은 것 같아. 우리는 누구나, 너 나 할 것 없이 이 세상에서 결점을 지니고 있는 것이고 또 그래야 돼. 그렇지만 우리의 흙이 되기 마련인 육체를 벗어던짐으로써, 결점도 벗어 버리고 이 귀찮은 육체와 함께 타락도 죄도 모두 사라져 버리고 영혼의 불꽃만이, 생명과 사상의 눈에는 보이지 않는 본질만이 창조자의 손을 떠나 인간에게 불어넣어졌을 당시의 순수한 형태로 남아 있게 될 그날이 올 거야. 인간을 떠난 영혼은 그것이 왔던 제자리로 돌아갈 거야. 아마도 인간 이상의 어떤 존재로 옮겨지기 위해서, 아마도 창백한 인간의 영혼으로부터 최고 천사의 위치로까지, 영광의 계단을 올라가게 되는 거야. 그와 반대로 인간에서 악마로 떨어져 내려가는 법은 없을 거야. 그래, 난 그런 것은 믿을 수가 없어. 누구에게 배운 것도 아니고 또 내가 입 밖에 내는 법이 거의 없지만 내게는 다른 신념이 있어. 그러나 나는 그 신념에 매달려서 기쁨을 찾고 있는 거야. 모든 사람에게 희망을 던져 주는 신념이니까 말이야. 내세도 안식처로 만들어 줄 거야. 공포도 아니고 심연도 아닌 커다란 안식처로 만들어 줄 거야. 게다가 이 신념을 가지고 있으면 죄인과 죄가 분명하게 구별

되기 마련이거든. 죄를 미워하면서도 죄인을 마음속으로 용서
해 줄 수가 있단 말이야. 이 신념을 가지고 있는 한 복수로 마
음을 괴롭히는 일도, 타인의 타락에 혐오감을 갖게 되는 일
도, 애매한 구박에 마음이 아스러지는 일도 없게 돼. 나는 이
최후의 시간이 오기를 기다리며 조용히 살고 있는 거야."

이렇게 끝내는 헬렌의 고개는 평소에도 다소 그랬지만 아
주 푹 숙여졌다. 그녀가 그 이상 나와 얘기하고 싶은 심정이
아니며 자기 마음속에서의 대화를 나누고 싶어 하는 심사임
을 나는 그녀의 표정에서 엿볼 수가 있었다. 하지만 그녀에게
는 명상의 시간이 오래 허용되지 않았다. 큰 몸집에 거칠게 생
긴 반장이 와서 심한 컴벌랜드 사투리로 외치는 것이었다.

"헬렌 번스, 빨리 가서 서랍을 정리하고 일감을 치워 놓지
않으면 너 스캐처드 선생님께 이른다!"

꿈에서 깨어난 헬렌은 한숨을 쉬고 일어서더니 아무 말 없
이 단박에 반장이 시키는 대로 했다.

7장

로우드 학교에서 보낸 첫 학기가 내게는 한 시대처럼 길게 느껴졌다. 게다가 그것은 황금시대가 못 되었다. 새로운 규칙과 익숙지 못한 일과를 익혀 간다는 가지가지 어려움과의 따분한 투쟁을 안고 있었으니 말이다. 이러한 면에서 실패의 쓴 잔을 들이켜게 되지나 않을까 하는 두려움이 타고난 허약한 체질에서 오는 고통 이상으로(그 고통도 결코 만만한 것이 아니었지만) 내 마음을 괴롭혔다.

1월과 2월 중 그리고 3월이 되어서도 처음엔 눈이 쌓여 있었고 또 눈이 녹은 뒤에도 길은 통행이 거의 불가능하여 우리는 교회 다니는 것을 빼고는 교정 담 밖으로는 나가지 못했다. 그러나 이 한정된 영역 내에서 우리는 하루에 한 시간 동안을 밖에서 보내지 않으면 안 되었다. 우리가 입고 있는 옷가지는 강추위로부터 우리의 몸을 보호하기엔 너무나 허술한 것이었다. 장화도 없었기 때문에 눈이 구두 속으로 들어와 안에서 녹는 것이었고 장갑을 끼지 않은 손은 발과 똑같이 꽁꽁 얼어붙고 동상에 걸렸다. 발이 부어올라 밤마다 참아 내야 했고 미칠 것 같은 울화통, 벌겋게 부어오른 뻣뻣한 발가락을 아침마다 구두에 넣을 때의 고통, 이런 것을 나는 지금도 잊을 수가 없다. 게다가 배당되는 음식의 양도 형편없이 적어 괴로웠다. 한창 클 나이의 왕성한 식욕인데 먹여 주는 것은 허약한 환자의 생명을 겨우 부지할 정도가 고작이었다. 이 음식 부족 때문에 하급생을 괴롭히는 악습이 번지게 되었다. 굶주린 상급생들은 기회만 있으면 하급생을 꾀거나 위협해서 그들 몫을 빼앗아 갔다. 차 시간에 배급된 귀중한 한 조각의 갈색 빵을 손 내미는 두 명의 상급생과 나누어 먹고, 그다음 제3의 상급생에게 커피 반 잔을 덜어 준 뒤 견딜 수 없는 시장기 때문에 남몰래 흐느끼며 나머지 반 잔의 커피를 삼켜 버린 일이 한두 번이 아니었다.

이러한 추운 겨울철에 일요일이란 무서운 날이었다. 우리는 2마일이나 되는 길을 우리의 보호자가 목사로 있는 브로클브리지 교회까지 걸어가지 않으면 안 되었다. 얼어붙은 몸으로 출발해서 더욱 꽁꽁 얼어붙어 가지고 교회에 도착하는 것이었다. 아침 예배를 올리는 동안 우리는 거의 마비 상태가 되었다. 점심을 먹으러 집으로 가기엔 너무 멀기 때문에 예배 사이에 보통 식사 때 주는 것과 같은 적은 분량의 다 식어 버린 고기와 빵을 나누어 주었다.

오후의 예배가 끝나면 우리는 바람맞이 언덕길을 지나 돌아왔다. 살을 도려 내는 듯한 차가운 겨울바람이 눈 쌓인 산골짜기에서 휘몰아쳐 얼굴의 살갗을 에는 듯했다.

　나는 템플 선생이 차가운 바람에 펄럭이는 바둑무늬 외투를 꼭 여미고 축 늘어진 우리의 용기를 북돋워 주시려고 실례나 격언을 들어 가며 "용감한 병정들처럼" 진군하도록 격려하여 주시며 경쾌하고 빠르게 걸으시던 일을 기억할 수 있다. 다른 선생들은 가엾게도 모두 기진맥진해서 남을 격려해 줄 엄두도 못 냈다.

　학교에 돌아왔을 때 활활 타오르는 따뜻한 불빛을 우리는 얼마나 그리워했는지? 그러나 이러한 우리들의 소원은 적어도 하급생들에겐 허용되지 않았다. 교실에 있는 난로는 벌써 상급생들이 몇 겹으로 둘러싸고 어린 우리 하급생들은 그 등 뒤에서 꽁꽁 언 손을 앞치마로 감싸고 한데 몰려 웅크리고 있었다.

　차를 마실 때 빵이 보통 때의 두 배여서 다시 위로가 되었다. 먹음직스러운 버터를 얇게 바른 자르지 않은 온통짜리 빵. 이것은 우리 모두가 다음 안식일을 고대하는 일요일만의 향연이었다. 나는 언제나 이 풍족한 음식의 절반을 먹지 않고 내 몫으로 간직하려 했으나 그 남긴 음식은 으레 남들에게 나누어 주지 않으면 안 되었다.

　그 일요일 저녁은 교리 문답과 「마태복음」 5, 6, 7장을 암송하기도 하고 피로한 듯이 하품을 하기도 하는 밀러 선생님이 낭독하는 기나긴 설교를 들으며 보냈다. 이러한 행사 중간에 대여섯 명의 나어린 학생들이 연이어서 막간 여흥을 벌이는 것이었다. 그녀들은 잠에 취하여 유두고[2]처럼 삼 층에서는 아니지만 넷째 줄 걸상에서 떨어졌다가는 죽은 사람처럼 끌어 올려지곤 했다. 그 구제법이란 설교가 끝날 때까지 그 학생들을 끌어내다가 교실 한가운데 억지로 세워 놓는 것이었다. 때로는 잠에 취하여 서 있을 수가 없어서 한꺼번에 모두 쓰러지기도 했다. 그럴 때는 반장의 높은 걸상으로 쓰러지지 못하도록 받쳐 주는 것이었다.

나는 아직 브로클허스트 씨가 학교를 방문했는지에 관해서는 아무 이야기도 안 했다. 사실 내가 로우드로 온 그달의 대부분을 그분은 집에 있지 않았는데 아마 친구인 부감독 댁에서 다소 오래 있었던 듯하다. 그가 집에 없는 것이 내게는 구원이었다. 그분이 오는 것을 두려워할 만한 이유가 나 자신에게 있었다. 그러나 결국 그는 오고야 말았다.

어느 날 오후(내가 로우드에 온 지 삼 주일이 지났을 때) 석판을 손에 들고 앉아서 긴 나누기 셈을 푸느라고 애를 쓰며 멍하니 창문에다 시선을 던졌을 때 바로 그 앞을 지나가는 사람이 눈에 들어왔다. 나는 거의 직감적으로 그 말라빠진 모습을 알아볼 수 있었다. 그리고 이 분쯤 지나서 선생과 학생들이 일제히 일어났을 때에 그들이 누구를 환영하기 위해 일어났는지 나는 쳐다볼 필요도 없이 안 수 있었다. 긴 다리로 성

---

[2] 사도 바울이 설교하는 도중 졸다가 삼 층에서 떨어져 죽었으나 바울이 기적으로 살려 낸 성경 속 인물.

큼성큼 교실을 가로질러 가 기립하고 있는 템플 선생 옆에 선 사람은 언젠가 게이츠헤드의 난롯가 양탄자 위에 서서 나를 퍽 험상궂게 내려다보던 검은 기둥과 같았던 분이었다. 이때 나는 건물의 일부분 같은 그 사람을 곁눈질해 보았다. 그렇다, 내가 생각한 그대로였다. 프록형 외투의 단추를 꼭꼭 채우고 전보다 더 마르고 키도 크고 엄격해 보이는 브로클허스트 씨였다.

나는 그가 나타남으로 해서 당황할 이유가 있었다. 리드 부인이 나의 성질 등에 대하여 좋지 않게 그에게 보고를 한 것이라든가, 그가 나의 나쁜 성질을 템플 선생과 다른 선생에게 말하겠다고 큰소리치던 것 등을 나는 너무나도 뚜렷이 기억하고 있었다. 그 뒤 내내 나는 그 약속이 이루어질 날을 두려워하고 있었던 것이다. 나는 매일 '돌아올 사람'을 경계하면서 살아왔다. 나의 과거의 나쁜 생활에 대해서 그가 이야기함으로써 나를 영원히 나쁜 아이로서 못 박고 말 터이니까 말이다. 지금 바로 두려워하던 그 사람이 와 있다. 그는 템플 선생 옆에 서서 그녀의 귀에다 무엇인가를 속삭이고 있었다. 나는 그가 나의 나쁜 성질을 그녀에게 이야기하고 있다고 믿어 의심치 않았다. 그리고 나는 템플 선생이 혐오와 멸시의 눈으로 나를 바라볼 때를 이제저제 가슴을 죄며 기다리고 있었다. 또 애를 태우며 귀 기울여 듣기도 했다. 다행히 나는 교실의 맨 앞자리에 앉아 있었기 때문에 그들이 하는 얘기를 거의 다 엿들을 수 있었다. 그 이야기를 엿듣고 나는 당장은 불안에서 벗어날 수 있었다.

"내가 로튼에서 구입한 실은 쓸모가 있겠지요, 템플 선생. 저것으로 캘리코의 속옷을 꿰매는 데 적합하다는 생각이 들어서 실에 맞는 바늘도 사 왔소. 스미스 선생에게 내가 기록에 뜨개바늘을 빠뜨렸다고 전해 주세요. 서류는 다음 주에 보내겠다고요. 그리고 어떠한 일이 있더라도 한 번에 한 개 이상은 한 학생에게 주어서는 안 된다고 말씀해 주시고. 한 개 이상 가지고 있으면 부주의해서 잃어버리기가 쉬우니까요. 아아 참, 선생! 털양말은 조금 더 주의하지 않으면 안 되겠어요! 전번에 왔을 때 뒤뜰에 나가 줄에 널어 놓은 빨래를 조사해 보았더니 꿰매지도 않은 채 널어 놓은 긴 검은 양말이 꽤 많았는데 뚫어진 구멍의 크기로 보아 학생들은 분명히 자주 손질을 않는 모양이오." 그가 말을 멈추었다.

"선생님 말씀대로 주의하겠습니다." 템플 선생이 말했다.

"그런데 선생." 그가 말을 이었다. "세탁부의 말이 어떤 학생들은 일주일에 두 개씩이나 깨끗한 레이스를 사용한다고 하는데 그것은 너무 지나칩니다. 교칙에도 한 개로 정해져 있는데요."

"사정을 말씀드리겠습니다. 지난 목요일에 아그네스와 캐서린 존스톤이 로튼에 있는 다른 친구 몇 사람과 같이 차 시간에 초대를 받았습니다. 그때 그 학생들에게 새것을 달고 가도 곡 세가 이릭게 주었던 것입니다."

브로클허스트 씨는 고개를 끄덕였다.

"글쎄요, 한 번쯤이라면 또 모르겠지만, 그런 경우가 가급적이면 자주 생기지 않도록 해 주시오. 그리고 이건 다른 얘긴

데 내가 깜짝 놀란 일이 있습니다. 관리부와 출납을 결산하다가 보니 지난주에 두 번이나 학생들에게 치즈 바른 빵을 배급한 것을 발견했습니다. 도대체 이건 어찌 된 일이오? 내가 아무리 규칙을 살펴보아도 지금 말한 간식을 주도록 되어 있지는 않았소. 누가 이처럼 개혁을 하기 시작한 거요? 또 어떤 권리가 있어 행한 거요?"

"선생님, 거기에 대해서는 제게 책임이 있습니다." 템플 선생이 대답했다. "그날 아침 식사는 하도 형편이 없어서 학생들은 도저히 그것을 먹을 수가 없었습니다. 그래서 학생들을 점심 식사 때까지 그대로 굶겨 놓을 수가 없었습니다."

"선생, 잠깐 내가 말하겠소. 나의 교육 방침은 사치와 방종과는 거리가 먼 강건한 정신과 인내심, 자제심을 기르는 데 있다는 것쯤은 잘 알고 계실 줄 믿는데요. 설사 음식이 잘못되었다든가 또는 음식에 양념이 부족하다는 따위로 식욕을 잃고 불만을 일으킨다 하더라도 그 보충으로 무엇인가 맛있는 것을 준다든지 해서 신체의 응석을 받아 주어, 본 학원의 교육 목적을 달성할 수 있는 모처럼의 좋은 기회를 잃어버려서는 안 되는 것이오. 다시 말하면 그런 기회에 학생들에게 궁핍을 이겨 낼 수 있는 강철과 같은 정신을 나타내라고 그들을 격려함으로써 학생들의 덕성을 길러야 합니다. 이러한 때의 간결한 훈계야말로 적절한 것이라고 생각합니다. 그러므로 현명한 교사는 이 기회를 놓치지 말고 고대 기독교인들의 고난이라든가 혹은 순교자들의 고통에 대해서, 또는 제자들에게 십자가를 짊어지고 자기 뒤를 따르라고 말씀하신 예수님의 가르침, 즉 '사람은 빵으로만 살 것이 아니라 하느님의 모든 말씀에 사느니라.' 혹은 '만일 너희들이 나로 인하여 주리고 목마른 자는 복이 있나니.' 등등을 언급할 것이오. 아아, 선생, 탄죽 대신에 치즈 바른 빵을 아이들의 입에 넣어 주었을 때 악에 찬 아이들의 몸을 살찌게 할는지는 모르겠지만, 아이들의 불멸의 영혼을 굶주리게 하고 있다는 것을 전혀 생각지 않았군요."

브로클허스트 씨는 또다시 말을 중단했다. 아마 자기감정이 격해져서였으리라. 템플 선생은 맨 처음 그가 말을 시작했을 때는 아래를 내려다보고 있다가 이제는 똑바로 앞을 바라보고 있었다. 그녀의 창백한 얼굴은 마치 대리석의 싸늘함에 단단한 막을 지니고 있는 듯했다. 특히 꼭 다문 입은 조각가의 끌로나 열 수 있으리만큼 야무지게 닫혔으며 이마는 점차로 화석이나 될 듯이 굳어 갔다.

그동안 브로클허스트 씨는 난로 앞에 뒷짐을 지고 서서 모든 학생을 의기양양하게 훑어보았다. 갑자기 그가 눈을 깜빡거렸다. 마치 무엇인가를 보고 놀랐는지 눈이 부신 듯이 바라보았다. 그는 지금까지 말하던 것보다 더 급한 말투로 이야기했다.

"템플 선생, 템플 선생, 저기 머리를 지진 애는 누구요? 빨간 머리인, 선생, 온통 머리를 지진?" 그리고 손에 들고 있는 지팡이를 들어 무서운 대상을 가리켰다. 그의 손은 부들부들 떨리고 있었다.

"줄리아 세번입니다." 템플 선생이 퍽 침착하게 대답했다.

"줄리아 세번이라고요! 그런데 어째서 저 애는, 또 다른 애들도 머리를 지지느냐 말이오? 왜 본교의 교훈과 방침을 무시하고서 저렇게 당당하게 세상 흉내를 내느냐 말이오. 이 복음주의 자선 학교에 재학하면서 저처럼 온통 머리를 지지느냐 말이오?"

"줄리아의 머리는 선천적으로 고수머리랍니다." 템플 선생이 점점 더 침착하게 대답을 했다.

"나면서부터 그렇다! 하지만 우리가 꼭 자연에 복종해야 된다는 법은 없으니까요. 나는 이 학생들이 하느님의 은총을 받는 어린이가 되기를 기구합니다. 그런데 저게 웬 말입니까? 나는 머리를 단정하게 바짝 졸라매라고 되풀이해서 몇 번이나 이야기했습니다. 템플 선생, 저 아이의 머리는 바짝 깎아 버려야 하겠습니다. 내일 이발사를 보내겠소. 또 그 밖에는 머리를 필요 이상으로 늘어뜨린 학생들이 많소. 저기 키 큰 학생들 말이오. 돌아서게 하시오. 상급 학생 전부를 일으켜 세워서 벽 쪽으로 얼굴을 돌리게 하시오."

템플 선생은 무심코 떠오르는 미소를 지워 버리려는 듯이 손수건을 들어 입술을 문질렀다. 그러나 여하튼 템플 선생은 호령을 내렸다. 그러자 상급반 학생들은 호령의 의미를 알아차리고 곧 명령대로 복종했다. 나는 걸상에 조금 등을 대고 앉아서 이 명령을 비판하는 그녀들의 눈초리라든가 찡그린 얼굴들을 볼 수 있었다. 브로클허스트 씨가 그것을 못 본 것은 유감스러운 일이었다. 외부적인 간섭은 그의 마음대로 할 수 있으나 학생들의 마음속까진 생각처럼 간섭할 수 없다는 것을 깨달을 수 있었을 텐데.

그는 이 살아 있는 메달의 뒷모습을 자세히 오 분쯤 뜯어보고 나서 드디어 판결을 내렸다. 그 말 한 마디 한 마디가 마치 장례식의 종소리같이 울렸다.

"머리 위 매듭 리본은 모두 잘라 버려야 해."

템플 선생은 항의를 하려는 듯이 보였다.

"선생." 그가 말을 이었다. "나는 이 속세가 아닌 다른 왕국에 임하시는 주님을 섬기는 몸이오. 나의 사명은 이 소녀들의 육체적인 욕망을 억제하는 데 있습니다. 땋아 내린 머리나 사치스러운 옷으로 단장하는 것이 아니라, 수치심을 알고 성실성을 가지고 스스로 단장하는 것을 가르치는 데 있습니다. 그런데 저 앞에 있는 아가씨들은 각기 머리를 땋아서 내려뜨리고 있는데, 이것은 허영심이 가득 찬 사람들이나 하는 짓이란 말이오. 다시 되풀이해서 말하거니와 머리는 잘라 버려야 해. 그것 때문에 시간이 낭비되는 것을 생각하면……."

브로클허스트 씨는 여기서 말을 중단했다. 세 사람의 방문객인 여성들이 이때 들어온 것이다. 이 여성들은 좀 더 빨리 와서 브로클허스트 씨의 옷에 관한 강의를 들었어야 마땅했을 것이다. 벨벳에다 비단, 모피 등의 요란스러운 옷차림을 하고 있었기 때문이다. 세 사람 중에서 젊은 두 사람은(열여섯과 열일곱 살의 아름다운 서녀들이었다.) 당시 유행하던 타조 털이 달린 회색 수달피 모자를 쓰고, 그 우아한 모자의 차양 밑에는 정성껏 지져 붙인 탐스러운 엷은 색 머리채가 늘어져 있었다. 중년 부인은 담비의 가죽으로 테를 두른 값비싼 벨벳 숄에 싸여 프랑스식 컬을 한 옆머리를 늘어뜨리고 있었다.

이 여성들은 브로클허스트 씨의 부인과 영양들로서 템플 선생에게 공손히 영접을 받고 교실의 상석인 명예석으로 안내되었다. 아마 그녀들은 존경할 만한 육친과 함께 와서 공손한 안내를 받아 가며 이 층 방들을 샅샅이 둘러보고 있었던 것 같았다. 그동안 브로클허스트 씨는 가정부와 출납 사무의 처리를 하기도 하며 세탁부에게 물어보기도 하며 주임 선생에게 지루한 설교를 하고 있었던 것이다. 이때 그녀들이 기숙사의 사감이나 셔츠와 시트 등을 맡아 보고 있는 스미스 선생에게 또다시 주의와 비난을 퍼부으려고 하던 참이었으나 나는 그들의 말을 끝까지 엿들을 시간이 없었다. 나의 관심은 다른 일에 쏠리기 시작했으며 내 마음은 완전히 거기에 빼앗기고 말았다.

여태까지 나는 브로클허스트 씨와 템플 선생의 대화를 엿들으면서도 내 몸이 보이지 않게 하려고 온갖 경계를 하고 있었던 것이다. 눈에 뜨이지만 않는다면 무사할 것이라고 생각했다. 그래서 나는 걸상에 깊숙이 걸터앉아서 나눗셈을 푸느라고 열심인 체하고 석판으로 얼굴을 가리고 있었다. 만약 그때 그 경을 칠 석판이 얼결에 내 손에서 떨어지지만 않았던들, 그리고 사정없이 소리를 내며 마루 위에 떨어져 한꺼번에 모든 사람의 시선을 내게로 집중시키지만 않았던들 혹시 들키지 않고 지낼 수도 있었을 것이다. 이제는 다 틀려 버렸구나 생각한 나는 두 조각으로 깨어져 버린 석판을 주우려고 허리를 구부리며 최악의 경우에 대비해서 기운을 냈다. 마침내 때는 오고야 말았던 것이다.

"조심성 없는 아이로군!" 브로클허스트 씨는 이렇게 말하고 나서 곧 "새로 들어온 학생 같은데." 하고 덧붙였다. 그리고 미처 내가 숨도 돌리기 전에 "나는 저 학생에게 꼭 한마디 주의를 시켜야겠어." 그러더니 커다란 소리로(얼마나 큰 소리로 내 귀엔 들렸는지!) "석판을 깨뜨린 학생을 이리 나오게 하시오."

나로선 도저히 자진해서 움직여 갈 수가 없었다. 몸이 굳어져 있었다. 그러나 내 양쪽에 앉아 있던 커다란 학생 둘이 나를 일으켜 세우고 무서운 재판관 있는 데로 떠다밀자 템플 선생이 부드럽게 그의 발밑까지 인도해 주었다. 나는 그녀의 위로의 속삭임을 들었다.

"제인, 두려워하지 마라. 그건 실수였으니 벌은 안 줄 테니."

그 친절한 속삭임은 칼날같이 내 가슴을 찔렀다. 다음 순간 '곧 저분도 나를 거짓말쟁이라고 업신여기겠지.' 나는 생각했다. 이렇게 생각이 들자 리드, 브로클허스트 씨, 그 일파에 대한 분노의 감정이 나의 혈관 속에서 들끓었다. 나는 결코 헬렌 번스 같은 아이가 아니었다.

"그 걸상을 가져와." 브로클허스트 씨는 이제 막 반장 아이가 일어선 높은 걸상을 가리키며 말했다. 걸상을 가져왔다.

"저 애를 그 위에 올려놔요." 그래서 나는 그 위에 올려졌다. 누기 을며있는지도 모른다. 그런 사소한 일에 주의를 돌릴 서를이 없었다. 단지 그들이 나를 브로클허스트 씨의 코밑에 끌어 올린 것과 그가 나에게서 1야드밖에 안 되는 거리에 있고, 내 밑에는 오렌지빛과 보랏빛 명주 외투와 은빛 새털구름 한 떼가 깔려 물결치고 있는 것을 알았을 뿐이다.

브로클허스트 씨는 헛기침을 했다.

"여러분." 그가 자기 가족 있는 곳을 향해 말하고 나서 "템플 선생, 여러 선생들 그리고 학생 여러분은 모두 이 소녀를 보시죠?" 물론 모두 보고 있었다. 그들의 화경 같은 눈초리가 나의 달아오르는 피부에 닿아서 타 들어가는 기분을 느꼈기 때문이다.

"보시는 바와 같이 이 아이는 아직 나이가 어립니다. 보통 어린이의 모습을 지니고 있는 것도 아시겠지요. 하느님께선 우리 모든 사람에게 주신 것과 같은 형상을 은혜롭게도 이 어린이에게도 주셨습니다. 주의 인물(注意人物)로 눈에 띌 만한 기형은 이 아이에겐 어디에도 나타나 있지 않습니다. 이 아이가 벌써 악마의 종이요, 심부름꾼이라는 걸 누가 생각이나 하겠소? 그러나 슬프게도 이것이 사실입니다."

잠깐 동안 말이 그쳤다. 나는 마비되어 버린 신경을 바로잡기 시작했다. 이미 운명은 결정되었고, 이제는 뒤꽁무니를 빼지 말고 용감하게 이 시련에 부닥치지 않으면 안 되겠다는 생각이 들기 시작했다.

"여러분." 검은 기둥 같은 목사가 슬픈 듯한 표정으로 말을 이었다. "대단히 슬프고 마음 아픈 일입니다. 왜냐하면 나는 여러분에게 원래는 하느님의 양(羊)이었을지도 모르는 이 소녀가 버림받은 아이, 하느님의 참된 양 무리에 속하는 게 아니라 분명히 방해자요, 이방인이라는 것을 여러분에게 주의시키지 않으면 안 되기 때문입니다. 여러분은 이 아이를 경계해야 하며 절대로 이 아이를 본받아서는 안 됩니다. 필요에 따라서는 이 아이의 동무가 되어 주지 말고 함께 놀지 마요. 말동무도 되어 주지 않는 게 좋습니다. 선생님들, 여러분도 이 아이를 잘 감독해야 합니다. 이 아이의 행동을 쉬지 말고 살피십시오. 이 아이의 말과 행동을 잘 주시하여 영혼을 구하기 위해선 육체를 벌해 주십시오. 만일에 그렇게 함으로써 이 아이가 구원된다면 말입니다. 왜냐하면 이 말을 하자나 내 혀가 다 떨립니다만, 이 소녀, 이 기독교 국가에 태어난 이 어린아이는 범천왕에게 기도를 올리고 자간나타[3] 앞에 무릎을 꿇는 이교도의 아이보다도 못한 이 소녀는, 거짓말쟁이입니다."

이때 십 분간의 휴식이 있었다. 그동안 나는 완전히 정신을 가다듬고 브로클허스트 씨의 부인과 딸들이 호주머니의 수건을 눈에 가져가는 것을 보았다. 중년 부인은 몸을 좌우로 흔들고 젊은 두 여인은 "참 기막히군!" 하고 속삭였다.

브로클허스트 씨는 또다시 말을 계속했다.

"이것은 이 아이의 은인, 고아인 이 애를 맡아서 자신의 자녀와 똑같이 양육하신 자비심이 깊은 부인에게서 들은 이야기입니다. 그분의 친절과 경건한 자비심에 이 불행한 소녀는 그처럼 못된, 끔찍한 망은(忘恩)으로 보답했기 때문에 그 훌륭한 은인은 이 애의 못된 행동이 무고한 애들을 더럽힐까 걱정스러워 부득이 이 애를 자기 자식들과 떼어 놓은 것입니다. 옛날 유대인이 그들의 환자를 베데스다 연못에 보낸 것처럼

---

3) 힌두교의 신 크리슈나를 형상화한 대표적인 우상.

이 애를 고치고자 여기에 보내게 된 것입니다. 그럼 여러 선생님들, 주임 선생, 제발 이 학생 주위의 물결이 더럽혀지지 않도록 유의하시기 바랍니다."

이 어마어마한 결론을 내리자 브로클허스트 씨는 외투 맨위 단추를 끼우고 자기 가족에게 무엇인가 중얼거리더니 템플 선생에게 머리를 숙이는 것이었다. 그리고 위대한 양반들은 도도한 태도로 교실을 나갔다. 나의 재판관은 문가에서 돌아보며 다시금 이렇게 말했다.

"저 애를 그대로 삼십 분간만 더 세워 두시오. 그리고 오늘은 온종일 저 애와 아무도 얘기를 못 하게 하시오."

그래서 나는 높직하게 걸상 위에 선 채로 있었다. 교실 한가운데 그냥 서 있는 것조차 부끄러워 견딜 수 없노라고 말하던 내가 지금 명예롭지 못한 발판 위에 뭇 눈총을 받으며 서 있는 것이다. 이때 나의 심정이 어떠했는가는 도저히 말로는 표현할 수 없다. 그러나 여러 가지 감정이 북받쳐 일어나 숨이 막히고 목을 죄는 듯했을 때 한 학생이 와서 내 옆을 지나갔다. 지나갈 때 그녀는 눈을 들어 나를 바라보았다. 아아, 얼마나 신기로운 빛이 그 위에 서리어 있었던지! 그 얼마나 미묘한 감정을 나에게 느끼게 했던가! 그 얼마나 새로운 힘이 용솟음치게 했던지! 그것은 마치 순교자가, 영웅이 노예나 희생자의 옆을 지나가다 그들에게 힘을 불어넣어 준 것과 같은 것이었다. 나는 점점 격렬해지는 히스테리를 억누르고 머리를 똑바로 들고 걸상 위에 군세게 섰다. 헬렌 번스가 스미스 선생에게 어떤 학과에 대해 질문을 하러 잠깐 갔다가 하찮은 질문이라고 꾸중을 듣고 자기 자리로 돌아갔다. 그 애는 내 옆을 지나가며 내게 미소를 던졌다. 아아, 그 미소! 나는 지금도 그 미소를 기억하고 있다. 그것은 훌륭한 지혜와 참된 용기에서 흘러나온 것이었다. 그 미소는 마치 천사의 얼굴 위에 떠오른 것처럼 그녀의 특징 있는 용모나 여윈 얼굴, 푹 꺼진 회색 눈을 빛내고 있었다. 그런데 이때에 그녀의 팔에는 '게으름뱅이의 표'가 달려 있었다. 거의 한 시간 전에 나는 헬렌이 연습 문제를 베끼다가 잉크를 묻혔다는 이유로 스캐처드 선생한테서 내일은 벌로 물과 빵만으로 점심을 먹으라고 꾸중을 들은 것을 알고 있었다. 세상에는 완전한 사람이란 없을 텐데! 맑게 비치는 달의 표면에도 검은 티는 있는 법인데 스캐처드 선생과 같은 사람의 눈에는 사소한 결점만 뜨일 뿐 천체에 넘쳐흐르는 찬란한 빛은 보이지 않는 것이다.

8장

삼십 분이 채 되기도 전에 시계가 다섯 시를 쳤다. 수업이 끝나고 학생들은 모두 식당으로 차를 마시러 갔다. 나는 용기를 내어 의자에서 내려왔다. 벌써 캄캄해졌다. 나는 방구석으로 가서 바닥에 앉았다. 지금까지 나의 마음을 붙잡아 주던 이상한 힘이 사라져 버리고 대신에 심한 슬픔이 엄습하여 나는 슬픔에 잠겨 마룻바닥에 엎드려서 소리를 내어 울었다. 헬렌 번스도 옆에 없었다. 나를 부축해 줄 사람은 아무도 없었다. 혼자 남게 되자 나는 실컷 울었다. 눈물이 마룻바닥으로 흘러내렸다. 나는 로우드에서 그처럼 좋은 일을 많이 하고, 친구를 많이 사귀어 남에게서 존경과 사랑을 받으려고 노력해 왔다. 벌써 나는 눈에 띄게 좋아졌다. 바로 그날 아침만 하더라도 나는 반의 수석이 되었다. 밀러 선생은 열심히 칭찬해 주었으며, 템플 선생도 칭찬하는 눈빛으로 웃어 주셨다. 템플 선생은 그림도 가르쳐 주시겠다고 하고, 또 이와 같이 앞으로 두 달만 계속 진보한다면 프랑스어 공부도 시켜 주시겠다고 약속했다. 그때 나는 학생들 사이에서 인기가 좋았다. 나와 같은 또래의 학생들 간에도 동등하게 취급을 받았으며 그 누구에게도 놀림을 당하지 않았다. 그런데 나는 또다시 쓰러져 짓밟혔다. 다시 일어날 수 있을까?

'틀렸다.' 하고 생각하니 나는 그만 죽어 버리고 싶어졌다. 이런 생각을 띄엄띄엄 중얼거리며 울고 있으니까 누구인지 내 옆으로 다가왔다. 나는 벌떡 일어났다. 또 헬렌 번스가 내 옆에 온 것이다. 꺼져 가는 난롯불이 텅 빈 기다란 교실을 걸어오는 그녀를 얼른 비춰 주었다. 헬렌은 나에게 커피와 빵을 가지고 왔다.

"자, 좀 먹어 봐." 헬렌이 말했다. 그러나 지금 상태로는 물한 모금, 빵 한 조각이라도 먹으면 목이 멜 듯이 생각되어 둘 다 먹을 수가 없었다. 헬렌은 아마 놀랐으리라. 나를 물끄러미 바라다보고 있었다. 나는 격정을 진정시키려고 애를 써 보았으나 이때만은 어쩔 수가 없었다. 계속해서 커다란 소리로 울었다. 헬렌은 내 옆의 마루 위에 두 팔로 무릎을 감싸안고 앉아서 무릎 위에 얼굴을 묻고 인도의 수도승처럼 언제까지나 입을 열지 않았다. 먼저 입을 연 것은 나였다.

"헬렌, 넌 어째 모두가 거짓말쟁이라고 여기고 있는 내 옆에 있니?"

"모두라고, 제인? 어머나, 네가 거짓말쟁이라고 얘기하는 걸

118

들은 사람은 겨우 팔십 명뿐이야. 이 세상에는 수억의 사람이 살고 있단다."

"그렇지만 내가 수억의 사람들과 무슨 상관이 있니? 내가 알고 있는 팔십 명이 나를 멸시하고 있는데."

"제인, 그건 네가 잘못 생각하고 있는 거야. 이 학교에선 아마 한 사람도 너를 경멸하거나 미워할 사람은 없으리라고 생각해. 많은 사람들이 너를 퍽 가엾게 여기고 있어."

"브로클허스트 씨가 그처럼 심하게 이야기한 다음인데 어떻게 모두 나를 가엾게 여기니?"

"브로클허스트 씨는 하느님이 아냐. 위대하고 존경받는 분도 아니고. 여기선 거의 모두가 그를 좋아하지 않아. 남에게 호감을 살 만한 일은 전혀 해 본 적이 없으니까. 가령 그분이 너를 유난히 귀여워했다면 넌 자신의 주위에 모두 적, 공공연한 혹은 암암리의 적을 갖게 되었겠지. 그런데 사실은 그렇지 않으니까 대부분의 사람들은 될 수 있는 한 너를 동정하려고 하는 거야. 그야 하루 이틀 동안은 선생님들이나 학생들이 냉담하게 대할는지도 모르지만 그들 마음속에는 친절한 동정심이 도사리고 있는 거야. 그러니 네가 참고 착한 일을 해 나가면 일시적으로 억눌려 있던 동정심이 이번에는 더욱 확실하게 나타날 거야. 그리고 제인." 그 애는 말을 계속하려다가 그만두고 말았다.

"뭐 말이야, 헬렌?" 내 손을 그녀의 손에다 얹으면서 말했다. 헬렌은 내 손가락을 살짝 문지르며 말하기 시작했다.

"설사 이 세상 사람들이 널 미워해도, 너를 나쁜 아이라고 생각해도, 네 양심이 너 자신을 정당하다고 인정하고 죄에서 풀어 준다면 너에게 친구가 없을 리 없어."

"아니, 나도 내가 옳다고 판단하지 않으면 안 된다는 건 알아. 하지만 나만 그렇다고 생각해선 소용없어, 헬렌. 이봐, 난 너나 템플 선생님이나 그 밖에 내가 진정으로 사랑하는 사람에게서 진정한 사랑을 얻기 위해서라면 내 팔의 뼈가 부러지거나 황소에게 떠받혀도 좋고, 발로 차는 사나운 말 뒤에 섰다가 말발굽에 가슴을 차여도 좋겠어."

"제인, 조용히. 넌 인간의 사랑을 너무 심각하게 생각해. 너무 충동적이고 너무 격렬한 것 같아. 네 몸뚱이를 창조하시고 거기다 생명을 불어넣으신 하느님의 손은 가냘픈 네 육체 이외에, 아니 너와 같이 연약한 사람들의 육체 이외에 의지가 될 만한 것을 우리에게 만들어 주셨단다. 이 지구 이외에, 이 인류 외에 사람들의 눈에 보이지 않는 세계, 영혼의 세계가 있는 거야. 그 세계는 우리의 주위에 있는 거야. 왜냐하면 그것은 있을 장소가 없기 때문이란다. 그리고 천사들이 우리를 지켜 주시는 거야. 천사는 하느님으로부터 우리를 보호하도록 사명을 띠고 있으니 말이지. 그리고 설사 우리가 고통과 치욕에 눌려 죽어도, 사방에서 받은 조롱이 우리를 못살게 굴어도, 증오가 우리를 짓밟아도 천사들은 우리의 고통을 지켜보고 있다가 우리의 결백성을 알아주신단 말이야. 우리가 결백하기만 하면 말이지. 마치 브로클허스트 씨가 리드 부인에게 얻어들은 것을 과장해서 되풀이하고 네가 억울한 혐의를 받고 있다는 것을 내가 잘 알고 있듯이 말이야. 난 네 빛나는 눈이나 맑은 얼굴을 보면 네가 성실한 사람이라는 걸 알 수 있어. 그래서 하느님은 풍족한 상을 주시려고 육체와 영혼이 분리되는 것만을 기다리고 계셔. 그런데 어째 넌 비통에 잠겨 있니? 사람의 생명은 쉬 끝나는 것이고, 죽음은 행복으로, 영광으로 들어가는 입구라는 게 이처럼 확실한데?"

나는 잠자코 있었다. 헬렌이 나의 마음을 진정시켜 준 것이다. 그러나 헬렌이 날 안정시켜 주었지만 아직도 내 마음에는 슬픔이 깃들어 있었다. 그녀가 말했을 때 나의 마음은 슬픔으로 가득 찼다. 그러나 그녀의 말이 어째서 슬프게 느껴졌는지 나로서는 어떻게 말로 표현할 수 없었다. 그리고 말이 끝나자 그녀의 숨이 조금 가빠지고 잔기침을 했을 때 나는 그녀에 대해 막연한 불안을 느끼고 나 자신의 슬픔을 잠시 잊어버리고 말았다. 나는 머리를 헬렌의 어깨에 기대고 그녀의 허리를 내 두 팔로 감았다. 헬렌은 나를 끌어당겼다. 우리는 아무 말도 안 하고 그대로 가만히 있었다. 이때 딴 사람이 들어와서 오래 그렇게 있을 수는 없었다. 어두운 구름이 바람에 흩어지고 달만이 남았다. 그 달빛이 창문으로 흘러 들어와 우리와 다가오는 사람의 모습을 환히 비춰 주었다. 곧 템플 선생이라는 걸 알았다.

"널 일부러 찾아왔다, 제인 에어." 선생이 말을 이었다. "내 방으로 가자. 그리고 마침 헬렌 번스도 함께 있으니 너도 같이 오너라."

우리는 일어서서 따라갔다. 주임 선생을 따라 그의 방에 가는 동안 몇 개의 꼬불꼬불한 복도를 지나 층계를 올라갔다. 방에는 불을 활짝 피워 놓았으며 명랑하고 아늑해 보였다. 템플 선생은 헬렌 번스에게 난로 옆에 있는 낮은 안락의자에 앉으라고 하시고는 나를 자기 옆으로 불렀다.

"실컷 울었니?" 선생이 내 얼굴을 쳐다보면서 말했다. "실컷 울어서 슬픔을 잊어버렸느냐 말이야."

"도저히 그럴 수 있을 것 같지 않아요."

"어째서?"

"억울하게 꾸중을 들었으니까요. 선생님이나 모든 사람이 나를 나쁜 아이라고 생각들 하시겠지요."

"네가 착한 아이인지 나쁜 아이인지는 네 처신에 달린 거야. 앞으로도 계속해서 착한 아이가 되도록 노력해라. 그러면 우리 마음에 들겠지."

"그럴 수 있을까요, 선생님?"

"그렇고말고." 선생은 한 팔을 뻗어 나를 껴안으며 말을 이었다. "그리고 또 브로클허스트 씨가 말씀하신 네 은인이란 누구냐?"

"리드 부인입니다, 제 외숙모예요. 아저씬 돌아가셨어요. 아저씬 저를 리드 부인에게 잘 부탁하고 돌아가신 거예요."

"그럼 그 부인이 자청해서 널 맡은 게 아니냐?"

"아니에요. 리드 부인은 나를 양육하게 된 것을 늘 못마땅하게 여겼지요. 하지만 외삼촌께선 돌아가시기 전에 리드 부인에게 언제까지나 손수 나를 키우겠노라는 다짐을 받아 두셨대요."

"자, 그럼 제인, 너도 알고 있지. 그렇지 않다면 한 가지만 일러 주지. 죄를 지은 사람도 억울한 경우엔 자기변명을 할 수 있는 기회를 준다는 걸 말이야. 넌 거짓말쟁이라는 혐의를 받고 있다. 그러니 속 시원히 내게 자기변명을 해 봐라. 네 기억에 남아 있는 것은 뭐든지 좋으니까, 말해 보래도. 하지만 단 한 가지라도 거짓말을 하든지 과장해선 안 되고."

나는 가장 온당하게, 가장 정확하게 말하겠다고 마음속 깊이 결심했다. 그리고 꼭 해야 할 말을 조리 있게 하려고 몇 분간 잘 생각한 다음, 어린 시절의 슬펐던 이야기를 모두 말해 버렸다. 슬픈 생각을 하느라고 기운이 쑥 빠져 버려서 얘기를 하는 동안 내 말소리는 퍽 침착하게 들렸다. 그리고 나는 함부로 사람을 원망하는 것은 삼가야 된다는 헬렌의 충고를 잊지 않았기 때문에 미움과 원한을 얘기 속에 나타내지 않으려고 평상시보다 퍽 삼가서 이야기했다. 그래서 이야기는 억제되고 간단하게 요약되어 한층 더 믿음직하게 들렸다. 나는 이야기를 계속하는 동안 템플 선생이 내 말을 곧이듣고 계신다는 것을 느꼈다.

얘기를 하는 중에 전에 졸도했을 때 나를 진찰해 주신 로이드 씨의 얘기를 했다. 나로서는 그 붉은 방의 끔찍한 에피소드를 결코 잊을 수 없었기 때문이다. 자세히 이야기를 해 가는 동안 나의 흥분이 정도를 넘은 것은 부인할 수 없는 일이었다. 용서를 해 달라고 미친 듯이 울부짖는 나를 뿌리치고 리드 부인이 귀신 나오는 캄캄한 방 안으로 다시 몰아넣었을 때 내 가슴에 사무친 고통과 아픔을 풀어 줄 수 있는 그 무엇도 내 기억엔 없었기 때문이다.

나는 이야기를 다 끝마쳤다. 템플 선생은 한참 동안 나를 묵묵히 바라보다가 이어 이렇게 말했다.

"로이드 선생이라면 나도 좀 알고 있다. 그분에게 편지를 내지. 그분의 회답과 네 말이 일치하면 모든 억울한 누명을 깨끗이 벗게 되는 거다. 제인, 넌 이제 나에겐 결백해."

템플 선생은 나에게 키스해 주었다. 그리고 나를 옆에 세워 둔 채(나는 만족해서 그 옆에 서 있었다. 선생님의 얼굴이니 옷이니 이것저것 장식한 것이라든가 하얀 이마라든가 윤기 있게 지진 머리와 빛나는 검은 눈을 바라보고 있으니까 어린애다운 기쁨이 용솟음쳤기 때문이다.) 헬렌 번스에게 말을 걸었다.

"오늘 밤은 좀 어떠냐! 헬렌? 낮엔 기침 많이 했니?"

"그렇게 심하지는 않았어요, 선생님."

"그럼 가슴 아픈 것은?"

"좀 나았어요."

템플 선생은 자리에서 일어나더니 헬렌의 손목을 잡아 맥을 짚어 보았다. 그러고는 자기 자리로 되돌아갔다. 선생이 자리에 앉았을 때 나지막한 한숨 소리가 들려왔다. 잠시 생각하는 듯 몸을 일으키더니 명랑하게 말을 꺼냈다.

"오늘 밤 너희는 모두 내 손님이야. 그러니 마땅히 손님 대접을 받아야지."

선생님은 초인종을 눌렀다.

"바버라야, 난 아직 차를 안 마셨어. 상을 차려 오고 이 두 아가씨들 찻잔도 가져와요." 하고 들어온 하녀에게 일렀다.

곧 상이 들어왔다. 내 눈에는 난롯가의 조그마한 둥근 테이

블에 놓인 사기그릇과 반짝거리는 찻주전자가 얼마나 아름답
게 비쳤는지!

찻잔에서 모락모락 피어오르는 김과 토스트의 냄새는 얼마
나 향기로웠던지! 그러나 그 토스트가 아주 조금 나누어져서
나는 퍽 실망했다.(나는 시장기가 돌기 시작했다.) 템플 선생도
그것을 눈치채고 있었다.

"바버라야." 선생이 말했다. "빵을 좀 더 갖다줄 수 없어? 세
사람 몫으로는 부족한데."

바버라는 나가자 곧 돌아왔다.

"선생님, 하든 부인이 보통대로 드렸다고 하시는데요."

하든 부인이란(독자들이여, 알아 두시기 바랍니다.) 가정부로,
마음씨가 브로클허스트 씨와 똑같고 고래 뼈처럼 딱딱하고
강철과 같이 쌀쌀한 성질의 여자였다.

"아아, 그랬던가!" 템플 선생이 대꾸했다. "그럼 이것으로 때
워야겠군, 바버라." 그리고 하녀가 나가자 선생은 미소를 지으
며 덧붙여 말했다. "이번만큼은 부족한 걸 이것으로라도 보충
할 수 있으니 다행이지." 선생은 헬렌과 나에게 테이블에 다가
앉으라고 권했다. 그리고 맛있어 보이나 무척 얇은 토스트 한
조각과 홍차 한 잔을 우리 앞에 각각 놓았다. 그러고는 의자
에서 일어나 서랍을 열고 그 속에서 종이에 싼 꽤 큼직한 시
드 케이크[4]를 꺼내더니 우리 앞에 끌러 놓았다.

"돌아갈 때 주려고 했는데 토스트가 조금뿐이니 지금 먹으

---

4) 향기로운 씨를 넣은 빵과자.

렴." 이렇게 말하고 선생은 아낌없이 빵을 잘랐다.

우리는 그날 저녁 신의 잔칫상을 받은 듯이 잘 먹었다. 그리고 그날 저녁 대접을 받으며 가장 기뻤던 것은, 아낌없이 준 것으로 우리가 굶주린 창자를 채우고 있을 때 그것을 바라보고 있던 선생님의 흐뭇한 미소였다. 차를 마시고 상을 물리자 선생님은 다시 우리를 난롯가로 불렀다. 우리는 선생의 좌우로 앉았다. 헬렌과 선생 사이의 대화는 계속되었다. 그것을 듣게 되었으니 나에게 특전이 베풀어진 셈이었다.

템플 선생의 모습에는 어딘가 침착함이 있고 태도에는 위엄이 있었다. 말씨도 알맞게 세련되어서 격한 말이나 흥분해서 열을 올리는 법이 없었다. 그녀를 바라보고 그녀의 말에 귀를 기울이고 있노라면 기쁨으로 마음이 차게 되고 또 외경심으로 억제당해서 그 기쁨은 한결 순화되기 마련이었다. 이런 기쁨을 나는 그때 맛본 것이었다. 그러나 헬렌 번스에 대해서는 정말 놀라움을 금할 수가 없었다.

기운을 북돋워 준 음식, 활활 타오르는 난롯불, 존경하는 선생님이 가까이 있다는 것, 선생의 다정스러운 친절 등이 혹은 그보다도 다른 그 무엇이 헬렌의 남다른 머릿속에 숨어 있어서 그녀의 몸속의 기운을 북돋워 준 것이리라. 그 기운이 잠에서 깨어나 불타기 시작한 것이다. 우선 여태까지 파리하기만 하고 핏기 하나 없어 보였던 그녀의 볼에 생기가 돌고 다음엔 맑은 그녀의 눈이 빛을 냈다. 그 눈은 홀연 템플 선생의 눈의 아름다움과는 전혀 다른 아리따움을 나타내기 시작했다. 또렷한 눈빛, 긴 속눈썹, 또한 그린 듯한 눈썹의 아름다움이 아니라 눈이 나타내고 있는 의미, 움직임, 빛의 아름다움이었다. 이어 그녀의 영혼은 입술로 옮겨 가서 어디서부터 나오는지 알 수 없는 말이 흘러나왔다. 열세 살 난 소녀가 맑고 또 넘치는 듯한 열렬한 웅변의 연못을 간직하리만큼 커다랗고 그처럼 강력한 마음씨를 갖고 있을까? 이런 것이 나에겐 기념할 만한 그날 밤 헬렌의 말의 특색이었다. 그녀의 영혼은 마치 보통 사람들이 평생을 두고 살아갈 기간을 극히 짧은 시간에 살아 버리려고 서두르고 있는 성싶었다. 두 사람은 내가 들어보지도 못한 것들, 먼 옛적의 시대나 국민, 머나먼 나라들, 이미 발견되었거나 추측되고 있는 자연계의 이상한 일들에 관해 얘기하면서 여러 가지 책 얘기를 했다. 얼마나 많은 책을 읽은 것인지, 또 그 지식은 얼마나 광범위했는지 경탄을 금할 수가 없었다. 게다가 두 사람은 프랑스의 인명(人名)이나 작가에 관해서도 참으로 아는 것이 많은 듯했다. 그러나 템플 선생이 헬렌에게 지금도 아버님이 가르쳐 주신 라틴어를 생각할 때가 있느냐고 하면서 책장에서 책 한 권을 내려 베르길리우스의 첫 페이지를 읽고 번역해 보라고 말했을 때 나의 놀라움은 그 절정에 달했다. 헬렌은 시킨 대로 읽기 시작했는데 한 줄 한 줄 읽어 내려감에 따라서 나의 존경심은 깊어 갔다. 헬렌이 읽기를 마칠 즈음 취침을 알리는 종이 울렸다. 멈칫거리고 있는 것은 허용되지 않았다. 템플 선생님은 우리 두 사람을 끌어 두 팔로 꼭 껴안으며 말씀하시는 것이었다.

"너희한테 하느님이 축복을 내리시기를!"

템플 선생은 헬렌 쪽을 나보다 좀 더 오래 안아 주셨고 나를 떼어 놓기보다도 훨씬 아쉽다는 듯이 나가게 했다. 선생의 눈길이 문까지 지켜 보낸 것도 헬렌이었고 선생이 다시 서글픈 한숨을 쉰 것도 헬렌을 위해서였다. 헬렌을 위해서 템플 선생은 볼의 눈물을 닦으셨다.

침실로 돌아오니 스캐처드 선생의 목소리가 들렸다. 서랍 검사를 하는 중이었다. 때마침 헬렌 번스의 서랍을 열어 보고 있는 참이어서 우리가 들어가자 헬렌은 심한 꾸지람을 들었고 내일은 어지럽게 흩어 놓았던 물건 여섯 가지를 어깨에 핀으로 꽂고 있어야 한다는 명령을 받았다.

"정말 창피할 정도로 마구 흩어 놓았단다. 정리한다 마음을 먹고는 잊어버렸던 거야." 헬렌이 나지막한 소리로 내게 속삭였다.

이튿날 아침 스캐처드 선생은 두툼한 마분지에 곧 눈에 뜨일 만큼 큼직한 글자로 '게으름뱅이'라고 적어 그것을 순하고 이지적이며 너그러워 보이는 넓적한 헬렌의 이마에 부적처럼 달아 주었다. 헬렌은 그것을 당연한 벌인 양 참을성 있게 골도 내지 않고 저녁나절까지 달고 있었다. 오후의 수업이 끝나고 스캐처드 선생이 교실을 나가자마자 나는 헬렌에게 달려가 마분지를 찢어발겨 난롯불에 처넣어 버렸다. 헬렌 자신은 느낄 수 없었던 노여움이 하루 종일 내 가슴속에서 지글지글했고, 커다랗고 뜨거운 눈물방울이 끊임없이 내 볼을 태울 듯이 흘러내렸다. 쓸쓸한 표정으로 체념하고 있는 헬렌의 모습을 보았을 때 참을 수 없을 정도로 내 가슴은 쓰렸던 것이다.

이런 사건이 있은 지 일주일쯤 뒤에, 앞서 로이드 씨에게 편지를 냈던 템플 선생은 그의 답장을 받았다. 로이드 씨의 편지는 내가 선생에게 말한 것을 확증한 것 같았다. 템플 선생은 전교생을 모아 놓고 제인 에어에 대한 비난을 조사해 본 결과 제인이 누명을 깨끗이 벗게 된 것을 모두에게 알려 주게 되어서 기쁘기 짝이 없다고 말했다. 그러자 다른 선생님들은 내게 악수와 키스를 해 주었다. 순식간에 기쁨의 속삭임이 학생들 사이로 퍼져 갔다.

이렇게 슬픔의 무게를 벗어던지게 된 나는 어떠한 곤란에도 굴하지 않고 내 갈 길을 개척해 가리라 결심하고 그 순간부터 새로 열심히 공부를 하기 시작했다. 나는 열을 내었고 성공은 노력에 비례했다. 원래가 별로 좋지 않았던 기억력도 훈련 덕분에 좋아졌고 연습을 거듭함에 따라 이해력도 좋아졌다. 몇 주일 뒤에 나는 상급반으로 진급을 했고 두 달도 채 못되어서 프랑스어와 그림 공부 시작하는 것을 허용받았다. 프랑스어의 에트르(être) 동사의 변화 두 개를 배운 바로 그날, 나는 처음으로 농가를 그렸다.(그러나 그 벽은 피사의 사탑도 무색하리만큼 한쪽으로 기울어져 있었다.) 그날 밤 잠자리에 든 나는 늘 고픈 배를 잊기 위해서 공상하기로 했던 따끈한 구운 감자나 흰 빵이나 신선한 우유를 바미사이드의 만찬[5]처럼 준비하는 것도 잊어버렸다. 그 대신 나는 어둠 속에 보이는 이상의 그림을 즐겼다. 모두 내가 그린 그림이었다. 연필로 마음대로 그린 집이나 수풀, 그림 같은 바위나 폐허, 네덜란드의 풍

---

5) 『아라비안나이트』에 등장하는 가공의 식탁.

경화가 코이프가 그림 직한 소 떼나 장미꽃 봉오리 위에서 춤추고 있는 나비, 다 익은 버찌를 쪼고 있는 새, 새로 움이 트는 담쟁이덩굴에 싸인 채 진주 같은 알이 들어 있는 굴뚝새 둥지 등속과 같은 아름다운 그림들뿐이었다. 나는 또 피에로 선생이 그날 보여 주었던 프랑스 소설책을 언제나 술술 번역해 낼 수 있을 것인가 하고 생각했다. 그러나 채 만족스러운 답이 나오기도 전에 나는 곤히 잠에 곯아떨어졌다.

솔로몬이 그럴듯하게 표현한 말이 있다. "채소를 먹고 서로 사랑하는 것이 살찐 소를 잡아먹고 서로 미워하는 것보다 낫다."6)

나는 이제 곤궁하기 짝이 없는 로우드의 생활을 게이츠헤드의 사치스러운 생활과 맞바꾸고 싶지가 않게 되었다.

6) 「잠언」 5장 7절.

9장

로우드에서의 궁핍, 아니 고생은 그러나 점점 덜해져 갔다. 봄이 가까워 왔고 사실상 봄철이 다 되었다. 겨울의 서리도 자취를 감추고 눈도 녹았다. 살을 에는 듯했던 바람도 수그러졌다. 1월의 혹독한 한기에 벗겨지고 부어올라 절름거려야 했던 처참한 몰골의 발도 부드러운 4월의 숨결을 받고 낫기 시작했다. 새벽이나 밤에도 캐나다와 같은 혹한이 우리 혈관의 피까지도 얼게 하는 법이 이제는 없어졌다. 교정에서 노는 시간도 견딜 만하게 되었다. 이따금 날씨 좋은 날에는 아늑하고 따뜻해지기까지 했다. 갈색의 화단에도 초록빛이 움트기 시작했고 나날이 초록빛이 더해 가는 것이 밤사이 '희망'이 그곳을 가로질러 가서 매일 아침 그 발자국이 싱싱해지는 것 같았다. 아네모네, 크로커스, 보랏빛 앵초, 노란빛이 도는 팬지 등의 꽃들이 잎새 사이로 얼굴을 내밀었다. 반공일(半空日)이었던 목요일 오후가 되면 우리는 매주 산보를 했고 길가의 산울타리 곁을 지나노라면 그 밑으로 보다 예쁜 꽃이 피어 있는 것을 볼 수가 있었다.

나는 또한 커다란 기쁨이 교정의 담장, 못을 박아 놓은 높다란 담장 너머에 놓여 있는 것을 발견했다. 그 기쁨을 훼방하는 것은 지평선뿐이었다. 신록과 나무 그늘이 짙은 큰 골짜기를 에워싸고 있는 산봉우리를 바라보고 또 검정 바위나 소용돌이가 많은 시냇물을 내려다보는 것이 그 기쁨이었다. 같은 경치가 서리가 얼어붙고 눈으로 잔뜩 덮이고 또 무쇠 같은 하늘 아래 누워 있는 것을 볼 때와는 전혀 딴판으로 보이는 것이었다. 겨울 동안에는 죽음처럼 싸늘한 안개가 동풍이 부는 대로 보라색 봉우리를 따라 헤맸고 목초지와 시냇가의 낮은 지대로 굴러 내려갔다가는 마침내 시내의 얼어붙은 안개와 합치는 것이었다. 그 무렵엔 시냇물이 그대로 탁류를 이루고 있었고 물소리는 수풀을 찢어 놓고 억수 같은 비와 소용돌이 치듯 내리는 진눈깨비가 뒤섞여 시냇물은 붇고 허공에 굉장한 소리를 울리고 있었다. 그리고 양쪽 기슭에 있는 숲으로 말하면 해골의 행렬로밖에는 보이지 않았던 것이다.

4월이 지나 5월이 되었다. 화창하고 눈부신 5월이었다. 푸른 하늘과 따사로운 햇빛 그리고 부드러운 서풍이나 남풍이 5월을 채워 주었다. 초목도 생기발랄하게 자라고 로우드는 그 머리채를 마구 흔들었으며 온통 초록빛으로 뒤덮였다. 커다란 느릅나무, 물푸레나무, 참나무의 해골이 늠름한 모습을 회복했다. 숲속 으슥한 곳에서는 화초들이 마구 싹을 틔웠고 수없는 가지각색 이끼가 웅덩이를 메웠고 마구 흩어져 핀 야생의 앵초는 마치 지상의 태양인 양 보였다. 나는 그 앵초의 담황색이 응달에서 아름다운 광택을 흩뿌리는 것을 보았다. 이러한 모든 것을 나는 마음껏 아무도 보지 않는 곳에서 거의 혼자 즐겼다. 여태껏 없었던 자유와 즐거움에는 까닭이 있었다. 이제 나는 그것을 이야기해야만 되겠다.

언덕과 숲으로 싸인 시냇가에 선 학교라고 하면 자못 아늑한 장소라고 생각될지도 모른다. 분명 아늑하고 쾌적한 장소였음에는 틀림이 없지만 건강에 좋은 곳이냐고 물어본다면 문제는 전혀 달라지게 된다.

로우드 학교가 자리 잡은 숲에 싸인 골짜기는 안개와 안개가 길러 내는 유행병의 온상이었고 소생하는 봄과 함께 소생한 유행병이 이 '고아원'에 침투하여 학생들이 잔뜩 들어 있는 교실이나 기숙사에 발진 티푸스균을 불어넣었고 5월이 되기도 전에 학교를 병원으로 바꾸어 놓았다.

반(半)기아 상태와 소홀히 했던 감기 치료 때문에 학생들의 절반은 전염병에 감염되기 십상인 형편에 있었다. 전교생 팔십 명 중 마흔다섯 명이 한꺼번에 발병을 하고 말았다. 학급은 분해되고 규율은 해이해졌다. 전염되지 않은 소수의 학생들에게는 거의 무제한에 가까운 자유가 부여되었다. 건강을 유지하기 위해서는 자주 운동을 해야 한다고 의사가 강력히 주장한 때문이었지만 의사의 말이 없었더라도 그들을 감시하거나 속박할 시간 여유가 있는 사람은 아무도 없었던 것이다.

템플 선생은 환자의 간호에 온 마음을 다했다. 그녀는 병실에 틀어박혀 밤중 몇 시간의 휴식을 취할 때밖에는 한 발짝도 바깥에 나오질 않았다. 다른 선생들도 이 전염병의 소굴에서 구해 줄 재력이 있거나 친척이나 친구 중에 의사가 있는 다행스러운 학생들의 출발이나 짐싸기 등 기타 필요한 준비에 눈코 뜰 사이가 없었다. 이미 병에 걸린 많은 학생들은 죽기 위해서 집으로 돌아가는 셈이었다. 학교에서 숨을 거둔 학생들은 신속하고 은밀하게 매장되었다. 전염병의 성질상 꾸물거릴 여유가 없었기 때문이다.

이렇게 질병이 로우드의 주민이 되고 죽음이 그 빈번한 방문객이 되어서 교내가 온통 근심과 공포에 휩싸이고 방에도 복도에도 병원 냄새가 가득 차서 약품이나 알약이 죽음의 냄새를 억제하려고 헛된 노력을 계속하고 있는 동안에도 밖에서는 눈부신 5월이 우뚝 솟아 있는 산이나 아름다운 수풀 위로 구름 한 점 없이 빛나고 있었다. 교정에도 화초가 만발해 있었다. 접시꽃도 나무처럼 우뚝 자랐고 백합이 피고 튤립과 장미꽃도 한창이었다. 조그만 화단 가장자리는 분홍빛 아르메리아와 새빨간 데이지가 화사한 모습을 드러내고 있었고 찔레꽃은 아침저녁으로 향료나 사과 같은 향기를 내뿜고 있었다. 그러나 이러한 향기 그윽한 자연의 보물도 로우드에 살고 있는 사람 대부분에게는 쓸모없는 것이었고 이따금 관 속에 집어넣는 한 다발의 조화(弔花) 구실을 하는 것이 고작이었다.

그러나 나와 나머지 건강한 학생들은 계절과 경치의 아름다움을 마음껏 즐겼다. 아침부터 저녁까지 우리가 숲속에서 집시처럼 거니는 것을 학교에서는 허용해 주었다. 우리는 하고 싶은 짓을 맘대로 했고 가고 싶은 곳엘 마음 놓고 가 볼 수 있었다. 살림살이도 한결 나아졌다. 브로클허스트 씨와 그의 가족들은 이제 로우드 근처에는 얼씬도 하지 않았다. 학교 경영의 정밀 검사도 하지 않았다. 까다로운 관리장도 감염이 두려워 도망을 쳐 버렸고, 로튼 치료원의 수간호사였던 후임자는 새 근무처의 관습에 익숙지 못했기 때문에 식사의 지급도 비교적 나아진 편이었다. 게다가 먹는 사람 수도 적어지고 환자는 거의 먹는 게 없었기 때문에 우리의 조반은 제법 고봉이 되었다. 자주 그런 일이 있었지만, 정규의 점심 식사를 준비할 시간 여유가 없을 때는 차가운 커다란 파이나 두꺼운 치즈 바른 빵을 지급해 주는 것이어서 우리는 그것을 숲속으로 가지고 가서 제일 좋은 자리를 골라잡고 양껏 먹었다.

내가 제일 좋아한 자리는 시내 한복판에 물기 없이 하얗게 솟아 있는 매끄럽고 널찍한 큰 바위였는데 물속을 건너가야 당도할 수가 있었지만 나는 맨발로 그 묘기를 곧잘 해치웠다. 그 바위는 나와 또 한 사람의 소녀가 편히 앉을 수 있을 만큼 넓었다. 당시에 내가 고른 친구는 메리 앤 윌슨이라고 하는 야무지고 눈치 빠른 소녀였다. 기지가 있고 개성이 강한 데다 함께 있으면 마음이 놓이는 친구여서 나는 마음에 들었던 것이다. 나보다 몇 살 위여서 세상일을 잘 알고 있었고 내가 물어보고 싶은 얘기를 곧잘 들려주곤 했다. 그녀와 함께 있으면 나의 호기심은 많이 풀어졌다. 나의 결점도 관대히 보아 주는 편이어서 내가 무슨 소리를 하든 그것을 가로막거나 제어하는 법이 없었다. 그녀는 얘기하기를 좋아했고 나는 비판하기를 좋아했다. 가르쳐 주기를 좋아했던 그녀에 비해 나는 질문하기를 좋아했다. 따라서 우리 두 사람은 서로 접촉함으로써 비록 계발(啓發)은 아니더라도 많은 재미를 얻게 되고 절친하게 지내게 되었다.

그러면 그동안 헬렌 번스는 어디 가 있었단 말인가? 왜 나는 이 자유로웠던 나날을 헬렌과 함께 지내지 않은 것인가? 깡그리 그녀를 잊어버리고 말았단 말인가? 아니면 그녀와의 순수했던 교제에 곧 싫증이 날 정도로 나는 하찮은 인간이었던 것인가? 확실히 지금 얘기한 메리 앤 윌슨은 헬렌과 견주어 본다면 떨어지는 면이 많았다. 메리는 그저 내게 재미있는 얘기를 들려줄 수 있는 정도였고 내가 좋아하는 통쾌하고 신랄한 소문이나 험담에 맞장구쳐 주는 정도에 지나지 않았다. 한편 헬렌으로 말하면, 내 관점에 틀림이 없다면, 얘기를 나누는 특권을 누리는 상대에게 한결 고상한 취향을 맛보게 하는 품성을 갖추고 있었다.

독자여, 이건 사실이다. 나는 그것을 알고 있었고 결점투성이로 취할 점이 거의 없는 나이지만 그러나 헬렌 번스에게 싫증을 낸 적은 한 번도 없었다. 또한 일찍이 무엇보다도 나의 마음을 부드럽게 격려해 주었던 그녀에 대한 애착은 그 못지않게 단단히고 부드러운 존경심을 가지고 삼시노 나의 가슴속에서 떠나질 않았던 것이다. 언제 어떠한 경우에도 얼굴을 찌푸리고 우정을 상하게 한 적이 한 번도 없는 그 헬렌, 골을 내서 우정을 짓밟는 일도 없이 언제나 조용하고 충실한 우정을 보여 주던 그 헬렌에게 싫증 나는 일이 있을 수가 있을까? 그러나 이제 헬렌은 앓고 있었다. 벌써 몇 주일째 이 층 어느 방엔가 격리되어서 내 눈에 보이지 않게 된 것이다. 병동으로 충당된 교사의 일부에 발진 티푸스 환자와 함께 수용되어 있는 것임이 아님은 들어서 알고 있었다. 헬렌의 병은 발진 티푸스가 아니라 폐병이었기 때문이다. 무지했던 나는 폐병이란 말을 듣고도 간호를 받음에 따라 시간이 지나면 꼭 회복되는 가벼운 병이라고만 생각했던 것이다.

내가 이런 생각을 믿어 의심치 않은 것은 햇볕 따사로운 오후에 헬렌이 한두 번 아래층으로 내려와서 템플 선생에게 손목이 잡힌 채 교정으로 나온 것을 본 일이 있었기 때문이다. 그러나 나는 그때 가까이 가서 얘기를 건네는 것이 허용되지 않았다. 그래서 그저 교실의 창밖으로 내다보았을 뿐 똑똑히 보지는 못했다. 헬렌은 모포를 푹 뒤집어쓰고 멀리 떨어진 베란다 밑에 앉아 있었기 때문이다.

6월 초의 어느 저녁나절 나는 메리 앤과 함께 아주 늦게까지 숲속에 남아 있었다. 늘 그랬듯이 다른 학생들과는 멀찍이 떨어져서 멀리까지 와 버린 탓이었다. 너무 멀리 왔기 때문에 길을 잃고 한적한 외딴집에서 길을 물어보지 않으면 안 되었다. 오두막집에는 내외가 살고 있었고 숲속에서 밤톨을 주워 먹는 반야생의 돼지를 기르고 있었다. 가까스로 학교로 돌아갔을 때는 벌써 달이 떠 있었다. 의사의 것임을 알 수 있는 망아지가 정원 입구에 서 있었다. 저녁나절 이맘때 베이스 선생님을 모셔왔을 적엔 누군가의 병이 위중함에 틀림이 없다고 메리 앤이 말했다. 메리 앤은 안으로 들어갔다. 나는 잠시 뒤에 남아서 숲속에서 캐 온 한 줌의 뿌리 달린 화초를 내 화단에 심기로 했다. 아침까지 버려 두면 시들어 버리리라 생각했기 때문이다. 화초를 심은 후에도 나는 한동안 왔다 갔다 했다. 밤안개가 끼어 화초는 복욱(馥郁)했다. 참으로 고요하고 참으로 따뜻한 기분 좋은 저녁이었다. 아직도 빨갛게 타고 있는 서쪽 하늘은 이튿날도 좋은 날씨가 될 것을 기약해 주고 있었다. 장엄한 동녘으로는 휘황하게 달이 떠 있었다. 나는 그것을 어린애 같은 심정으로 쳐다보며 즐기고 있었다. 퍼뜩 그때까지 생각해 본 적이 없는 생각이 떠올랐다.

'이런 때 병상에 누워서 죽어 간다는 것은 정말 가엾은 일이야! 이렇게 이 세상은 즐거운 곳인데. 이곳에서 아무도 모르는 곳으로 불려간다는 것은 참으로 삭막한 노릇이야.'

그리고 나는 천당과 지옥에 관해서 그때까지 들어 온 것을 처음으로 진지하게 이해하려고 애를 썼다. 처음으로 내 마음은 움찔하고 몸부림쳤다. 처음으로 전후좌우를 둘러보고 사방이 온통 헤아릴 수 없는 심연이라는 것을 깨달았다. 지금 서 있는 한 점, 현재만을 감촉했고 그 밖의 모든 것은 형체 없는 구름이요, 텅 빈 혼돈이었다. 그 혼돈 한복판으로 비틀거리며 떨어져 내릴 생각을 하니 몸서리가 쳐졌다. 이런 새로운 생각에 골똘해 있는 동안 앞문이 열리는 소리가 났다. 베이스 선생님의 모습이 보이고 곁에 간호부가 있었다. 의사가 말 등에 오르고 돌아가는 것을 보자 간호부는 문을 닫으려 했다. 나는 그녀에게로 달려갔다.

"헬렌 번스는 좀 어떤가요?"

"아주 못해졌어요."라는 대답이었다.

"베이스 선생님이 오신 것은 헬렌 때문이었나요?"

"응."

"그래 뭐라고 하셨어요?"

"이곳에 오래 못 있을 거라고 하셨어."

그 전날만 이런 얘기를 들었더라도 헬렌이 고향인 노섬벌랜드로 돌아가게 되는 것이라고 받아들였을 것이다. 헬렌의 최후가 가까워졌다는 의미라고는 생각지도 못했을 것이다. 그러나 이제 나는 즉각 알아차릴 수가 있었다. 헬렌 번스의 이 세상에서의 나날이 며칠 안 남았고 이제 영혼의 세계로(그런 세계가 있다면) 가게 되리라는 것이 내게도 확실하게 터득이 되었다. 나는 심한 공포를 느꼈고 이어서 격렬한 슬픔을 느꼈다. 동시에 꼭 그녀를 만나 보고 싶은 충동을 느꼈다. 나는 그녀가 누워 있는 방을 물어보았다.

"템플 선생님 방에 있어." 간호부가 말했다.

"올라가 얘기를 해도 될까요?"

"안 돼요, 무슨 소리! 그래선 안 돼. 자 이제 방으로 들어갈 시간이야. 바깥에서 밤이슬을 맞으면 열병에 걸려요."

간호부는 앞문을 닫아 버렸다. 나는 교실로 통해 있는 사잇문으로 들어갔다. 알맞게 들어간 셈이었다. 밤 아홉 시, 밀러 선생이 전원에게 취침의 구령을 내리는 중이었다.

그로부터 두 시간쯤 지났을까, 열한 시쯤 되었음에 틀림없다. 잠을 이루지 못하던 나는 기숙사가 온통 조용해졌기 때문에 학생들이 모두 깊은 잠에 빠져 버린 것이라 생각하고 살며시 일어나 잠옷 위에 웃옷을 걸치고 맨발로 발소리를 죽여 가며 침실을 빠져나와 템플 선생의 방을 찾으러 나섰다. 템플 선생의 방은 건물의 거의 맞은편 변두리에 있었지만 나는 길을 알고 있었다. 게다가 구름 없는 여름밤의 하늘에는 달이 떠 있어 복도의 창 여기저기를 비춰 주고 있었기 때문에 그것을 찾아내는 것은 힘든 일이 아니었다. 열병 환자의 병실이 가까워짐에 따라 장뇌 냄새와 향초 타는 냄새가 내게 경계심을 불러일으켰다. 밤샘을 하는 간호부에게 발각되지 않으려고 나는 병실 문 앞을 황급히 지나갔다. 발각되어 돌려보내질까 겁이 났던 것이다. 나는 꼭 헬렌을 만나 보아야만 했다. 죽기 전에 꼭 그녀를 껴안아 보아야만 했다. 그녀와 마지막으로 입을 맞추고 최후의 말을 주고받아야만 했던 것이다.

층계를 내려가 아래쪽 건물의 일부를 통과한 뒤 아무 소리도 내지 않고 문을 여닫고 또 다른 층계에 당도할 수 있었다. 그 층계를 오르면 바로 템플 선생의 방이 있었다. 불빛이 열쇠 구멍과 문 밑으로 새어 나오고 있었고 고요하기 짝이 없었다. 가까이 가 보니 문이 조금 열려 있었다. 답답한 병실에 신선한 공기를 넣기 위해 조금 열어 둔 모양이었다. 주저하고 싶지도 않았고 성급한 충동에 휩싸여 있던 나는 마음도 감각도 고통으로 떨면서 문을 밀고 들어다보았다. 내 눈은 헬렌을 찾고 있었고 또 죽음을 찾게 되지나 않을까 겁을 내고 있었다.

템플 선생의 침대 곁으로 흰 커튼으로 반쯤 가린 조그만 침대가 놓여 있었다. 이불 밑으로 사람의 몰골이 보였지만 얼굴은 커튼에 가려 보이지 않았다. 아까 교정에서 얘기를 나누었던 간호부가 안락의자에 앉아서 졸고 있었다. 까맣게 탄 심지를 그대로 내버려 둔 양초가 하나 책상 위에 흐릿하게 켜져 있었다. 템플 선생의 모습은 보이지 않았다. 나중에야 안 일이지만 템플 선생은 전염병동의 헛소리하는 환자에게로 불려간 것이었다. 나는 다가가서 조그만 침대 곁에 가 섰다. 커튼에 손을 대어 보았지만 커튼을 걷어올리기 전에 말을 걸어 보고 싶었다. 시체를 보게 되는 것은 아닐까 하고 나는 속으로 켕겼던 것이다.

"헬렌, 깨어 있니!" 내가 소곤거렸다.

헬렌은 뒤척이더니 커튼을 치웠다. 수척하고 파리하긴 했지만 아주 태연한 그녀의 얼굴이 보였다. 그 전과 별다른 변화가 없었기 때문에 나의 공포심은 순식간에 사라졌다.

"아, 너 제인 아냐?" 늘 그렇듯이 부드러운 목소리로 그녀가 물었다.

'아, 아직 죽어 가진 않아! 모두들 잘못 생각하고 있는 거야. 정말 그렇다면 어떻게 이렇게 태연한 얼굴을 하고 얘기를 할 수 있단 말인가.' 나는 속으로 생각했다.

나는 침대로 가서 헬렌에게 입을 맞추었다. 이마는 싸느랗고 볼은 여윈 데다가 냉랭했다. 손도 손목도 싸늘했으나 그녀는 그 전처럼 미소 지어 보였다.

"어떻게 왔어, 제인? 열한 시가 지났어. 조금 전에 열한 시 치는 소리를 들은걸."

"네가 보고 싶어서 온 거야, 헬렌. 병세가 아주 심하다는 얘기를 들었거든. 얘기를 나누기까지는 잠이 오지 않을 것 같았어."

"그렇다면 작별을 고하러 온 셈이야. 알맞게 찾아온 성싶어."

"어디론가 갈 작정이야, 헬렌? 집으로 갈 참이야?"

"응, 먼 내 집으로, 내 마지막 집으로."

"안 돼 안 돼, 헬렌!"

나는 슬픔을 이기지 못해 입을 다물었다. 내가 눈물을 삼키려고 하는 동안 헬렌은 기침 발작을 하기 시작했다. 그러나 간호부는 잠을 깨지 않았다. 발작이 끝나자 헬렌은 한동안 기진한 듯 누워 있더니 조그맣게 소곤거렸다.

"제인, 너 맨발이구나. 누워서 내 이불을 덮어."

나는 그렇게 했다. 헬렌은 한 팔로 내 몸을 감았고 나는 그녀에게 바싹 다가가 누웠다. 오랜 침묵 끝에 헬렌은 여전히 소곤거리는 소리로 말을 이어 나갔다.

"난 참 행복하단다, 제인. 그러니까 내가 죽었다는 소식을 듣더라도 절대 슬퍼하지 마. 슬퍼할 것이 아무것도 없어. 사람은 모두 언젠가는 죽어야 하는 것이고, 나를 데려가는 병은 고통스러운 것이 아니거든. 부드럽게 조금씩 나빠져 가는 거야. 내 마음은 아주 편안해. 내가 죽더라도 그리 슬퍼할 사람도 없어. 아버님이 한 분 계실 뿐인데 그 아버님도 근래에 재혼을 하셨으니 내가 없더라도 그리 섭섭해하시진 않을 거야. 어려서 죽기 때문에 큰 고생을 모르고 가는 셈이야. 어차피이 세상에서 성공할 만한 소질이나 재주도 없고, 살아 보았자늘 잘못이나 저지를 거야."

"하지만 어디로 간단 말이야, 헬렌? 가는 곳이 보이니? 알기나 해?"

"나는 믿고 있어. 믿음을 가지고 있어. 하느님 곁으로 가는 거야."

"하느님이 어디에 있어? 하느님이 뭐야?"

"나나 너를 만들어 주신 분이야. 그분은 손수 만드신 것은 망가뜨리는 법이 없어. 나는 오로지 하느님의 힘에 기대고 또 하느님이 착하시다는 것을 믿고 있어. 하느님 곁으로 돌아가 하느님의 모습을 보게 되는 소중한 때가 오기를 나는 손꼽아 기다리고 있어."

"그러면 헬렌. 너는 천국이라는 곳이 있다는 것을, 그리고 우리가 죽으면 그곳으로 가게 된다는 것을 확신하고 있니?"

"내세가 있다는 것을 나는 믿어. 틀림없이 하느님은 착한 분이어서 아무 걱정 없이 내 영혼을 맡길 수 있다고 생각해. 하느님은 나의 아버지시고 나의 친구분이야. 나는 하느님이 아주 좋아. 틀림없이 하느님께서도 나를 귀여워해 주실 거야."

"그러면 나도 죽으면 너를 만나 볼 수 있니, 헬렌?"

"너도 똑같은 행복의 나라로 올 수 있단다. 틀림없이 위대하고, 만물의 아버지이신 바로 그분이 너를 맞아 줄 거야, 제인."

나는 다시 물어보았다. 그러나 이번엔 속으로 물어보았을 뿐이다. '그 나라는 어디에 있는 것일까? 정말로 있는 것일까?' 그러고는 팔로 헬렌을 꼭 껴안았다. 그처럼 헬렌이 귀여워 보인 적은 없었다. 그녀를 도저히 놓아 줄 수 없을 것 같은 심사였다. 나는 헬렌의 목에 내 얼굴을 파묻었다. 이윽고 헬렌이 더할 나위 없이 부드러운 목소리로 말했다.

"정말이지 포근한 기분이다! 아까 기침을 해서 조금 지쳐 버렸어. 이제 잠들 수 있을 것 같아. 하지만 내 곁을 떠나지 마. 제인, 네가 곁에 있어 주었으면 좋겠어."

"함께 있겠어, 나의 헬렌. 누가 뭐래도 여기 있겠어."

"춥지 않니?"

"아니."

"잘 자, 제인."

"잘 자, 헬렌."

헬렌은 내게 입을 맞추었고 나도 헬렌에게 입을 맞추었다. 우리 둘은 이내 잠이 들었다.

잠이 깨었을 때는 아침이었다. 여느 때 같지 않은 동요로 잠이 깨어 올려다보니 내가 누군가의 팔에 안겨 있었다. 간호부가 안고 있는 것이었다. 복도를 지나 기숙사 쪽으로 안겨 가는 중이었다. 모두들 무슨 일엔가 골몰해 있는 모양이어서 내가 여러 가지를 물어보아도 아무런 대답도 듣지를 못했다. 하루인가 이틀이 지난 뒤에야 나는 모든 것을 알게 되었다. 새벽녘이 되어 템플 선생이 자기 방으로 돌아가 보니 헬렌 번스의 어깨에 얼굴을 묻고 그녀의 목을 두 팔로 껴안은 채 조그만 침대에서 내가 자고 있더라는 것이었다. 나는 잠들어 있고 헬렌은 숨을 거둔 뒤였다.

헬렌의 무덤은 브로클브리지 교회의 묘지에 있다. 그녀가 죽은 후 십오 년 동안은 풀이 우거진 무덤에 지나지 않았다. 그러나 이제는 헬렌의 이름과 "내 부활하리라."란 글귀가 새겨진 회색 비석이 무덤의 소재를 알려 주고 있다.

10장

지금까지 나는 보잘것없는 나의 생애에서 가지가지 사건을 자세히 기록해 왔다. 생애의 첫 십 년간을 기록하는 데 거의 그만한 수효의 장(章)을 바친 셈이다. 그러나 나는 이 책을 정식의 자서전으로 엮을 생각은 없다. 그저 기억을 더듬어서 흥미가 있음 직한 곳을 생각해 내기만 하면 되는 것이다. 따라서 그 후 팔 년간의 일은 아무 말도 하지 않고 지나칠 작정이다. 그저 전후 맥락을 잇기 위해서 몇 줄 적기로 하자.

발진 티푸스가 로우드에서의 파괴 임무를 끝내자 서서히 희생자의 수효는 세상의 이목을 로우드 학교로 쏠리게 했다. 전염병의 원인이 조사되고 세상 사람들의 격분을 자아내게 한 여러 가지 사실들이 차츰 백일하에 드러나게 됐다. 건강에 해로운 부지, 학생들의 음식물의 질과 양, 조리에 사용된 염분이 포함된 냄새나는 식수, 학생들의 처참한 의복과 여러 설비, 이런 것이 모두 세상에 알려지게 되어 브로클허스트 씨에겐 굴욕적인, 그러니까 학교로서는 유익한 결과가 빚어졌다.

이 지방의 유복한 자선가 몇 사람이 보다 좋은 환경의 토지에 보다 나은 시설을 갖춘 교사를 세우기 위해 많은 금액의 기부금을 냈다. 새로운 교칙이 작성되고 식사나 의복도 개선되고 학교의 기금은 위원회가 관리하기로 되었다. 재산이나 문벌로 보아 묵살해 버릴 수가 없었던 브로클허스트 씨는 여전히 회계 감독의 지위를 유지하고 있었으나 그 임무의 수행은 보다 동정심이 많고 돈에 인색지 않은 몇 사람들이 보조하기로 되었다. 감독자로서의 그의 지위도 이성과 엄격함을, 안락과 절약을, 동정과 결백함을 조화시킬 줄 아는 인사들에 의해서 분담되었다. 이렇게 개선된 로우드 학교는 오래지 않아 참으로 유용한 훌륭한 학교가 되었다. 나는 개혁 후 팔 년간, 육 년은 학생의 신분으로 이 년은 교사의 신분으로 로우드 학교에 머물러 있었지만 이제는 학생으로서나 교사로서나 이 학교가 가치 있는 중요한 기관임을 증언할 수가 있다.

이 팔 년 동안 나의 생활은 단조하기는 했으나 불행한 것은 아니었다. 허송세월만 한 것이 아니기 때문이다. 최상의 교육이 내 손 닿는 곳에 놓여 있었다. 몇 학과에 대한 나의 기호와 모든 학과에서 뛰어나고 싶은 기분이 선생님들을, 특히 내가 좋아하는 선생님들을 기쁘게 해 준다는 커다란 즐거움과 합쳐서 나를 격려해 주었다. 나는 제일 상급반에서 수석을 하게 되었고 교사의 지위로 올라서게 되었다. 나는 이 년 동안 교사로서 열심히 근무했으나 이 년이 다 되었을 무렵 내게 변화가 생겼다.

많은 변화가 일어나고 있는 동안 템플 선생은 줄곧 교장 노릇을 해 왔다. 나의 지식이나 교양은 대부분 템플 선생을 통해서 얻은 것이었다. 선생님과의 교제와 우정은 내게는 끊임없는 위안거리였다. 선생님은 나의 어머니가 되어 주시고 가정교사가 되어 주시고 나중에는 친구가 되어 주셨다. 그러나 이제 선생님은 결혼을 하셨고 남편과 함께(남편은 목사로 선생님과 같은 분을 부인으로 맞아들이기에 알맞은 훌륭한 분이었다.) 먼 지방으로 가시게 되어 내게서는 영영 떠나시게 되었다.

템플 선생이 떠나신 날부터 나는 그때까지의 내가 아니었다. 로우드 학교를 내 집처럼 정들게 했던 모든 아늑한 기분이나 연상이 템플 선생과 함께 사라지고 만 것이다. 나는 템플 선생으로부터 그의 몇 가지 성품과 습관을 담뿍 흡수했고 보다 균형 잡힌 사고방식을 체득했고 절도 있는 감정을 몸에 붙이게 되었다. 나는 의무와 질서에 충실하기를 맹세했다. 내 마음은 안온했고 또 만족해 있었다. 타인에게도 또 내게도 나는 절도 있고 온화한 인물로 비치고 있었다.

그러나 운명은 네이스미스 목사가 나타남으로써 나와 템플 선생을 갈라놓았다. 나는 템플 선생이 결혼식을 끝마치자마자 여행복 차림을 하고 역마차에 오르는 것을 보았다. 마차가 언덕을 넘어 내 눈에 보이지 않을 때까지 나는 바라보았다. 그러고는 곧 내 방으로 돌아와서 선생의 결혼식 때문에 반공일이 된 거의 전부의 시간을 고독한 가운데 보냈다.

나는 그동안 방 안을 왔다 갔다 했다. 나는 다만 내가 손실한 것을 섭섭히 여기고 어떻게 하면 그것을 보충할 수 있을까만 골똘히 생각하고 있다고 여겼다. 그러나 오랜 명상 끝에 얼굴을 들었을 때 이미 오후도 지나고 밤이 된 것을 깨닫게 되자 나의 마음에 새로운 것이 떠올랐다. 말하지만 나는 이때 변화하는 과정에 있었다. 나의 마음이 선생으로부터 빌리고 있던 것을 버리고 말았다기보다는, 선생의 옆에서 숨 쉬고 있던 그 조용한 분위기가 선생과 함께 사라져 버리고 말았다. 그리고 지금 나는 타고난 그대로의 나 자신으로 돌아가 버려, 옛날의 불안한 감정을 느끼기 시작한 것이다. 말하자면 기둥이 없어져 버렸다기보다는 원동력 그 자체가 없어진 것이다. 평온해 있어야 할 기운이 없어진 것이 아니라 평온해야 할 이유가 없어진 것이다. 나의 온 세계는 로우드에서 지낸 과거의 몇 년간이었다. 경험한 것이라고는 학교의 규칙이나 제도에 관한 것뿐이었다. 나는 실제 세계는 넓고 넓으며 희망과 두려움, 감동과 흥분 등의 다양한 영역이 그리로 들어가 위험 가운데서 삶의 참된 지식을 찾으려는 용기를 가진 사람들을 기다리고 있다는 사실을 생각했다.

나는 창가로 가서 문을 열고 밖을 내다보았다. 양쪽으로 건물이 늘어서 있고 교정이 있었다. 로우드 숲의 끄트머리가 보였고 신익이 중첩된 지평선이 있었다. 나의 눈은 다른 여러 가지 사물을 지나쳐 맨 끝에 있는 푸른 산봉우리를 바라보았다. 오래전부터 올라가 보고 싶었던 산이었다. 바위와 히스로 된 경계선 이쪽은 마치 감옥의 뜰이나 귀양지와도 같은 느낌이 들었다. 하얀 외줄기 산길이 산기슭을 뱅뱅 돌아 골짜기 사이로 사라지는 것을 눈으로 더듬어 보았다. 그 길을 얼마나 더 따라가 보고 싶던지! 바로 내가 마차로 저 길을 여행했던 때의 일을 생각했다. 황혼이 질 무렵 저 산을 내려오던 것도 기억에 새로웠다. 내가 처음으로 로우드에 온 그날부터 오랜 세월이 흘러간 듯했다. 그리고 그 후 나는 단 한 번도 로우드를 떠나 보지 못했다. 방학은 언제나 학교에서 보냈다. 리드 부인은 한 번도 나를 게이츠헤드로 불러 준 일이 없었고 그녀나 그녀의 가족 누구 하나도 나를 찾아온 적이 없었던 것이다. 나는 편지나 다른 무슨 방법으로도 바깥 세계와 연락하는 일이 전혀 없었다. 학교의 교칙, 교무, 습관과 생각하는 방법 그리고 학교 내에 있는 사람들의 목소리, 얼굴, 옷차림, 또 좋아하는 것, 싫어하는 것, 이러한 것들이 내가 알고 있는 생활의 전부였다. 그리고 지금 나는 이러한 경험만으로는 충분하지 않다는 것을 깨달은 것이었다. 팔 년간의 습관이 단지 반나절 사이에 진절머리 나는 것으로 변했다. 나는 자유를 원했다. 자유를 갈망했다. 나는 자유를 위해서 기도를 올렸다. 기도 소리는 때마침 불어오는 바람을 따라 흩어져 버리는 것만 같았다. 나는 기도를 그치고 좀 더 겸손한 탄원을 했다. 변화와 자극을 달라고 기원했다. 그 간절한 애원마저 막연한 공간 속에 휩쓸려 들어가 버린 것만 같았다. 나는 거의 필사적으로 외쳤다. "그렇다면 적어도 내게 새로운 고생살이를 하도록 해 주소서!"

이때 저녁 식사를 알리는 종소리가 나서 나는 아래층으로 내려갔다. 나는 중단되었던 이 명상을 잠자리에 들 때까지 시작할 수가 없었다. 취침 시간이 되어서도 같은 침실에 있는 한 선생이 쓸데없는 이야기를 늘어놓는 바람에 내가 다시 한번 회상해 보려고 한 일들을 생각해 낼 수가 없었다. 그녀가 잠들어 고요해지면 하고 나는 얼마나 바랐는지! 내가 아까 창가에 서 있을 때 맨 마지막에 내 머리에 떠올랐던 생각을 다시 한번 생각해 낼 수만 있다면 나를 구해 줄 어떤 좋은 안(案)의 암시를 얻을 수도 있음 직한 기분이 들었다.

마침내 그라이스 선생이 코를 골았다. 그 선생은 웨일스 태생의 몸집이 큰 여자였다. 이때까지는 매일 저녁마다 그녀의 코 고는 소리를 듣기 싫어해 왔으나 오늘 밤은 그 굵직한 소리가 시작되자 나는 기꺼이 그것을 환영해 마지않았다. 명상을 방해하는 훼방꾼이 이제는 없어졌다. 드디어 중간에 사라졌던 아까의 생각이 되살아났다.

'새로운 고생살이! 거기엔 무엇인가가 있어.' 하고 독백을 했다.(마음속으로 했다는 것이지 크게 소리를 내서 했다는 것은 아니다.) '무엇인가가 있다는 걸 나도 알아.' 왜냐하면 그다지 구미를 당기는 말로는 들리지 않으니까. 자유니 흥분이나 쾌락이니 하는 말과는 다르다. 이런 말은 참으로 즐겁게 들린다. 하지만 나에겐 공허한 이야기에 불과하다. 그처럼 공허하고 순간적인 것이어서 그때의 말에 귀를 기울이는 것조차 시간 낭비에 지나지 않는 것이다. 하지만 고생살이! 이것은 실제로 존재하는 일일 것이다. 내가 이제 원하는 것은 어디 다른 곳에서 봉사하는 것이다. 그만한 일쯤을 자기 마음대로 할 수 없단 말인가? 이것쯤은 실행할 수 있는 게 아닌가? 할 수 있어. 할 수 있고말고. 목적은 힘든 것이 아니다. 만일 내가 그 목적을 달성할 방법을 찾아낼 수 있는 예리한 두뇌만 갖고 있다면. 이런 두뇌를 깨우쳐 보려는 듯이 나는 침대 위에 벌떡 일어나 앉았다. 쌀쌀한 밤이었다. 나는 숄로 어깨를 감싸고 열심히 생각하기 시작했다.

'내가 원하는 것은 과연 무엇이냐? 새로운 환경 속에서 새 사람들 틈에 끼어 새 집에서 새 직업을. 이 이상의 것을 희구했댔자 아무 소용이 없다고 생각하기 때문에 이 정도의 변화를 바랄 뿐이다. 모두들 어떤 방법으로 새 직업을 얻을까? 모두들 친구들한테 부탁하는 것 같다. 그런데 내겐 친구가 없다. 친구들이 없는 사람도 이 세상엔 꽤 많다. 이런 사람들은 자기 자신이 서둘러서 자기 스스로 원조자가 되어야 한다. 그런데 그 방법이란?'

난 도무지 알 수가 없었다. 아무런 해답도 나오지 않았다. 그래서 나는 빨리 해답을 찾아내라고 두뇌에게 명령했다. 두뇌는 점차로 재빨리 작용하기 시작했다. 머릿속으로 양쪽 관자놀이에서 맥박이 뛰는 것을 느꼈다. 두뇌는 거의 한 시간 동안이나 대혼란 속에서 맴돌았으나 그 노력으로는 아무 결과도 나타나지 않았다. 헛된 노력에 화가 치밀어 나는 침대에서 일어나 방 안을 한바퀴 휘 돌고는 커튼을 열어젖혔다. 별이 한두 개 반짝거리는 게 보였다. 추위에 몸이 오싹해지는 것 같아 자리 속으로 다시 파고들었다.

친절한 요정이 틀림없이 나 없는 사이에 내가 구하고 있던 암시를 머리맡에 놓고 간 것이었으리라. 침대에 드러눕자 내 머리에 그것이 조용히 저절로 떠올랐기 때문이다.

'일자리를 구하는 사람은 광고를 낸다. 너도 광고를 내야 한다. ○○주(州) 신문에.'

'어떤 방법으로? 광고에 대해선 아무것도 모르는데.'

이번에는 대답이 술술 나왔다.

'○○주 신문사 주필 앞으로 보내는 봉투 속에 광고문과 광고료를 넣어라. 그걸 기회가 오는 대로 곧 로튼의 우체통 속에 넣어야만 한다. 답장은 로튼 우체국 편 J. E.에게 보내도록 해야 하고. 편지를 보낸 다음, 일주일쯤 있다가 답장이 왔는지 알아보러 가고, 거기 따라 행동하면 되는 거야.'

나는 이런 방법을 두 번 세 번 되풀이해 가며 머릿속에서 되씹어 보았다. 그리고 나는 그것을 뚜렷하게 실제적으로 납득했다. 그제야 만족하여 잠들 수 있었다.

날이 밝아 오자 곧 일어나 광고문을 써넣고 기상종(起床鍾)이 울려 모두가 깨기 전에 겉봉을 썼다. 그 내용인즉 다음과 같다.

"교사 경험이 있는 젊은 여인.(나는 이 년 동안이나 교사로 있었으니까.) 14세 미만의 아동이 있는 가정집에 취직을 원함.(나는 이제 겨우 열여덟 살이었기 때문에 내 나이 또래의 학생을 지도할 수는 없다고 생각된 때문이었나.) 정규 영국 교육의 보통 과목은 물론 프랑스어, 미술, 음악 등의 교사 자격이 있음.(독자여, 지금 생각해 보면 빈약하기 짝이 없는 이 교양 목록도 당시엔 꽤 범위가 넓고 무엇이든지 할 수 있다고 생각되었던 것이다.) 주소는

J. E., 로튼 우체국. ○○주."

이 편지는 온종일 책상 서랍 속에 잠긴 채 들어 있었다. 차시간 후 신임 교장 선생에게, 내 볼일과 동료 교사들의 두서너가지 심부름으로 로튼에 다녀오겠다고 말하고 허가를 얻어출발했다. 로튼까지는 2마일이나 되었고 비가 오는 저녁이었으나 해가 지려면 아직도 멀었다. 한두 집 가게에 들르고는 우체통에 편지를 넣고 쏟아지는 비를 맞아 옷을 흠뻑 적시고 그래도 마음은 한결 가벼워져서 학교로 돌아왔다.

다음 주는 무척 길게 느껴졌다. 그러나 모든 일에는 끝이있듯이 마침내 그 주도 다 가고야 말았다. 그리하여 상쾌한 어느 가을날 저녁 나는 또다시 로튼을 향해 걸어가고 있었다. 말이 났으니 말이지 그 길은 그림처럼 아름다운 길이었다. 시냇물이 흐르는 운치 있는 골짜기를 따라 길은 뻗어 있었다. 그러나 그날은 잔디밭이나 시냇물의 아름다움보다는 로튼에서나를 기다리고 있을지도 모를, 어쩌면 기다리고 있지 않을지도 모를 편지를 곰곰이 생각하고 있었다.

이번에 나의 표면상의 용무는 구두를 맞추는 것이었다. 나는 우선 구둣방에 들러 구두를 맞추고 우체국을 향해서 조용하고 깨끗한 거리를 지나갔다. 우체국에서는 콧등에다 뿔테안경을 걸치고 검은 벙어리장갑을 낀 노파가 사무실을 보고있었다.

"J. E. 앞으로 편지가 와 있지 않습니까?" 내가 물었다.

그 노파는 안경 너머로 나를 뚫어지게 바라보았다. 그러고는 서랍을 열고 그 속에 든 것을 한참 동안 뒤적거렸다. 어찌

나 오래 그러고 있는지 나의 희망은 점차 무너져 갔다. 마침내 한 통의 편지를 거의 오 분 동안이나 붙들고 앉아서 또 한 번 캐물어보고 확인하고, 그러고도 의아해하는 눈초리를 하고 창구로 내밀었다. J. E. 앞으로 온 것이었다.

"한 통뿐인가요?" 내가 물었다.

"그것뿐이오."

나는 편지를 주머니 속에 집어넣고 학교로 향했다. 그 자리에서 봉투를 뜯어 볼 수는 없었다. 교칙에는 여덟 시까지 돌아가야 했는데 벌써 일곱 시 반이었다.

학교에 돌아오니 할 일이 많았다. 학생들의 공부 시간 중 그들과 함께 있어야만 했다. 기도문을 낭독하고 학생들의 취침을 감독하는 당번이었다. 그것이 끝나자 다른 선생들과 같이 식사를 했다. 간신히 우리의 침실로 돌아온 후에도 도저히 피할 수 없는 그라이스가 또 나의 짝이었다. 촛대에는 아직 타다 남은 초 부스러기가 있어서 그 초가 다 타 버릴 때까지 그라이스가 지껄이면 어떻게 하나 하고 걱정했다. 그러나 다행스럽게도 그 여자는 저녁을 많이 먹어 식곤증에 시달리고 있었다. 내가 채 옷도 벗기 전에 코를 골았다. 아직도 초는 한 치가량 남아 있었다. 나는 아까 그 편지를 꺼냈다. 봉함에는 F 자가 적혀 있었다. 뜯어 보니 내용은 간단했다.

"지난주 목요일 ○○수 신문 지상에 광고를 내신 J. E. 씨가 기재한 바와 같은 학문이 있는 분으로, 신원이나 학력에 대해서 충분한 보증서를 제시하신다면 열 살 미만의 학생 한 명뿐인 가정에서 일자리를 제공하겠습니다. 보수는 일 년에 30파운드입니다. 신원 보증, 성명, 주소 등 상세한 것을 알려 주시기 바랍니다. ○○주 밀코트 부근 손필드, 페어팩스 부인.”

나는 그 편지를 오래도록 들여다보았다. 필체는 나이 많은 부인의 것인 양 구식인 데다가 다소 모호한 구석이 있었다. 하지만 조건은 마음에 들었다. 그러나 누구한테 의논도 않고 나혼자서 처리하다가 혹시 어떤 곤란한 일에 부닥치지나 않을까 하는 불안감도 들었다. 그리고 무엇보다도 내 노력의 결과가 남에게 부끄럽지 않은 정당한 대접을 받기를 바랐다. 이제 내가 시작하려는 일에 나이 많은 부인이 개입한다는 건 그다지 나쁠 게 없다고 느꼈다. 페어팩스 부인! 검은 부인복에다 검은 모자를 쓴 과부를 상상해 보았다. 아마 냉정한 사람일는지도 모르지만 무례한 사람은 아니겠지. 존경할 만한 영국의 전형적인 노부인이리라. 손필드! 이것은 틀림없이 그녀의 집 이름이다. 깨끗하고 아담한 집이겠지. 아무리 애를 써도 그 저택의 정확한 구조는 그려 볼 수가 없었다. ○○주 밀코트. 나는 영국 지도를 머릿속에 그려 보았다. 그렇지, 알았다. 어느 주(州)인지, 그곳까지의 거리가 얼마나 되는지도 생각났다. ○○주는 지금 내가 살고 있는 이 외진 주보다 70마일이나 더 런던에 가까이 있다. 그것이 더 내 마음에 들었다. 나는 생기가 도는 거리로 가고 싶었다. 밀코트는 강변에 있는 대공업 도시로 틀림없이 번화한 고장일 게다. 그것이 더욱 좋았다. 적어도 나에겐 큰 변화를 가져올 것이다. 나의 공상은 높다란 굴뚝, 연기가 자욱한 것에 마음에 쏠린 것이 아니었다.

‘그렇지만.’ 나는 마음속으로 뇌까렸다. ‘손필드는 시내에서

멀리 떨어져 있을 거야.'

이때 드디어 초가 다 녹아 불이 꺼져 버렸다.

다음 날은 새로운 출발을 하지 않으면 안 되었다. 내 계획을
더 이상 나 혼자만의 가슴속 깊이 묻어 둘 수는 없었다. 이것
을 성취하기 위해서라면 내 계획을 발표해야만 했다. 낮 휴식
시간에 주임 선생을 찾아 면회를 청해서 그녀에게 지금 내 보
수의 두 배(로우드에서 나는 일 년에 15파운드밖에 못 받으니까)나
되는 취직자리를 구할 수 있는 가능성이 있다는 것과, 이것을
나 대신 브로클허스트 씨와 기타 다른 위원들에게 말씀드려
나의 보증인으로서 그분의 이름을 기입해도 괜찮은지 물어봐
달라고 부탁했다. 주임 선생은 이 일의 중계인으로서 수고해
줄 것을 쾌히 승낙했다. 다음 날 그 선생님은 브로클허스트
씨에게 이 이야기를 꺼냈다. 그는 리드 부인이 본시 나의 보호
자이기 때문에 리드 부인에게 편지를 내야 한다고 했다. 그 말
에 따라 리드 부인 앞으로 편지를 냈다. 부인은 답장에다 "너
는 네가 하고 싶은 대로 해도 좋다. 나는 네 개인의 일은 이미
일체 간섭을 중지한 지 오래다."라고 적어 보냈다. 이 편지는
위원 일동에게 회람되어 나에게는 퍽 지루하게 오래 끄는 것
처럼 생각되었지만, 가능하다면 지위를 향상시키라는 정식 허
가가 겨우 내려졌다. 그리고 나는 로우드 학교에서 학생으로
서, 또 교사로서도 그 본분을 다했기 때문에, 신원 및 능력의
증명은 로우드 학교의 감독 위원분들이 곧 서명해 주겠다는
보증이 거기 첨가되었다.

나는 증명서를 약 한 달 이내에 받았다. 나는 그 사본을 페

어팩스 부인에게 보냈다. 부인으로부터 자기는 만족했다는 것과 두 주 후부터 가정교사 일을 보도록 결정했다는 것 등을 적은 답장이 왔다.

이윽고 나는 준비를 서두르기 시작했다. 두 주가 지나갔다. 나는 내 필요에 응할 만큼의 옷은 갖고 있었으나 그다지 많은 편은 아니었다. 마지막 하루는 나의 트렁크(팔 년 전에 게이츠헤드에서 갖고 온)를 꾸리는 일로 보냈다.

짐은 밧줄로 묶고 이름표를 달았다. 삼십 분만 있으면 이것을 로튼으로 운반하기 위해 짐꾼을 부르도록 되어 있었다. 나도 내일 아침 일찍 역마차를 기다리러 로튼으로 가야 했다. 나는 검은 모직 여행복의 먼지를 털고 모자, 장갑, 목도리를 준비했다. 또 혹시 서랍 속에 남은 물건이 있지 않나 하고 샅샅이 뒤져 보고는 이젠 아무것도 할 일이 없어서 좀 쉬려고 했지만 가만히 앉아 있을 수가 없었다. 하루 종일 분주히 움직였으나 조금도 쉴 수가 없었다. 나는 너무나 흥분해 있었다. 오늘 밤 내 삶의 한 시기가 막을 내리고 내일이면 새로운 생활이 시작되려는 그 갈림길에서 잠을 잘 수는 도저히 없었다. 이 변화가 이루어지는 동안 나는 열심히 지켜보고 있지 않으면 안 되었다.

"선생님." 휴게실에서 만난 하녀가 말했다. 나는 마치 길 잃은 망령처럼 휴게실 근처를 방황하고 있었다.

"아래층에 손님이 오셨는데 선생님을 좀 뵙겠다고 해요."

'틀림없이 짐꾼이겠지.' 나는 이렇게 생각하고 누구냐고 묻지도 않고 아래층으로 뛰어 내려갔다. 나는 부엌채로 가려고 몸을 돌려서 방문이 반쯤 열린 교사 거실 앞을 막 지나가려고 하자 누가 뛰어나왔다.

"바로 당신이지요, 틀림없이! 어디서든지 알아보고말고!" 내 걸음을 멈추게 하고 내 손을 붙잡은 여인은 보모같이도 보였으나 아직 젊었다. 검은 머리에다 검은 눈의 쾌활한 아름다운 여자였다.

"자, 누구일까요?" 그 여인이 어쩐지 귀에 익은 목소리와 미소를 지으며 물었다. "나를 영 잊어버린 건 아니겠지요, 제인 아가씨?"

다음 순간 나는 그녀를 끌어안고 정신없이 입을 맞췄다.

"베시, 베시, 베시." 나는 이 말밖에 아무 말도 할 수 없었다. 그러자 베시는 울다가 웃다가 했다. 우리는 방으로 들어갔다. 난롯가엔 바둑무늬 바지저고리를 입은 세 살쯤 되어 보이는 사내아이가 서 있었다.

"저 애가 내 아들이라우." 베시가 얼른 말했다.

"그럼 결혼했구려, 베시?"

"그렇다우, 벌써 오 년이나 되었어요. 마부(馬夫)인 로버트 리븐과 했죠. 여기 있는 보비 녀석 외에 딸년도 있는데 제인이라고 이름 지었답니다."

"그럼 아줌마는 게이츠헤드에 안 있우?"

"문지기 집에 살죠. 문지기 영감이 나가 버려서."

"아아 그래요, 그럼 모두 어떻게 지내요? 베시, 하나도 빼놓지 말고 전부 얘기를 해 줘요. 아니, 우선 앉아야죠. 그리고 보비, 넌 이리 와서 내 무릎 위에 앉고, 응?" 그러나 보비는 나보다도 자기 엄마 곁으로 달려가 버렸다.

"제인 아가씨, 아가씬 키도 별로 안 컸네요. 살도 안 찌고."
리븐 부인이 말을 계속했다. "학교에선 아가씨를 잘 돌봐 주
지 않는 게로군요. 리드 아가씨는 아가씨보다 머리 하나만큼
더 키가 크고 조지아나 아가씨도 아마 두 배는 더 뚱뚱할 거
예요."

"베시, 조지아나는 퍽 예쁠 테지?"

"그럼요. 지난겨울에 마님과 같이 런던에 갔는데 조지아나
는 굉장히 인기가 좋았어요. 대인기였다우. 어떤 젊은 귀족이
조지아나를 사랑하게 됐다우. 하지만 그분의 친척들이 두 사
람의 결혼을 반대했답니다. 그래 어떻게 된 줄 아세요? 그분
과 조지아나 아가씨는 둘이 도망쳐 버렸지만 곧 붙들려 그만
두고 말지 않았겠어요. 리드 아가씨가 그들을 찾아냈다오. 아
마 질투를 했나 봐요. 그래 지금 아가씨와 아가씨 동생은 흡
사 개와 고양이처럼 으르렁대며 밤낮 싸운답니다."

"그럼 존 리드는 어떻게 됐어?"

"아아, 그분은 마님께서 희망하는 대로 되지 못했어요. 대
학엘 갔으나 낙제를 했다던가, 그렇게들 말하던데요. 그래 삼
촌들이 변호사가 되게 법률 공부를 시키려고 했지만 방탕한
양반이어서 그분들도 이젠 별로 기대를 걸지 않는 것 같아요."

"어떻게 생겼어요?"

"키가 꽤 크지요. 잘생겼다고 말하는 사람도 있지만 입술이
너무 두꺼워서……."

"그럼 리드 부인은?"

"마님께선 보기에 뚱뚱하고 건강해 보이지만 마음은 편안 하지 못하답니다. 존 도련님의 행동이 마음에 안 들거든요. 어 찌나 돈을 낭비하는지."

"마님께서 아줌마를 여기 보냈우, 베시?"

"아니, 천만에요. 나는 오래전부터 아가씨를 보고 싶어 하 던 차에 마침 아가씨한테서 편지가 왔다는 말을 들었답니다. 그런데 먼 고장으로 간다는 말을 듣고 도저히 만나 볼 수 없 는 먼 곳으로 가기 전에 만나 보려고 부지런히 달려온 거지요."

"아마 날 보고 실망했겠죠, 베시." 내가 웃으며 말했다. 베시 가 나를 보는 눈초리는 경의(敬意)의 마음은 표시하고 있지만 감탄하는 빛은 조금도 없다는 걸 알아차렸기 때문이다.

"아니, 제인 아가씨, 그렇지도 않아. 고상하고 숙녀같이 보여 요. 그 정도는 될 줄 알았으니까요. 아가씬 어렸을 때도 미인 은 아니었으니까."

나는 베시의 솔직한 대답을 듣고 미소 지었다. 분명히 베시 의 말이 옳다고 생각했으나 솔직히 고백하자면 그 말에 무관 심할 수는 없었다. 대개의 여성은 나이 열여덟 살이 되면 남의 마음에 들기를 바라는 것이다. 그래서 자기 용모가 그런 소망 을 이루어 주지 못한다고 생각되면 조금도 기쁘지 않은 것이다.

"하지만 아가씨는 총명하시지." 베시가 나를 위로할 양으로 계속해서 말했다. "아가씬 무엇을 할 줄 아세요? 피아노 칠 줄 아시우?"

"조금."

마침 그 방에는 피아노가 있었다. 베시는 피아노 옆으로 가서 뚜껑을 열고 나더러 앉아서 한 곡 쳐 달라고 했다. 내가 왈츠를 한두 곡 쳐 줬더니 베시는 무척 감탄했다.

"리드 댁 아가씨들은 그다지 잘 치지 못해요." 베시가 몹시 기쁘다는 듯이 말을 이었다. "아가씬 공부로는 그 아가씨들을 이겨 낼 거라고 내가 늘 말했는걸요. 그럼 그림도 그리시나요?"

"저기 벽난로 선반 위에 걸려 있는 게 내가 그린 그림이야." 그것은 수채 풍경화로, 날 위해 위원들과 중재(仲裁)의 수고를 해 주신 데 대한 감사의 표시로 주임 선생에게 내가 선사한 것이다. 그런데 선생이 그것을 틀에 넣어 유리를 끼운 것이었다.

"어머나, 참 아름답네요, 제인 아가씨! 리드 아가씨의 그림 선생이 그린 것 못지않게 훌륭하군요. 아가씨들은 이 그림의 흉내도 못 내니까요. 프랑스어도 배웠우?"

"그럼요, 베시. 읽기도 하고 말도 할 수 있다우."

"그럼 모슬린이나 캔버스에 수도 놓을 수 있고?"

"할 줄 알고말고."

"아유, 아가씬 정말 숙녀가 됐구려, 제인 아가씨! 내 그럴 줄 알았다니까. 이젠 아가씨 친척이 모르는 체해도 혼자서 살아갈 수 있겠네요. 그런데 내가 한 가지 궁금하게 생각하는 일이 있어요. 혹시 아가씨 아버님 친척인 에어 댁에서 무슨 소식이 없었우?"

"아니, 아무 소식도 없었어."

"그래요, 마님께선 아가씨의 친척이 가난뱅이고 아주 천격스러운 사람들인 양 늘 말씀하셨죠. 하지만 가난할는진 몰라도 리드 가문에 못지않게 점잖은 분들일 거예요. 벌써 칠 년 전 일이긴 하지만 어느 날 에어 씨라는 분이 게이츠헤드로 아가씨를 찾아왔어요. 마님께서 아가씨가 50마일이나 떨어져 있는 학교에 가 있다고 하니까 그분은 퍽 실망하시는 눈치였어요. 더 오래 지체할 수 없었으니까요. 그분은 외국으로 출항하려는 참이었고, 게다가 하루나 이틀 있으면 배가 런던을 떠나게 되어 있었으니까요. 아주 점잖은 신사분이었는데, 아가씨 아버님의 형제 되시는 분 같던데요."

"외국 어디로 가신다고 했어요, 베시?"

"수천 마일 떨어진 섬인데 포도주를 만드는 곳이라고 급사장이 내게 알려 줬던데."

"마데이라!" 내가 먼저 슬쩍 말을 건넸다.

"아아, 맞았어요. 바로 거기예요."

"그래, 가 버리셨어요?"

"그렇죠. 댁에 오래 머무르시지도 않았어요. 마님께선 그분에게 몹시 거만하게 대하셨답니다. 나중에 마님은 그분이 천한 장사꾼이라고 하셨어요. 우리 집 로버트는 그분이 포도주업자라고 하던데요."

"그럴 거야." 나는 대꾸했다. "그렇지 않으면 포도주 상점의 사무원이나 대리상(代理商)일 테지."

베시와 나는 한 시간 이상 옛날 얘기를 주고받았다. 이제 베시는 나와 헤어지지 않으면 안 되었다. 다음 날 아침 나는 로튼에서 역마차를 기다리는 동안 또다시 베시와 잠깐 만났다. 마침내 우리는 브로클허스트암스 어귀에서 헤어져 각각 자기 갈 길을 갔다. 베시는 게이츠헤드로 갈 마차를 기다리러 로우드펠 언덕으로 가고, 나는 새로운 임무와 새로운 생활이 기다리고 있는 미지의 지방, 밀코트 근방으로 실어다 줄 마차에 올랐다.

11장

소설 속의 새 장(章)은 연극 속의 새 장면과 같다. 독자여, 내가 여기서 막을 올리면 밀코트에 있는 조지 여인숙의 방이 하나 보인다고 상상해 주시길 바란다. 벽에는 여인숙 벽답게 큼지막한 무늬가 있는 벽지가 발라져 있고 역시 여인숙답게 양탄자와 가구와 벽로 선반 위에 장식품이 갖추어져 있고 조지 3세와 황태자의 초상화에다가 울프 장군의 최후 장면을 그린 그림도 걸려 있다. 천장에 매달려 있는 석유램프의 불빛과 잘 타고 있는 벽로의 불빛을 받아 이것들이 모두 환하게 보이고 있다. 나는 모닛을 쓰고 외투를 입고 불 옆에 앉아 있다. 머프와 우산을 테이블 위에 올려놓고 열여섯 시간 동안이나 10월의 냉기를 받아 싸늘해지고 곱은 손발을 불에 쬐고 있었다. 로튼을 떠나온 것은 새벽 네 시였지만 밀코트의 시계는 막

여덟 시를 치고 있는 참이다.

독자여, 내가 편안하게 여인숙에 들어 있는 것처럼 보일지 모르지만 지금 내 마음은 편안하지가 못하다. 마차가 이곳에서 멈춰 섰을 때 나는 맞아 주는 사람이 있을 줄로 알았다. 여인숙의 심부름꾼이 내 편의를 위해 놓아 준 나무 층층대에 내려서면서 나는 누가 내 이름을 불러 주길 바라면서 나를 손필드로 실어다 주기 위해 기다리고 있는 마차가 보이나 하고 걱정스럽게 주위를 둘러보았다. 그러나 그 비슷한 것이 아무것도 보이지 않았다. 누군가 에어 양을 찾는 사람이 없더냐고 웨이터에게 물어보았지만 대답은 없었다는 것이었다. 나는 방으로 안내해 달라고 부탁하는 수밖에 없었다. 그래서 지금 이렇게 여러 가지 의혹과 불안을 안은 채 기다리고 있는 것이다.

세상 물정에 어두운 젊은 처녀가 모든 연고가 끊긴 채 지향하는 항구에 당도할 수 있을는지 알지도 못하고, 그렇다고 떠나온 항구로 돌아가는 것도 갖가지 장애로 기약할 수 없는 처지에, 이 세상에 자기 혼자뿐이라는 느낌을 갖게 되는 것은 정말이지 야릇한 심정이다. 모험의 매력이 그 심정을 감미롭게 해 주고 대견스럽다는 느낌의 불꽃이 그 심정을 따뜻하게 해 주지만 불안의 동요가 그 심정을 산란하게 한다. 삼십 분이 지나도 아무도 와 주는 사람이 없어 나는 초인종을 눌러 보기로 했다.

"이 근처에 손필드란 곳이 있나요?" 올라온 웨이터에게 나는 물어보았다.

"손필드라고요? 모르겠는데요. 저 아래 바에 가서 물어보지요." 그는 나가더니 금세 다시 나타났다.

"혹시 에어 양이 아니세요?"

"그렇습니다."

"누가 기다리고 있습니다."

나는 벌떡 일어나 머프와 우산을 들고 복도로 뛰쳐나갔다. 입구에 한 사나이가 서 있고 램프 불이 비치는 거리로는 말 한 필이 끄는 마차가 보였다.

"이건 거기 짐이지요?" 나를 보자 복도에 있는 내 트렁크를 가리키며 사나이가 물었다.

"네." 사나이는 마차 위에 짐을 올려놓았고 나도 마차에 올라탔다. 사나이가 마차 문을 닫기 전에 나는 손필드까지 거리가 얼마냐고 물었다.

"6마일쯤 돼요."

"시간은 얼마쯤 걸릴까요?"

"한 시간 반은 될 거요."

사나이는 마차의 문을 닫고 바깥 마부 자리로 올랐다. 우리는 출발했다. 마차는 속도가 더디어서 나는 곰곰이 생각할 시간이 듬뿍 있었다. 여행도 거의 끝나 간다고 생각하니 기뻤다. 호화롭지는 않으나 편안한 좌석에 기대앉은 채 나는 편안하게 여러 가지 일을 궁리했다.

나는 생각했다. '하인도 마차도 수수한 것을 보면 페어팩스 부인도 그리 위세당당한 사람은 아닌 것 같다. 참 다행이야. 호사하는 사람들과는 단 한 번 함께 산 것뿐이지만 참 참담했으니까. 부인은 조그만 따님과 단둘이 사는 것일까? 만약 그

166

렇다면 그리고 조금만 상냥한 분이라면 잘 어울릴 수가 있을 거야. 최선을 다하기로 하자. 최선을 다한다고 반드시 보답이 온다는 법도 없다는 것은 슬픈 일이지만. 로우드에서는 그런 결심을 했고 결심을 지켜 나가 모두의 눈에 들었지. 하지만 리드 부인 집에서는 최선을 다해도 구박만 돌아왔지. 페어팩스 부인이 제2의 리드 부인이 아니기를 하느님께 기도해야지. 그렇지만 만약 그런 위인이라면 뭐 굳이 오래 있을 것 있나. 최악의 상태가 되풀이되면 다시 광고를 낼 수 있는걸. 그런데 이제 얼마쯤이나 온 것일까?'

나는 창을 열고 밖을 내다보았다. 밀코트는 멀찍이 뒤쪽에 있었다. 불빛으로 미루어 보건대 로튼보다는 제법 큰 고장인 듯했다. 마차는 시야에 와 닿는 한에선 공유지(共有地) 위를 달리고 있었으나 여기저기 인가가 흩어져 있었다. 로우드와는 달리 인구가 많고 풍치가 떨어지며 활기는 있지만 낭만적인 멋이 없는 지방에 와 있다는 느낌이 들었다.

도로는 진창이고 밤안개가 잔뜩 끼어 있었다. 마부는 말을 내내 걸리기만 했기 때문에 한 시간 반의 예정이 두 시간으로 늘어났다. 마침내 그가 마부석에서 뒤돌아보며 말했다.

"이제 손필드까지 얼마 안 남았어요."

다시 나는 밖을 내다보았다. 마침 교회 앞을 통과하는 중이어서 나지막하고 폭넓은 탑이 밤하늘을 배경으로 보였고 십오 분마다 시각을 알리는 종이 울리고 있었다. 마을이거나 취락이리라. 언덕 중턱으로 나 있는 조그만 불빛의 줄이 보였다. 십 분쯤 지나자 마부가 내리더니 두 쪽짜리 문을 열었다. 우리가 다 지나가니 그 문은 뒤에서 덜컥 닫혔다. 마차는 서서히 마찻길로 올라서 한 건물의 긴 정면에 당도했다. 커튼이 쳐진 볼록 창에는 촛불 빛이 보였으나 나머지 창들은 모두 캄캄했다. 마차가 현관 입구에 멈춰 서자 하녀가 문을 열었다. 나는 마차에서 내려 안으로 들어갔다.

"이쪽으로 오실까요." 하녀가 말했다. 나는 하녀를 따라서 사방으로 큰 문이 달린 네모진 현관의 홀을 지나갔다. 하녀가 안내해 준 방은 난로와 촛불로 이중으로 눈부셨고 두 시간 동안이나 어둠에 익숙했던 내 눈은 처음엔 너무 휘황하여 아무것도 보이지 않았으나 나중에는 아득하고 포근한 광경이 시야에 들어오게 되었다.

조그마하고 아늑한 방이었다. 흐뭇하게 타고 있는 벽로불 곁에 둥근 테이블이 놓여 있고 높다란 구식의 안락의자에는 과수댁 같은 모자를 쓰고 검정 비단의 가운에 순백색 모슬린 앞치마를 두른 단정하게 생긴 조그만 여인이 앉아 있었다. 나이는 꽤 들어 보였다. 내가 상상했던 그대로의 페어팩스 부인이었지만 생각보다는 수수해 보였고 또 한결 상냥해 보였다. 그녀는 뜨개질을 하고 있었고 커다란 고양이가 한 마리 발밑에 얌전히 앉아 있었다. 요컨대 가정의 평화라는 이상에 부족한 것은 하나도 없었다. 새로 온 가정교사에게는 그 이상 마음 든든한 첫인사가 있을 수 없었다. 상대방을 위압하는 위엄도 또 당혹시키는 당당함도 없었다. 내가 들어가자 노부인은 일어서더니 나를 맞기 위해 날렵하고 친절하게 다가왔다.

"안녕하십니까? 여기까지 퍽 지루하셨지요? 존은 원체 마차를 더디게 몰아서. 추우시겠어요. 자, 불 곁으로 오세요."

"페어팩스 부인이시겠지요?" 내가 말했다.

"네, 맞습니다. 자, 앉으세요."

부인은 나를 자기 의자로 안내하더니 내 숄을 벗기고 보닛의 끈을 끄르기 시작했다. 제발 내버려 두시라고 나는 말했다.

"아무것도 아닌걸요. 추워서 틀림없이 손이 곱았을 거예요. 리어, 따뜻한 니거스 술과 샌드위치를 좀 가져와요. 저장실 열쇠는 여기 있어."

부인은 포켓에서 주부티가 나게 열쇠 묶음을 꺼내어 하녀에게 건네주었다.

"자, 불 가까이로 더 와요." 부인이 말을 이었다. "짐도 함께 가지고 왔겠지요?"

"네."

"그럼 방에 들여놓도록 이를게요." 하면서 부인은 수선스레 나갔다.

나는 생각했다. '나에게 손님 대접을 해 주시는군. 이런 대접을 받을 줄은 몰랐는걸. 냉랭하고 서먹서먹한 대우밖에 기대하지 않았는데. 지금까지 들어 본 가정교사의 대우와는 아주 딴판이구나. 그러나 너무 일찍이 기뻐하지는 말아야지.'

부인은 방으로 돌아왔다. 손수 테이블 위의 뜨개질 도구나 두어 권의 책을 치워 하녀인 리어가 가지고 온 접시를 올려놓을 자리를 마련하고 직접 먹을 것을 건네주었다. 여태까지 받아 본 적이 없는 극진한 대우, 그것도 나의 고용주이자 윗사람에게서 그런 대우를 받고 나는 얼마쯤 난감한 느낌이 들었다.

그러나 그녀 편에서는 별로 각별하게 굴고 있다는 눈치를 보이지 않았기 때문에 그저 잠자코 대접을 받는 것이 좋겠다고 나는 생각했다.

"오늘 밤에라도 페어팩스 양을 만나 볼 수가 있을까요?" 나온 음식을 먹은 뒤에 내가 물었다.

"뭐라고 하셨지요? 나는 가는귀가 먹어서." 친절한 부인이 귀를 내 입으로 가까이 대면서 물었다.

나는 같은 질문을 더 똑똑하게 되풀이했다.

"페어팩스 양이라고요? 오라, 바랭스 양 말이군요! 이름이 바랭스랍니다. 앞으로 떠맡게 될 아이의 이름은."

"그래요? 그럼 댁의 따님이 아니군요?"

"아녜요. 내게는 가족이 없답니다."

그렇다면 바랭스 양과 부인은 어떤 관계냐고 계속 물어보고 싶었으나 초면에 너무 많은 질문을 해도 실례가 되는 것이 아닐까 하고 그만두었다. 오래지 않아 알게 되리라는 생각도 들었다.

"정말 반갑습니다." 부인이 내 맞은편에 앉아 고양이를 무릎 위로 끌어안으며 말을 이어 나갔다. "이렇게 오셔서 정말 반갑습니다. 이제 말벗이 생겼으니 정말 이곳 생활이 재미있겠습니다. 하기야 어느 때나 살기 좋은 곳이지요. 손필드는 훌륭한 옛날 서택으로 근래에는 다소 소홀히 다루었지만 유서 깊은 곳이랍니다. 하지만 겨울철엔 아무리 훌륭한 저택에 살아도 혼자 지내려면 적막해지기 마련이지요. 혼자라고 했지만, 리어는 정말 착한 아이고, 존이나 그의 아내도 좋은 이들이지만, 아무래도 하인들이기 때문에 대등하게 터놓고 얘기할 수는 없는 처지지요. 이쪽의 권위를 유지하기 위해서는 역시 얼마간의 거리를 두어야 하거든요. 작년 겨울이던가요,(혹 기억하실지 모르지만 굉장히 추웠더랬어요. 눈이 아니면 비바람이 치고.) 11월 들어서부터 2월까지 푸주한과 배달부밖에는 사람 하나 이 저택엔 얼씬도 않아서 매일 밤 혼자서만 앉아 있었더니 나중에 기가 죽게 되었어요. 가끔 리어를 불러서 책을 읽어 달랬지만 그 아이는 별 흥미가 없는 듯 지루했던가 봐요. 봄과 여름철이 한결 지내기가 좋아요. 해가 나오고 낮이 길어지면 기분도 아주 달라지지요. 그리고 올해 첫가을 무렵이던가요, 아델러 바랭스와 유모가 들어왔지요. 어린아이가 하나 들어오면 온 집 안이 갑작스레 밝아지기 마련이더군요. 이제 당신까지 왔으니 난 정말 여간 기쁘지 않아요."

얘기를 듣고 있는 사이 나는 이 존경할 만한 노부인에게 마음이 끌렸다. 나는 부인 쪽으로 의자를 조금 당겨 앉아 부인의 기대에 어긋나지 않는 유쾌한 벗이 되고 싶다는 내 진정을 토로했다.

"그러나 오늘 밤엘랑 이제 주무세요." 부인이 말했다. "곧 열두 시를 칠 테고 하루 종일 여행을 했으니 피로하시겠지요. 발을 다 녹이시면 침실로 안내해 드리죠. 내 바로 옆에 방을 마련했습니다. 조그마한 방이지만 앞쪽의 큰 방보다 마음에 들 것이라 생각했지요. 사실 앞쪽 방이 가구 같은 것은 윗길이지만 음산하고 외져 있기 때문에 나도 그 방에선 잔 적이 없습니다."

나는 그녀의 신중한 선택에 사의를 표했다. 그리고 긴 여행으로 사실 고단했던 터라 일찌감치 쉬고 싶다는 말을 했다. 부인은 촛불을 집어 들었고 나는 그녀를 따라 방을 나섰다. 부인은 우선 홀의 문이 잠겨 있는지 확인하러 갔고 자물쇠에서 열쇠를 빼더니 앞장서서 이 층으로 올라갔다. 층계도 난간도 참나무로 되어 있었고 도중의 유리창은 높다랗고 격자 모양이었다. 창이라든가 침실의 입구가 줄지어 있는 긴 복도는 여염집보다는 교회 같은 인상을 주었다. 지하실처럼 싸늘한 공기가 층계와 복도에 차 있어 텅 비고 외진 저택임을 암시해 주고 있었다. 그러나 종당에 내 침실로 안내되고 그것이 현대식 가구로 장식된 아늑한 방임을 알게 되었을 때 나는 마음이 놓이고 기뻤다.

페어팩스 부인이 잘 자라는 인사를 한 뒤 방문을 닫고 한가롭게 주위를 둘러보고, 또 그 조그만 방의 밝음 때문에 넓은 홀이나 캄캄하고 텅 빈 층계, 쌀쌀하고 긴 복도에서 받은 섬뜩한 인상이 얼마쯤 풀렸을 때, 나는 육체적 피로와 정신적 불안의 하루가 끝나고 가까스로 안심할 수 있는 안식처에 당도했다는 것을 생각해 냈다. 나는 감사하고 싶은 마음에 가슴이 벅찼다. 침대 곁에 무릎을 꿇고 앉아 감사드려야 할 곳에 감사의 기도를 올렸다. 일어서기 전에 앞으로의 내 갈 길에 도움을 내려 주시고 아직 받을 만한 공을 세우기노 선에 내게 부여된 호의에 보답할 만한 힘을 내려 주십소사 하고 탄원하기를 잊지 않았다. 그날 밤 내 침상에는 가시 하나 없었고 내 외로운 방에는 아무런 불안도 없었다. 고단함과 흡족함 때문에 나는 이내 곯아떨어졌다. 눈을 떴을 때엔 사방이 아주 환했다.

아침 햇살이 밝은 하늘색의 사라사 천 커튼 틈새로 들어와 로우드의 노출된 바닥이나 지저분한 회반죽을 입힌 벽과는 아주 딴판인 벽지 바른 벽과 양탄자를 깐 바닥을 비춰 주고 있는 밝고 조그만 방이었다. 그것을 보고 나는 좋은 기분이 되었다. 외양이라고 하는 것은 젊은이에게 커다란 영향력을 끼치는 법이다. 인생의 보다 화사한 시기, 가시나 고통뿐 아니라 꽃이나 즐거움이 있는 시기가 나에게도 시작되고 있는 듯한 느낌이 들었다. 환경의 변화와 희망에 찬 새로운 직장에 자극되어 나의 능력은 활동을 하기 시작한 것 같았다. 그 능력이 무엇을 기대하고 있는 것인지 내게도 확실치는 않았으나 무엇인가 즐거운 것을, 어느 날이나 어느 달이라고 꼬집어서 말할 수는 없었지만 언젠가는 꼭 찾아올 터인 것을 기다리고 있었던 것이다.

나는 일어나서 정성 들여 옷을 차려입었다. 할 수 없이 수수한 옷차림밖에 못 했지만(극히 수수한 옷가지밖에는 내게 없었다.) 나도 말쑥하게 차려입고 싶은 품이었다. 외양은 아무래도 좋다든가 혹은 남에게 어떠한 인상을 주더라도 상관이 없다든가 하는 투의 생각은 내 버릇이 아니었다. 그렇기는커녕 내 아름답지 못한 용모가 허용하는 한 남에게 예쁘게 보이고 싶었고 또 남의 마음에 들고 싶었다. 때로는 좀 더 예쁘게 생기지 못한 것을 슬퍼하기도 하고 때로는 장밋빛 볼과 반듯한 콧날과 조그만 앵두 같은 입을 가졌다면 얼마나 좋을까 생각해 보기도 했다. 키가 훤칠하게 크고 몸매도 당당하면서도 날씬하게 되어 있으면 얼마나 좋을까 생각해 보기도 했다. 이렇듯 조그만 몸집에 안색도 파리하고 이목구비도 반듯하지 못하고 균형 잡히지 못했으니 참 불행이라는 생각도 들었다. 그리고 어째서 나는 이러한 열망이나 유감의 감정을 품고 있었단 말인가? 그것은 어려운 질문이었다. 당시의 나는 스스로에게 분명한 답을 주지는 못했다. 그러나 내게는 이유가, 논리적이면서도 당연한 이유가 있었던 것이다. 그러나 브러시로 머리 손질을 하고 검은 프록을 입고(흡사 퀘이커교도 같은 옷차림이었지만 몸에 꼭 맞아 어울린다는 장점이 있었다.) 깨끗하고 흰 터키[7]를 잘 맞추어 놓으니 이만하면 페어팩스 부인 앞에 나가도 제법 의젓하고 또 나의 새 학생도 혐오감을 느끼고 내게서 움찔하지는 않으리라는 생각이 들었다. 창문을 열고 화장대 위에 놓아 둔 모든 물건이 깔끔하게 정돈되어 있음을 확인하고 나서 나는 용기를 내어 방을 나섰다.

매트를 깔아 놓은 긴 복도를 지나 나는 미끄러운 참나무 층계를 내려갔다. 다음 홀로 들어서서 잠시 멈칫거리며 벽에 걸린 서너 개의 초상화를(그중 하나는 갑옷을 입은 험상궂은 얼굴의 사나이였고 하나는 진주 목걸이를 걸치고 머리분을 칠한 부인의 초상이었다.) 바라보고 또 천장에 걸려 있는 청동 램프와 묘한 조각 장식이 들어 있고 오래되고 손때가 붙어 새까맣게 된 참

---

7) 목에 걸어 가슴에서 합친 모슬린 따위의 천으로 18세기 여자들이 걸쳤던 것.

나무 케이스에 들어 있는 커다란 벽시계를 바라보았다. 모든 것이 내게는 당당하고 위엄 있어 보였다. 내가 웅장한 것에 너무 익숙지 못했던 탓인지도 몰랐다. 반이 유리로 된 홀의 문은 열려 있었다. 나는 문지방을 넘어섰다. 맑게 갠 가을 아침의 해가 갈색으로 변한 숲과 아직 초록색이 남아 있는 들판을 조용히 비추고 있었다. 잔디 위로 올라선 나는 고개를 들어 저택의 정면을 쳐다보았다. 굉장히 큰 것은 아니나 제법 큰 삼 층 건물로 귀족의 저택이라기보다는 신사의 저택이었고 지붕 위의 흉벽이 그림 같은 외관을 부여하고 있었다. 건물의 회색 정면은 땅까마귀 떼가 살고 있는 수풀을 배경으로 해서 우뚝 솟아 있고 숲속의 땅까마귀는 날고 있었다. 새들은 잔디나 정원 위를 넘어 커다란 목초지에 내려앉았다. 목초지와 정원은 도랑으로 분리되어 있었고 목초지에 서 있는 참나무처럼 단단하고 옹이가 많으며 굵직한 산사나무 고목들은 손필드[8]란 이 저택의 이름의 유래를 일러 주고 있었다. 멀리 저쪽으로는 언덕이 들어서 있었다. 로우드를 둘러싸고 있는 산처럼 높지는 않았고 바위투성이였으나 살아 있는 세계에서 격리시키는 벽 같지는 않은 것이 적막한 느낌을 주는 언덕들이었다. 활기로 차 있는 밀코트 근처에 이러한 장소가 있으리라고는 생각되지 않을 만큼 한적하게 손필드를 에워싸고 있는 듯이 보였다. 나무 사이로 지붕이 보이는 조그만 마을이 언덕배기 중간에 흩어져 있었다. 이 구역의 교회가 손필드에 보다

---

8) '산사나무 벌'이란 뜻.

가깝게 서 있어 그 낡은 첨탑이 건물과 대문 사이의 조그만 동산을 굽어보고 있었다.

나는 조용한 경치와 상쾌한 아침 공기를 즐기면서 땅까마귀 떼의 울음소리에 귀를 기울이고 있었다. 또한 넓적하고 해묵은 홀의 정면을 바라보며 페어팩스 부인과 같이 혼자 사는 부인이 살기에는 너무나 큰 집이라는 생각을 했다. 그때 페어팩스 부인이 문에 나타났다.

"어머! 벌써 나와 계시네. 아주 일찍이 일어나시는군요." 부인이 말했다. 가까이 간 나는 상냥한 키스와 악수를 선사받았다.

"손필드가 마음에 들어요?" 그녀의 물음에 나는 아주 마음에 든다고 대답해 주었다.

"정말이지 아름다운 곳이랍니다. 하지만 로체스터 씨가 아주 이곳에 와서 내내 살든가 아니면 좀 더 자주 들른다든가 하지 않으면 아무래도 어지러워질 것 같아요. 큰 저택과 훌륭한 정원에는 아무래도 주인이 와서 살아야지요."

"로체스터 씨라고요!" 내가 물었다. "그분이 누구신데요?"

"손필드의 주인이랍니다." 그녀가 조용히 대답했다. "주인의 이름이 로체스터 씨란 얘기를 못 들으셨어요?"

물론 나는 아는 바가 없었다. 그 전에 그의 이름을 들어 본 일도 없었다. 그러나 노부인은 로체스터 씨의 존재는 세상 사람들이 다 알고 있는 사실이며 누구나 본능적으로 알고 있어야 한다고 생각하고 있는 성싶었다.

"저는요, 이 저택이 부인 것이라고 생각했습니다." 내가 말을 이었다.

"내 것이라고요? 천만에. 당치도 않은 생각이시지. 나는 그저 가정부, 관리인에 지나지 않아요. 하긴 로체스터 집안과는 외가 쪽으로 먼 친척뻘이 되긴 해요. 적어도 저희 남편은 그러했습니다. 저의 남편은 목사로, 저쪽 언덕배기에 보이는 헤이 마을의 목사로 문가의 저 교회도 그의 것이었습니다. 지금의 로체스터 씨의 모친은 페어팩스 집안사람으로 저의 남편과는 재종간이었어요. 그러나 친척뻘이 된다고 해서 함부로 구는 법은 없습니다. 사실 따지고 보면 제겐 아무것도 아니니까요. 나는 그저 나 자신이 단순한 가정부에 지나지 않는다고 생각하고 있답니다. 주인 양반은 언제나 상냥하게 대해 주시고, 그러니까 그 이상의 기대는 않는 거지요."

"그러면 그 조그만 소녀, 즉 제 학생은요?"

"그 아이는 로체스터 씨가 맡고 있는 아이로 제게 가정교사를 물색해 달라고 주인 양반이 부탁을 하셨던 거죠. 주인 양반은 이 ○○주에서 그 아이를 기를 작정이신 거죠. 아이고, 저기 오는군요. 자기 '본'과 함께. 저 아인 유모를 본이라 부른답니다." 수수께끼가 풀린 셈이었다. 이 상냥하고 친절한 미망인은 마님이 아니라 나와 같은 고용인이었던 것이다. 그러나 그렇다고 해서 부인에 대한 나의 호감이 가신 것은 아니었다. 도리어 나는 더 기쁜 심정이었다. 부인과 나 사이의 대등한 관계는 진짜였고 그녀 편에서 생색을 낸 것이 결코 아니었다. 그 럴수록 더 좋았다. 나의 입장이 훨씬 자유스러울 것이었기 때

---

9) bonne, 유모를 가리키는 프랑스어.

문이다.

이렇게 새로 알아낸 사실을 곰곰이 생각하고 있는 사이 시중드는 사람에 딸려 한 소녀가 잔디밭으로 해서 가까이 오고 있었다. 나는 내 학생을 바라보았다. 그녀 편에서는 처음엔 나를 보지 못한 것 같았다. 일곱 살이나 여덟 살밖에 안 된 아주 어린 아이로 작은 몸집에 파리하고 오종종한 얼굴이었다. 곱슬거리는 탐스러운 머리채가 허리께까지 내려와 있었다.

"아델러, 안녕." 페어팩스 부인이 말했다. "자, 이리 와서 여러 가지를 가르쳐 주시고 너를 현숙한 부인으로 길러 주실 선생님께 인사를 드리렴."

소녀는 가까이 왔다.

"이분이 내 선생님이셔?" 나를 가리키며 그녀가 프랑스 말로 유모에게 물었다. 그러자 유모가 대답했다.

"응, 그래."

"이분들은 외국인입니까?" 나는 그들이 주고받은 프랑스 말을 듣고 놀란 채 물어보았다.

"유모는 프랑스인입니다. 그리고 아델러는 대륙에서 태어나 육 개월 전까지는 줄곧 그곳에서 살았답니다. 처음 여기 왔을 때엔 영어를 전혀 못 했지요. 하지만 지금은 조금씩 해요. 프랑스 말을 많이 섞어 쓰기 때문에 전 잘 알아듣지 못해요. 하지만 빅세닌 난박 알아늘으시겠지요, 뭐."

다행히 난 프랑스인 부인에게서 프랑스 말을 배웠다는 이점이 있었고 언제나 피에로 부인과 대화를 하려고 애쓴 터였다. 게다가 칠 년간 날마다 프랑스 말을 조금씩 외워 두었고,

악센트에 주의하면서 될수록 선생님의 발음과 비슷하게 흉내를 내려고 노력했기 때문에 프랑스 말은 어느 정도 정확하고 유창하게 할 수가 있었고 따라서 아델러 양과 함께 얘기할 때 큰 곤란을 겪을 것 같지는 않았다. 아델러는 내가 가정교사라는 말을 듣자 다가와서 악수를 했다. 아침 식사를 하기 위해 집 안으로 데리고 들어가며 나는 프랑스 말로 두서너 마디 얘기를 걸어 보았다. 처음엔 간단히 대답하더니 식탁에 앉아 한 십 분 동안 연갈색의 큼지막한 눈으로 나를 살펴보고 나서 유창하게 얘기를 하기 시작했다.

"어머나, 선생님도 로체스터 씨만큼 프랑스 말을 잘하시네요." 아델러가 프랑스 말로 말했다. "로체스터 씨에게 얘기하듯이 얘기할 수가 있군요. 소피도 그렇고. 소피도 아주 반가워하겠네요. 이곳에선 아무도 소피의 말을 알아듣지 못하거든요. 페어팩스 부인은 온통 영어만 하시고. 소피는 제 유모예요. 연기가 뭉게뭉게 나는 굴뚝이 달린 커다란 기선을 타고 소피는 나와 함께 바다를 건너왔어요. 참 굉장한 연기였지요. 나는 아주 뱃멀미가 나서 혼났어요. 소피도 그랬고 로체스터 씨도 그랬어요. 로체스터 씨는 살롱이라고 하는 좋은 방에 누워 있었고 소피와 나는 딴 방의 조그만 침대에서 잤어요. 나는 침대에서 떨어질 뻔했어요. 무슨 시렁 같은 침대였어요. 그런데 선생님, 이름은 뭐예요?"

"에어, 제인 에어란다."

"에이르? 피, 난 잘 안되네요. 어쨌든 우리가 탄 배는 새벽녘에 채 날이 새기도 전에 큰 도시에 당도했어요. 새까만 집이 줄지어 있고 연기가 자욱한 큰 도회지였어요. 내가 살던 깨끗한 고장과는 아주 달랐어요. 나는 로체스터 씨에게 안긴 채 판자를 넘어 육지에 올랐어요. 소피도 뒤따라 왔고 우리는 마차를 탔어요. 마차는 우리를 커다란 집으로 데려다주었는데 호텔이라고 해서 이 집보다 훨씬 크고 멋진 곳이었어요. 거기서 일주일가량 묵었어요. 나는 소피와 함께 매일 푸르른 나무가 잔뜩 들어서 있는 공원이라고 하는 곳을 산책했어요. 그곳엔 나 말고도 아이들이 참 많이 있었어요. 아름다운 새들이 많이 있는 연못도 있었는데 나는 그 새들에게 빵 부스러기를 주었어요."

"이렇게 빨리 지껄여 대는데 이해가 갑니까?"페어팩스 부인이 물었다.

나는 피에로 부인의 유창한 말씨에 익숙했기 때문에 아델러의 말은 썩 잘 이해가 되었다.

"이 아이의 부모에 관해서 몇 가지 물어보지 않겠어요? 부모님을 기억하고 있는지 궁금해서 그래요."페어팩스 부인이 말을 이었다.

"아델러, 아까 얘기했던 깨끗한 고장에선 누구와 함께 살고 있었어?" 하고 물어보았다.

"아주 오래전에는 엄마와 함께 살았어요. 그러나 엄마는 마티아안네토 가 버렸어요. 엄마는 내게 노래와 춤과 시 읽기를 가르쳐 주었어요. 많은 신사와 부인 들이 엄마를 보러 오곤 했어요. 그리고 난 손님들 앞에서 춤을 추기도 하고 손님들의 무릎에 앉기도 하고 혹은 노래를 불러 주기도 했어요. 난 그러는 게 참 좋았어요. 노래 하나 불러 줄까요?"

아델러가 아침 식사를 끝냈던 터라 나는 그녀의 노래 솜씨를 들어 보기로 했다. 의자에서 내리더니 그녀는 내 무릎에 올라와 앉았다. 그러더니 조그만 두 손을 얌전하게 앞으로 포개고 고수머리를 뒤로 젖히고 천장을 쳐다보며 어느 오페라 중의 가곡을 부르기 시작했다. 그것도 버림받은 여인의 노래였다. 자기 애인의 변심을 슬퍼한 뒤 자존심을 불러일으키고 시녀를 시켜 가장 호화스러운 보석과 가장 사치스러운 옷으로 자기 몸을 단장케 하고는 그날 밤 무도회에서 속인 남자를 만나 명랑한 태도를 지어 보여 남자의 배반이 아무렇지도 않다는 것을 내세워 보려고 결심한다는 내용의 것이었다.

어린아이가 부르기에는 적절하지 못한 내용의 노래였다. 그러나 사랑이라든가 질투라든가 하는 내용을 어린아이의 잘 돌지 않는 혀로 노래하게 하는 것이 주안점인 성싶었다. 참으로 악취미였다. 적어도 내게는 그렇게 생각되었다.

아델러는 그 노래를 제법 미끈하게, 또 어린이답게 순진하게 불렀다. 노래를 끝내자 내 무릎에서 내려 뛰며 말하는 것이었다. "선생님, 이제 시를 읊어 드리겠어요."

제법 태를 내면서 그녀는 라퐁텐의 우화인 「쥐의 단결」을 읊기 시작했다. 나이와는 어울리지 않을 만큼 구두점과 억양에 세심한 주의를 기울이며 부드러운 소리로 적절한 몸짓을 섞어서 짤막한 시를 읊는 것이었다. 세심한 훈련을 받은 것임이 역력했다.

"그 시는 어머님한테서 배운 거냐?" 내가 물어보았다.

"네. 엄마는 늘 이렇게 말했어요. '그렇다면 그대는 어떻게 할 셈이뇨? 얘기해 보렴, 하고 한 마리의 쥐가 말했습니다.' 엄마는 이렇게 내 손을 들게 했어요. 바로 그 질문이 나올 때 억양을 올리는 것을 잊지 않도록 말이에요. 이번엔 춤을 보여 드릴까요?"

"이제 그만하면 됐어. 그럼 엄마가 네 말과 같이 마리아한테로 가 버린 뒤에는 누구하고 같이 살았지?"

"프레데리크 부인 그리고 그 남편과 함께 살았어요. 나를 돌보아 주었지만 친척은 아니었지요. 좀 가난한 이였어요. 왜냐하면 그 집이 엄마 집처럼 좋지가 못했거든요. 거기 오래 있지는 않았어요. 영국으로 가서 함께 살지 않겠느냐고 로체스터 씨가 묻기에 그러마고 대답했거든요. 로체스터 씨는 프레데리크 부인보다 앞서 알게 되었고 내게는 언제나 친절하게 대해 주었거든요. 예쁜 옷이나 장난감을 많이 주었어요. 하지만 로체스터 씨는 약속을 지키지 않았어요. 나를 영국에 데려다 놓고는 자기는 다시 돌아갔거든요. 지금은 통 보지를 못해요."

조반을 마친 후 나와 아델러는 서재로 물러갔다. 로체스터 씨가 공부방으로 쓰도록 지시를 한 모양이었다. 대부분의 책은 유리문 뒤로 잠가 놓았지만 열린 채로 있는 책궤가 하나 있어서 초보 정도의 공부에 필요한 책이 한 질, 그 밖에 가벼운 문학 서적, 시, 전기, 여행기, 로맨스(소설책) 등속이 늘어 있었다. 이 정도면 가정교사 한 사람이 읽기에 충분하다고 로체스터 씨는 생각한 모양이었다. 사실 또 그 정도라면 당장은 나도 흡족스러웠다. 로우드에서 내가 주워 모을 수 있었던 얼마 안 되는 분량에 비교한다면 오락과 지식의 풍부한 수확을 제공해 줄 것 같았다. 이 방에는 또 음색이 좋은 새 소형 피아노가 있었고 화가(畵架)와 한 쌍의 지구의가 있었다.

학생으로서의 아델러는 그리 열심은 아니었지만 고분고분한 편이었다. 그러나 무슨 일에든 규칙적인 훈련에는 익숙지가 못했다. 처음부터 지나친 속박을 가하는 것이 좋을 성싶지 않아 여러 가지 얘기를 많이 들려주고 공부를 조금 시킨 뒤 점심때가 가까워지자 그녀를 유모에게로 돌아가도록 했다. 그후에는 점심을 먹을 때까지 아델러의 교재용으로 그림이라도 그릴 작정으로 있었다.

이 층으로 손가방과 연필을 가지러 가려니까 페어팩스 부인이 내게 소리쳤다.

"아침 공부 시간은 이제 끝났지요?"

부인은 쌍창문이 열려 있는 방 안에 있었다. 부인이 얘기를 걸었을 때 나는 안으로 들어갔다. 보랏빛 의자와 커튼, 터키 양탄자, 호두나무 재목을 댄 벽, 채색 유리를 끼워 둔 큼직한 창, 우아하게 틀 잡힌 높은 천장을 갖추고 있는 널찍하고 훌륭한 방이었다. 부인은 찬장 위에 놓여 있는 보기 좋은 보랏빛의 광석(鑛石) 꽃병의 먼지를 떨고 있는 중이었다.

주위를 둘러보며 나는 탄성을 내었다. "정말 멋있는 방이군요!" 이렇듯 훌륭한 방은 처음 보는 터였다.

"네, 여기는 식당이랍니다. 맑은 공기와 햇볕을 들이려고 방금 창을 열어 놓았어요. 사람이 쓰지 않는 방은 아무래도 습기가 차기 마련이거든요. 저쪽 응접실도 흡사 지하실 같아요."

부인이 창과 맞먹는 아치를 가리켰다. 창과 마찬가지로 보랏빛 커튼이 쳐져 있었지만 이제 동그랗게 매어 놓고 있었다. 폭넓은 층계를 두 계단 올라가서 안을 들여다본 나는 마치 선녀 나라를 쳐다본 것 같은 느낌이 들었다. 처음 보는 애송이의 눈에는 그토록 안의 광경이 황홀해 보였던 것이다. 그러나 그것은 몹시 아름다운 응접실에 지나지 않았고 그 안에는 부인용 내실도 있었다. 양쪽 다 흰 양탄자를 깔아 놓았고 화려한 꽃다발이 놓여 있는 듯이 보였다. 천장도 흰 포도송이와 포도 잎사귀 모양의 쇠시리가 대어져 있었고 그 아래로는 새빨간 침상과 긴 의자가 놓여 있어서 선명한 대조를 이루고 있었다. 한편 청백색 대리석으로 된 벽로 선반 위의 장식물은 홍보석처럼 빨갛게 번뜩이고 있는 보헤미아 글라스 제품이었다. 그리고 창과 창 사이에 놓여 있는 커다란 거울은 눈과 불이 섞여 있는 방 안의 색조를 되풀이하고 있었다.

"정말 모든 방을 말짱하게 정돈해 놓고 계시는군요!" 내가 말했다. "먼지 하나 없고 덮개 하나 없고요. 공기만 싸늘하지 않다면 매일같이 쓰고 있는 줄로 알겠어요."

"에어 양, 정말이지 주인 양반은 드물게밖에 들르시지 않지만 들르실 때는 느닷없이 뜻밖에 들르거든요. 그리고 가구에 먼지가 앉았거나, 오신 것을 보고 나서 야단법석을 떠는 것을 보이면 기분이 언짢아지시는 것 같아서 평소에 말끔하게 지워 두는 것이 상책이라고 난 생각하고 있답니다."

"그럼 로체스터 씨는 엄격하고 까다로운 분인가요?"

"뭐, 반드시 그렇지도 않아요. 그러나 신사다운 취미와 습관을 가지고 계시고 모든 것이 그런 투로 관리되기를 바라고 계시는 거지요."

"주인 양반을 좋아하세요? 누구에게나 호감을 사는 분인 가요?"

"아무렴요. 그 집안은 이곳에서 존경을 받아 온 집안이랍니다. 이 부근의 토지는 눈길이 닿는 데까지 모두 아주 옛날부터 로체스터 집안의 토지였지요."

"토지는 그렇다 치고 부인은 정말 주인 양반을 좋아하세요? 주인 양반의 인품이 호감을 사고 있나요?"

"나로서는 주인 양반을 좋아할 수밖에 없어요. 소작인들에게서도 공정하고 관대한 지주라는 평을 받고 있지요. 소작인들과 함께 어울려서 사신 일은 없지만요."

"별난 점은 없으신가요? 한마디로 말해서 어떠한 성격의 분이신가요?"

"성격은 나무랄 데가 없으신 분이랍니다. 조금 별난 점이 있기는 하지만서두요. 여행을 많이 하셨고 따라서 두루 세상 물정에 밝으신 편이죠. 그러나 내가 대화를 많이 주고받지는 못했답니다."

"별난 점이 있다는 건 어떤 면에서 그렇습니까?"

"글쎄요, 뭐라고 말씀드려야 할는지요. 이렇다 하게 별난 점이 있는 건 아녜요. 그러나 그분이 얘기를 할 때 그것을 느끼게는 돼요. 그 양반이 농담인지 진담인지, 혹은 즐거워하는 것인지 그 반대인지 분간이 안 갈 때가 있답니다. 한마디로 말해서 그분의 기분을 제대로 이해할 수가 없어요. 적어도 내게는 그렇답니다. 그러나 그런 건 별 문제가 안 돼요. 좋은 양반 이니까요."

페어팩스 부인으로부터 부인과 나의 고용주에 대해 얻어들은 얘기는 이것이 전부였다. 세상에는 인물이든 사물이든 성격을 묘사하거나 특징을 관찰하여 말로 표현하는 일을 전혀 못 하는 부류의 사람들이 있다. 마음씨 좋은 페어팩스 부인은 바로 그러한 부류에 속하는 사람이었다. 나의 질문은 부인을 어리둥절하게 만들었을 뿐 소기의 성과를 거두지는 못했다. 부인의 눈에 로체스터 씨는 바로 로체스터 씨였고 신사이며 지주였을 뿐 그 이상은 아니었다. 부인은 필요 이상 캐묻는 법도 더 알려고 하는 법도 없었고, 그의 인품을 좀 더 분명하게 알고 싶어 하는 나의 의도를 의아하게 생각하는 것이었다.

식당을 나서자 부인은 내게 다른 방도 보여 주겠노라고 했다. 나는 부인의 뒤를 따라 탄성을 지르며 아래위의 방을 둘러보았다. 어느 방이나 잘 정돈되어 있었고 아름다웠기 때문이다. 앞쪽의 큼지막한 방은 각별히 호화로워 보였다. 또 삼층에 있는 몇 개의 방은 천장도 낮고 어두컴컴했으나 고색창연한 면이 흥미로웠다. 원래는 아래층에서 사용되었던 가구류가 유행의 변천에 따라서 이따금 이리로 날라진 것이었다. 몇백 년이나 묵은 침대, 종려나무 가지와 천사의 얼굴의 기묘한 모양이 새겨서 있고 유내인의 계율 상자[10]처럼 보이는 참나무

---

10) 십계명을 새긴 두 개의 납작한 돌을 넣은 상자로 유대인에게는 가장 신성한 것이다.

나 호두나무 목재로 된 장롱, 줄지어 세워둔 등받이가 높고 폭이 좁은 구식의 의자, 그 쿠션 위에 육십 년 전부터 무덤 속에서 먼지가 된 사람들이 손으로 짠, 반쯤 지워진 자수 자국이 아직 남아 있는, 그보다 훨씬 구식의 걸상. 이러한 모든 것을 좁은 창틀에서 새어 들어오는 가녀린 햇빛이 드러내 보이고 있었다. 이러한 유물은 손필드 저택의 삼 층에 '과거의 집'이나 추억의 성역(聖域) 같은 인상을 던져 주었다. 나는 이렇게 으슥한 방의 한낮의 고요함, 박명(薄明) 그리고 진기함이 마음에 들었지만 그렇게 큼지막한 침대 위에서 하룻밤의 휴식을 취하고 싶은 기분은 들지 않았다. 어떤 침대는 참나무 문이 사방을 에워싸고 있었고 어떤 침대는 기화요초나 기묘한 새 그리고 야릇하게 생긴 사람의 모양이 두껍게 누벼져 있는 낡은 영국풍의 현수막으로 덮여 있었다. 모두 창백한 달빛이 비치면 이상하게 보일 것 같았다.

"이 방들은 하인들이 쓰는 것인가요?" 내가 물어보았다.

"아니지요. 그들은 뒤쪽의 조그만 방들을 쓰고 있어요. 여기서는 자는 사람이 없답니다. 손필드 저택에 도깨비가 있다면 도깨비가 나타날 방은 여기겠지요."

"정말 그래요. 그럼 도깨비는 안 나오겠지요?"

"들어 본 일이 없는데요." 미소를 지으며 부인이 응수했다.

"무슨 전설 같은 것은 없나요? 전해 오는 얘기라든가, 도깨비 얘기 같은 것 말입니다."

"그런 건 없어요. 다만 소문으로는 로체스터 집안 사람들이 대대로 점잖기보다는 거친 편이어서 지금은 무덤 속에서 조용히들 하고 있다는 거지요."

"네, 그러니까 '이 세상의 변덕스러운 열병이 가신 뒤 지금은 편히 누워 있도다.'[11]란 격이군요." 내가 중얼거렸다. 부인이 그곳을 빠져나가는 걸 본 나는 물어보았다. "부인, 이제 어디로 가시렵니까?"

"지붕으로 가는 겁니다. 옥상의 경치를 바라보지 않겠어요?" 나는 부인의 뒤를 따라 폭 좁은 층계를 올라 고미다락방으로 올라가서 거기서 사다리를 따라 뚜껑 문을 빠져나가서 저택의 지붕으로 나갔다. 거기까지 오르니 땅까마귀 집과 같은 높이여서 나는 까마귀 둥주리를 볼 수가 있었다. 흙벽에 의지하여 저 아래를 굽어보니 지도처럼 펼쳐 있는 저택의 부지가 보였다. 눈부신 융단 같은 잔디가 저택의 회색 토대 근처를 두르고 있었고 공원처럼 널따란 들에는 오래된 수목이 점점이 우거져 있었다. 잎이 떨어진 암갈색의 숲은 잎이 달린 나무보다도 짙은 초록의 이끼로 뒤덮인 샛길로 금이 가 있었고, 문 쪽의 교회당, 도로, 조용한 언덕은 한결같이 가을 햇살 속에서 쉬고 있었다. 지평선은 진주처럼 하얀 대리석 모양이 들어 있는 자비로운 하늘과 맞닿아 있었다. 이렇다 할 특징은 없었으나 속 시원한 풍경이었다. 이 경치에 등을 돌리고 뚜껑 문을 빠져나온 내게는 사다리가 보이지 않을 지경이었다. 그때까지 쳐다보고 있던 푸른 내기의 원천상이나, 의널에 자서 내려다보았던 이 저택을 중심으로 한 양지바른 숲, 목장, 초록색

---

11) 셰익스피어의 『맥베스』 3막에 나오는 말.

188

언덕에 비기면 고미다락방은 흡사 지하실처럼 캄캄했다.

페어팩스 부인은 뚜껑 문을 잠그기 위해서 잠시 뒤로 처졌다. 나는 손을 더듬어 출구를 찾아내고 좁다란 고미다락방의 층계를 내려가기 시작했다. 층계를 내려갔을 때 긴 복도에서 멈칫거렸다. 삼 층의 앞쪽 방과 뒤쪽 방을 가르고 있는 복도였다. 저 끝으로 조그만 창이 하나 나 있을 뿐 좁고 낮으며 캄캄한 복도는 양쪽으로 줄지어 있는 조그만 검정 문이 닫혀 있어서 흡사 '푸른 수염'[12]의 성에 나오는 복도 같았다.

조용히 복도를 따라서 걸음을 떼어 놓고 있는데 이렇게 조용한 곳에서는 생각지도 못했던 소리, 사람의 웃음소리가 내 귀에 들려왔다. 똑똑히 들리는 침울하고 기묘한 웃음소리였다. 나는 발걸음을 멈췄다. 웃음소리가 멎었다. 그러나 그것은 잠시 동안이었다. 웃음소리는 아까보다 더 크게 나기 시작했다. 처음엔 똑똑하기는 했으나 나지막했다. 그러나 이제 귀가 따가울 정도로 요란해져서 모든 빈방에 메아리치듯 했다. 그러나 웃음소리가 터져나온 방은 단 하나였고 나는 그게 어떤 방인지를 알 수가 있었다.

"페어팩스 부인!" 내가 소리쳤다. 부인이 큰 층계를 내려오는 소리가 들려왔기 때문이다. "저 요란한 웃음소리를 들으셨어요? 누가 웃는 것인가요?"

"하인 중의 누구겠지요, 뭐. 아마 그레이스 풀일 겁니다."

"들으셨댔어요?" 내가 다시 물었다.

---

12) 여섯 명의 아내를 죽였다는 전설의 주인공.

"분명히 들었습니다. 가끔 들리는걸요. 그쪽 방에서 재봉을 하고 있는데 가끔 리어와 어울려서 소란을 피우곤 하지요."

웃음소리는 낮고 똑똑한 가락으로 되풀이되더니 야릇하게 중얼거리는 소리로 멎어 버렸다.

"그레이스, 그만!" 부인이 소리쳤다.

그레이스와 같은 위인이 대답을 하리라고는 생각되지 않았다. 그처럼 비극적이고 그처럼 괴이한 웃음소리를 나는 들어 본 적이 없었던 것이다. 때마침 시각이 한낮이요, 괴이한 홍소와 함께 귀신이 나옴 직한 분위기도 아니었고 장면이나 시기가 공포를 자아내게 하는 상황이 아니었기에 망정이지 그렇지 않았다면 나는 미신적인 공포에 사로잡히고 말았을 것이다. 그러나 잠시 놀란 것만 하더라도 어리석은 일이었음이 곧 드러났다.

제일 가까운 쪽의 문이 열리고 하인 하나가 나타났던 것이다. 서른에서 마흔 사이로 보이는 빨간 머리의 여인으로 몸이 딱 바라진 것이 험상궂고 못생긴 얼굴이었다. 이처럼 산문적이고 유령답지 않은 유령은 생각할 수도 없을 정도였다.

"너무 시끄러워요, 그레이스. 행실을 삼가는 걸 잊지 말도록 해요." 페어팩스 부인이 말했다. 그레이스는 잠자코 허리를 굽히더니 안으로 들어갔다.

"새봉을 하고 리어의 하녀 일을 도와주는 여자랍니다." 부인이 말했다. "결점이 없는 것은 아니지만 맡은 일은 잘해 나간답니다. 그런데 선생님, 오늘 아침에는 새 학생이 어땠어요?"

이렇게 아델러 쪽으로 화제가 돌아간 우리의 대화는 아래층의 보다 밝은 장소로 내려갈 때까지 계속되었다. 아델러가 우리를 맞으러 홀을 달려오며 말했다.

"식사 준비가 다 되었어요. 난 벌써 배가 고픈걸요."

이미 점심 준비가 다 되어서 페어팩스 부인의 방에서 우리를 기다리고 있었다.

12장

손필드 저택에 조용히 들어가게 되어 평탄한 앞길을 가게될 것 같은 기대는 그 저택이나 거기에 살고 있는 사람들과의 안면이 길어져도 조금도 어긋나지가 않았다. 페어팩스 부인은 외양과 마찬가지로 상당한 교육과 보통 수준의 지성을 갖춘 온화하고 상냥한 부인이었다. 내가 가르치는 학생은 오냐, 오냐 하고 기른 쾌활한 아이로 때로 고집을 피울 때가 없는 것은 아니었으나 교육은 내게 전담되어 있었고 그녀를 잘 가르치기 위한 내 계획을 가로막는 소견 없는 간섭은 전혀 없었기 때문에 곧 그녀는 변덕 많은 성질을 버리고 다루기 쉬운 다소 곳한 아이가 되었다. 그녀에겐 보통 아이들의 수준에서 1인치라도 뛰어난 특출한 재능이나 눈에 뜨이는 성질이나 특히 발달된 감정이나 취미도 없었고 또 수준 이하로 떨어지는 결점이나 악습도 없었다. 그녀는 무리 없는 진보를 나타냈고 내게 대해서는 깊은 것은 아니지만 생생한 애정을 품고 있었다. 그녀의 순진성이나 쾌활한 수다, 마음에 들려고 하는 노력 때문에 내 편에서도 서로 만족스럽게 어울리기에 충분한 애착심이 생기게 되었다.

여담이지만, 어린이의 천사 같은 성질을 운위하며 교육의 소임을 맡은 자는 마땅히 이러한 어린이들을 우상처럼 아껴 주어야 한다고 내세우는 사람들에겐 나의 평가가 차디찬 말처럼 비칠는지도 모른다. 그러나 나는 세상의 부모들의 자부심에 비위를 맞추고 유행어를 흉내 내고 야바위를 지지하기 위해서 이렇게 쓰고 있는 것은 아니다. 나는 그저 진실을 얘기하고 있을 따름이다. 나는 아델러의 행복과 진보를 진정으로 걱정하고 있었고 어린 그녀를 좋아했다. 그것은 마치 페어팩스 부인의 친절을 고맙게 여기며 내게 보여 준 온당한 호의나, 그 균형 잡힌 마음씨와 성격에 어울리는 기쁨을 그녀와의 접촉에서 느끼게 되었던 것과 마찬가지였다.

내가 다음과 같은 말을 첨가하는 것을 탓하고 싶은 사람은 멋대로 탓을 해도 좋을 것이다. 때로 나 혼자 부지를 산책하면서 문까지 나가 거기서 도로 쪽을 바라볼 때 혹은 아델러가 유모와 놀고 있거나 페어팩스 부인이 식품 저장실에서 젤리를 만들고 있을 때, 세 개의 층계를 올라가 고미다락방의 뚜껑문을 열고 지붕 위로 올라가 멀리 들이나 언덕을 굽어보며 아련히 보이는 지평선을 바라다볼 때, 그러한 때엔 여태까지 듣기만 하고 보지는 못했던 생기에 찬 부산한 세상이나 도회나 지방에까지 미치는 지평선 너머까지 투시할 수 있는 시력을 가졌으면 좋겠다는 생각을 했고 또 지금보다 훨씬 풍부한 실지 경험을 쌓고 싶다는 생각을 했고 지금까지보다 훨씬 많이, 나와 같은 사람과 어울리고 가지가지 성격의 사람들을 알게 되었으면 하고 생각했다. 나는 페어팩스 부인의 장점을 존중했고 아델러의 장점을 존중했다. 그러나 나는 달리 보다 생생한 미덕이 있다는 것을 믿고 있었고 내가 믿고 있는 바를 실지로 보고 싶었다.

나를 탓하는 사람이 있을까? 틀림없이 많이 있을 것이다. 분수에 맞지 않게 불만을 가지고 있다고 할지도 모른다. 그러나 나로서는 어쩔 수 없는 일이었다. 안절부절못하며 안정을 갖지 못하는 것은 나의 타고난 성품이었고 그것이 어떤 때는 고통이 되기도 했다. 그런 때면 조용하고 한적한 삼 층의 복도를 왔다 갔다 하면서 눈앞에 보이는 갖가지 환영에 마음의 눈길을 보내어 지켜보는 것이 나의 유일한 낙이었다. 그 환영은 수없이 빨갛게 타오르는 것이었다. 또는 내 마음을 기쁨의 파도에 맡기는 것이었는데 그것은 괴로울 때 부풀어 오르는 수도 있었지만 생기도 부풀게 할 수도 있는 것이었다. 그러나 뭐니 뭐니 해도 제일 큰 낙은 결코 그칠 줄을 모르는 얘기에 마음의 귀를 기울이는 일이었다. 그것은 나의 상상력이 지어내어 끊임없이 지어내 냈고 간실히 소망하면서도 현실 생활에서는 얻지 못했던 갖가지 사건, 생활, 정열이 담긴 얘기였다.

사람이란 안온한 생활에 만족해야 하는 법이라고 말해 보았자 그것은 부질없는 일일 것이다. 사람이란 활동을 해야 하

194

는 것이고 그것을 찾아내지 못하는 경우엔 필경 만들어 내고야 만다. 수백만 명의 사람들이 나보다도 평온한 생활에 얽매여 있고 또 수백만의 사람들이 그 운명에 말없이 항거하고 있는 것이다. 정치적 반란을 제외하고서도 얼마나 많은 반란이 지상에 살고 있는 사람들 사이에서 격동하고 있는지를 아는 사람은 아무도 없다. 여성은 대체로 평온한 존재라고 흔히들 생각한다. 그러나 여성도 남성과 똑같은 감정을 가지고 있고 그들의 오빠나 동생들과 똑같이 자기의 능력과 노력을 발휘할 터전을 필요로 하고 있다. 너무도 가혹한 속박, 너무나 완전한 침체에 괴로워한다는 점에선 여성도 남성과 하등의 차이가 없다. 여성들이란 집 안에 처박혀서 푸딩이나 만들고 양말이나 짜고 피아노나 치고 가방에 수나 놓아야 한다고 말하는 것은 보다 많은 특권을 누리고 있는 남성들의 소견 없는 생각에 지나지 않는다. 관습에 의해서 여성에게 필요하다고 선고된 일 이상의 것을 하고 또 배우려고 하는 여성을 탓하거나 비웃는 것은 소갈머리 없는 짓이다.

이렇게 혼자 있을 때 나는 자주 그레이스 풀의 웃음소리를 듣게 되었다. 처음 들었을 때 내 등골을 오싹하게 했던 것과 똑같이 높은 홍소 그리고 낮게 나오다가 천천히 하하로 끝나는 그 웃음소리였다. 웃음소리보다도 희한한 그 야릇한 중얼거리는 소리도 들었다. 전혀 웃음소리가 안 나는 날도 있었지만 무슨 소리인지 종잡을 수 없는 소리가 나는 날도 있었다. 그녀의 모습이 보이는 경우도 있었다. 동이나 접시나 쟁반을 들고 방에서 나와 부엌으로 들어갔다가는 이내 또 대개의 경우 (아, 낭만적인 독자여, 구중중한 진실을 얘기하는 것을 용서하시라!) 흑맥주 병을 들고 나오는 것이었다. 그녀의 외양을 보면 그 입에서 새어 나오는 섬뜩한 소리 때문에 곤두선 호기심이 사그라지기 마련이었다. 험상궂으면서도 착실한 용모여서 호기심이나 흥미가 쏠릴 여지가 없었던 것이다. 얘기를 나누려고 몇 번 꾀해 보았지만 말수가 적은 사람인 듯 "네."라든가 "아니요."라고 짧게만 대답해서 소용이 없었다.

존 내외, 하녀인 리어, 프랑스인 유모 소피 등 저택의 나머지 사람들은 모두 점잖은 사람들이었지만 이렇다 할 특징은 없었다. 소피와는 프랑스 말로 얘기를 나누었고 가끔 가다 그녀의 고국 얘기를 물어보기도 했지만 자세히 설명을 하거나 얘기를 들려주는 성품이 아니어서 질문을 고무해 주기보다는 가로막아 버리는 혼란되고 맥 빠진 대답을 하기가 일쑤였다.

10월, 11월 그리고 12월이 지나갔다. 1월의 어느 날 오후 아델러가 감기가 들었으니 공부는 빼 달라는 부탁을 페어팩스 부인이 해 왔다. 게다가 아델러마저 나 자신에게도 어린 시절에 공부를 쉬는 날이 얼마나 귀중했던가 하는 것을 상기시킬 정도로 열심히 쉬고 싶다는 부탁을 하는 바람에 융통성을 보여 주는 것이 좋겠다 생각하고 응낙을 해 주었다. 매섭게 추웠지만 바람 없이 맑게 갠 날이었다. 오전 내내 서재에 틀어박혀 있어서 싫증이 났다. 마침 페어팩스 부인이 편지를 쓰고 나서 부칠 참으로 있었기 때문에 나는 보닛을 쓰고 외투를 걸친 채 그 편지를 헤이 마을까지 가지고 가기로 작정했다. 2마일의 거리가 겨울 오후의 산책으로는 안성맞춤이라고 생각되었기 때문이다. 아델러가 페어팩스 부인의 거실 난롯가에서 조그만 의자에 편안히 앉아 있는 것을 보고, 가지고 놀라고 (내가 늘 은종이에 싸서 서랍 속에 넣어 두었던) 제일 좋은 납인형을 주고 또 지루할 때 펴 보라고 이야기책을 주었다. "빨리 돌아오세요. 사랑하는 제인 선생님." 하는 그녀의 인사에 입맞춤으로 응답하고 나는 밖으로 나섰다.

땅바닥은 얼어서 굳어 있었고 바람기는 없었다. 길에는 인기척도 없었다. 처음엔 몸이 더워지라고 급히 걷다가 나중에는 그 시각과 장소가 내게 마련해 주었던 가지가지 즐거움을 즐기고 분석하면서 천천히 걸어갔다. 오후 세 시였다. 종탑 아래를 지날 때 교회의 종이 울렸다. 그 시각의 매력은 가까워 오는 황혼과 낮게 기울어져서 흐릿하게 빛을 내고 있는 태양이었다. 나는 손필드에서 1마일쯤 떨어진 소로(小路)에 와 있었다. 여름에는 들장미로, 가을에는 나무 열매와 까만 딸기로 이름난 곳으로서 지금도 들장미와 산사나무에는 산호 같은 열매가 달려 있었지만 역시 겨울철의 최상의 멋은 그 한적함과 나뭇잎 떨어진 뒤의 정적이었다. 바람이 불어도 소리 하나 나지 않았다. 나뭇잎 소리가 나는 동백나무나 상록수가 없었기 때문이다. 한편 낙엽 진 산사나무나 개암나무 수풀은 소로 한복판에 깔려 있는 희고 닳아빠진 돌멩이처럼 꼼짝 않고 있었다. 좌우 어느 편을 보아도 멀리 또 널따랗게 트여 있는 것은 들판뿐이었다. 풀을 뜯는 가축 하나 보이지 않았다. 이따금 산울타리 속에서 뒤치락거리는 조그만 갈색 새들은 잊어버리고 떨어지지 않은 채 붙어 있는 단풍잎 같아 보였다.

소로는 헤이 마을까지 줄곧 오르막이었다. 중턱에 당도했을 때 나는 들판으로 통하는 울타리 계단에 걸터앉았다. 굉장한 추위 속이었지만 외투를 꼭 여며 입고 두 손을 머프 속에 집어넣었기 때문에 그리 추운 줄을 몰랐다. 심한 추위는 자갈길에 깔린 얼음을 보아도 역력히 알 수가 있었다. 자갈길은 지금은 얼어붙었지만 얼마 전 갑자기 눈이 녹아내리는 바람에 조그만 도랑이 넘쳤던 것이다. 내가 걸터앉은 곳에서 손필드가 내려다보였다. 눈 아래로 보이는 골짜기에서 제일 뚜렷하게 보이는 것은 흉벽이 달린 그 회색의 저택으로 손필드의 숲과 땅까마귀가 살고 있는 숲이 서쪽 하늘을 배경으로 우뚝 솟아 있었다. 저녁 해가 나무 사이로 지고, 시뻘겋게 나무 그늘로 사라져 버릴 때까지 나는 거기 눌러 있었다. 그다음 나는 동쪽을 향했다.

언덕배기 꼭대기로는 달이 떠오르고 있었다. 아직 구름같이 희끗했지만 시시각각으로 환해지면서 반쯤 나무 사이로 가려진 채 몇 개의 굴뚝에서 파란 연기를 올리고 있는 헤이 마을을 내려다보고 있었다. 마을은 아직도 1마일쯤 되었지만 그 태고의 고요 속에서도 거기에서 영위되고 있는 생활의 들릴락 말락 한 술렁거림이 분명히 내 귀에 들어왔다. 어느 골짜기, 어느 구석에서 나는 것인지는 모르나 물 흘러가는 소리두 들려있다. 헤이 마을 건너에는 동산이 많았기 때문에 개울물도 많을 것임에 틀림없었다. 저녁나절의 고요가 가까운 개울 소리나 멀리 떨어진 개울물 소리를 똑같이 전해 주고 있었다.

바로 그때 쟁쟁쟁 울리는 개울물 소리 속에서 멀면서도 또

렷한 거친 소음이 들려왔다. 속살거리는 물소리를 몰아내며 터벅터벅하는, 틀림없이 금속성의 발소리였다. 마치 그림에서 전경(前景)에 새까맣고 또렷하게 그려 놓은 단단한 바위산이나 울퉁불퉁 참나무 줄기가 파란 산이나 양지바른 지평선이나 가지각색 색깔이 뒤섞여 있는 구름의 원경(遠景)을 가리고 있는 것과 흡사했다.

소음은 자갈길에서 나는 것이었다. 말이 오고 있는 것이었다. 구불구불한 소로가 그것을 가리고 있었지만 점점 가까이 다가오고 있었다. 나는 마침 계단에서 내려올 참이었지만 길이 좁아 그냥 앉은 채로 말을 비키기로 했다. 그때만 하더라도 젊은 시절이어서 온갖 종류의 밝고 어두운 공상이 내 마음속에 자리 잡고 있었다. 그중에는 어린 시절에 들었던 옛이야기의 기억도 남아 있었다. 이제 그 기억이 되살아나니 성숙한 청춘이 어릴 적에 알지 못했던 활력과 생생함을 더해 주는 것이었다. 말이 가까이 오고 또 그것이 어둠 속에 나타나기를 기다리고 있는 동안에 나는 '가이트래시'라고 하는 북잉글랜드의 유령이 나오는, 베시에게서 들었던 얘기가 생각났다. 말이나 노새나 혹은 큼직한 개 모양을 하고 인적 없는 길에 나타나 지금 내게 가까이 오고 있는 말처럼 저문 길의 길손에게 덤벼든다는 유령이었다.

말은 아주 가까이로 왔으나 아직 보이지는 않았다. 그때 말굽 소리 말고도 산울타리 아래로 무엇인가가 달려오는 기척이 나더니 바로 옆의 개암나무 줄기 아래로 커다란 개가 미끄러지듯이 달려갔다. 흰색과 검은 빛깔의 얼룩개여서 나무 사이에서도 또렷하게 볼 수가 있었다. 베시가 들려주었던 '가이 트래시'와 아주 꼭 같은 형상이었다. 털이 길고 대가리가 큼직한 것이 꼭 사자같이 생긴 개였다. 그러나 그 개는 내 곁을 조용히 지나가 버렸다. 내가 생각했던 것처럼 개 같지 않은 눈으로 내 얼굴을 노려보기 위해 멈칫거리지는 않았던 것이다. 뒤이어 말이 보였다. 키가 큰 말로 사람이 타고 있었다. 사나이가, 즉 사람이 타고 있었기 때문에 즉시 마법은 풀렸고 내 정신은 회복되었다. 가이트래시에는 아무도 타는 사람이 없을 것이었고 또 가이트래시는 혼자서만 다니는 것이었으니까 말이다. 더구나 악귀라고 하는 것은 말 없는 짐승의 시체 속에 들어가기는 하지만 평범한 인간의 모습으로 나타나는 것은 아니었다. 이것은 가이트래시가 아니었고 밀코트로 통하는 지름길을 가고 있는 나그네에 지나지 않았다. 그도 지나가고 나도 내 길을 갔다. 몇 발자국 가다가 나는 뒤를 돌아다보았다. 미끄러지는 소리와 "빌어먹을 것!" 하는 외마디 소리와 덜컥하고 넘어지는 소리가 내 주의를 끌었기 때문이다. 사람과 말이 함께 넘어져 있었다. 자갈길에 깔려 있던 얼음판에 미끄러진 것이었다. 개가 뒷걸음쳐 오더니 주인이 궁지에 빠져 있는 것과 말이 신음하는 것을 보고는 황혼 녘의 언덕이 메아리치도록 마구 짖어 댔다. 허우대에 어울리는 큰 짖음 소리였다. 개는 넘어져 있는 말과 주인 곁에서 냄새를 킁킁 맡더니 내게로 달려왔다. 개로서 취할 수 있는 거동은 그뿐이었다. 달리 도움을 청할 만한 것이 없었으니 말이다. 나는 개를 따라서 나그네에게로 걸어 내려갔다. 나그네는 말에게서 빠져나오려고 안간힘을 쓰고 있었다. 안간힘을 쓰고 있는 품으로 보아 크게 다친 것 같지는 않았으나 나는 물어보았다.

"어디 다치시진 않았어요?"

그는 입 속으로 욕설을 하고 있는 듯했으나 확실한 것은 알 수 없었다. 어쨌든 무슨 주문 같은 것을 외고 있었기 때문에 내게 즉각 대답을 하지 못했다.

"어떻게 도와드릴까요?" 내가 다시 물었다.

"그저 한옆으로 서 계시오." 그가 우선 무릎을 꿇고 그다음 몸을 일으켜 세우며 말했다. 나는 한옆으로 비켜섰다. 이어 말의 헐떡이는 숨소리, 땅바닥을 차는 소리, 덜커덩거리는 소리가 나고 개도 심하게 짖어 대기 시작해서 나는 몇 야드 밖으로 피하지 않으면 안 되었다. 그러나 나는 결말을 보게 될 때까지는 아주 그곳을 뜨고 싶지가 않았다. 마침내 모두 순조롭게 끝이 났다. 말은 다시 일어섰고 개도 "앉아, 파일럿!" 하는 소리에 짖기를 멈췄다. 나그네는 허리를 구부리고, 다친 데는 없는가 확인해 보려는 듯 다리와 발을 매만졌다. 내가 앉아 있던 계단까지 절름거리고 가서 걸터앉는 것으로 보아 어디가 아픈 모양이었다.

무엇이든 도와주고 싶은, 아니면 적어도 참견을 하고 싶은 심정이었던 것이리라. 나는 다시 나그네 쪽으로 다가갔다.

"다치셔서 도움이 필요하다면 손필드 저택이나 헤이 마을에서 사람을 데려올 수가 있는데요."

"고맙습니다. 그러나 그럴 것까진 없습니다. 뼈가 부러진 것도 아니고 그저 삐었을 뿐입니다." 그러더니 그는 다시 일어나

걸음을 걸어 보더니 "으음." 하고 신음 소리를 냈다.

낮 기운이 아직도 얼마쯤 남아 있는 데다가 달빛도 환해지기 시작하고 있었기 때문에 나는 그의 모습을 똑똑히 볼 수가 있었다. 그는 깃에 모피가 달리고 강철 걸쇠가 달린 승마복을 입고 있었다. 자세한 것은 알 수 없었으나 중키에 가슴이 떡 벌어진 사내라는 것은 대충 알 수가 있었다. 검은 얼굴에 사나운 이목구비를 하고 있었고 양미간을 잔뜩 찌푸린 상이었다. 그의 두 눈과 찌푸린 눈썹은 지금 화가 잔뜩 나고 모든 게 뜻대로 안 된다는 듯한 표정이었다. 이미 청년기는 지났으나 아직 중년은 채 되지 않은 서른다섯쯤 되어 보이는 나이였다. 나는 그가 두렵지도 않았고 또 수줍음을 타지도 않았다. 만약 그가 미남자이고 또 늠름하게 생긴 청년 신사였다면 나는 그처럼 그가 바라지도 않는데 귀찮게 질문을 한다든가 도움을 자청한다든가 하지를 못했을 것이다. 그때까지 나는 젊은 미남을 만나 본 적이 없었고 얘기를 해 본 적은 더구나 없었다. 아름다운 것, 우아한 것, 은근한 태도나 매력 같은 것을 나는 이론적으로 존중하고 찬미하고 있었지만 만약 그러한 요소가 남성이라는 구체적인 형태로 내 눈앞에 나타났다면 그것이 내가 가지고 있는 어떠한 것과도 공감을 갖지 못하고 사실 갖지도 않는다는 것을 나는 본능적으로 알고 있었다. 따라서 나는 사람들이 불이나 번개 혹은 휘황하기는 하나 정이 안 드는 딴것들을 피해 버리듯 그를 피하고 말았을 것이었다.

이 낯모르는 나그네만 하더라도 만약 그가 내 말에 미소를 지으며 상냥하게 대했다면, 그리고 내가 자청한 도움을 사의를 표하면서 흐뭇한 기분으로 사양했더라면 나는 곧 내 갈 길을 가 버리고 다시 물어보고 싶은 마음은 생기지도 않았을 것이다. 그러나 그의 찌푸린 오만상과 무뚝뚝한 태도가 내 마음을 놓이게 했다. 그가 나보고 가라고 손짓을 했을 때에도 나는 꼼짝 않고 서서 말했다.

"이렇게 늦은 시각에, 또 이렇게 사람의 왕래가 없는 소로에 그대로 두고 갈 수는 없어요. 말을 타시는 것을 직접 보게 되기 전에는."

이 말에 그는 나를 쳐다보았다. 그 전에는 나를 거의 거들떠보지도 않았던 것이다.

"아니, 당신이야말로 집으로 돌아가야 할 것 아니겠소? 댁이 이 근처라면 말입니다. 어디서 오셨소?"

"저 아래쪽입니다. 달이 떠 있을 때는 늦게라도 무섭지 않아요. 원하신다면 헤이 마을까지 달려가겠어요. 어차피 편지를 부치러 거기까지는 가는 길이니까요."

"저 아래라면…… 저 흉벽이 달려 있는 집 말입니까?" 그가 손필드 저택을 가리키면서 말했다. 달이 저택 위로 파리한 빛을 던지고 있어 건물이 수풀과는 또렷하게 구별되어 돋보였다. 숲은 이제 서쪽 하늘과는 대조적으로 시꺼먼 그림자의 덩어리처럼 보였다.

"네, 그렇습니다."

"저 집은 누구네 집입니까?"

"로체스터 씨의 저택이랍니다."

"로체스터 씨를 아십니까?"

"아직 만나 본 적이 없어요."

"그럼 거기 살고 있는 게 아닌가요?"

"지금 안 삽니다."

"지금 어디 있는지 아시오?"

"모릅니다."

"그 집의 하인은 물론 아니실 테고, 그렇다면……."

여기서 말을 끊더니 그는 내가 입고 있는 옷차림을 훑어보았다. 늘 그랬듯이 수수한 옷차림이었다. 검정 메리노 외투에 검정 수달피 보닛을 쓰고 있었는데 어느 것이나 몸 시중 드는 하녀의 옷차림에 비해서도 어림없는 것이었다. 그는 내 신분을 알아맞히기가 어려운 모양이었다. 내가 도와주기로 했다.

"저는 가정교사입니다."

"오라, 가정교사!" 그가 내 말을 되풀이하더니 말했다. "아주 깜빡 잊었군! 가정교사라!" 그러더니 다시 내 옷차림을 살펴보는 것이었다. 이 분쯤 후에 그는 충계에서 일어섰으나 몸을 움직이려 할 때 그의 얼굴은 고통스러운 표정이 되었다.

"도움을 청하러 가실 것까지는 없지만 조금 도와주실 수 없을까요?"

"도와드리죠."

"혹시 지팡이로 삼을 만한 우산은 안 가지고 계신가요?"

"없는데요."

"그럼 고삐를 잡고 말을 이리로 몰아 주세요. 무섭지는 않으실까요?"

혼자였다면 말에 손을 대기가 두려웠을 터였다. 그러나 부탁을 받고 보니 그대로 해 보고 싶은 기분이었다. 머프를 층계 위에 올려놓고 나는 키가 큰 말 쪽으로 다가가서 어떻게든 고삐를 잡아 보려고 했으나 워낙 혈기 왕성한 말이라서 나를 목 가까이로는 근접도 못 하게 했다. 나는 되풀이해서 노력을 해보았으나 허사였다. 마구 차 대는 앞발이 무섭기 짝이 없었다. 나그네는 한동안 기다리며 지켜보다가 마침내 웃기 시작했다.

"아무래도 산이 마호메트 쪽으로 옮겨지지 않을 것 같군요. 그러니 마호메트가 산 쪽으로 가는 것을 도와주시는 수밖에. 자, 이리로 오십시오."

나는 다가갔다.

"실례지만 할 수 없군요. 당신한테 의지할 수밖에."

그는 묵직한 손을 내 어깨에 얹더니 힘을 주어 내 몸에 의지하고 절름거리면서 말에게 갔다. 고삐를 잡자마자 말을 제어하더니 훌쩍 안장에 올라탔다. 그러면서도 삔 곳이 닿았는지 오만상을 찌푸리고 있었다.

"자." 꽉 물었던 아랫입술을 떼어 놓으며 그가 말했다. "채찍을 좀 집어 주시오. 산울타리 아래 떨어져 있으니."

나는 채찍을 찾아냈다.

"고맙소. 그럼 헤이 마을까지 어서 편지를 가지고 갔다가 될수록 빨리 돌아가시오."

박차가 달린 뒤꿈치를 대니 말은 뒷발로 껑충 일어섰다가 마구 달리기 시작했다. 개가 그 뒤를 쫓아갔다. 사람과 말과 개는 사라졌다.

모진 바람에 소용돌이치는
황야의 히스인 양.

나는 머프를 집어 들고는 계속 걸어갔다. 사건이 일어났다가 내게서 떠나가 버린 것이었다. 어쩌면 그것은 로맨스도 없고 흥미도 없는 평범한 사건이었다. 그러나 그것은 단조한 생활의 한 시간에 변화를 갖다준 셈이었다. 나의 도움이 필요했고 희구되었고 또 나는 그것을 부여했다. 무슨 일을 했다는 것이 내게는 기뻤다. 극히 하찮고 순간적인 행위였지만 어쨌든 그것은 스스로 한 일이었고 또 나는 시키는 일만 하는 생활에 싫증이 나 있던 터였다. 게다가 그것은 새 얼굴이었고 흡사 기억의 화랑에 집어넣은 새 그림과 같았다. 이미 거기에 걸려 있는 딴 그림과는 전혀 다른 그림이었다. 첫째, 남성의 얼굴이었다는 점에서 그러했고 둘째로는 사납고 씩씩하고 검은 얼굴이었다는 점에서 그러했다. 헤이 마을에 당도하여 편지를 우체국에서 부친 뒤에도 그 얼굴은 내 눈앞에서 사라지질 않았다. 언덕을 내려서 집으로 걸음을 재촉할 때에도 그 얼굴은 내 눈앞에서 어른거렸다. 층계 있는 곳에 당도했을 때 나는 걸음을 멈추고 주위를 둘러보며 귀를 기울였다. 오르막길을 달려오는 말굽 소리가 들려오고 망토를 걸친 말 탄 사람과 가이트래시의 흡사한 뉴펀들랜드송 개의 모습이 혹 다시 나타나지는 않을까 하는 생각에서였다. 그러나 내 눈에 들어온 것은 달빛을 맞으려는 듯 조용히 서 있는 산울타리와 베고 남은 버드나무뿐이었다. 귀에 들려오는 것도 1마일쯤 떨어진 손필드 주변의 나무 사이로 끊일락 이을락 지나가는 가녀린 바람 소리뿐이 었다. 바람 소리가 나는 쪽을 내려다보며 저택의 정면을 바라 보고 있던 내 눈에는 창가에서 비치는 불빛이 눈에 띄었다. 불 빛을 보니 늦었다는 생각이 떠올라 나는 발걸음을 재촉했다.

나는 손필드 저택으로 다시 들어가기가 싫었다. 그 문지방 을 넘어간다는 것은 침체된 생활로 되돌아가는 것이었기 때 문이다. 그 조용한 홀을 지나 어두컴컴한 층계를 오르고 외로 운 내 작은 방으로 들어가 조용한 인품의 페어팩스 부인을 만 나고 기나긴 겨울밤을 부인과 함께, 그리고 오직 부인 단 한 사람과만 보낸다는 것은 아까의 산책으로 해서 일깨워졌던 가벼운 흥분을 송두리째 없애 버리는 것과 진배없었다. 그리 하여 내 능력에 단조하고 너무 안온하기만 한 눈에 보이지 않 는 족쇄를, 즉 이제는 그 편안함과 안전함을 고맙게 여길 수가 없게 된 생활이란 족쇄를 끼워 두는 것과 진배없는 노릇이었 다. 차라리 당시에 괴롭고 불안정한 생활의 폭풍 속에 내던져 진 몸이 되어, 갖은 고생을 다 한 후 지금 내가 불만을 가지고 있는 평온한 생활을 동경하게 되었더라면 얼마나 좋을 것인 가! 그렇다, '너무 편한 의자'에 눌러앉아 있기가 싫증이 난 사 람에게 긴 산책이 좋듯이 그게 내게는 더 좋았을 것이다. 나 와 같은 처지에선 편안한 의자에 지친 사람의 경우처럼 몸을 뒤척이고 움직이고 싶은 것이 당연한 노릇이었다.

나는 대문간에서 멈칫거렸다. 잔디까지 가서 다시 멈칫거렸 다. 나는 자갈길 위를 왔다 갔다 했다. 유리문의 차일은 내려 져 있어서 안을 들여다볼 수가 없었다. 나의 눈도 마음도 이 음산한 저택에서(햇볕이 닿지 않는 조그만 방이 잔뜩 들어앉았고 어두컴컴한 동굴 같은 그 집에서) 내 눈앞에 펼쳐져 있는 푸른 하늘로, 구름 한 점 없는 푸른 바다로 끌려가는 듯한 느낌이 들었다. 달이 그 하늘에서 장엄하게 올라가고 있었다. 저 아래 산봉우리를 떠나 헤아릴 수 없는 깊이와 너무나 멀리 떨어져 한밤중처럼 캄캄한 천정(天頂)을 향해 떠오르고 있을 때 둥근 달은 위를 보며 나아가는 듯이 보이고, 달의 운행을 쫓아가는 반짝이는 별들은 우러러보는 나의 마음을 떨리게 하고 나의 피를 끓게 했다. 하찮은 일이 우리를 지상으로 불러 내리는 법. 홀에서 시계 치는 소리가 났다. 그것으로 충분했다. 나는 달과 별을 뒤에 두고 샛문을 열고 안으로 들어갔다.

홀 안은 어둡지는 않았다. 그러나 높직이 매달린 청동의 램프가 켜져 있을 뿐이어서 달리 환하지도 않았다. 따뜻한 불빛이 홀과 참나무 층계의 아랫목에 차 있었다. 이 환한 불빛은 큰 식당에서 비쳐 나오고 있었다. 한 짝으로 된 문이 열린 채여서, 기분 좋게 타고 있는 벽로의 불이 보였다. 불꽃은 대리석 벽로나 놋쇠 벽로용 기구에 번뜩이면서 시원스레 타오르고 있었고 보랏빛 커튼과 잘 길든 가구를 드러내 보였다. 불꽃은 또한 벽로 근처에 모여 있는 사람들의 모습도 드러내 보이고 있었다. 모여 있는 사람들을 알아차리고 화기에 찬 사람들의 목소리를(그 속에 아넬러의 목소리가 끼어 있음을 알았다.) 들은 바로 그 순간에 입구의 문이 닫혀 버렸다.

나는 급히 페어팩스 부인 방으로 갔다. 역시 벽로의 불은 타고 있었으나 촛불도 보이지 않고 부인의 모습도 보이지 않왔다. 부인 대신에 아까 소로에서 마주쳤던, 가이트래시 비슷하게 생긴 털이 길고 흑백색 혼합인 커다란 얼룩개 한 마리가 양탄자에 반듯하게 앉아서 벽로의 불꽃을 엄숙하게 지켜보고 있었다.

아까 본 개와 너무나 흡사하여 나는 다가가서 불러 보았다.

"파일럿!"

그러자 그 개는 벌떡 일어서서 내게로 다가와 킁킁 냄새를 맡아 보았다. 쓰다듬어 주었더니 커다란 꼬리를 마구 흔들었다. 그러나 둘이서만 있자니까 섬뜩해 보였고 또 나는 그 개가 어디서 온 것인지 알 도리가 없었다. 나는 촛불을 청하려고 초인종을 울렸다. 개에 대해서 물어보고 싶기 때문이기도 했다. 리어가 들어왔다.

"이 개는 웬 개입니까?"

"주인 양반이 데리고 온 개예요."

"누가?"

"주인 양반. 로체스터 씨가 데리고 왔어요. 주인 양반이 방금 도착하셨어요."

"그래요! 그럼 페어팩스 부인도 주인 양반한테로?"

"네. 아델러 양도 그렇고요. 모두 식당에 모여 있어요. 존은 의사 선생님을 부르러 갔고요. 주인 양반이 다치셨어요. 말이 넘어지는 바람에 발목을 삐셨대요."

"헤이 소로에서 그랬나요?"

"네. 내리막을 내려오다가 말이 얼음에 미끄러졌답니다."

"그래요! 그럼 초 한 개 갖다주겠어요?"

리어가 초를 가져왔다. 곧 뒤따라서 페어팩스 부인이 들어섰다. 부인은 같은 얘기를 되풀이하고 외과 의사인 카터 선생이 도착해서 주인 양반한테 가 있다고 덧붙였다. 부인은 곧 차 준비를 시키려고 서둘러 나갔고 나는 옷을 갈아입으려고 이 층으로 올라갔다.

13장

로체스터 씨는 그날 밤 의사의 지시로 일찌감치 잠자리에
든 모양이었다. 이튿날 아침에도 일찍 일어나지는 않았다. 그
가 가까스로 내려온 것은 사무를 보기 위해서였다. 벌써 대리
인이나 소작인 몇 사람이 찾아와서 그와 이야기하게 되기를
기다리고 있었다.

그 바람에 아델러와 나는 서재를 비워 주지 않으면 안 되었
다. 방문객의 응접실로 매일 사용하게 되었기 때문이다. 이 층
의 조그만 방에 불이 피워지고 나는 그곳으로 책을 옮겨다 놓
았다. 그리고 앞으로는 그곳을 공부방으로 사용할 수 있도록
준비를 해 두었다. 하루아침에 손필드 저택이 온통 변한 것을
나는 깨달았다. 이제 교회처럼 조용하지가 않았다. 한두 시간
간격으로 현관에 노크 소리가 나고 초인종이 울렸다. 발소리

가 자주 홀을 질러갔고 아래에서는 서로 다른 억양의 처음 듣
는 목소리가 들려왔다. 외계로부터의 도랑물이 저택 안으로
흘러 들어온 것이었다. 이제 저택이 주인을 차지하고 있었고
나로서는 그 편이 더 좋았다.

그날은 아델러를 가르치기가 쉽지 않았다. 그녀는 열을 올
리지 못했다. 줄곧 문으로 가서 로체스터 씨가 있는가 보려고
난간 아래를 굽어보는 것이었다. 그러더니 자기가 가 보았자
장애가 되기 마련인 서재로 가 보려고(그것쯤은 나도 쉽게 눈치
챘다.) 핑계를 대기 시작했다. 내가 화를 내며 가만히 앉아 있
으라고 일러도 제 말을 빌리면 "친구인 에드와르 페르팩스 드
로체스터 씨" 얘기만을 줄곧 해 대었다. 그리고 무슨 선물을
사 왔을 것인가, 그 궁리만 하는 것이었다. "밀코트에서 짐이
오면 그 속에 네가 좋아하는 물건이 들어 있단다." 하고 전날
밤 로체스터 씨가 귀띔을 해 준 모양이었다.

"틀림없이 선물이 있을 거예요, 나한테도 선생님한테도." 아
델러가 프랑스 말로 말했다. "로체스터 씨는 선생님 얘기도 했
거든요. 우리 집 가정교사의 이름이 뭐냐고 하시고는 혈색이
좀 좋지 않고 마르고 조그마한 분이 아니냐고 물어보셨어요.
전 그렇다고 대답했어요. 정말 그렇잖아요, 선생님?"

나와 아델러는 여느 때처럼 페어팩스 부인 방에서 식사를
했다. 오후부터는 날씨가 사나워지고 눈이 와서 우리는 공부
방에서 시간을 보냈다. 저녁에는 아델러에게 책과 자수 도구
를 정리하고 아래층으로 가도 좋다고 일렀다. 아래층이 비교
적 조용해지고 현관의 초인종 소리가 그치면서부터 로체스

터 씨도 이제 한가해졌으려니 생각했기 때문이다. 혼자 남게 된 나는 창가로 다가갔다. 그러나 창을 통해서는 아무것도 보이지가 않았다. 바깥은 어둠과 내리는 눈으로 막혀 잔디 위의 나무 덤불조차 보이지 않았다. 나는 커튼을 내리고 난롯가로 되돌아갔다.

환한 불 속에서 전에 본 일이 있는 라인 강변의 하이델베르크성(城) 그림과 비슷한 그림을 떠올리고 있는데 페어팩스 부인이 들어왔다. 그 바람에 불꽃의 모자이크 모양은 망그러져 버렸고 동시에 고독한 내게 쇄도해 왔던 지겨운 생각들도 흩어져 버렸다.

"로체스터 씨가 오늘 저녁 응접실에서 선생님과 아델러와 함께 차라도 들면 좋겠다고 말씀하십니다. 하루 종일 바빠서 진작 그러지를 못하신 거지요." 부인이 말했다.

"차는 언제 마시나요?" 내가 물었다.

"여섯 시랍니다. 여기로 오시면 대개 일찍 일어나고 일찍 주무시지요. 이제 프록을 갈아입으세요. 나도 따라가 거들어 드릴 테니. 자, 초가 여기 있습니다."

"꼭 갈아입어야 될까요?"

"그게 좋을 겁니다. 나도 로체스터 씨가 와 계실 땐 저녁에 좀 괜찮게 입고 있답니다."

이렇게 수선을 피우며 예를 갖추는 것이 야단스러운 것도 같았으나 나는 내 방으로 가서 페어팩스 부인의 도움을 받으며 검정 나사 옷을 까만 비단옷으로 갈아입었다. 몸치장에 관한 나의 로우드 시절의 생각으로는 특히 각별한 경우가 아니고서는 입기가 너무 황송하다고 생각했던 회색 비단옷을 빼고서는 제일 좋은 옷이었다.

"브로치도 달아야지요." 부인이 말했다. 내게는 작별의 정표로 템플 선생에게서 받았던 조그만 진주 장식이 하나 있을 뿐이었다. 나는 그것을 달고 함께 아래층으로 갔다. 처음 대하는 사람과 만나는 일에 익숙지 못했던 나는 이렇게 정식으로 로체스터 씨에게 불려 나가는 것이 고통스러웠다. 나는 페어팩스 부인을 앞세우고 식당으로 들어갔고 식당을 건너갈 때에도 부인 그림자에 숨어 가면서 커튼이 걸린 아치를 지나 안쪽의 우아한 방으로 들어갔다.

테이블 위에 두 개의 촛불이 켜져 있었고 벽로 선반 위에도 두 개였다. 시원스럽게 타오르는 벽로의 촛불 빛과 열을 빨아들이며 파일럿이 누워 있었고 그 옆으로 아델러도 앉아 있었다. 침상에 반쯤 기댄 채 한쪽 발을 쿠션 위에 올려놓고 있는 로체스터 씨의 모습이 보였다. 아델러와 개를 지켜보고 있는 그의 얼굴을 벽로의 불이 환히 비춰 주고 있었다. 넓적하고 짙은 눈썹, 검은 머리를 옆으로 가르고 있기 때문에 더욱 네모져 보이는 네모진 이마, 그것은 바로 어제의 그 나그네였다. 잘생겼다기보다도 뚜렷하게 성격을 드러내어 결단성 있어 보이는 콧날, 성깔깨나 있어 보이는 크게 뚫린 콧구멍, 험상궂은 입과 위아래턱. 이 세 가지는 모두 험상궂어서 바로 그 나그네임이 틀림없었다. 망토를 벗고 있는 그의 몸집은 네모져 있다는 점에서 그의 용모와 조화를 이루고 있었다. 큰 키도 아니고 날씬한 몸매도 아니었지만 가슴이 떡 벌어지고 허리통이 가

214

는 것을 보면 운동가로서는 좋은 체격이었다.

로체스터 씨는 페어팩스 부인과 내가 들어간 것을 분명 알았을 것이나 우리에게 알은체를 하고 싶은 기분은 아닌 모양이었다. 우리가 가까이 가도 고개를 들지 않았으니까 말이다.

"에어 선생이 왔습니다." 부인이 예의 조용한 말씨로 알렸다. 그는 아이와 개한테서 눈길을 돌리지도 않은 채 그저 고개만 끄덕였다.

"에어 선생에게 앉으라고 하시오." 그가 말했다. 억지로 숙인 듯한 딱딱한 고갯짓, 격식은 갖추었으면서도 성마른 듯한 그의 말씨는 이렇게라도 말하는 것 같았다. '에어 선생이 와 있든 말든 내게 무슨 아랑곳이란 말인가. 지금은 얘기를 걸고 싶은 기분이 아니야.'

나는 마음을 놓고 자리에 앉았다. 나무랄 데 없이 정중하게 나를 맞아 주었다면 나는 곤혹을 느꼈을 것이다. 내 편에서 거기 어울리는 세련되고 우아한 대답이나 반응을 나타내지 못했을 것이기 때문이다. 따라서 아무렇게나 마구 대접받게 되면 내 편에서도 마음이 홀가분해지는 것이다. 그리고 되는대로의 상대방의 거동에 이쪽에서 침착하게 다소곳이 굴면 입장이 유리해진다. 그뿐만 아니라 그의 별난 태도가 나의 흥미를 끌었다. 어떻게 나올는지가 두고 볼 만했기 때문이다.

그는 계속 조각과 같은 자세로 있었다. 아무 말도 없었고 몸 하나 까딱하지 않았다. 페어팩스 부인은 좌중의 누구든지 상냥하게 굴어야 되겠다고 생각했는지 얘기를 시작했다. 늘 그렇듯이 친절하게 그리고 또 진부한 말투로 하루 종일 얼마나 바쁘셨느냐는 둥 또 삔 발목이 얼마나 아프시겠냐는 둥 위로의 말을 하고는 그래도 잘 끈기 있게 참아 내고 있다고 칭찬하기를 잊지 않았다.

"차를 좀 주실까요?" 하는 것이 부인이 얻은 유일한 맞장구였다. 그녀는 서둘러서 초인종을 울렸다. 차 쟁반이 들어오자 바지런하면서도 잽싸게 찻잔과 스푼을 차려 놓았다. 나와 아델러는 테이블로 갔지만 그는 침상을 떠나지 않았다.

"주인 양반께 차를 건네주실까요?" 부인이 내게 말했다. "아델러는 엎지를지도 모르니."

나는 이르는 대로 했다. 그가 내 손에서 찻잔을 받을 때 아델러는 나를 위해서 부탁을 할 좋은 기회라고 생각하고 프랑스 말로 커다랗게 말했다.

"저 그 조그만 상자 속에 에어 선생님께 드릴 선물도 들어 있지요?"

"누가 선물 얘기를 하든?" 그가 퉁명스럽게 말했다. "에어 선생, 선물을 기대하고 있었던가요? 선물을 좋아합니까?" 그러더니 화가 난 듯한 음침하고 날카로운 눈으로 내 얼굴을 빤히 쳐다보았다.

"잘 모르겠어요. 선물을 받아 본 적이 별로 없으니까요. 보통 즐거운 것이라고들은 하지만."

"보통들 안나고요? 내가 묻는 것은 서기가 어떻게 생각하느냔 말입니다."

"주인 양반께 올릴 만한 대답을 하기 전에 조금 생각을 해 보아야 할 것 같아요. 선물에도 여러 가지 측면이 있지 않습니까? 선물의 성격에 관한 제 생각을 말씀드리기 전에 그 모든 측면을 생각해 보아야지요."

"에어 선생은 아델러처럼 순진하지가 않군요. 아델러는 나를 보자마자 선물을 달라고 아우성인데 선생은 넌지시 말을 하는군요."

"그건 제가 아델러보다도 상을 받을 자신이 없기 때문입니다. 아델러에겐 오래전부터 알고 있다는 특권이 있고 또 관습에서 나온 기대니까 당연한 면이 있지요. 늘 장난감을 주시곤 했다고 얘기하고 있으니까요. 그러나 저의 경우로 말하면 좀 난처하지요. 처음 온 사람이고 또 인정을 받을 만한 일을 한 것이 아무것도 없으니까요."

"아니, 그렇게 지나친 겸손을 피울 필요는 없어요. 아델러를 살펴보고 나서 난 선생이 애를 많이 썼다는 것을 알았지요. 똑똑지도 못하고 재주도 없는 아입니다. 그런데 잠깐 사이에 많은 진보를 보여 주었으니까요."

"지금 그 말씀이 제겐 좋은 '선물'이에요. 고맙습니다. 교사로서는 제일 탐스러운 상입니다. 가르친 아이의 진보를 칭찬받는다는 것이."

"음!" 하더니 로체스터 씨는 잠자코 차를 마셨다.

"불 가까이로 오시오." 차 쟁반이 나가고 페어팩스 부인이 뜨개질감을 가지고 방구석으로 가 자리를 잡자 로체스터 씨가 말했다. 아델러가 내 손을 잡고 방 안을 돌아가며 콘솔 테이블이나 장롱 위에 놓인 멋진 책이며 장식품을 구경시켜 주고 있던 참이었다. 우리는 다소곳이 하라는 대로 했다. 아델러는 내 무릎 위에 앉고 싶어 했으나 파일럿과 같이 놀라는 명령을 받았다.

"이리로 온 지가 이제 석 달 되었지요?"

"네."

"그러면 그 전에는……."

"○○주의 로우드 학교에 있었습니다."

"아, 그 자선 학교 말이오. 거기선 몇 해나 있었습니까?"

"팔 년입니다."

"팔 년이나! 정말 놀라운 강단입니다. 그런 곳에서 그 반쯤만 있어도 보통 사람이면 녹초가 되기 마련인데! 선생의 혈색이 저세상 사람 같은 것도 딴은 놀라운 일이 아니군요. 도대체 어디서 저런 혈색을 얻어 갖게 된 것일까 하고 궁금히 여겼어요. 어제저녁, 헤이 소로에서 만났을 때는 어쩐지 옛 요정 얘기가 생각납디다. 내 말에 마술을 건 것이나 아닌지 물어보고 싶은 생각까지 들던걸. 아직도 홀려 있는 것 같은 기분이오. 부모님은?"

"안 계십니다."

"처음부터 없었던 것 아니오? 부모를 기억하고는 있소?"

"기억 못 합니다."

"그런 줄 알았소. 그러니까 그 층계 위에 앉아서 같은 패거리를 기다리고 있었던 셈이오?"

"누구를요?"

"초록색 옷을 걸친 요정들을 말이오. 그 패거리가 나타나기 십상인 달밤이었고. 내가 자기들 요정의 동그란 놀이터를 헤치고 갔다고 보복으로 자갈길에 얼음판을 만들어 놓은 것 아니오?"

나는 고개를 저었다. "초록색 옷차림을 한 요정들은 모두 백 년 전에 영국을 떠나 버리고 말았답니다." 나도 그의 흉내를 내어 정색하고 말했다. "그러니까 헤이 소로나 그 근처의 어느 곳에서도 그들의 흔적을 찾아볼 수가 없어요. 이제 여름철의 달도 추수철의 달도 겨울철의 달도 요정들의 잔치를 보여 주지 않을 겁니다."

페어팩스 부인은 뜨개질감을 손에서 놓고 눈썹을 치켜세운 채 도대체 무슨 얘기들을 하고 있는 것인가 하고 의아해하는 모양 같았다.

"그럼 부모님이 없으면 친척은 있겠지요. 아저씨라든가 아주머니라든가?"

"없어요. 만난 적이 없습니다."

"그럼 집은?"

"집도 없습니다."

"동기들은 어디 살고 있소?"

"동기간은 없습니다."

"그럼 누구의 추천으로 이곳에 오게 됐습니까?"

"제가 광고를 냈더니 페어팩스 부인이 호응한 것입니다."

"그랬어요." 이제 무슨 얘기인지를 터득한 페어팩스 부인이 말참견을 했다. "그리고 전 날마다 이런 분을 골라 주신 데에 대해 하느님께 감사드리고 있답니다. 에어 선생은 제게는 다시 없이 소중한 친구이고 아델러에게는 상냥하고 세심한 선생님이에요."

"인물 설명을 할 건 없어요." 로체스터 씨가 대꾸했다. "아무리 칭찬하더라도 넘어갈 내가 아니란 말이오. 내 판단만은 내가 하겠어요. 이 선생은 내 말을 자빠뜨리는 일부터 착수했단 말이오."

"네?" 페어팩스 부인이 말했다.

"이 선생에게 나의 발목을 삐게 해 주어 고맙다고 인사를 해야 할 처지요."

미망인은 곤혹의 표정을 지었다.

"에어 선생, 도회에서 살아 본 적이 있습니까?"

"없습니다."

"사람들과의 교제는?"

"로우드 학교의 학생이나 선생님밖에 사귄 사람이 없습니다. 그러고는 지금 이 저택에 계신 분들뿐입니다."

"책은 많이 읽었소?"

"그저 우연히 수중에 들어온 것들을 읽었을 뿐입니다. 또 그리 학문적인 것도 아닙니다."

"그러니 수녀 같은 생활만 해 온 셈이군. 종교 의식에 대한 훈련은 잘 받았겠군요. 로우드를 관장하고 있는 브로클허스트란 사람은 목사지요?"

"네, 그렇습니다."

"그럼 선생은 그를 숭배했겠군. 수녀원의 수녀가 모두 원장을 숭배하듯 말이오."

"그렇지 않습니다."

"그건 박정한 일인데! 아니, 애송이 수녀가 원장을 숭배하지 않다니! 그건 모독인걸!"

"전 브로클허스트 씨를 싫어했어요. 그건 저뿐이 아니었습니다. 잔인한 사람으로 으스대고 간섭하기를 좋아합니다. 우리의 머리를 짧게 깎게 하고 또 경비 절약을 위해 거의 쓸 수가 없는 형편없는 바늘이나 실을 사 주었습니다."

"그건 절약이 아니지요." 페어팩스 부인이 말했다. 부인에겐 다시 우리의 대화의 취지가 파악된 것이었다.

"그를 싫어한 이유가 그뿐입니까?" 로체스터 씨가 물었다.

"위원회가 생기기 전 물품 공급을 혼자서 관장하고 있을 때엔 우리를 굶기다시피 했고 일주일에 한 번씩 긴 설교를 해서 우리를 따분하게 만들었고 밤이면 자기가 쓴 글 가운데서 급사(急死)라든가 처벌에 관한 얘기를 잔뜩 읽어 주었기 때문에 우리는 겁이 나서 잠자리에도 못 들어갈 지경이었습니다."

"그리고 거기서 팔 년간을 지냈다……. 그러면 지금 열여덟이오?"

나는 고개를 끄덕였다.

"산술이란 것은 참 유용한 것이군. 산술의 도움이 없다면 선생의 나이는 짐작도 못 했을 거요. 선생의 경우처럼 얼굴 생김과 표정이 딴판인 경우엔 나이를 맞히기가 어렵단 말이오. 그럼 로우드에서는 무엇을 배웠소? 피아노는 칠 수 있소?"

"네, 조금."

"그냥 그렇게 대답할 테지. 그럼 서재로 가시오. 아니, 가 볼까요? 나의 명령조를 양해해 주시오. 이렇게 해, 저렇게 해, 하는 말투를 익혀 놓아서 새로 온 분이라고 해도 말버릇을 고치기가 어렵거든요. 좌우간 서재로 가 보시오. 촛불을 들고. 문은 그대로 열어 놓고, 피아노에 앉아 한 곡조 쳐 봐요."

나는 시키는 대로 했다.

"됐어요!" 하고 몇 분 후에 소리쳤다. "과연 조금 치는군, 딴 여학생과 마찬가지로. 보통 수준보다는 좀 낫겠지만 잘 치지는 못하는걸."

나는 피아노 뚜껑을 닫고 돌아왔다. 로체스터 씨가 말을 이어 갔다.

"오늘 아침 아델러가 선생의 그림이라고 하면서 스케치를 몇 장 보여 줍디다. 과연 혼자서 그린 것인지 혹은 그림 선생의 손이 간 것인지 분간을 못 하겠소."

"그건 전혀 제가 그린 거예요!" 내가 큰 소리로 말했다.

"오라, 자존심이 강한 모양이군. 그럼 그 손가방을 가지고 와 봐요. 전적으로 혼자 그린 것이라면. 그러나 확실히 그런 게 아니라면 단언은 하지 말고. 남의 손이 간 개칠은 나도 알아볼 수 있으니까."

"그럼 아무 말도 않겠어요. 스스로 판단을 내려 보세요."

나는 서재에서 손가방을 가지고 왔다.

"테이블을 이쪽으로."라는 그의 말을 듣고 나는 테이블을 그의 침상기로 옮겼다. 아델러와 페어팩스 부인도 그림 구경을 하려고 다가왔다.

"이렇게 모여들지 마요. 내가 보고 나서 건네줄 테니까. 얼굴을 바싹 대지 마요."

그는 스케치와 그림을 아주 꼼꼼하게 훑어보았다. 석 장을
빼 놓더니 나머지는 다 보고 나서 옆으로 치워 버렸다.

"자, 이것들은 저 테이블로 가져가시오, 페어팩스 부인." 그
가 말했다. "그리고 아델러와 같이 보시오. 그리고 선생은 (내
게 눈길을 던지며) 의자에 앉아 내 질문에 대답을 하시오. 이 그
림은 한 사람이 그린 것인데 틀림없이 선생이 그린 거요?"

"네."

"언제 이것을 그릴 시간 여유를 가졌단 말이오? 시간도 꽤
걸리고 머리도 꽤 쓴 것인데."

"로우드에서 보냈던 마지막 두 번의 휴가 때였습니다. 달리
할 일도 없던 때였습니다."

"어디에서 베껴 낸 거요?"

"머리로 생각해 낸 것입니다."

"지금 그 어깨 위에 얹혀 있는 그 머리에서?"

"네."

"그럼 그 머릿속엔 지금도 이 비슷한 딴것이 들어 있단 말
이오?"

"그러리라 생각합니다. 더 나은 것이 있다고나 할까요."

그는 그림을 다시 펼쳐 놓고 번갈아 세밀하게 들여다보았다.

그가 이렇게 그림을 보고 있는 동안에 독자여, 이 그림이
어떠한 것인가를 얘기해야겠다. 우선 그것이 굉장한 것이 아
니라는 점을 일러두어야겠다. 분명히 그림의 소재는 내 마음
속에 선명히 떠오른 것이었다. 그리고 그림으로 그리기 이전
마음의 눈으로 보았을 때는 인상적이었다. 그러나 내 솜씨는

공상을 구체화시키는 데 도움이 되지 않았고 석 장 모두 마음 속에서 그린 것의 퇴색한 묘사에 지나지 않았다.

석 장이 모두 수채화였다. 첫째 장은 물결치는 바다 위로 뭉게뭉게 떠 있는 나지막한 잿빛의 구름을 그린 것이었다. 원경(遠景)은 흐릿했고, 전경(前景)(이라기보다는 육지가 그려져 있지 않으니 제일 가까운 파도)도 마찬가지였다. 한 줄기의 빛이 반쯤 물에 잠긴 마스트를 뚜렷이 부각시켜 놓았고 그 마스트 위에는 날개에 물보라를 맞은 한 마리의 커다란 까마귀가 앉아 있었다. 주둥이에는 보석을 박은 금팔찌를 물고 있었다. 나는 그 팔찌를 팔레트에 있는 가장 밝은 색으로 칠했고, 붓이 허락하는 한도에서 마음껏 휘황하게 칠했다. 새와 마스트 아래로는 침몰해 가는 익사체가 푸른 파도 사이로 보였고 팔찌가 도망가 버린 흰 팔뚝만이 또렷이 보였다.

두 번째 그림은 전경에 흐릿한 산봉우리만을 보여 주고 있는 그림으로 풀이나 나뭇잎은 미풍을 맞은 듯 비스듬히 쏠려 있었다. 산 위나 너머로는 황혼 녘에 그렇듯이 진한 감색의 하늘이 펼쳐져 있고 될수록 흐릿하고 어둑어둑하게 그려진 여인의 흉상(胸像)이 하늘로 솟아 있었다. 흐릿한 이마에는 별이 박혀 있고 이목구비는 안개 속에서 본 듯 흐릿하고 눈은 야성적인 것이 까맣게 반짝이고 있었다. 머리채는 폭풍이나 전류(電流)로 찢긴 밑구름처럼 마구 흘러내려 있었다. 목은 달빛처럼 파란 빛을 반사하고 있었다. 비슷한 가녀린 빛이 엷은 조각구름을 물들이고 있었는데 구름 사이로는 샛별이 자태를 드러내어 지상을 향해 고개 숙이고 있었다.

세 번째 것은 북극의 겨울 하늘을 꿰뚫고 있는 빙산의 봉우리를 그린 그림이었다. 지평선을 따라서 한 떼의 북극광이 밀집한 빛을 마치 창처럼 곤두세우고 있었다. 그것을 원경으로 하고 전경에는 사람의 머리가, 어마어마하게 큰 사람의 머리가 솟아 있는데 빙산 쪽으로 비스듬히 경사져서 거기 기대고 있었다. 이마 아래서 모으고 이마를 떠받치고 있는 두 개의 가느다란 손이 얼굴의 아랫부분에 검은 베일을 드리우고 있었다. 그 때문에 전혀 핏기가 없는 뼈처럼 하얀 이마와 절망 이외에는 아무것도 전달하는 것이 없는 퀭하고 골똘한 한쪽 눈만이 보일 뿐이었다. 관자놀이 위로는 형상이나 밀도가 구름처럼 어렴풋한 검은색 터번의 주름 속에 보다 강렬한 색깔의 불꽃을 보석처럼 박아 둔 둥글고 흰 불길이 빛나고 있었다. 이 파리한 초승달은 '왕관의 형국'이었고 그것을 얹어 놓고 있는 것은 '자태 없는 자태'[13]였다.

"이 그림들을 그릴 때에는 행복했소?" 한참 만에 로체스터 씨가 물었다.

"열중해 있었어요. 네, 행복했습니다. 요컨대 이 그림을 그릴 때는 제가 지금까지 알고 있는 중에서는 제일 큰 즐거움을 느꼈습니다."

"그랬겠지. 자신의 얘기를 들어 보면 즐거움이라는 것을 거의 모르고 지냈다니까. 아마 이렇게 기묘한 빛깔을 섞고 칠하고 할 때엔 일종의 예술가의 꿈나라에서 지낸 셈이었겠지요.

---

13) 밀턴의 『실낙원』에서 인용했다.

매일 오랜 시간을 두고 그렸소?"

"휴가 중이어서 달리 할 일이 없었습니다. 그래서 아침부터 점심때까지, 점심때부터 저녁나절까지 줄곧 붙잡고 있었습니다. 한여름이라 해가 길어서 전념하기가 좋았습니다."

"그렇게 열심히 작업한 결과에 만족했소?"

"천만에요. 머릿속에서 생각했던 것과 제 솜씨가 너무나 큰 차이가 나서 고통스러울 지경이었습니다. 어느 그림이나 제 솜씨로는 해낼 재간이 없는 것을 머릿속에서 그리고 있었지요."

"그렇지는 않아요. 머릿속에서 생각한 것의 그림자는 표현해 놓았는걸. 그 이상의 것은 못 했지만. 생각한 것을 구체적으로 표현해 놓을 만한 화가로서의 기술과 지식이 없었던 거요. 그러나 그림은 여학생이 그려 놓은 것치고는 별난 데가 있어. 생각도 요정 같은 생각이고. 이 샛별 속에 그려 놓은 눈은 아마 꿈속에서 본 거겠지. 그렇게 뚜렷하게 그려 놓고서도 어째 눈에 총기가 없어 보이지? 위에 있는 달이 그것을 지워 놓았기 때문이오. 그리고 그 눈의 엄숙한 깊이에는 무슨 뜻이 있단 말이오? 그리고 바람 부는 모양의 필치는 누구한테 배운 거요? 하늘에도 산봉우리에도 강풍이 불고 있어요. 어디서 라트모스[14]를 보았단 말이오? 이건 바로 라트모스의 산이오. 자, 그림을 치워 놓으시오!"

내가 큰 가방의 끈을 매기도 전에 로체스터 씨는 회중시계를 보더니 무뚝뚝하게 말했다.

---

14) 그리스 신화에 나오는 소아시아에 있는 산.

"아홉 시요. 에어 선생, 아델러를 이렇게 늦게까지 재우지 않는 것은 뭐요? 재우도록 해요."

방을 나오기 전에 아델러는 로체스터 씨에게 가서 키스를 했다. 그는 그저 하는 대로 내버려 두었으나 파일럿이 그랬을 경우 이상으로, 아니 바로 그 정도도 반가워하지를 않았다.

"자, 모두들 안녕." 하고 그는 출구 쪽을 향해 손을 흔들어 보였다. 우리와 함께 있기에 지쳤으니 빨리 나가 보도록 하라는 신호였다. 페어팩스 부인은 뜨개질을 접었고 나는 손가방을 들었다. 우리는 허리를 굽혀 인사했고 그는 딱딱하게 고개를 끄덕여 보였다. 우리는 방을 나왔다.

"로체스터 씨는 그리 별난 분이 아니라고 하셨지요, 페어팩스 부인?" 아델러를 재운 뒤 부인의 방으로 간 내가 말했다.

"네, 아주 별난 분 같아요?"

"그럼요. 기분 변화가 아주 심하고 무뚝뚝하기 짝이 없어요."

"그건 그래요. 처음 대하는 이들은 그렇게 생각할 거예요. 나는 원체 익숙해 있기 때문에 별로 그렇다고 생각을 안 하지만요. 별난 성미라 하더라도 이해를 해 드려야 해요."

"어째서요?"

"첫째, 타고난 성품이 그런 거니까요. 우리는 누구나 타고난 성격을 어쩔 수 없는 거니까요. 그리고 다음엔 여러 가지 심적 고통이 있기 때문에 속을 썩이고 또 마음이 안정되어 있질 못한 거지요."

"심적 고통이라고요?"

"가족 관계라든가, 뭐 그런 게 있어요."

"가족이 없잖아요?"

"지금은 그렇지만 전엔 있었거든요, 적어도 친척이. 몇 해 전에 형님이 돌아가셨지요."

"형님이라고요?"

"네. 주인 양반이 재산 상속을 받은 것은 그리 오래된 일이 아니랍니다. 겨우 구 년째 되나요."

"그렇지만 구 년이라면 꽤 긴 시간이죠. 아직도 형님이 작고 한 것을 슬퍼할 만큼 우애가 깊었나요?"

"아뇨. 그렇지는 않을 거예요. 형제 사이엔 무슨 오해 같은 것이 있었던 것 같아요. 형님 되는 로랜드 로체스터 씨는 에드워드 로체스터 씨에게 좀 섭섭하게 굴었던 것 같아요. 아마 부친을 이간질해 가지고 호감을 안 갖게 한 듯해요. 부친은 돈을 아주 소중히 여겨서 가족의 재산을 한 덩어리로 묶어 놓을 작정이었던가 봐요. 나누어 놓으면 재산이 줄어들 터이니까 그러기가 싫었고 한편으로는 집안의 체면을 보아서 에드워드에게도 나누어 줘야겠다 생각한 모양이에요. 에드워드 나리가 성년이 된 직후에 그리 공정한 처사라고 볼 수가 없는 조처가 취해지고 그 결과 골칫거리가 생겼던 거지요. 재산을 마련해 줄 목적으로 부친과 형님이 한 덩어리가 되어 에드워드 나리를 쓰라린 입장으로 빠뜨린 거지요. 어떤 입장인지는 나도 자세히 모르시간 어쨌든 에드워드 나리의 입장에서는 도저히 참을 수가 없는 성질의 것이었던 모양입니다. 관용하고 용서하는 편이 못 되기 때문에 가족과 인연을 끊어 버렸어요. 그 후 줄곧 오랫동안 불안정한 생활을 꾸려 왔습니다. 형님이

유언 없이 작고해서 이 영지의 주인이 되고서부터 손필드에서 이 주간을 계속 계셔 본 적이 없으시답니다. 그리고 이 옛집을 싫어하시는 것도 무리가 아니죠."

"어째 여길 싫어하는 거죠?"

"아마 음산하다고 생각하시는 거겠지요."

그 대답은 핵심을 피하는 대답이었다. 나는 좀 더 분명한 것을 알고 싶었다. 그러나 로체스터 씨의 고초의 근원이나 성질에 관해서 그 이상의 분명한 설명을 페어팩스 부인은 해 주지 않았다. 해 줄 수가 없었든지 아니면 해 주고 싶지 않았던 것이리라. 자기도 확실한 것은 모르고 알고 있는 것도 대개 추측에 지나지 않는다고 굳이 고집하는 것이었다. 내가 그 화제를 그쯤에서 끝내 주기를 바라는 눈치가 역력했기 때문에 나는 그 이상 물어보지를 않았다.

14장

그 후 며칠 동안은 로체스터 씨를 거의 못 만나 보다시피
했다. 오전 중에는 사무로 분주한 것 같았고 오후에는 밀코트
나 근처의 신사들이 내방해서 때로는 만찬을 같이 하기도 했
다. 삔 발목이 승마를 허용할 정도로 회복되자 그는 말을 타
고 나가기가 일쑤였다. 대개 밤이 늦어서야 돌아오는 것을 보
면 필시 답례 방문을 다닌 모양이었다.

그동안 아델러가 그의 면전으로 불려가는 일도 거의 없었
고 내가 가끔 그를 보게 되는 것은 홀이나 층계나 복도에서
마주치게 되는 때뿐이었다. 이럴 적이면 그는 나를 냉담한 눈
초리로 흘깃 쳐다보거나 떠름하게 고개를 끄덕하며 겨우 알
은체를 하고 자못 오만한 태도로 지나가기도 하고 또 어떤 때
는 신사답게 상냥하게 인사를 하거나 미소를 짓는 경우도 있

었다. 그의 기분이 자주 변하는 것에 대해 나는 별로 화가 나지 않았다. 나와는 아무런 상관도 없는 일이었기 때문이다. 고기압이 되었다가 저기압이 되었다가 하는 것의 원인은 나와는 무관계했다.

하루는 로체스터 씨가 손님과 함께 만찬을 하고 있었는데 내 손가방을 가져오라는 심부름을 보내왔다. 말할 것도 없이 속에 든 그림을 손님들에게 보여 주기 위해서였다. 그러나 페어팩스 부인이 내게 알려 준 바에 의하면 손님들은 밀코트에서 열린 공적인 모임에 참석하기 위해서 일찌감치 가 버렸다는 것이었다. 마침 비가 오고 날씨가 고약해서 로체스터 씨는 동행하기를 그만두었다고 했다. 손님이 떠난 후에 곧 로체스터 씨는 초인종을 울렸고 나와 아델러를 아래층으로 내려오라는 전갈을 보냈다. 나는 아델러의 머리를 브러시로 손질해 주고 말쑥하게 해 주었다. 자신도 늘 입는 퀘이커교도 같은 옷차림에 더 손질할 데가 없다는 것을 확인한 뒤(땋은 머리채를 비롯해 모든 것이 꼭 맞고 검소해서 구겨진 구석이 없었다.) 둘이서 층계를 내려갔다. 아델러는 드디어 '작은 상자'가 도착한 것이나 아닐까 하고 궁금해했다. 무슨 착오인가로 해서 그때까지 도착이 안 되었던 것이다. 아델러는 여간 기뻐하지 않았다. 식당에 들어가 보니 테이블 위에 '작은 상자'가 놓여 있었기 때문이다. 본능적으로 선물 상자라는 것을 알았던 모양이다.

"내 상자! 내 상자!" 그리로 달려가며 그녀가 소리쳤다.

"그래, 마침내 네 상자가 도착했단다. 자, 구석으로 가지고 가 재미있게 창자를 꺼내 보려무나. 요 갈데없는 파리 계집애야." 벽로가의 큼직한 안락의자에서 로체스터 씨의 굵직하고 다소 빈정대는 듯한 음성이 들려왔다.

"그리고 잘 들어. 해부의 경과를 일일이 귀찮게 보고하거나 창자의 상태를 설명하는 일일랑 그만두어라. 수술은 조용히 해야 한다. 조용히 해, 알겠지?"

아델러에게는 그러한 사전 주의가 없어도 되었을 성싶었다. 그녀는 벌써 보물을 끼고 소파로 물러앉아 뚜껑을 매어 둔 끈을 풀기에 여념이 없었다. 성가신 포장을 뜯고 무엇인가 은색의 종이봉투를 꺼내던 아델러는 그저 소리만 지르는 것이었다.

"야, 멋있다. 참 예쁘다!" 그러고는 그저 황홀한 듯 바라보기만 했다.

"에어 선생 거기 계시나?" 나의 주인은 의자에서 반쯤 몸을 일으켜 내가 지금까지 서 있는 문가를 둘러보며 말했다.

"아, 거기 계셨군. 이리 와 앉으시오." 그는 의자 하나를 자기 의자 옆으로 당겨 놓았다. "난 어린애들 수다라면 질색이오. 이만 나이에도 그저 독신으로 지내니 어린이들의 입에서 나오는 얘기를 들어 봤자 즐겁게 연상되는 것이 없단 말이야. 저녁 내내 좁쌀친구와 상대를 한다면 난 견뎌 내지 못할 거요. 아니, 그렇게 의자를 멀리 옮겨 가지 마요. 내가 둔 대로 놓고 앉이요. 앉으시오. 빌어먹을 것, 예의를 사뭇 잊어버리게 된단 말이야. 소박한 노부인 흉내를 내어 예의 바른 체하려는 건 아니오. 그건 그렇고 우리 집에 있는 페어팩스 부인도 염두에 두어야 할 텐데. 등한히 해서는 안 되겠고 그 할머니도 페어팩스 집안의 한 사람이니까. 시집을 온 것에 지나지 않을는지도 모르지만 어쨌든 피는 물보다 진하다고들 하니까요."

그는 초인종을 울리고 페어팩스 부인을 데려오라고 일렀다. 부인은 곧 뜨개질감을 들고 들어왔다.

"사실은 페어팩스 부인, 자선을 베풀어 주십소사 하고 불렀습니다. 아델러에게 선물 얘길랑 말라고 일러두었는데 지금 저 아인 얘기가 하고 싶어 죽을 지경이라우. 말상대가 되어서 얘기를 들어 주기도 하고 해 주기도 하면 좋겠소. 그러면 내게는 다시없는 자선 행위가 되겠어요."

사실 아델러는 페어팩스 부인을 보자마자 자기가 앉아 있는 소파로 불러서 상자 속에 들어 있던 도자기, 상아 세공, 납 세공 등을 부인 무릎 위에 잔뜩 펼쳐 놓았고 그러는 사이에는 겨우 지껄이게 된 엉터리 영어로 설명을 해 주고 기쁨을 표시했다.

"자, 이제 충실한 주인 역을 다해서 손님들끼리 재미있게 지내도록 해 놓았으니 자유롭게 내 재미도 좀 보기로 할까." 로체스터씨가 말을 이었다. "에어 선생, 의자를 좀 가까이 해요. 아직 멀어. 얼굴을 쳐다보자면 이 편안한 의자에서 위치를 바꿔야 하니까요. 그러긴 싫고."

나는 그늘져 있는 곳에서 눌러앉고 싶었으나 하라는 대로 했다. 로체스터 씨의 직접적인 명령조에는 그대로 즉각 순종하는 것이 당연한 것처럼 생각되었기 때문이다.

앞서 얘기했듯이 우리가 있던 곳은 식당이었다. 만찬을 위해서 켜 놓았던 조각 유리로 장식된 샹들리에가 폭넓은 불빛을 방 안 가득히 채워 주고 있었다. 벽로의 불은 벌겋게 활활 타오르고 있었다. 높은 창, 그 위의 아치에는 보랏빛 커튼이 푸짐하게 드리워 있었고 소곤소곤 얘기하는 아델러의 목소리와(감히 큰 소리를 내지 못했다.) 얘기가 멈춘 사이에 들려오는 유리창을 치는 겨울비 소리 빼고는 만상이 고요했다.

다마스크 비단으로 덮은 안락의자에 앉아 있는 로체스터 씨의 모습은 그 전에 내가 보았을 때와는 달라 보였다. 그 전처럼 험상도 아니었고 침울해 보이지도 않았다. 입가에 미소가 어려 있었고 눈도 반짝반짝했다. 포도주 탓인지 아닌지는 확실히 알 수 없었으나 아마 포도주 때문에 그런 것이었으리라. 요컨대 그는 저녁 식사 후의 편안한 기분이었던 것이다. 오전 중에 보여 주었던 딱딱하고 엄격한 기분보다 한결 태평하고 상냥하고 또 느긋한 기분이었다. 그러나 안락의자의 부푼 등에 큼직한 머리를 얹고 화강암을 깎아 놓은 것 같은 얼굴과 커다란 검은 눈에 벽로의 불빛을 받고 있는 모습은 여전히 무서워 보였다. 그의 눈이 유난히 컸기 때문이다. 새까맣고 아주 보기 좋은 눈이었는데 부드럽다고 할 수는 없어도 부드러움을 연상케 하는 변화를 때때로 눈 깊숙이 보여 주는 눈이었다.

그는 이 분쯤 불을 지켜보고 있었다. 그사이 나는 그의 얼굴을 바라보고 있었는데 갑자기 그가 고개를 돌렸기 때문에 그의 얼굴을 골똘히 지켜보고 있던 내 눈길을 들키고 말았다.

"내 얼굴을 뜯어보고 있군. 에어 선생, 어디 내가 미남 같소?"

잘 생각을 한 후라면 이 물음에 막연하고 정중한 상투적인 대답을 했을 것이다. 그러나 부지중에 대답이 나오고 말았다.

"아니요."

"어이구, 한 대 맞았는데. 아무래도 보통 사람과 다른 데가 있어요." 그가 말했다. "두 손을 모으고 눈을 늘 양탄자 위로 내리깔고 (지금의 경우처럼 내 얼굴을 빤히 쳐다보는 경우가 없지 않지만 그걸 뺀다면) 앉아 있을 때엔 꼭 조용하고 엄숙하고 별스러운 어린 수녀 같아. 그러나 누가 질문을 한다든가, 꼭 대답을 해야 할 말을 건넨다든가 할 적엔 숨김없이 단호한 대답을 한단 말이오. 퉁명스럽지는 않지만 매정한 대답을. 어떻게 된 거요?"

"죄송해요. 너무 생각나는 대로 얘기했어요. 용모에 관한 질문에 즉석에서 대답하기란 쉬운 일이 아니라든가, 기호란 사람마다 다르다든가, 잘생기고 못생기고는 별로 중요한 것이 아니라든가, 이런 식으로 대답을 했어야 하는 것인데요."

"그런 대답을 안 한 것이 잘한 거야. 뭐, 잘생기고 못생기고는 중요하지가 않다고! 그러니까 아까의 무례한 말을 누그러뜨리고 내 마음을 진정시키는 체하면서 내 귀에다가 슬쩍 칼을 댄 거로군! 자, 말해 봐요. 내 결함이 뭐요? 나도 보통 사람과 똑같이 손발과 이목구비를 갖추고 있다고 내 딴에는 생각하는데."

"로체스터 씨, 아까의 대답을 취소해야겠어요. 전 신랄한 대꾸를 하려고 한 것이 아녜요. 말이 잘못 나간 거예요."

"그렇겠지. 그랬으리라고 생각해요. 그러나 책임은 져야지, 그 말에 대한. 자, 비판을 해 봐요. 내 이마가 마음에 안 드는 건가?"

그는 눈썹 위에 가로놓인 푸짐한 검은 머리를 쓸어 올리고 지혜가 담긴 듯한 펑퍼짐한 이마를 보여 주었다. 상냥한 부드러움은 아무래도 부족한 상이었다.

"자, 어때요? 내가 바보처럼 생겼소?"

"천만에요. 대신 인정이란 것을 아시느냐 되묻는다면 제가 무례하다고 말씀하시겠지요?"

"또! 머리를 쓰다듬어 주는 체하고 또 칼을 대는군. 어린이나 노부인과 같이 어울리기가 싫다고 했더니(가만있어, 들릴라!) 이렇게 들이대는군. 아가씨, 나는 흔히 말하는 박애주의자가 아니지만 양심은 가지고 있소."라고 하면서 그는 양심적인 성격을 나타낸다고 하는 이마의 불쑥 나온 곳을 가리켰다. 그리고 그 부분은, 그에겐 다행히도, 유달리 튀어나와 위 이마가 제법 넓었다. "그뿐만 아니라 나도 옛날에는 일종의 거친 면도 부드러운 마음씨도 가지고 있었소. 나도 아가씨만 한 나이 때는 제법 감정이 풍부한 인간이었소. 약한 사람, 불행한 사람, 어린애들을 동정하곤 했지만 그 후 운명에게 두들겨 맞고 마구 주물리게 되면서 지금은 고무 덩어리처럼 단단하고 억센 사람이 된 것이오. 그리고 내 딴엔 그렇게 된 것을 대견하게 생각하고 있소. 하지만 한두 군데 틈이 벌어져 있고 덩어리 한복판에는 감정의 영역이 남아 있단 말이오. 어때요, 아직 희망이 남아 있는 건가요?"

"무슨 희망 말씀입니까?"

"고무 덩어리에서 다시 피와 살이 도는 인간으로 되돌아갈 희망 말이오."

'술이 확실히 과하셨군.' 나는 속으로 생각했다. 이 기묘한
질문에 어떻게 대답을 해야 할지 몰랐다. 그가 다시 인간으로
돌아갈 수 있는가 없는가 하는 것을 내가 어찌 알 수 있단 말
인가?

"아주 난처해진 모양이군. 내가 미남이 아닌 것처럼 아가씨
도 미인은 아니지만 그 난처한 표정은 아주 어울리는군요. 게
다가 그러는 게 내게도 편리하단 말이오. 꿰뚫어 보는 듯한 눈
길이 내 얼굴을 떠나 양탄자의 꽃무늬를 관찰하느라고 바빠
지니까. 계속 그러고 있어요. 아가씨, 오늘 밤에는 나도 사람이
그립고 얘기가 하고 싶으니까."

이렇게 말하면서 그는 의자에서 일어나 한 팔을 대리석 벽
로 장식에 기대었다. 그런 자세를 취하니 그의 몸매가 얼굴처
럼 똑똑히 보였다. 그의 유난히 떡 벌어진 앞가슴은 손발의
길이와는 균형이 안 잡힐 지경이었다. 대부분의 사람들은 그
를 추남이라고 여겼을 것이다. 그럼에도 불구하고 그의 몸가짐
에는 무의식적인 자부심이 넘쳐흐르고 있었다. 언동에도 태연
한 자연스러움이 있었다. 자기의 외양에 관한 철저한 무관심
이 엿보이면서 타고난 것인지 후천적인 것인지 용모의 매력의
결핍을 벌충하는 다른 자질에 대해서 오만할 정도로 자신만
만하게 믿는 바가 있어서 그를 바라보고 있노라면 부지중에
그런 초연한 태도에 감염되면서 맹목적으로 그의 자신만만함
을 든든히 여기게 되는 것이었다.

"오늘 밤엔 나도 사람이 그립고 얘기가 하고 싶소." 그가 아

까 한 소리를 되풀이했다. "그래서 아가씨를 부른 거요. 벽로의 불이나 샹들리에는 충분한 상대가 못 되거든. 파일럿도 그렇고. 말을 못 하니까요. 아델러는 좀 나은 편이지만 아직 멀었고 페어팩스 부인도 마찬가지요. 그러나 아가씨로 말하면, 거기서 원한다면 상대가 될 것 같아. 처음 이리로 불렀을 때엔 어안이 벙벙했지요. 그 뒤 거의 잊어버렸어요. 볼일이 바빠서 아가씨 생각을 할 겨를이 없었던 거요. 그러나 오늘 밤엔 마음을 편안하게 갖기로 작정했소. 귀찮은 생각은 쫓아 버리고 즐거운 생각이나 할 작정이오. 아가씨에게 더 얘기를 시키고, 아가씨에 관해 좀 더 알게 되었으면 하오. 그러니 얘기를 해 보시오."

애기를 하는 대신에 나는 빙그레 웃었다. 그러나 만족스럽거나 복종하는 미소는 아니었다.

"자, 얘기를 해 봐요." 그가 재촉했다.

"무슨 얘기를요?"

"아무거나. 얘기의 내용이나 방법은 전혀 아가씨의 자유요."

나는 잠자코 앉아 있었다. '까닭 없이 떠들어 대고 자기 과시하기를 기대한다면 그건 오해예요.' 나는 속으로 생각했다.

"벙어리가 됐군, 에어 양."

나는 여전히 잠자코 있었다. 그는 내 편으로 고개를 갸우뚱하더니 흘끗 나를 쳐다보았다. 내 눈 속으로 파고들 듯한 눈길이었다.

"말을 안 듣기요? 그리고 난감한 모양이군. 아니, 그게 당연해요. 내 부탁이 우스꽝스럽고 또 건방진 것이었으니까. 에어 양, 용서하시오. 사실은 이번으로 아가씨를 아랫사람으로 취급하기를 그칠 참이오. 그러니까 앞으로는 스무 살이라는 연령의 차이와 백 년 몫의 경험의 차이에서 오는 우위만을 주장할 셈이오. 그것만은 정당한 주장 아니겠소? 아델러 말마따나 진심으로 지금 얘기한 것은 지킬 셈이오. 그러니까 그 두 가지 우위를 바탕으로 해서 부탁을 하는 거요. 무엇이든 얘기를 해서 내 마음을 좀 풀어 주시오. 내 마음은 지금 녹슨 못처럼 썩어 가며 한 가지에 골똘하고 있단 말이오."

그는 일부러 심정 설명까지 해 주었다. 거의 변명 같았다. 이렇게까지 나오는데 냉담할 수도 없었고 또 냉담하다는 소리를 듣고 싶지도 않았다.

"할 수 있으면 즐겁게 해 드리겠어요. 기꺼이요. 그러나 무슨 얘기를 꺼내야 할지 모르겠어요. 무슨 얘기를 좋아하시는지 제가 어떻게 알아요? 물어보실 게 있으면 질문을 하세요. 정성껏 대답해 드릴 테니까요."

"그러면 우선 내가 다소 주인 행세를 하고 무뚝뚝하게 굴고 때로는 아까 얘기한 이유로 엄하게 굴어도 되는 권리가 있다는 것에 동의를 하겠소? 다시 말하면 난 아가씨의 아버지뻘은 되는 나이이고 아가씨가 같은 집에서 똑같은 사람들과 조용히 사는 동안 나는 여러 나라의 가지각색 인간들과 어울려 많은 경험을 했고 지구의 절반을 헤매고 다녔다는 것을 바탕으로 해서 말이오."

"좋으실 대로 하세요."

"그건 대답이 아니오. 아니, 약오르게 하는 대답이오. 말머리를 피하는 것이니까. 분명하게 대답을 해요."

"저보다 나이가 많으시다든가 세상 경험이 많으시다는 것만 가지고는 제게 명령을 할 권리가 없으시다고 생각해요. 우위를 주장할 수 있느냐 하는 것은 자신의 시간과 경험을 어떻게 사용했는가에 달려 있다고 봐요."

"음! 재빠른 대꾸군. 그러나 그 점은 허용이 안 되겠는걸. 내 경우엔 들어맞지 않으니까. 시간이나 경험을 악용한 것은 아니지만 무관심하게 사용했으니까. 좌우간 우위에 대해서는 문제 삼지 않기로 하고, 가끔가다 내 명령은 들어 주어야 하겠소. 내 명령조에 화를 내거나 기분을 상하지 말고……."

나는 빙긋이 웃었다. 로체스터 씨는 정말 별난 분이구나 하고 나는 속으로 생각했다. 그의 명령을 들어 주는 대가로 내게 일 년에 30파운드의 금액을 치르고 있다는 것을 잊어버리고 있구나 싶었다.

"지금의 미소는 보기 좋소." 그가 스쳐 가는 내 표정을 놓치지 않고 말했다. "그러나 얘기는 하시오."

"저는 생각하고 있었습니다. 봉급을 받고 있는 고용인이 명령을 듣고 화를 낸다거나 기분이 언짢아지지는 않는가 하고 물어보는 주인이 있을까 하고요."

"봉급을 받고 있는 고용인! 그럼 내게서 봉급을 받는단 말이오? 음, 봉급 건은 깜빡 잊고 있었기. 그렇다면 이 금전상의 이유를 바탕으로 해서 조금 못살게 굴어도 괜찮겠지요?"

"그런 이유로는 안 됩니다. 다만 깜박 잊어버리고 계시기는 했어도 사실은 고용인이 자기 밑에서 편안하게 일하고 있는가

하는 점을 유의하고 계신다는 조건 아래서는 기꺼이 동의하
겠습니다."

"그렇다면 많은 상투적인 형식이나 말씨를 생략해 버리더라
도 무례하다고 생각지는 않겠는지요?"

"격식을 빼는 것이 무례라고 생각지는 않겠습니다. 오히려
격식을 차리지 않는 것을 좋아하는 바이지만, 자유로운 몸으
로 태어난 인간이라면 설혹 봉급을 받는다 하더라도 무례한
쪽으로 복종해서는 안 될 것입니다."

"무슨 소리! 자유로운 몸으로 태어났다 하더라도 봉급을 타
기 위해 일할 때는 복종해 버리고 마는 거요. 따라서 그러한
기분은 속에다 품어 두고 자기가 잘 모르는 세상 일반에 관한
얘기는 하지 않는 게 좋아요. 그러나 지금 대답이 부정확하긴
하지만 나는 마음속에서 악수를 하는 바요. 대답의 내용보다
도 태도 때문이오. 솔직하고 성실한 태도였어요. 그런 태도는
도저히 볼 수가 없는 것이거든. 그럴뿐더러 솔직한 직언이 흔
히 마주치게 되는 것은 허식이나 냉담이 아니면 우둔한 머리
의 곡해란 말이오. 학교를 갓 나온 가정교사 삼천 명 가운데
서 지금 같은 대답을 할 사람은 단 세 사람도 없을 거요. 비위
를 맞추느라고 발라맞추는 소리는 아니오. 아가씨가 세상 사
람들의 일반형과 다르다 하더라도 그건 아가씨의 공로가 아니
야. 자연히 그렇게 만들어진 것이지. 하지만 나는 결론을 너무
서두르는 것 같소. 어쩌면 아가씨도 다른 세상 사람들과 비슷
한지도 모르거든. 얼마간의 장점을 상쇄해 버리고 말 형편없
는 결점이 있는지도 모르거든."

'그건 당신도 그럴지 몰라요.' 나는 속으로 생각했다. 그때 나의 눈길이 그의 눈길과 마주쳤다. 그는 내 눈길의 의미를 눈치챈 모양이었다. 내가 속으로 생각만 한 것이 아니라 실지로 얘기한 듯이 그는 대답하는 것이었다.

"그건 그래요. 아가씨 생각이 옳아. 내게도 결점은 많아요. 나도 그건 알고 있고 또 변명하고 싶지도 않소. 확실히 나는 남에게 너무 엄격하게 굴 처지가 못 되는 사람이오. 내게는 비웃음이나 나무람을 이웃 사람보다도 우선 내게로 돌려야 할 과거가 있고 또 가슴속에 반성해야 할 가지각색 행위나 지울 수 없는 물감이 들어 있소. 난 스물한 살 적에 사회생활로 출발을 했소. 아니, 잘못된 길을 밟도록 밀려 나갔소.(세상의 의무 태만자들이 하는 투로 나도 불운과 역경의 탓으로 모든 것을 돌리고 싶은 심정이오.) 그 후 줄곧 옳은 길로 들어서질 못했소. 그렇지만 나도 조금 다른 사람이 될 수 있었을는지도 모르는 것이오. 아가씨처럼 선량하고(보다 현명하고) 또 아가씨만큼 티 없는 인간이 되었을지도 모르는 거요. 아가씨의 그 평온한 마음, 구김살 없는 양심, 오염되지 않은 과거가 부럽소. 오점이나 티가 없는 과거의 기억이란 더할 나위 없이 아름다운 보물일 것이오. 그칠 줄 모르는 깨끗한 기력 회복제가 아니겠소?"

"열여덟 살 때의 일로 생각하시는 게 어떤 게 있습니까?"

"그때는 아무 탈 없었지. 투명하고 건실하고, 오수[15] 같은

---

15) 배 밑에 괸 물.

것이 들어와서 시궁창이 되지는 않았을 때요. 열여덟 때는 아가씨와 같았지요. 아주 꼭 같았어. 이를테면 타고나기를 선인이 되도록 타고났던 거지요, 에어 양. 좋은 목적을 가지고 말이오. 그런데 보다시피 지금은 그렇지 않단 말이오. 선인의 모습을 찾을 수가 없다고 아가씨도 생각할 거요. 자랑이 아니라 그런 것쯤은 아가씨 눈에서 쉽사리 눈치챌 수 있단 말이오. (그건 그렇고 눈으로 기분을 표현할 때는 조심하오. 눈길이 나타내는 것은 대뜸 알아맞힐 수가 있으니까.) 이것만은 맹세하지만 난 악당은 아니오. 나를 악당이라 생각지는 마시오. 그렇게 몹쓸 데가 있다고는 생각 말아 주시오. 하지만 생득적인 것이라기보다는 환경 때문에 흔히 있는 하찮은 죄를 짓고 돈푼깨나 있고 형편없는 친구들이 인생을 장식하려고 하는 온갖 천박한 도락에 젖어 있는 몸이오. 이런 얘기를 실토한다고 해서 이상하다 생각합니까? 하지만 두고 보시오. 앞으로도 아는 사람이 아가씨에게 자청해서 비밀을 털어놓게 될 때가 많이 있을 거요. 아가씨가 자기 얘기를 잘하는 사람은 아니지만 딴 사람들의 신상 얘기에는 귀를 잘 기울인다는 것을 누구나 나처럼 본능적으로 직감할 테니까요. 아가씨 같으면 주책없는 행동이라 하더라도 악의에 찬 멸시를 나타내지 않고 생득적인 동정심을 표시하리라는 것을 직감할 것이오. 동정을 내색하지 않는다고 해서 격려가 안 되는 것이 아니니까요."

"그걸 어떻게 아세요? 어떻게 모든 것을 알고 계세요?"

"환하게 알고 있소. 그러니까 이렇게 일기를 적듯이 청산유수로 얘기가 나오는 것 아니오? 내가 환경을 이겨 냈어야 하는 것이라고 말을 할 테지요. 그건 그래, 내가 환경을 이겨 냈어야 할 것이오. 그러나 보다시피 난 그러질 못했소. 운명에게 억울한 대우를 받았을 때 난 냉정을 지킬 만큼 지혜롭지 못했던 거요. 나는 자포자기가 되어 타락하고 만 것이오. 따라서 지금은 고약한 얼간이가 내 앞에 나타나서 형편없는 상소리로 내게 혐오감을 일으킨다 하더라도 내가 그보다 낫다고 할 처지가 못 되는 거지요. 그나 나나 피장파장이라는 것을 실토하지 않을 수가 없는 처지요. 좀 더 굳세게 처신했더라면 좋았을 것을! 지금의 내 심정을 하느님은 아실 거요. 잘못을 저지를 성싶을 때에는 후회를 두려워해야 하오. 후회란 인생의 독이오."

"회개는 구제라고 하는 것 같던데요."

"아니오, 구제가 못 돼요. 사람됨을 완전히 고친다면 구제가 될 수 있을지도 모르지요. 나도 새사람이 될 수는 있을 거요. 그 정도의 기운은 아직도 남아 있소. 하지만 지금처럼 족쇄가 걸려 있고 무거운 짐을 지고 저주받은 몸이 그런 생각을 해 봤자 무슨 소용이 있겠소? 그뿐만 아니라 행복이 나를 버린 이상 인생으로부터 하다못해 쾌락을 취할 권리는 있는 게 아니겠소. 무슨 짓을 해서든 재미나 볼 작정이오."

"그럼 점점 더 타락해 가실 뿐이죠."

"그러기가 십상이겠지요. 그러나 날쏨하고 신선한 쾌락을 취한다고 해서 꼭 타락한다는 법이 어디 있소? 꿀벌이 황야에서 모으는 야생의 꿀처럼 그렇게 달콤하고 신선한 채로 있을지 누가 아오?"

"가시가 돋쳐 있을 거예요. 쓴맛이 날 거예요."

"그걸 어떻게 안단 말이오? 맛도 보지 않은 처지에. 아가씨의 지금 표정은 참 심각하고 진지한 표정이오. 하지만 아가씨는 (벽로 선반에서 카메오 하나를 들더니) 이 카메오에 조각된 그림같이 아무것도 몰라. 내게 설교를 할 권리가 없단 말이오. 인생의 문을 지나 본 일도 없고 인생의 신비를 전혀 알지 못하는 풋내기인 아가씨가 말이오."

"전 그저 당신이 하신 말씀을 상기시켜 드렸을 뿐이에요. 과오는 후회를 가져오고 후회는 인생의 독이라고 말씀하셨잖아요."

"누가 지금 과오에 관해서 얘기하고 있단 말이오? 내 머릿속에 퍼뜩 떠오른 생각이 과오라고는 생각지 않소. 그건 유혹이라기보다도 하나의 영감이었소. 아주 푹신하고 위로가 되는 생각이었어. 그것은 확실해. 다시 그 생각이 떠오르는군! 분명히 악마는 아니오. 빛의 천사의 옷차림을 하고 있어. 이렇게 아름다운 손님이 나의 가슴속으로 들어오겠다 자청하면 맞아들여야지요."

"조심하세요. 그건 참다운 천사가 아니에요."

"다시 물어보는 거지만 그걸 어떻게 안단 말이오? 대체 어떤 직관을 근거로 해서 지옥의 구렁으로 떨어진 천사와 신의 옥좌로부터의 사자(使者)를 구별할 수 있는 거요? 길잡이와 유혹자를 말이오?"

"당신의 안색을 보고 판단했던 거예요. 아까의 생각이 다시 떠올랐다고 하셨을 때 얼굴이 괴로운 표정이셨어요. 그런 소리에 귀를 기울였다가는 더욱 불행해지실 거예요.”

“그럴 리가 없소. 이 세상에서도 가장 훌륭한 전갈을 가져
온 것이오. 거기다 아가씨가 내 양심을 지켜 주는 사람인 것
도 아니고, 그러니 걱정할 것 없어요. 자, 들어오시오. 아름다
운 방랑의 천사여!”

자기만이 볼 수 있는 환영에게 얘기하듯 이렇게 말하고는
반쯤 벌렸던 팔을 가슴 위로 팔짱을 끼더니 그 보이지 않는
존재를 끌어안는 시늉을 했다.

“자.” 다시 그가 나를 향해서 말을 이어 갔다. “난 이제 순례
자를 맞아들였소. 변장한 신(神)임에 틀림이 없어. 벌써 난 덕
을 보았어. 납골당 같던 내 마음이 이제 신전 같아질 거야.”

“사실을 말씀드리면 전 무슨 말씀이신지 통 모르겠어요. 저
의 이해 능력을 초월하는 것이기 때문에 맥락을 좇아갈 수가
없어요. 그저 단 한 가지 알 수 있는 것은 당신이 스스로 원했
던 것만큼 선량해지지 못했다는 것, 자기의 불완전함을 뉘우
치고 있다는 것, 그것뿐입니다. 그리고 한 가지 납득이 갈 수
있는 것은 더럽혀진 과거의 기억을 영원한 저주라고 암시하셨
다는 것뿐입니다. 그렇지만 열심히 노력을 하신다면 미구에
스스로 만족할 만한 인물이 되실 수 있다고 전 생각해요. 그
리고 바로 오늘부터라도 스스로의 사고나 행동을 고치겠다는
격실을 가지고 출반을 하신다면 몇 년 우에는 새롭고 티 없는
기억을 가지게 되시리라고 생각돼요. 그러면 즐겁게 회상하실
수가 있게 될 거예요.”

“옳은 생각이오. 좋은 얘기요. 그래서 난 지금 있는 힘을 다

해서 지옥으로 가는 길에 자갈을 깔고 있는 거요."[16]

"네?"

"선의의 자갈을 깔고 있단 말이오. 부싯돌처럼 단단한 돌을 말이오. 좌우간 이제부터는 사귀는 사람이나 종사하는 일도 전과는 다르게 할 셈이오."

"보다 나은 쪽으로?"

"아무렴요. 순수한 원광(原鑛)이 지저분한 쇠찌꺼기보다 더 깨끗하듯 그런 쪽으로 말이오. 아무래도 나를 의심하는 것 같구려. 난 나 자신을 의심하지 않소. 내 목적이라든가 동기 같은 것을 스스로 잘 알고 있으니까. 그 목적이나 동기가 모두 올바르다고 하는 법령을 지금 이 순간에 제정하겠소. 메디아 사람이나 페르시아 사람들의 법령처럼 변경시킬 수 없는 법령을."

"정당화하기 위해서 법령이 필요하다면 그것은 올바르지가 못한 것이지요."

"새 법령이 절대적으로 필요하긴 하지만 올바른 거요. 전례 없는 착잡한 사정에는 전례 없는 규칙이 필요한 거요."

"위험한 격언처럼 들리는걸요. 오용되기 쉽다는 것이 뻔한 걸요, 뭐."

"아주 경구(警句)를 잘 쓰는 현인인걸! 그건 그래요. 그러나 우리 집안의 수호신을 걸고 오용하지 않겠다고 맹세하겠소."

---

16) "지옥으로 가는 길은 선의로 깔려 있다."라는 속담을 두고 한 말로, 개심할 작정으로 있으면서 못 하는 사람이 많다는 뜻. 구약성서 「다니엘서」에 나오는 표현.

"그렇지만 인간인 이상 잘못을 저지를 수도 있는 거지요."

"그야 나도 인간이오. 아가씨도 그렇고. 그래서 그게 어쨌다는 거요?"

"잘못을 저지르기 쉬운 인간은 완전한 신에게만 마음 놓고 맡길 수 있는 힘을 사사로이 제 것인 체해서는 안 됩니다."

"무슨 힘 말이오?"

"세상에서 인정받지 못하는 이상한 행동을 가리키며 '이것을 옳다고 할 것이다.'라고 말하는 힘 말입니다."

"'이것을 옳다고 할지어다.' 바로 그 말이오. 아가씨가 말한 바로 그 말을 구하고 있던 참이오."

"그럼 그 행동이 아무쪼록 올바른 것이기를 바랍니다." 하고 일어서면서 내가 말했다. 내게는 불가해한 대화를 그 이상 계속해 보았자 소용이 없다고 생각되었기 때문이다. 게다가 내 말상대의 성격을 도저히 파악할 수 없다는 것, 적어도 현 단계에서는 내 이해력이 미치지 못한다는 것을 깨닫고 있었다. 자기의 무지를 에누리 없이 자각하게 되자 막연한 불안감이 따랐기 때문이기도 했다.

"어디로 가는 거요?"

"아델러를 재워야지요. 잘 시간이 벌써 지났는걸요."

"내가 두려운 게로군요. 스핑크스처럼 수수께끼 같은 소리만 지껄이니까."

"하시는 말씀이 수수께끼 같은 것은 사실입니다. 그러나 곤혹을 느끼긴 하지만 두려워하고 있지는 않아요."

"아니, 두려워하고 있소. 아가씨의 자애심(自愛心)이 혹 실수를 저지르지나 않을까 두려워하고 있는 거요."

"그런 면에서 두려움을 느끼고 있다는 것은 사실이에요. 무의미한 허튼소리를 지껄이고 싶지는 않으니까요."

"설령 아가씨가 허튼소리를 한다 하더라도 그렇듯 침착하고 엄숙한 태도로 하면 지각 있는 얘기로 착각을 하게 될 거요. 아가씨는 웃는 법이 없지요? 뭐, 대답을 할 것까지는 없어. 보기에 좀처럼 웃을 것 같지가 않아요. 그리고 아가씨도 마음 놓고 웃을 수는 있을 거요. 내가 생득적으로 고약한 성미가 아닌 것처럼 아가씨도 생득적으로 그렇게 뚱하게 태어난 것은 아닐 거요. 로우드에서의 속박이 아직도 몸에 배어 있는 거요. 그래 가지고 표정을 누르고 목소리를 죽이게 하고 손발의 동작을 묶고 있는 거요. 그래서 남자 앞에서는 형제든 부친이든 주인이든, 두려워서 신나게 웃지도 못하고 마음 놓고 얘기도 못 하고 재빠른 동작을 취하지도 못하는 거요. 그러나 머지않아 내게도 자연스럽게 굴 수가 있게 될 거요. 마치 내가 아가씨에게 판에 박힌 격식을 차리지 못하는 것처럼 말이오. 그렇게 되면 아가씨의 표정이나 거동도 지금보다 한결 발랄해지고 변화를 가져오게 될 거야. 내게는 가끔가다 새장의 촘촘한 칸막이 사이로 넘겨다보는 기묘한 새의 눈길이 보인단 말이오. 생기에 차 있고 안절부절못하며 굳센 의지를 가지고 있는 포로가 갇혀 있는 것이란 말이오. 자유의 몸이 되기만 하면 하늘 높이 날아오를 거요. 꼭 가 보아야겠소?"

"벌써 아홉 시를 친걸요."

"걱정 마요. 잠깐만 기다려요. 아델러는 아직 잠자리에 들

준비가 안 돼 있어. 이렇게 벽로에 등을 대고 얼굴을 방 안으로 향하고 있는 내 위치가 관찰에 아주 편리하단 말이오. 그래서 얘기를 계속하면서도 때때로 아델러를 지켜보고 있었단 말이오. 저 아이를 흥미 있는 연구 자료라고 생각할 충분한 이유가 내게는 있어요. 그 이유는 언젠가 얘기할 날이 있을지도 모르겠지만, 아니 꼭 얘기를 해 주지요. 저 아이는 십 분쯤 전에 상자 속에서 조그만 분홍색 비단옷을 끄집어냈지요. 그것을 펼쳤을 때 아이의 얼굴은 온통 기쁨으로 차 있었습니다. 저 아이의 피 속에는 교태가 흐르고 있고 두뇌에도 섞여 있습니다. 뼛속에서는 골수에 양념을 치고 있고. '이걸 당장 입어 봐야지!' 하고 소릴 지르고는 방을 뛰쳐나갔어요. 지금 소피한테 가서 옷을 입고 있는 중일 거요. 몇 분 후에 틀림없이 돌아올 거요. 나는 알고 있어요, 어떤 광경이 벌어질는지. 셀린 바랭스의 축도(縮圖)지요. 막이 올라가고 무대에 나타났을 적 말이오. 그러나 그건 아무래도 좋아요. 좌우간 나의 다감한 기분이 곧 충격을 받게 될 거요. 그런 예감이 드는군요. 자, 여기 그대로 눌러 있어 가지고 내 예감이 들어맞나 안 맞나 두고 보시오."

얼마 안 있어 홀을 달려오는 아델러의 발소리가 들려왔다. 그녀의 보호자가 예언했듯이 옷차림이 아주 딴판이었다. 그때까지 입고 있던 길색의 프록 내신에 스커트에 잔뜩 주름을 잡은 짤막한 장밋빛 새틴 옷차림을 하고 있었다. 머리에는 장미꽃 봉오리의 꽃다발을 얹고 있었고 비단 양말과 백색의 조그만 새틴 신발을 신고 있었다.

"이 옷 잘 맞아요? 신은 어때요? 양말은? 잠깐, 내 춤을 추어 보일 테니까요."

아델러가 깡충깡충 뛰어오며 소리쳤다. 그러더니 옷을 펼쳐 가며 방 안을 미끄러지듯 가로질러 로체스터 씨 앞으로 가더니 까치발로 가볍게 한 바퀴 돌고는 한쪽 무릎을 그의 발끝에 대고 말하는 것이었다.

"아저씨, 정말 고마워요." 그러더니 일어서면서 덧붙였다. "엄마는 무대에서 이렇게 하셨지요, 네?"

"꼭 그렇게 했다!" 로체스터 씨가 대답했다. "그렇게 해 가지고 내 영국제 바지 호주머니에서 영국 금화(金貨)를 우려낸 거다. 나는 새파란 풋내기였소. 에어 양, 정말 젖내 나는 풋내기였소. 지금 아가씨를 싱싱하게 해 주고 있는 봄빛도 왕년에 내 청춘을 감싸 주던 빛깔에는 미치지 못할 거요. 그러나 내 청춘은 가 버리고 말았어. 내 손에 저 조그마한 프랑스의 꽃을 남겨 놓고. 어떤 때는 버리고 싶은 저 꽃을 남겨 놓고 말이오. 거름으로 금가루가 아니면 빨아들이질 않는 종류의 꽃이란 것을 이제 알게 되어서 별로 정이 안 붙는단 말이오. 특히 지금처럼 조화(造花)로밖에는 안 보일 때는 말이오. 내가 저 꽃을 가꾸며 기르고 있는 것은 많은 죄도 크든 작든 한 가지 선행으로 보상받을 수 있다는 로마 가톨릭의 교의에 따라서 그러고 있는 거지요. 언젠가 자세히 얘기를 하지요. 자, 안녕히 주무시오."

15장

로체스터 씨는 얘기한 대로 그 후에 설명을 해 주었다.

어느 날 오후 나와 아델러는 우연히 정원에서 로체스터 씨를 만나게 되었다. 아델러가 개 파일럿과 놀거나 제기를 가지고 장난치는 동안 그는 내게 산책을 하자고 청했다. 아델러가 보이는 범위 안에서 너도밤나무가 늘어선 긴 길을 따라 거닐자는 것이었다.

그때 로체스터 씨는 아델러가 한때 자기 자신이 "굉장한 정열"을 쏟았던 프랑스의 오페라 무희인 셀린 바랭스의 딸이라고 말했다. 셀린은 그의 열정에 그 이상의 열정을 가지고 보답하는 체했다. 추남이면서도 그는 셀린의 우상이 되어 있다고 생각했다. 그녀가 바티칸 궁전의 우아한 아폴로상(像)보다도 자기의 "늠름한 체격" 쪽을 좋아한다고 믿고 있었다.

"그래서, 에어 양, 프랑스의 요정이 영국의 땅귀신에게 홀렸다고 기분이 으쓱해진 나는 셀린에게 호텔을 잡아 주고 하인에게 마차, 캐시미어 의상, 금강석, 값비싼 레이스 등을 한 세 대분 잔뜩 안겨 주었단 말이오. 요컨대 나는 여자에게 사족을 못 쓰는 얼뜨기 사내들에게서 흔히 보게 되는 방식으로 몸을 망치기 시작했단 말이오. 내게는 똑같은 치욕과 파멸의 길을 걷더라도 새 길을 개척해 갈 만한 독창성이 없었던 모양으로 흔히들 밟는 길에서 1인치라도 벗어나지 않으려고 어리석을 만큼 꼼꼼하게 예부터의 길을 밟았던 것이지요. 그리고 당연한 업보겠지만 세상의 난봉꾼과 똑같은 운명을 맛보게 되었던 거죠. 우연히 어느 날 밤 예고 없이 셀린을 방문했더니 마침 외출 중이더군요. 그러나 더운 밤이었고 또 파리 시내를 쏘다니느라고 피곤했던 터라 그녀의 침실에 주저앉아 바로 얼마 전까지 그녀가 있었기 때문에 신성해진 공기를 행복한 기분으로 들이마시고 있었지요. 아니, 그건 좀 과장이었소. 그녀에게 신성한 미덕이 있다고 생각한 적은 한 번도 없었어요. 신성한 향기라기보다는 그녀가 남겨 놓고 간 향정(香錠)의 향기, 즉 사향이거나 용연향(龍涎香)의 향기였겠지요. 온실의 꽃과 향수 냄새에 숨이 막힐 듯 답답해진 나는 창을 열고 발코니로 나가 볼 생각이었소. 달 밝은 밤이었고 가스등도 켜져 있었는데 아주 조용하고 청명한 밤이었소. 발코니에 의자가 한두 개 놓여 있어 나는 걸터앉아 여송연을 꺼냈소. 실례지만 한 대 피워야겠소."

여송연을 꺼내고 불을 붙이는 바람에 여기서 얘기가 잠시 끊어졌다. 입에 물고 싸늘하고 흐릿한 하늘로 아바나 여송연의 연기를 한줄기 뿜어내더니 그는 말을 이었다.

"당시에 나는 봉봉[17]을 좋아했소, 에어 양. 초콜릿 봉봉을 잘강잘강(상스러운 말을 용서하시오.) 씹거나 여송연을 피우면서 화려한 거리를 따라 근처의 오페라관(館)으로 달려가는 마차의 행렬을 지켜보고 있었지요. 바로 그때 아름다운 영국산의 말 두 필이 끄는 멋진 사륜마차가 눈부신 밤거리에 분명하게 보였습니다. 내가 셀린에게 준 마차였지요. 셀린이 돌아오는 것이었소. 말할 것도 없이 내 가슴은 내가 기대고 있었던 철제 난간에 대고 마구 고동치는 것이었소. 마차는 내가 생각한 대로 호텔 앞에서 정지했소. 나의 애인, 즉 불꽃(그건 오페라의 무희인 애인에게 제격인 말이죠.)이 마차에서 내리는 것이었소. 외투를 걸치고 있었지만(덧붙인다면 6월의 더운 밤에는 성가실 뿐 입을 필요가 없는 것이었지만) 마차의 층계에서 뛰어내릴 때 스커트 자락으로 나타난 조그만 발로 미루어보아 그녀임을 즉각 알아차릴 수가 있었죠. 나는 발코니 위로 상체를 내밀고 '나의 천사' 하고 막 소곤거릴 참이었소. 물론 애인에게만 들릴 조그만 소리로. 그러나 그녀에 이어 마차에서 뛰어내리는 사람의 모습이 있었소. 역시 외투를 걸치고 있었는데 포도에 가 닿는 소리가 박차가 달린 발꿈치 소리였고 호텔의 아치형 입구를 들어서는 것은 군모를 쓴 머리였소.

에어 양, 질투를 느껴 본 적이 없겠지요? 물론 없을 거요.

---

17) 식후에 입가심으로 흔히 먹는 캔디.

물어볼 필요도 없는 것이지. 사랑을 해 본 일이 없을 테니까. 이제 앞으로 경험을 해 보면 질투와 사랑이란 것을 알게 될 거요. 아가씨의 영혼은 잠자고 있소. 그것을 일깨울 충격이 아직 주어지지 않았소. 아가씨는 모든 인생이 여태까지 젊음이 흘러갔듯이 그렇게 조용히 흘러가는 것이라고 생각하고 있소. 눈을 감고 두 귀를 틀어막고 떠내려가면 가까운 개울 바닥에 솟아 있는 바위들도 보이지 않고 바위 밑에서 부딪치는 물소리도 들리지 않을 거요. 그러나 이것만은 알아 두시오. 이 말만은 잘 새겨 주시오. 언젠가는 바위가 많은 물길에 다다르게 될 거요. 인생의 모든 흐름이 소용돌이치고 왁자지껄해지고 물거품과 소음이 부서지는 곳으로 말이오. 길은 두 가지밖에 없소. 험한 바위 너설에 부딪혀 온통 바스러져 버리든가 그러지 않으면 현재의 나처럼 커다란 파도에 실려 보다 평온한 물길로 나서게 되든가.

난 오늘 같은 날이 좋소. 저 강철색의 하늘, 서리로 덮인 이 세상의 고요함과 황량함이 좋소. 손필드가 마음에 드오. 그 고색창연함, 세상에서 뚝 떨어져 있는 외짐, 까마귀가 보금자리를 짓는 고목과 산사나무, 집의 회색 정면, 저 강철빛 하늘을 비추고 있는 어두운 창들이 마음에 들어요. 그러나 얼마나 오랫동안 이 집 생각만 해도 진저리가 나고 또 큰 역병이 들어 있는 집인 양 외면을 해 왔는지! 지금도 진저리 날 정도로 싫어한단 말이오.”

그는 이를 갈더니 입을 다물었다. 발을 멈추더니 구두로 딱딱한 땅바닥을 찼다. 지긋지긋한 생각에 사로잡혀 딱 붙잡혀

서 앞으로 가지를 못하는 것 같았다.

그가 이렇게 멈춰 섰을 때 우리는 너도밤나무가 늘어선 길을 올라가는 중이었다. 저택이 정면으로 보였다. 흉벽을 올려다보며 로체스터 씨는 내가 그 전에도 후에도 본 일이 없는 노여운 눈길로 마구 노려보는 것이었다. 고통, 치욕, 분노, 초조감, 혐오감, 증오감이 검은 눈썹 아래로 크게 떠진 큼직한 눈동자 속에서 서로 자리를 차지하려고 싸우고 있는 것 같았다. 어느 편이 이겨 낼 것인지 사나운 싸움이었다. 그러나 다른 감정이 일어나더니 승리를 거두었다. 냉소적이고 단호한 감정이 그의 격정을 누르고 표정을 화석처럼 바꾸어 버렸다. 그는 말을 이었다.

"지금 잠자코 있었을 때, 에어 양, 나는 내 운명의 신과 결판을 냈던 거요. 운명의 여신은 저기 너도밤나무 곁에 서 있었소. 포레스의 황야에서 맥베스 앞에 나타났던 것 같은 쪼글쪼글한 노파였소. '손필드가 마음에 든다고?' 하며 손가락 하나를 치켜들고 묻더니 노파는 공중에다 대고 무슨 글귀를 적었어요. 그것은 무시무시한 상형문자로 집의 정면의 한쪽 끝에서 딴 쪽 끝까지 위와 아래 창의 줄 사이로 보이는 것이었소. '좋아하려면 좋아해 보렴! 용기가 있으면 좋아해 보렴!'이라고 적혀 있는 것이었소.

'좋아하고말고. 그 정도의 용기는 있어!' 하고 나는 말해 주었소. 그리고 나는(로체스터 씨가 침울하게 덧붙였다.) 약속을 지킬 작정이오. 행복과 선(善)을 가로막는 것은 모조리 때려 부술 작정이오. 그렇소, 선을 가로막는 것을 말이오. 나는 지금까지의 자신보다도, 현재의 자신보다도 더 나은 인간이 되고 싶소. 「욥기」의 괴물 리바이어던이 창을 꺾고 화살을 꺾고 사슬로 된 갑옷을 부숴 버렸듯이 남들이 무쇠나 놋쇠라고 생각하는 것도 난 지푸라기나 고주박이라고 여길 작정이오."

여기까지 얘기했을 때 아델러가 깃털 공을 가지고 달려 나왔다. "저리로 가. 이리 오는 게 아냐. 아니면 소피한테로 가렴!" 그가 매섭게 소리쳤다. 잠자코 그의 뒤를 따라가고 있던 나는 아까 그가 느닷없이 말머리를 돌렸던 곳으로 화제를 되돌리려고 해 보았다.

"그래서 발코니에서 안으로 들어가셨나요? 바랭스 양이 들어왔을 때?" 내가 물어보았다.

나는 타이밍이 적절치 못한 이 질문이 퇴짜를 맞을 줄 알았다. 그러나 예상과는 달리 피로한 표정의 방심 상태로부터 정신이 든 로체스터 씨는 내게 눈길을 돌렸다. 그의 이마에서 어두운 그늘이 걷혔다.

"아, 셀린 얘기를 잊고 있었군! 그럼 계속해 보겠소. 나를 홀려 놓은 여인이 이렇게 기사를 동반하고 들어오는 것을 보았을 때, 쉿! 하는 소리와 함께 초록색 질투의 뱀이 달빛을 받고 있는 발코니에서 똬리를 풀면서 올라와 내 조끼 속으로 미끄러져 들어오더니 채 이 분도 안 되어 내 심장의 속속들이까지 파고 들어가는 것이었소. 정말 이상도 하지!" 그가 다시 본론에서 벗어나서 소리치는 것이었다.

"이런 얘기를 아가씨에게 털어놓는다는 것은 정말 이상해. 게다가 아가씨가 조용히 귀를 기울여 준다는 것은 더더구나 이상한 노릇이오! 약간 별스럽고 세상 물정에 어두운 처녀를 붙들고 나 같은 사내가 무희와의 정사를 지극히 예사로운 일인 것처럼 털어놓는 것이 말이오. 하지만 앞에서 얘기했지만 그쪽에서 잘 들어 주니까 내 편에서도 털어놓는 게 아니겠소? 정중하고 사려 깊고 조심스러운 아가씨는 비밀을 털어놓을 얘기 상대로는 아주 제격이란 말이오. 그뿐만 아니라 내가 지금 흉금을 털어놓고 있는 상대의 마음이 어떠한 마음인가 하는 것을 난 잘 알고 있소. 쉽사리 악에 물들지 않는 마음이오. 특이하고 좀처럼 볼 수 없는 희귀한 마음이오. 나는 그것을 해칠 의향이라곤 없지만 설령 그런다 하더라도 내게서 해코지를 받을 마음이 아니오. 우리가 얘기를 나누면 나눌수록 더 좋을 것 같소. 내가 아가씨를 해칠 리는 없고 거기선 나의 힘을 북돋워 주니까."

이렇게 옆길로 비어져 나왔다가 그는 다시 말을 이었다.

"나는 그대로 발코니에 머물러 있었소. '저 두 사람은 틀림없이 침실로 들어올 것이다. 자, 잠복해 있기로 하자.' 이렇게 생각한 나는 열린 창으로 손을 집어넣어 안을 들여다볼 수 있을 정도의 틈만 남겨 놓고 커튼을 내렸소. 밀어젖혀 여는 창도 애인들끼리의 귀엣말을 엿들을 수 있을 정도로만 틈을 남겨놓고 닫아 버리고 살며시 의자로 돌아왔소. 막 걸터앉고 나니 두 사람이 들어왔소. 나는 곧 창틈에 눈을 갖다 댔어요. 셀린의 하녀가 들어와 램프에 불을 켜서 테이블 위로 갖다 놓더니 나가 버리는 것이었소. 두 사람의 모습이 내게는 선연히 드러나게 되었소. 두 사람이 모두 외투를 벗었소. 새틴 의상을 두르고 보석(말할 것도 없이 내가 준 선물이었소.)으로 몸을 감은 셀린과 장교 복장을 한 그녀의 짝이 서 있는 것이었소. 그는 젊은 난봉꾼인 자작(子爵)이었소. 사교계에서 몇 번 만나 본 적이 있는 우둔하고 난봉만 피우는 젊은이였는데 너무나 경멸했기 때문에 싫어할 생각조차 안 했던 친구였소. 그 친구라는 것을 알게 되자 순식간에 질투라는 뱀의 어금니도 부러지고 마는 것이었소. 셀린에 대한 나의 사랑도 촛불 끄는 기구를 덮어씌운 것처럼 꺼져 버리고 말았기 때문이오. 이런 사나이 때문에 나를 배반하는 여자는 다툴 만한 값어치가 없고 오직 경멸에 값할 뿐이었기 때문이오. 그러나 그러한 여자에게 속아 넘어간 나는 더 형편없었던 거지요.

그들은 얘기를 시작했소. 듣고 있던 나는 오히려 마음이 편해지는 것이었소. 경박하고 탐욕스럽고 성의도 의미도 없는 대화여서 듣는 쪽에서 화가 나기보다도 따분해지고 마는 것이었소. 내 명함이 테이블 위에 놓여 있어서 내가 화제에 오르는 것이었소. 두 사람이 모두 나를 보기 좋게 비웃어 넘길 만한 기력도 지력도 없었지만 그들 나름의 치사한 방식으로 상스럽게 나를 모욕하는 것이었소. 특히 셀린은 나의 풍채상의 결함, 그녀 말을 빌리면 불구에 관해서 제법 재치 있게 흥을 보는 것이었소. 여느 때는 제 말로 소위 나의 남성미를 입의 침이 마르도록 칭찬해 대던 그녀가 말이오. 그 점에선 그녀는 아가씨와 정반대였소. 거기는 두 번째 만났을 때 아주 탁 까놓고 내가 미남자라고 생각지 않는다고 말했잖소. 그때 나는 너무나 큰 차이에 여간 놀라지 않았소.”

이때 다시 아델러가 달려왔다.

"아저씨, 대리인이 뵈러 왔다고 방금 존이 알리러 왔어요."

"그래? 그렇다면 간단히 얘기해 치워야겠군. 창을 열고 나는 그들에게 걸어갔소. 그리고 셀린을 나의 보호로부터 해방시켜 주고 또 호텔을 비우라고 통고했소. 당장의 비용을 위해 돈을 집어 주고 비명 소리, 히스테리, 애원, 항변, 경련에 아랑곳하지 않고 자작과는 볼로뉴의 숲속에서 만날 약속을 했소. 이튿날 아침 자작과 결투의 영광을 가졌고 병든 병아리 날개처럼 가냘프고 파리한 그의 팔에 총알을 한 방 안겨 놓고 그것으로 이 패거리와는 끝장을 냈다고 생각을 했지요. 그러나 재수가 없게도 셀린은 그보다 반년 전에 이 아델러를 낳았고 내 딸이라고 우기는 것이었소. 그럴지도 모르지요. 하긴 이 아이의 얼굴 어디를 보아도 나같이 험상인 사람이 아버지라고 하는 증거는 찾을 길이 없지만. 아델러보다는 개인 파일럿 쪽이 오히려 나를 닮았을 거요. 내가 아델러의 어머니와 완전히 인연을 끊은 지 몇 해 후에 그녀는 아델러를 버려 둔 채 음악가인가 가수인가 하는 친구와 이탈리아로 뺑소니를 치고 말았소. 아델러의 부양 의무가 내게 있다고는 그때도 생각지 않았고 지금도 생각 않고 있소. 저 아이의 아버지가 아니니까. 그러나 저 아이가 의지가 없다는 것을 알고 가엾은 아이를 파리의 시궁창에서 선서 내 가지고 영국 시골의 건강에 좋은 토양 위에서 길러야겠다 마음먹고 이리로 데려온 거요. 그리고 저 아이의 교육을 맡기기 위해 페어팩스 부인이 아가씨를 찾아낸 거요. 그러나 아가씨도 저 아이가 프랑스인 무희의 사생

아라는 것을 알게 된 이상 자기 지위나 가르치는 아이에 대해 여태까지와는 다른 생각을 갖게 될 거요. 보나마나 얼마 후에 딴 곳에 일자리가 났기 때문에, 혹은 새 가정교사를 물색해 주십시오, 하고 나올 것 아니겠소?"

"천만에요. 아델러는 어머니의 과실에 대해서도 또 당신의 과실에 대해서도 책임이 없어요. 나는 저 아이에게 애정을 가지고 있고 또 어머니에게는 버림받고 당신에게는 자기 딸이 아니라는 소리를 듣고, 이를테면 부모가 안 계신다는 것을 알게 된 이상 지금까지보다도 더 아껴 주고 싶어요. 친구라고 의지해 오는 외로운 고아를 버리고 가정교사를 귀찮게 여기는 부잣집의 귀염둥이를 어떻게 내가 더 좋아할 수 있단 말씀입니까?"

"아이고, 그렇게 생각하시는군! 자, 난 이제 들어가 봐야겠소. 아가씨도 그렇게 해요, 어두워지니까."

그러나 나는 그 뒤에도 얼마 동안을 아델러와 파일럿과 함께 바깥에 있었다. 아델러와 함께 달리기를 하고 깃털 공 차는 놀이를 하고 했다. 그 후 안으로 들어가 외투와 보닛을 벗기고 아델러를 무릎 위에 올려놓고는 한 시간쯤 내키는 대로 얘기를 하도록 내버려 두었다. 귀염을 받으면 버릇없이 굴면서 마구 쓸데없는 소리를 지껄여 대기가 일쑤였지만 나는 그것을 나무라지 않았다. 아마 어머니에게서 이어받은 것이겠지만 영국 기질과는 맞지 않는 천박한 성격이 그 점에 나타나 있었다. 그러나 그녀에게도 자기 나름의 장점이 있었고 나는 아델러의 좋은 점은 마음껏 인정해 주고 싶었다. 나는 그녀의 표정이나

이목구비에서 로체스터 씨와 닮은 점을 찾아보았지만 한 군
데도 찾아볼 수가 없었다. 어떠한 특징, 어떠한 표정도 부녀간
의 연관을 나타내는 것은 없었다. 딱한 일이었다. 만약 조금이
라도 닮은 곳이 밝혀진다면 로체스터 씨가 좀 더 귀여워해 줄
것이었다.

그날 밤 방으로 들어간 뒤에야 비로소 나는 로체스터 씨가
내게 들려준 얘기를 되씹어 보았다. 로체스터 씨 자신이 얘기
했듯이 그 얘기의 내용 자체는 아무런 별스러운 점이 없었다.
부유한 영국인 남자가 프랑스인 무희를 사랑했고 배반을 당했
다는 것쯤은 사교계에선 틀림없이 일상의 다반사였다. 그러나
그가 현재의 만족스러운 심경을 얘기하고 이 오래된 저택과
환경에 새로운 기쁨을 갖게 되었다는 것을 얘기했을 적에 갑
자기 그에게 들이닥친 감정의 발작에는 무엇인가 이상한 데가
있었다. 나는 그때 일어난 일을 의아스러운 기분으로 되새겨
보았지만 당장엔 설명이 안 되기 때문에 그 생각을 치워 버리
고 나를 대하는 로체스터 씨의 태도를 되씹어 보았다. 그가
내게 보여 준 신뢰와 실토는 나의 신중성에 대한 칭찬의 표시
라고 생각되었다. 나는 그렇게 해석하고 받아들였다. 나에 대
한 그의 처신은 요 몇 주일째 전보다는 훨씬 변화가 적어졌다.
나는 그에게 성가신 존재가 아니었고 그도 썰렁해지는 오만한
태도를 취하지 않게 되었다. 우연히 얼굴이 마주치게 되는 경
우에는 만나서 반갑다는 듯한 표정이었고 꼭 얘기를 걸어 주
었다. 어떤 때는 미소도 지었다. 정식으로 그의 면전으로 불려
갔을 적에는 정중한 대접을 받아서 내게도 주인을 기쁘게 할

능력이 있는 것 같은 기분이 들었다. 그리고 그럴 때의 담화는 나를 위해서라기보다도 자기가 즐거워서 마련한 것이라는 느낌도 들었다.

사실 나는 별로 얘기를 하지 않았다. 그러나 그의 얘기는 재미있게 들었다. 그는 얘기를 즐기는 성미였다. 세상 물정을 모르는 사람에게 이 세상의 정경이나 풍습을(그렇다고 부패한 정경이나 고약한 풍습이 아니라 큰 규모나 흔히 볼 수 없는 신기함 때문에 흥미가 솟는 것들을) 보여 주기를 좋아했다. 그리고 나는 그가 제공해 주는 새로운 생각을 받아들이고 그가 그려 주는 새로운 광경을 상상해 보고 혹은 그가 펼쳐 보이는 새로운 영역을 그의 뒤를 따라 마음속에서 더듬어 보는 데서 크나큰 희열을 맛보았다. 듣기 거북한 암시를 받고 놀라거나 난처해져 본 적은 한 번도 없었다.

그의 예사로운 태도가 나를 답답한 구속감으로부터 구해 주었다. 따스하면서도 예의 바르고 다정스러운 솔직한 태도로 나를 대해 주었고 그 때문에 나는 그에게 끌렸다. 나의 주인이라기보다 친척 같은 느낌이 드는 때도 있었다. 그러나 그는 이따금 오만하게 굴 때도 있었다. 나는 그것을 개의치 않았다. 그의 버릇이라는 것을 알았기 때문이다. 하루하루의 생활에 보태진 이 새로운 흥미로 자못 만족감과 행복감을 느끼게 된 나는 친척을 애타게 그리는 일도 없게 되었다. 초사흘 달처럼 가냘팠던 운명도 점점 커지는 것 같았고 인생의 공백도 메워졌다. 건강도 좋아져서 몸이 붇고 기력도 좋아졌다.

그리고 로체스터 씨는 내 눈에 추남으로 비쳤던 것일까? 그렇지 않았다. 독자여, 고마움과 즐겁고 아늑한 가지가지 연상 때문에 그의 얼굴은 내가 가장 보고 싶은 대상이 되었다. 그가 방 안에 있으면 가장 밝은 불보다도 기운을 돋우었다. 그렇다고 그의 결점을 잊어버린 것은 아니었다. 그랬을뿐더러 그가 자주 내게 그것을 보여 주는 바람에 잊으려야 잊을 수가 없었다. 그는 자기보다 떨어지는 사람에 대해선 오만하고 가혹하고 또 냉소적이었다. 나에 대한 굉장한 친절도 사실은 많은 다른 사람들에 대한 부당한 가혹성을 벌충하고 있는 것임을 나는 은밀하게 알고 있었다. 그는 또한 침울해지기가 일쑤였다. 까닭을 알 수가 없었다. 책을 읽어 달라는 부탁을 받고 가 보면 팔짱 낀 팔 위에 숙인 머리를 얹어 놓고 서재에 혼자 있는 경우가 한두 번이 아니었다. 고개를 들 때의 그의 얼굴은 잔뜩 찌푸린 상이었고 적의조차 띠고 있는 것이었다. 그러나 나는 그의 침울도 냉혹성도 또 기왕의 도덕상의 과실도(굳이 기왕이란 말을 쓰는 것은 이제 그가 개심한 듯이 보였기 때문이다.) 모두 잔인한 운명의 시련 탓이라고 믿고 있었다. 로체스터 씨는 본래 환경이 발전시키고 교육이 주입시키고 운명이 격려해 준 것보다도 훨씬 선량한 성벽을 가졌고 훨씬 고상한 신념과 보다 깨끗한 취미를 가지고 있는 인물이라고 나는 믿었다. 지금에 와선 얼마간 상하고 헝클어지긴 했으나 그에게는 훌륭한 재교가 있는 것이라고 나는 생각했다. 그것이 무엇이었든 그의 고뇌를 내가 슬퍼하고 그의 괴로움을 덜어 주고 싶은 심경이 되었다는 것을 나는 부정할 수 없다.

이미 촛불을 꺼 버리고 자리에 누웠지만 아무래도 잠이 오지 않았다. 너도밤나무가 늘어선 길에서 발길을 멈추고 운명의 신이 나타나서 손필드에서 행복해지고 싶거든 어디 한번 행복해져 보라고 도전하더라는 얘기를 할 때의 그의 표정이 염두에서 사라지질 않았기 때문이다.

'어째서 행복해질 수 없단 말인가? 그를 이 저택에서 멀리하게 하는 것은 무엇인가? 그는 다시 여기를 떠나게 되는 것일까? 페어팩스 부인은 그가 여기서 이 주일 이상을 묵은 일이 거의 없다고 했다. 그런데 이번엔 벌써 팔 주째 묵고 있다. 만약 그가 가 버린다면 나는 얼마나 적적하게 될 것인가? 만약 그가 봄, 여름, 가을 동안 내내 여기를 비워 둔다면 햇볕도, 갠 날씨도 얼마나 재미없게 되고 말 것인가?' 나는 마음속에서 궁리를 했다.

그 뒤 과연 내가 잠이 들었는지 안 들었는지는 분명치가 않다. 좌우간 어렴풋한 중얼거리는 소리를 듣고 나는 눈을 떴다. 야릇한 청승맞은 소리가 내 바로 머리 위에서 났다. 촛불을 끄지 말걸, 하고 나는 생각했다. 밤은 음산하게 캄캄했다. 나는 풀이 죽어 버렸다. 침대에 일어나 앉아 귀를 기울였다. 소리는 잠잠해졌다.

나는 다시 잠을 청하려 애를 썼다. 그러나 가슴이 마구 두근거리고 마음의 안정이 흩어졌다. 아래쪽 홀에서 시계가 두 시를 쳤다. 바로 그때 내 침실의 문에 무엇인가가 손을 댄 것 같았다. 어두운 복도를 손으로 더듬으며 가다가 손끝이 장식 판자를 스친 것 같았다. "누구요?" 하고 물어보았으나 대답은 없었다. 나는 무서워서 섬뜩해졌다.

파일럿일지도 모른다는 생각이 퍼뜩 떠올랐다. 부엌문이 열려 있을 때는 이 녀석이 층계를 올라가 로체스터 씨의 방문께로 찾아가는 일이 흔히 있었기 때문이다. 그 개가 거기 누워 있는 것을 아침나절에 본 적이 여러 번 있었다. 그런 생각을 하니 마음도 약간 안정되어 나는 자리에 누웠다. 고요는 신경을 진정시켜 주는 법이다. 잇단 정적이 저택을 지배함에 따라서 나는 다시 졸음이 오는 것을 느끼기 시작했다. 그러나 그날 밤은 잠을 못 이루도록 마련된 모양이었다. 가까스로 꿈이 내 귀에까지 가까이 왔을 때 골수까지 얼려 버릴 듯한 사건에 꿈은 놀라서 도망을 치고 말았다.

악마의 웃음 같은 웃음소리가 들려왔던 것이다. 나지막하고 숨죽인 듯한 굵직한 웃음소리로 내 침실 문의 열쇠 구멍에서 나는 듯했다. 침대의 머리 두는 쪽이 문가에 있었기 때문에 나는 처음 마귀의 웃음소리의 임자가 침대 곁에 서 있는 줄 알았다. 아니면 내 베갯머리에 웅크리고 있는 줄로 알았다. 그러나 일어나서 둘러보아도 아무것도 보이지 않았다. 하지만 골똘히 지켜보고 있는 동안에도 괴상한 소리는 되풀이되었다. 그 소리가 장식 판자 건너편에서 나는 것을 알았다. 나는 우선 벌떡 일어나 문의 빗장을 단단히 걸고 "누구요?" 하고 다시 소리쳤다.

무엇인가가 목구멍을 울리며 신음 소리를 냈다. 이어 삼 층 층계 쪽으로 향하는 것이 분명한 발소리가 복도에서 났다. 그 층계를 막으려고 최근에 문을 해 단 터였다. 그 문이 열리고 닫히는 소리가 나더니 다시 모든 것이 조용해졌다.

'그레이스 풀이었을까? 그 여자는 악마에게 들린[憑] 것일까?' 나는 생각했다. 이제 그 이상 혼자 있을 수가 없었다. 페어팩스 부인에게로 가야 할 것 같았다. 나는 서둘러 프록과 숄을 걸치고 빗장을 빼고는 떨리는 손으로 문을 열었다. 문 바로 옆, 복도의 매트 위에 불이 켜진 촛불이 놓여 있었다. 나는 깜짝 놀랐지만 더욱 놀란 것은 마치 연기로 가득 찬 것처럼 공기가 몽롱하다는 점이었다. 대체 이 파란 연기가 어디서 나오는 것일까 하고 좌우를 둘러보고 있는데 게다가 무엇인지 타는 냄새가 나고 있음을 깨달았다.

무엇인가 삐걱하는 소리가 났다. 반쯤 열린 문소리였다. 그것은 로체스터 씨의 침실 문으로 연기는 거기서 뭉게뭉게 나오는 것이었다. 이제 페어팩스 부인 생각은 나지 않았다. 순식간에 나는 침실로 들어섰다. 불꽃의 혓바닥이 침대 언저리에서 날름거리고 있었고 이미 커튼에는 불이 붙어 있었다. 불꽃과 연기 한복판에 로체스터 씨는 깊은 잠이 든 채 꼼짝도 않고 누워 있는 것이었다.

"일어나세요! 일어나세요!" 나는 고함치면서 그의 몸을 흔들었다. 그는 그저 중얼거리며 돌아누울 뿐이었다. 연기가 그의 지각을 마비시켜 버린 것이었다. 일각의 여유도 없었다. 불은 이불에까지 붙어 있었다. 나는 대야와 물동이 쪽으로 달려갔다. 다행히 대야는 넓고 물동이는 바닥이 깊은 것이었고 모두 물이 가득 담겨 있었다. 나는 그것을 들어 침대와 잠들어 있는 로체스터 씨에게 물벼락을 내려 주고는 내 방으로 달려가 내가 쓰는 물동이를 들고 가서 다시 한번 침대에 세례를 해 주었다. 천우신조로 나는 침대를 집어삼키려는 불을 끄는 데 성공했다.

꺼진 불이 쉿쉿 하는 소리, 물을 퍼부었을 때 손에서 떨어져 나간 물동이가 깨지는 소리 그리고 무엇보다도 내가 듬뿍 끼얹어 준 샤워 때문에 드디어 로체스터 씨가 눈을 떴다. 방 안은 캄캄했지만 그가 잠이 깬 것을 나는 알 수 있었다. 물바다 속에 누워 있는 것을 알고 그가 야릇한 저주의 말을 마구 퍼부어 대는 소리가 났기 때문이다.

"홍수가 졌나?" 그가 소리쳤다.

"아닙니다. 그러나 불이 났더랬어요. 일어나세요. 흠뻑 젖으셨어요. 초를 갖다드릴게요." 내가 말했다.

"그리스도교국의 모든 요정의 이름을 걸고 묻겠는데 제인 에어지? 나를 어떻게 해 놓은 거야? 마귀할멈 같으니라고! 방 안에 누가 또 있는 거야? 나를 물에 빠뜨려 죽일 셈이었나?"

"촛불을 가져오겠어요. 제발 일어나세요. 누군가가 일을 꾸몄던 거예요. 누가 무슨 짓을 했는지 당장 알아보셔야지요."

"자, 일어났소. 하지만 촛불은 잠깐 두어 둬요. 젖지 않은 옷을 꿰입을 때까지 이 분만 기다려요. 젖지 않은 옷이 있을지 모르지만, 여기 가운이 있군. 자, 그럼 가져오도록 해요!"

나는 달려나가 복도에 아직까지 그대로 있는 초를 가지고 왔다. 로체스터 씨는 촛대를 내 손에서 받아 들더니 높이 치켜올려서 새까맣게 그은 침대와 흠뻑 젖은 이불과 물에 떠 있는 주위의 양탄자를 살펴보았다.

"어떻게 된 거요? 누구 짓이오?" 그가 물었다.

나는 일어난 일을 짤막하게 그에게 얘기해 주었다. 복도에서 들려온 괴상한 웃음소리, 삼 층으로 올라가는 발소리, 연기, 나로 하여금 그의 방으로 달려오게 한 타는 냄새, 들어왔을 때의 방 안의 모양 그리고 내가 손 닿는 대로 마구 그에게 물을 퍼부었다는 얘기를 들려주었다.

그는 심각한 표정으로 귀를 기울였다. 내가 얘기를 계속함에 따라 그의 안색은 놀라움보다도 걱정을 나타내고 있었다. 내가 얘기를 마쳤을 때에도 그는 잠자코 있었다.

"페어팩스 부인을 부를까요?" 내가 물어보았다.

"페어팩스 부인은 필요 없어요. 대체 무엇 하러 그녀를 부른단 말이오? 그녀가 무엇을 할 수 있다고. 그냥 자게 내버려둬요."

"그러면 리어를 불러서 존 내외를 깨우도록 하겠어요."

"그럴 필요 없어요. 가만있어요. 숄을 걸치고 있소? 춥거든 저기 있는 내 외투를 걸쳐도 좋아요. 그걸 걸치고 안락의자에 앉아 있도록 해요. 자, 내가 입혀 드리지. 젖지 않도록 발을 걸상에 올려놓아요. 그럼 몇 분간만 기다리고 있어요. 촛불은 내가 좀 가지고 가겠소. 내가 돌아올 때까지 가만히 앉아 있어요. 생쥐 모양으로 꼼짝 말고 있어요. 삼 층엘 좀 가 봐야겠소. 잊지 말고 가만히 있어요. 사람을 부르지도 말고."

그가 나갔다. 나는 불빛이 멀어져 가는 것을 지켜보았다. 그는 살며시 복도를 지나 소리가 나지 않게 가만히 층계의 문을 열더니 들어가서 닫았다. 마지막 불빛이 보이지 않게 되었다. 나는 아주 캄캄한 속에 혼자 남아 있었다. 무슨 소리가 들리나 하고 귀를 기울였지만 아무 소리도 들리지 않았다. 아주 오랜 시간이 지나갔다. 나는 따분해졌다. 외투를 걸쳤으나 춥기는 매한가지였다. 게다가 사람들을 깨우지 말라는 얘기였으니 거기 그대로 머물러 있을 필요가 없을 것 같았다. 그가 언짢아하든 말든 막 그의 명령을 어기려고 하는 참에 복도의 벽으로 불빛이 비치더니 매트를 밟는 맨발 소리가 들려왔다. '제발 그분 발소리고 딴 무서운 소리가 아니기를.' 나는 속으로 생각했다.

로체스터 씨가 방으로 돌아왔다. 파리하고 침울한 표정이었다. "다 알아보았어요. 내 짐작이 맞았어." 촛불을 세면대에 올려놓으면서 그가 말했다.

"어떻게 된 거예요?"

그는 잠자코 팔짱을 끼더니 땅바닥을 내려다볼 뿐이었다. 얼마 후 그가 야릇한 어조로 묻는 것이었다.

"침실 문을 열었을 때 무엇을 보았다고 했던가요?"

"땅바닥에 놓인 촛불이 보였을 뿐입니다."

"하지만 괴상한 웃음소리는 들었지요? 그 전에도 그 비슷한 웃음소리는 들은 일이 있었지요?"

"네. 그레이스 풀이라고 하는 침모가 있는데 그런 투로 웃어요. 별난 여자예요."

"그렇소. 그레이스 풀이오. 짐작한 내로요. 거기 말마따나 정말 별난 여자요, 아주. 어쨌든 이 문제는 내가 잘 생각해 보겠소. 한편 오늘 밤의 사건을 자세히 알고 있는 사람이 나하고 아가씨뿐이라는 것은 천만다행이오. 아가씨는 여기저기 떠

270

벌리고 다닐 사람이 아니지만 이 얘기는 말아 주오. 이것은(침대를 가리키며) 내가 어떻게 해결을 할 테니까. 이제 방으로 돌아가 보오. 오늘 밤은 서재의 침대에서 이럭저럭 잘 테니까요. 네 시가 다 되었소. 두 시간 후에는 하인들이 일어날 거요."

"그럼 안녕히 주무세요." 방을 나서면서 내가 말했다.

그는 놀란 표정이었다. 나보고 방으로 가 보라고 이르고서는 놀란 표정이니 정말 앞뒤가 맞지 않는 노릇이었다.

"뭐요! 벌써 나를 두고 간단 말이오? 그렇게 거침없이?"

"가도 좋다고 하셨잖아요?"

"그렇지만 인사를 하기도 전에 가 보라고는 하지 않았소. 나에게서 한두 마디 호의나 감사의 말은 듣고 가야 할 것 아니오! 그렇게 냉랭하게 가는 수가 있소! 아가씨는 내 생명을 구해 주었소! 끔찍하고 괴로운 죽음에서 나를 건져 내 준 것이오. 그런데도 우리가 전혀 생면부지의 사이인 것처럼 그렇게 허술하게 나가는 수가 어디 있소? 최소한 악수라도 합시다."

그가 손을 내밀었다. 나도 손을 내밀었다. 처음엔 내 손을 한 손으로 잡더니 나중에는 두 손으로 잡는 것이었다.

"아가씨는 내 생명을 구해 주었소. 그렇듯 큰 은혜를 빚지고 있다는 것이 나는 기쁘오. 그 이상 지금은 말을 더 못 하겠소. 아가씨 아닌 딴사람이 이러한 은혜의 채권자로 나타났다면 나는 견딜 수가 없을 것이오. 하지만 아가씨의 경우는 달라요. 거기서 받은 은혜가 짐으로 느껴지지 않으니까요. 제인."

그는 말을 쉬고 물끄러미 나를 바라보았다. 거의 보일 정도로 말이 그의 입술 위에서 떨고 있었지만 소리로 되어 나오지는 않았다.

"그럼 다시 안녕히 주무세요. 지금 경우에 빚이니 은혜니 짐이니 의리니 그런 것은 없어요."

"언젠가 어떤 형태로든 내게 좋은 일을 해 주리라는 것을 나는 알고 있었소. 처음 만났을 때 당신의 눈에서 그 징조를 보았단 말이오. 당신의 눈의 표정과 미소는 결코(여기까지 말하고 말을 쉬었다.) 결코(여기서 그는 급히 말을 이었다.) 까닭 없이 내 마음 깊은 곳에 기쁨을 갖다준 것이 아니었소. 흔히들 타고난 조화란 말을 하오. 평생 동안 따라다니는 수호신 얘기도 있소. 허황한 옛얘기 속에도 진리가 담겨 있는 것 같소. 안녕히 주무시오, 나의 수호신!"

그의 목소리에는 전에 없던 기운이 담겨 있었고 그의 표정에는 전에 없던 격정이 담겨 있었다.

"마침 깨어 있어서 다행이었어요." 이렇게 말하고 나는 걸음을 떼었다.

"제인! 정말 갈 작정이오?"

"전 추워요."

"춥다고! 그래요, 물웅덩이 속에 있었으니! 그럼 가 봐요, 제인. 가 봐요!" 그러나 그는 여전히 내 손목을 쥐고 있어 뿌리칠 수가 없었다. 나는 편법을 생각해 냈다.

"페어팩스 부인이 일어난 것 같아요." 내가 말했다.

"그럼 가 봐요."

그가 내 손목을 풀어 주어 나는 방을 나섰다.

나는 침대로 돌아갔으나 다시 잘 생각은 하지 못했다. 동이

틀 무렵까지 나는 기쁨의 파도 밑으로 걱정거리의 물결이 요동치는 흔쾌하면서도 평온치 못한 바다 위에서 출렁이고 있었다. 때때로 거센 파도 저 너머로 뷸라[18]의 언덕처럼 아름다운 육지가 보이는 듯했다. 그리고 희망으로 잠이 깨인 상쾌한 바람이 이따금씩 내 영혼을 그 목적지로 의기양양하게 실어다 주는 것 같은 느낌이 들었다. 그러나 공상 속에서조차 그 기슭에 당도하지는 못했다. 육지로부터 바람이 불어와서 끊임없이 나를 밀어젖히는 것이었다. 지각이 환각을 몰아내는 것이었다. 판단력이 정열에게 타이르는 것이었다. 흥분 때문에 쉬지를 못했던 나는 동이 트자마자 일어났다.

_____

18) 『천로 역정』에 묘사된 휴식의 땅.

16장

잠을 이루지 못한 밤이 새고 그 이튿날, 나는 일변 로체스터 씨가 보고 싶기도 하고 일변 만나기가 두렵기도 했다. 그의 목소리는 다시 듣고 싶었으나 그의 눈길을 마주치기가 겁이 났다. 이른 오전 중에는 그가 나타나기를 조마조마하며 기다렸다. 공부방으로 자주 드나드는 버릇은 없었지만 때때로 잠깐씩 얼굴을 내미는 경우는 있었고 그날만은 꼭 들를 것 같은 느낌이 들었다.

여느 때처럼 오전이 다 지나가고 아델러의 조용한 공부 시간은 방해되는 일은 아무것도 생기지 않았다. 그저 아침 식사 직후에 로체스터 씨의 침실 근처에서 조금 떠들썩한 소리가 들릴 뿐이었다. 페어팩스 부인의 목소리가 나고 리어, 요리인(즉 존의 아내)의 목소리가 나더니 존의 퉁명스러운 음성도 들렸다. "주인 양반이 침대에서 타 죽지 않은 게 천만다행이야!" "밤에 촛불을 켜 두는 것은 항시 위험하다니까." "물동이 생각을 할 정도로 침착하셨으니 정말 천우신조지 뭐요." "그래 아무도 안 깨우셨나?" "서재의 소파에서 주무시고 감기나 안 드셨는지." 하는 등속의 소리가 들렸다.

이 떠들썩한 소리가 멎은 뒤에는 문질러 닦고 정돈하는 소리가 났다. 점심을 먹으러 아래층으로 내려가다가 열린 문 사이로 들여다보니 모든 것이 그 전대로 정돈되어 있었다. 침대의 커튼이 치워져 있을 뿐이었다. 리어는 창밑의 걸상에 걸터앉아 연기로 그을린 유리창을 닦고 있었다. 어젯밤의 사건을 어떻게 설명했는가 하는 것이 궁금해서 리어에게 막 물어볼 셈이었다. 그러나 가까이 가 보니 또 한 사람이 방 안에 있는 것이었다. 한 여인이 침대 곁의 의자에 앉아 새 커튼에 고리를 꿰매는 중이었다. 그 여인은 바로 그레이스 풀이었다.

갈색 가운에 격자무늬 앞치마, 흰 목수건에 모자를 쓴 차림새로 여느 때와 같이 침착하고 말수 없는 표정으로 앉아 있었다. 바느질에 열중하고 있어 딴것은 염두에 없는 성싶었다. 그녀의 험한 이마나 평범한 이목구비 그 어느 구석에도 살인을 꾀하는 여인의 얼굴에 나타남 직한 핼쑥함이나 자포자기의 티를 찾아볼 수가 없었다. 그녀가 노렸던 대상자가 간밤에 그녀 소굴로까지 뒤쫓아 가서 (내가 믿었던 바로는) 그녀가 꾀했던 범죄를 책망하지 않았던가. 그러나 그런 일을 당한 사람의 티는 전혀 찾아볼 수가 없었다. 나는 놀랐고 또 어안이 벙벙했다. 내가 계속 지켜보니까 그녀가 고개를 쳐들었다. 감정을 나타내고, 죄의 인식, 발각을 두려워하고 있음을 나타내는 놀라는 표정이나 안색의 변화가 전혀 없었다. 그녀는 여느 때처럼 짤막하고 미련스럽게 "선생님, 안녕하십니까." 하고 인사를 하더니 땀 고리와 실을 들고 바느질을 계속했다.

'조금 시험을 해 볼까? 이렇게 전혀 시치미를 떼고 있는 것은 알 수 없는 일인걸.' 나는 속으로 생각했다.

"안녕하세요, 그레이스." 내가 말했다. "무슨 일이 있었던가요? 조금 전에 하인들이 모두 무슨 얘기를 하는 것 같던데요."

"간밤에 주인 양반이 잠자리에서 책을 읽으셨대요. 촛불을 켜 놓고 잠이 드시는 바람에 커튼에 불이 붙었어요. 하지만 다행히 이불이나 나뭇결에 불이 붙기 전에 잠을 깨셔서 물동이의 물로 불을 끄셨답니다."

"이상한 일이군요!" 내가 나지막한 소리로 말했다. 이어 그녀를 뚫어지게 바라보면서 말을 이었다.

"그러면 로체스터 님은 아무도 안 깨웠던가요? 아무도 그의 거동을 본 사람이 없었나요?"

그레이스는 다시 나를 쳐다보았다. 이번에는 무엇인가를 의식한 듯한 표정이 눈에 어렸다. 나를 조심스럽게 살펴보는 눈치더니 이렇게 대답했다.

"하인들은 모두 아주 동떨어진 데서 자기 때문에 아무 소리두 못 들었을 겁니다. 페어팩스 부인과 선생님 방이 주인 양반 방과는 제일 가까운데 페어팩스 부인은 아무 소리도 못 들었답니다. 노인들은 대개 잠이 들면 곯아떨어지거든요." 그레이스는 잠깐 사이를 두고 나서 자못 무관심하다는 듯이 그러나

276

분명히 의미 있는 말씨로 덧붙였다. "하지만 선생님은 젊기 때문에 깊은 잠은 안 들겠지요. 혹 무슨 소리를 들었나요?"

"들었어요." 아직 유리창을 닦고 있는 리어에게 들리지 않도록 목소리를 죽여서 말했다. "처음엔 파일럿인 줄 알았어요. 그러나 파일럿이야 어디 웃을 줄을 아나요. 나는 아주 괴상한 웃음소리를 들었어요."

그레이스는 한 바늘 몫의 새 실을 꺼내어 조심스럽게 납칠을 하고 착실한 솜씨로 바늘에 꿰고는 아주 침착한 태도로 말했다.

"그렇게 위험한 꼴을 당하시고 주인 양반이 웃으셨을 리야 없지요. 선생님이 꿈이라도 꾼 것이겠지요."

"꿈이 아니었어요." 약간 노기를 띠고 내가 말했다. 그녀의 뻔뻔스럽고 냉정한 태도에 화가 났기 때문이다. 다시 그녀는 나를 쳐다보았다. 아까와 같이 눈치를 살피며 염탐하는 눈길이었다.

"웃음소리 들었다는 걸 주인 양반께 얘기했어요?"

"오늘 아침엔 아직 얘기할 기회가 없었어요."

"문을 열고 복도를 내다볼 생각은 안 났던가요?" 그녀가 다시 물었다.

그녀는 내게 꼬치꼬치 심문하는 것 같았다. 부지중에 내 입에서 무슨 정보가 나오기를 꾀하는 것 같았다. 내가 그녀의 죄를 알고 있거나 의심한다는 것을 알게 된다면 어떤 악의에 찬 장난을 내게 할지도 모른다는 생각이 퍼뜩 머릿속에 떠올랐다. 조심해야겠다고 나는 생각했다.

"그러기는커녕 문의 빗장을 걸었습니다."

"그러면 선생님은 매일 밤 침대에 들기 전에 빗장을 걸지 않는 습관인가요?"

'마귀 같으니라고! 나의 습관을 알아 두려고 하는구나. 그걸 알아가지고 계획을 세우려고!' 다시 노기가 치밀어 올라 분별력을 눌러 버렸다. 나는 톡 쏘아 주었다. "여태까지는 가끔 빗장을 안 지른 적이 있어요. 필요 없는 일이라고 생각했던 거죠. 손필드 저택에선 어떤 위험이나 골칫거리를 겁낼 필요가 없다고 생각했습니다. 그러나 앞으로는(나는 이 말을 유난히 세게 강조했다.) 잠자리에 들기 전에 충분히 잠겼는지 조심을 해야겠어요."

"그렇게 하는 것이 현명한 수지요."라는 대답이었다. "이 근방은 아주 조용한 곳이고 또 이 저택이 들어선 후에 집에 도둑이 들었다는 얘기는 한 번도 들어 본 적이 없어요. 식기 찬장에 값으로 치면 수백 파운드가 되는 접시가 들어 있는 것은 모두 아는 사실이지만. 그리고 보다시피 이렇게 넓은 저택치고 하인들은 얼마 안 돼요. 주인 양반이 이곳에 잘 묵질 않으시니까요. 여기서 묵으실 때라도 홀몸이시기 때문에 시중들 일도 별로 없고요. 하지만 조심은 지나쳐서 손해나는 일이 없다고 난 생각해요. 문의 빗장을 지르는 것쯤이야 쉬운 일이고 자신과 재앙 사이에 빗장을 질러 두는 것이 좋은 일이죠. 많은 사람들이 모든 것을 하느님께 맡기는 경우가 많아요. 하지만 나보고 얘기하라면 하느님이 재앙을 막는 수단까지 보살펴 주시는 건 아니죠. 수단이 신중하게 강구되었을 때엔 축복을 내려 주시지만." 여기서 그녀는 열변을 마쳤다. 퀘이커교도처럼 착실하게 얘기했고 그녀로서는 드물게 오래 한 얘기였다.

그레이스의 불가사의한 침착과 불가해한 위선에 어안이 벙벙해져 멍하니 서 있으려니까 요리인이 들어왔다.

"풀 부인." 그녀가 그레이스에게 말했다. "하인들의 점심이 다 되었습니다. 내려오겠어요?"

"아니요. 내 몫의 흑맥주와 푸딩을 쟁반에 담아 줘요. 내가 위층으로 가지고 갈 테니까."

"고기도 들겠어요?"

"조금만. 그리고 치즈를 좀 줘요. 그러면 돼요."

"세이고[19]는요?"

"지금은 안 놓아도 돼요. 차 시간 전으로 내려가서 내가 만들 테니까요."

요리인은 여기서 나를 향해 페어팩스 부인이 기다리고 있다고 말했다. 나는 방을 나섰다.

점심을 먹는 자리에서 페어팩스 부인이 들려주었던 커튼에 불이 붙은 사건의 설명도 내 귀에는 거의 들어오지 않았다. 그레이스 풀의 수수께끼 같은 성격을 궁리하느라고 정신이 없었던 것이다. 저 여자는 손필드에서 어떠한 위치에 있는 것일까? 어째서 오늘 아침에 대뜸 가두어 둔다거나 해고시킨다든가 하는 조치를 취하지 않는 것일까? 이러한 의문으로 내 머릿속은 가득 차 있었다. 간밤에 로체스터 씨는 그레이스의 소행이

---

19) 세이고 야자의 녹말로 과자 재료이다.

라고 분명히 말한 거나 진배없지 않았던가. 어떤 불가사의한 이유로 해서 그는 그레이스를 문책하지 못하는 것일까? 내게까지 비밀을 지켜 달라고 이른 것은 무슨 까닭에서일까? 아무래도 이상한 일이었다. 배짱이 세고 복수심이 강하고 오만한 신사가 고용인 중에서도 제일 비천한 신분인 위인의 손아귀에서 놀아나는 것처럼 보였다. 그녀의 손아귀에서 꼼짝 못 하기 때문에 그는 그녀가 생명을 노리고 수를 썼는데도 공공연히 문책도 못 하고 더더구나 처벌은 감히 생각지도 못하는 것이 아닌가.

만약 그레이스가 젊고 아리따운 여인이었다면 분별이나 공포보다도 부드러운 인정이 로체스터 씨를 움직여서 그녀를 감싸 주는 것이라고 생각할 수도 있지만 그렇듯 험상궂고 나이도 지긋한 여인에게는 당치 않은 얘기였다. '그러나 그녀에겐 젊은 시절이 있었다. 그녀의 젊은 시절과 로체스터 씨의 청년 시절은 아마 비슷한 시기였으리라. 페어팩스 부인도 그녀가 이리 온 지 퍽 오래되었다고 한 터였다. 그녀에게 아리따웠던 시절이 있었다고는 생각되지 않지만 어쩌면 용모의 결함을 벌충할 만한 특이하고 굳센 성격을 가지고 있었을지도 모른다. 로체스터 씨는 단호하고 별난 인간을 좋아하는 사람이다. 그렇게 보면 그레이스는 별난 여인이다. 왕년의 일시적인 기분, 로체스터 씨처럼 성급하고 앞뒤를 가리지 않는 성품의 인간에게 있을 법한 일시적인 기분의 결과로 그레이스의 손아귀에 잡힌 몸이 되었고 스스로는 주책없는 소행이 자아낸 결과라고 하더라도 이제 와서 버릴 수도 무시할 수도 없는 은밀한 영향력을 그녀가 로체스터 씨에게 행사하는 것이 아닐까?' 나는 생각했다. 여기까지 나의 추측이 다다랐을 때에 그레이스 풀의 펑퍼짐하고 납작한 몸매와 단정치 못하고 꺼칠하며 약하기까지 한 얼굴 모양이 선연하게 내 눈에 떠올랐다. 부지중에 '아니야. 있을 수 없는 일이야.' 하고 나는 생각했다. 그러나 우리의 마음속에서 은밀하게 속삭이는 비밀의 목소리는 말하는 것이었다. '그렇게 말하는 너도 예쁘지가 못하다. 그렇지만 로체스터 씨는 네가 마음에 드는 모양이다. 어쨌든 너는 그가 너를 좋아하고 있다는 느낌을 가질 때가 종종 있었다. 그리고 간밤에는 어땠는가? 그의 말을 상기해 보라. 그리고 표정을 상기해 보라. 그리고 그의 목소리를!'

나는 모든 것을 생생하게 기억하고 있었다. 말도 눈길도 말씨도 생생하게 되살아나는 듯싶었다. 나는 공부방에 있었고 아델러는 그림을 그리고 있었다. 나는 그녀 뒤에서 상체를 구부리고 연필 놀리는 법을 가르쳐 주었다. 그녀는 놀란 듯이 나를 쳐다보며 말했다.

"어쩐 일이세요, 선생님? 선생님 손가락이 나뭇잎처럼 떨리고 있어요. 볼도 홍당무가 되어 있어요. 버찌처럼 새빨간걸요!"

"허리를 구부려서 상기된 거야, 아델러!"

아델러는 스케치를 계속하고 나는 생각을 계속했다.

나는 그때까지 그레이스 풀에 관해서 생각하고 있었던 혐오스러운 생각을 서둘러 몰아내려고 했다. 생각만 해도 진저리가 났다. 나 자신을 그레이스와 비교해 보고 그녀와 나는 같은 데가 없다고 생각했다. 베시도 나보고 정말 숙녀라고 말했다. 그녀는 진실을 말한 것이었다. 나는 숙녀였다. 게다가 지금은 베시가 나를 보았을 때보다 한결 나아진 터였다. 혈색도 좋아지고 몸도 불었다. 한결 생기에 차 있고 발랄했다. 그때보다 희망도 밝아지고 즐거움도 커졌으니까.

"저녁이 다 됐군." 창가를 바라보며 나는 혼잣말을 했다. '오늘은 집 안에서 로체스터 씨의 목소리도 발소리도 들어보질 못했다. 그러나 밤이 되기 전에 꼭 만나게 되리라. 아침나절엔 그를 만나기가 두려웠는데 지금은 꼭 만나 보고 싶다. 너무나 오랫동안 기대가 어긋났기 때문에 초조해진 것이다."

저녁 어스름이 밀려와 소피를 상대로 육아실에서 놀기 위해 아델러가 가 버리자 로체스터 씨를 만나고 싶은 마음은 더욱 간절해졌다. 아래층에서 초인종 소리가 나지 않을까 하고 나는 귀를 기울였다. 리어가 전갈을 가지고 올라오지나 않나 하고 귀를 기울였다. 몇 번이나 로체스터 씨의 발소리가 들려온 것 같아 이제 문이 열리고 그가 들어오지 않을까 하고 문쪽으로 고개를 돌리곤 했다. 그러면 문은 닫힌 채로 있었고 유리창으로는 어둠이 밀려올 뿐이었다. 그러나 아직 늦지는 않았다. 일곱 시나 여덟 시가 되어서 불려간 적도 있었으니 말이다. 이제 겨우 여섯 시밖에 되지 않았다. 얘기할 것이 이다지도 많은데 오늘 밤엔 꼭 만나 보아야지! 나는 다시 한번 그레이스 풀의 얘기를 꺼내고 그의 대답을 듣고 싶었다. 간밤의 끔찍스러운 일을 저지른 장본인이 정말 그녀라고 생각하는가, 만약 그렇다면 어째서 그녀의 고약한 짓을 비밀로 해 두는 것인가, 나는 분명히 물어보고 싶었다. 나의 호기심이 그의 속을 상하게 할 것인가 하는 것은 문제도 되지 않았다. 나는 번갈아 가며 그를 노엽게 하고 달래는 즐거움을 알고 있었다. 그것은 나의 가장 주된 즐거움의 하나였고 과오를 모르는 직관력이 도를 넘는 것을 막고 있었다. 한 발짝 더 가면 그를 노엽게 한다는 선에서 한 걸음도 더 나가질 않았다. 아슬아슬한 고비에서 내 솜씨를 시험해 보는 것이 좋았다. 온갖 사소한 존경의 형식을 지키면서 또 나의 지위에 걸맞은 예의를 지키면서 나는 불안한 속박을 두려워하지 않고 그와 토론을 나눌 수가 있었다. 그것이 내 성미에도 로체스터 씨의 성미에도 맞았던 것이다.

마침내 층계에서 삐거덕거리는 발소리가 나고 리어의 모습이 보였다. 그러나 그것은 페어팩스 부인 방에서 차의 준비가 다 되었음을 알리러 온 것에 지나지 않았다. 어쨌건 아래층으로 내려가 보는 것이 반가워서 나는 가기로 했다. 로체스터 씨에게 조금이라도 가까이 가는 것이라고 생각했던 것이다.

"차를 드실 성싶어서요." 내가 들어서자 마음씨 좋은 부인이 말했다. "점심도 조금밖에 안 드셨지요. 어디가 불편하세요? 얼굴도 상기되어 있고 열이 있는 것 같군요."

"아뇨. 까딱없어요. 이렇게 가뿐한 적이 없었을 정도예요."

"그렇다면 많이 드셔서 그렇다는 증거를 보여 주어야지요. 이 바늘이 들어간 만큼만 뜨개질을 할 테니 찻주전자에 따라서 드시겠어요?"

뜨개질을 마치자 부인은 몸을 일으켜 그때까지 올렸던 차일을 내렸다. 바깥 볕을 될수록 활용해 보자고 내리질 않았던 모양이다. 하지만 저녁 어스름은 이제 아주 캄캄해져 가고 있었다.

"별이 총총하진 않지만 맑은 날씨입니다." 유리창 너머를 바라보면서 부인이 말했다. "로체스터 님은 날을 잘 받아서 여행을 떠나신 셈입니다."

"여행이라고요! 로체스터 님이 어딜 가셨어요? 전 전혀 모르고 있었네요."

"조반도 뜨는 둥 마는 둥 떠나셨어요! 리스 저택엘 가셨답니다. 밀코트에서 10마일쯤 떨어진 에시턴 씨의 저택이지요. 꽤 큰 파티가 열린다지요. 잉그램 경, 조지 린 경, 덴트 대령, 기타 여러분이 모이신대요."

"오늘 밤중으로 돌아오시나요?"

"아뇨. 내일도 어려울 겁니다. 일주일쯤은 묵으시지 않나 생각합니다. 그렇게 쟁쟁한 상류 사회의 인사들이 모이시면 자못 흥청하고 호사스러운 분위기이고 또 접대도 이만저만하지가 않기 때문에 그리 쉽게 헤어질 수 없을 거예요. 특히 나리 님들은 그럴 때 빠뜨릴 수가 없는 것이고 게다가 로체스터 님은 사교엔 능하시고 또 재치 있기 때문에 아주 인기일 겁니다. 여성분들이 아주 좋아하는 처지지요. 그분의 외양으로 말하면 여성분들에게 각별한 매력이 되는 것은 아니겠지만 재주나 능력, 게다가 재신과 집안의 시제, 이런 것이 약간의 외양의 결함을 벌충하는 것이겠지요."

"리스 저택에는 여성분들도 있나요?"

"에시턴 부인과 세 따님이 있지요. 따님들은 아주 품위 있는 아가씨들이지요. 그리고 아주 아리따운 블랑슈 잉그램 아가씨와 메리 잉그램 아가씨가 있지요. 블랑슈 아가씨는 나도 육칠 년 전, 그러니까 그녀의 나이가 열여덟이었을 때 본 적이 있습니다. 로체스터 님이 베풀었던 크리스마스 파티와 무도회에 참석했지요. 그날의 식당의 광경은 정말 볼만했답니다. 그 화려한 장식하며 휘황한 불빛하며! 손님도 오십 명은 되었습니다. 이 지방의 양반집 분들뿐이었어요. 그중 잉그램 아가씨는 그날 밤의 꽃이었지요."

"그분을 만나 보셨다고 하셨지요? 어떻게 생기신 분인데요?"

"네, 만나 보았지요. 식당의 문이 열려 있는 데다가 크리스마스라고 해서 우리도 홀에 들어가서 여성분들의 노래나 연주를 듣는 것이 허용되었지요. 로체스터 님이 들어오라 하셔서 나도 구석에 앉아 구경을 했답니다. 그처럼 멋있는 정경은 구경한 적이 없어요. 여성분들은 호화찬란한 옷차림이었습니다. 대부분, 적어도 젊은 아가씨들은 예쁘게 생겼는데 그중에서도 역시 잉그램 아가씨가 여왕이었어요."

"그런데 어떻게 생기신 분이에요?"

"키가 훤칠하게 크고 어깨선이 고운 데다가 가슴께가 아주 예뻐요. 목은 갸름하고도 우아하고 투명하고 가무잡잡한 올리브색의 얼굴이지요. 눈은 로체스터 님의 눈과 비슷해서 큼직한 검은 눈으로 몸에 치장한 보석처럼 반짝반짝했습니다. 게다가 머리채가 일품이었는데 새까만 머리를 아주 어울리게 빗어 붙였어요. 뒤쪽은 굵게 땋아 올리고 앞머리는 광택이 나는 것을 길게 고수머리로 늘어뜨렸지요. 하얀 옷차림이었는데 담황색의 스카프를 어깨에서 가슴으로 걸치고 옆으로 매어 놓았지만 긴 장식 주름이 달린 것이 무릎까지 내려왔습니다. 머리에는 또 담황색의 꽃을 꽂고 있었는데 푸짐하고 새까만 고수머리에 아주 어울렸어요."

"보나마나 칭찬이 자자했겠네요?"

"정말 그랬어요. 아름다운 외양뿐 아니라 여러 가지 재주 때문에 그랬지요. 노래도 불렀거든요. 누군가가 피아노 반주를 맡고 그녀와 로체스터 씨가 이중창을 불렀습니다."

"로체스터 님이요? 노래를 하실 줄은 몰랐는데요."

"왜요! 훌륭한 베이스의 목청을 가지셨답니다. 음악에 대한 소양도 대단하시지요."

"그럼 잉그램 아가씨는 어떤 목소리인가요?"

"성량이 풍부하고 힘찬 목소리예요. 정말 홀릴 듯한 노래 솜씨였어요. 나도 이럭저럭 뜻밖의 큰 구경을 한 셈이었어요. 그 뒤 피아노 솜씨도 보여 주었습니다. 나는 음악은 잘 모르겠어요. 로체스터 님은 잘 아시는데 그 뒤 뛰어난 솜씨라고 얘기하시더군요."

"그럼 그 재주가 뛰어난 미인 아가씨는 아직 결혼을 안 했나요?"

"안 한 것 같아요. 그 아가씨도 동생도 재산은 별로 못 가지고 있는 것 같아요. 잉그램 경의 영지는 대부분 한정 상속(限定相續)으로 되어 있고 맏아들이 거의 독차지한 것 같아요."

"하지만 부유한 귀족이나 신사가 구혼을 안 했던가요? 가령 로체스터 님 같은 분이. 로체스터 님은 부유하지 않습니까."

"그건 그래요! 하지만 나이 차이가 상당하거든요. 로체스터 님은 근 마흔이신데 아가씨 쪽은 아직 스물다섯밖에 안 되거든요."

"그까짓 게 무슨 상관 있어요? 그보다도 안 어울리는 짝이 매일같이 인연을 맺는걸요."

"그건 그래요. 하지만 로체스터 님은 그런 생각은 통 안 하시는 것 같아요. 그런데 에어 선생, 아직 아무것도 안 들었지요? 차를 마신 후에는 아무것도 안 들었어요."

"너무 갈증이 나서 못 먹겠어요. 차나 한 잔 더 주실까요?"

나는 다시 한번 로체스터 씨와 아름다운 블랑슈 양의 결혼 가능성을 생각해 보려 했지만 마침 아델러가 들어와서 대화는 다른 방향으로 빠져 버렸다.

다시 혼자 있게 되었을 때 나는 주워들은 얘기를 되씹어 보았다. 내 마음속을 들여다보고 내 기분이나 생각을 검토해 보고, 길도 없고 끝도 없는 상상의 황야에서 헤매고 있던 생각이나 기분을 상식이라고 하는 안전한 우리 속에 가차 없이 되돌려 보내려고 해 보았다.

자기라고 하는 법정에 소환되자 '기억'은 내가 간밤부터 품고 있던 희망, 소망, 심정에 관해서 증인이 되어 증언하고, 거의 이 주간에 걸쳐 내가 잠겨 있던 일반적 정신 상황에 관해서 증언을 했다. 이어 '이성'이 앞으로 나와 냉정한 어조로 내가 현실을 버리고 미칠 듯이 이상을 삼키고 있었다는 것을 꾸밈없이 솔직하게 증언했다. 나는 다음과 같은 판결을 내렸다.

'제인 에어보다 더한 바보가 이 세상에서 숨 쉰 적은 없었

다. 달콤한 거짓말을 포식하고 꿀인 양 독을 삼킨 더 형편없는 천치도 없었다.'

나는 스스로에게 일렀다. "네가 로체스터 씨의 눈에 들었단 말이냐! 네게 로체스터 씨를 기쁘게 할 힘이 갖추어져 있단 말인가? 네가 로체스터 씨에게 조금이라도 중요한 존재란 말인가? 저리 비켜, 너의 잠꼬대엔 구역질이 난다. 너는 가끔 가다 보여 주는 호의의 징조에, 세상 경험이 많고 좋은 가문의 사나이가 철부지인 고용인에게 표시하는 모호한 호의의 징조에 으쓱해진 것이다. 어찌 감히 그럴 수가 있단 말인가? 이 가엾고 어리석은 멍텅구리야! 자신의 이익을 생각해서라도 좀 더 똑똑하게 굴지 못하는가? 너는 오늘 아침에도 간밤의 짤막한 사건을 마음속에서 되씹었지? 얼굴을 가리고 좀 부끄러워하려무나! 그가 네 눈을 칭찬했다고? 눈먼 애송이야! 눈을 떠서 너의 그 저주받은 어리석음을 잘 보려무나! 결혼할 의사도 없는 윗사람이 추켜세워 준다고 해도 여자에게 돌아오는 것은 아무것도 없다. 은밀하게 사랑의 불꽃을 태우는 것은 모든 여자에게 있어 정신 나간 수작이다. 그 사랑을 상대가 알아주지 않고 사랑으로 보답해 주지 않을 때엔 그 사랑은 주인을 삼켜 버리고 마는 법이다. 그리고 만약 상대가 알아주고 사랑으로 보답해 준다면 마치 도깨비불에 홀린 듯이 피할 길 없는 수렁의 황야로 말려 들어가게 될 것이다.

그렇다면 제인 에어여, 네 판결문에 귀를 기울여 보려무나. 내일 아침 네 경대 앞에 앉아 네 초상화를 크레용으로 충실하게 그리려무나. 결점을 하나라도 경감시켜서는 안 돼. 어떠한 보기 흉한 선도 빼먹어선 안 돼. 보기 흉한 어떠한 파격(破格)도 고쳐서는 안 돼. 그리고 그 그림 아래 이렇게 적으려무나. '의지가지없고 가난하고 못생긴 가정교사의 초상'이라고. 그다음에 아이보리 페이퍼[20]를 한 장 꺼내려무나. 그림 도구 상자에 들어 있을 것이다. 팔레트를 준비해서 제일 선명하고 아름답고 밝은 색깔을 섞고, 제일 가느다란 낙타 털로 된 화필을 고르려무나. 그리고 정성 들여 상상할 수 있는 가장 아름다운 얼굴의 윤곽을 그리고 페어팩스 부인에게서 들은 블랑슈 잉그램 양의 모양에 따라서 가장 부드러운 음영과 가장 아름다운 색깔을 칠하려무나. 젖은 듯 새까만 고수머리와 동양풍의 눈을 잊지 마라. 뭐라고? 눈의 모델로 로체스터 씨를 떠올린다고! 삼가요! 우는 소릴 하지 마. 감상은 치워! 후회할 것 없어! 지각과 결단 이외에는 소용이 없어. 생각해 봐. 위엄에 차고 깨끗한 이목구비를, 그리스풍의 목과 부푼 가슴을, 반짝이는 통통한 팔을, 그리고 유연한 손이 보이도록. 그리고 금강석 반지와 금팔찌를 빼먹어서는 안 돼. 복장도 충실하게 그리렴. 투명한 레이스도 반들거리는 새틴도, 우아한 스카프도, 노란 장미꽃도. 그리고 그 그림에 '재색을 겸비한 명문가의 아가씨 블랑슈 양'이란 제목을 붙이려무나. 앞으로 로체스터 씨가 네게 호의를 가지고 있는 것 같다는 생각이 들면 언제고 이 두 장의 그림을 꺼내어 견주어 보려무나. 그리고 '로체스터 님은 원하시기만 한다면 저 고귀한 아가씨의 사랑을 얻을 수가 있을 것

---

20) 화가가 쓰는 광택이 나는 고급 종이.

이다. 군이 이 가난하고 볼품없는 여자를 진지하게 생각할 성
싶은가?' 하고 말해 보려무나."

　그렇게 해야겠어, 하고 나는 결심했다. 그런 결심을 하고 나
니 마음이 진정되면서 잠이 들었다.

　나는 내 결심을 지켰다. 나 자신의 초상화를 크레용으로 스
케치하는 것은 한두 시간으로 충분했다. 그리고 이 주일도 채
못 되어서 상상으로 그린 조그만 블랑슈 잉그램의 초상화를
완성했다. 그것은 아름다운 얼굴로 그려져 있었다. 크레용으
로 그린 자화상과 비교해 보면 그 차이는 자제심이 원하는 만
큼 엄청났다. 나는 또한 이 일에서 이득도 보았다. 얼굴과 손
을 계속 놀려서 내 마음속에 지워지지 않도록 새겨 두려고 생
각했던 새로운 인상을 생생하고 변하지 않도록 만들어 놓을
수가 있었기 때문이다.

　오래지 않아 이렇듯 나의 기분을 억지로 종속시켰던 훈련
을 기뻐할 기회가 찾아왔다. 이 훈련 덕분에 나는 그 후에 일
어난 사건도 침착하게 맞을 수가 있었다. 만약 마음의 준비가
되어 있지 않은 채 잇단 사건을 맞았더라면 나는 남 보기에도
냉정과 침착을 유지하지 못했을 것이다.

17장

　일주일이 지났으나 로체스터 씨에게서는 아무런 연락도 없
었다. 열흘이 지나도 그는 돌아오지 않았다. 그가 리스에서 그
대로 런던으로, 런던에서 대륙으로 건너가, 향후 일 년간 손
필드 저택에 들르지 않는다 하더라도 자기에겐 조금도 놀라
운 일이 아니라고 페어팩스 부인은 말했다. 그렇게 뜻하지 않
게 느닷없이 떠나간 일이 과거에도 종종 있었다는 것이었다.
그 얘기를 들으니 선뜩한 느낌이 들면서 가슴이 철렁 내려앉
는 것이었다. 사실상 가슴이 답답해질 정도의 깊은 실망감을
맛보았으나 나는 정신을 차리고 스스로 정한 원칙을 되새기고
는 복받치는 감정을 진정시켰다. 내가 생각해 보아도 대견스러
울 정도로 일시적인 실수를 극복하고 또 로체스터 씨의 거동
을 나의 중대한 관심사로 여기는 오해를 말끔히 지워 버리고

말았다. 무슨 노예적인 자격지심으로 자기를 비하해 버린 것이 아니었다. 그저 스스로에게 이렇게 타이른 것이었다.

'주인의 피보호자를 가르쳐 줌으로써 봉급을 받고 또 의무를 다했을 때 당연히 받을 권리가 있는 정중하고 호의 어린 대우에 감사를 하기만 하면 그뿐이다. 그 이상 너와 손필드 저택의 주인 사이에는 아무런 관계가 없는 것이다. 주인이 너와의 사이에 진지하게 인정하고 있는 인연은 그것뿐이라는 것을 잊어서는 안 돼. 따라서 그를 너의 사모나 기쁨이나 괴로움 등의 대상으로 삼아서는 안 된다. 그는 너와 같은 계층에 속하는 사람이 아니다. 너의 분수와 지체를 지켜라. 너 자신을 아껴서 온통 마음과 영혼과 기력을 바치는 사랑을 함부로 주지 마라. 그런 사랑의 선물을 원하지도 않거니와 업신여기는 사람에게.'

나는 하루하루의 일을 조용히 해 나갔다. 그러나 가끔 가다가 내가 꼭 손필드를 떠나가야 할 이유 같은 것이 막연하게나마 계속 머릿속에서 오락가락하는 것이었다. 나도 모르는 사이에 광고문을 곰곰이 생각하고 새 일자리에 대한 가지가지 추측 같은 것을 하게 되었다. 이러한 생각을 굳이 억제할 필요는 없다고 나는 생각했다. 어쩌면 싹을 내고 열매를 맺게 될지도 모르는 일이었기 때문이다.

로체스터 씨가 떠난 후 이 주일쯤 되어 갈 때 한 통의 편지가 페어팩스 부인 앞으로 왔다.

"주인 양반한테서 온 거예요." 부인이 주소 성명을 보더니 말했다. "이제 돌아오실지의 여부를 알게 되겠지요."

부인이 봉을 뜯고 사연을 읽고 있는 동안 나는 커피를 마시고 있었다.(우리는 조반을 먹고 있었다.) 커피는 아주 뜨거웠다. 갑자기 얼굴이 마구 상기되는 것을 나는 커피 탓으로 돌렸다. 어째서 내 손이 떨려 왔으며 커피를 반이나 받침 접시에 쏟게 되었는가 하는 것은 생각지도 않기로 했다.

"이곳은 너무 한적한 곳이라는 생각을 할 때가 가끔 있지요. 그러나 앞으로는 좀 바빠질지도 모르겠어요. 적어도 얼마 동안은." 부인이 아직도 편지를 안경 앞에 들고 있으면서 말했다.

그 이유를 물어보기 전에 나는 축 늘어진 아델러의 앞치마 끈을 매어 주었다. 과자빵을 한 개 더 주고 찻잔에 우유를 채워 주고 나서 나는 예사롭게 물어보았다.

"로체스터 님은 곧 돌아오시진 않을 테지요?"

"사흘 뒤에 돌아오신답니다. 이번 목요일이 되는 셈이지요. 혼자가 아니시랍니다. 리스 저택에 모였던 인사 중에서 몇 분이나 오시는지는 알 수 없지만 제일 좋은 침실을 모두 준비해 놓고 또 서재나 응접실도 모두 청소를 해 두라는 지시이군요. 밀코트의 조지 주막이나 기타 딴 곳에서 부엌 일손을 구해 와야 합니다. 여성분들은 시녀를 데리고 올 터이고 나리 양반들은 시종을 데려올 테니까 온 집 안이 꽉 차게 되겠지요."

페어팩스 부인이 예언했듯이 그 후 사흘간은 정말 바빴다. 나는 그때까지 손필드 저택의 방이 모두 말짱하게 청소가 되고 정리가 되어 있는 줄로 생각했는데 내 이러한 생각은 그릇된 것 같았다. 부인 셋이 고용되어 바닥을 닦고 먼지를 털어

내고 페인트를 칠하고 경대나 샹들리에를 닦았다. 침실의 벽
로에 불을 피우고 깃털 담요나 시트를 벽로 불에 말렸다. 그
전에도 그 후에도 그런 야단법석을 구경한 일이 없었다. 아델
러는 그 북새통 가운데서 아주 신이 나서 돌아다녔다. 손님을
맞을 준비나 도착의 기대로 아주 황홀경에 빠져 있는 것 같았
다. 소피에게 시켜서 제 말마따나 '의상'(프록을 그렇게 불렀다.)
을 살펴보게 하고 '유행에서 뒤떨어진 것'은 모두 고치게 하고
새것은 말려서 정돈해 놓도록 했다. 그리고 뛰어다니며 침대
위를 오르내리기도 하고 굴뚝에서 으르렁거리는 소리를 내고
있는 큼직한 벽로의 불 앞에 쌓아 둔 매트리스나 베개 위에
누워 보기도 했다. 아델러의 공부는 면제가 되어 있었다. 페어
팩스 부인이 신신당부하는 바람에 나는 하루 종일 식료 저장
실에 틀어박혀 부인이나 요리인을 도와주었다.(혹은 방해를 놓
기도 했다.) 덕분에 커스터드나 치즈케이크나 프랑스식 케이크
만드는 것을 배우기도 했고 새 다리를 적쇠에 꿰는 법, 디저트
에 고명 올리는 법 등을 배우게 되었다.

손님들은 목요일 저녁 여섯 시의 만찬에 대어 오도록 되어
있었다. 그사이 나는 공상에 빠질 여가도 없었고 아마 (아델러
를 제외한다면) 누구 못지않게 활동을 하고 또 쾌활했다고 생
각한다. 그러나 나도 모르게 왕왕 쾌활하고 들뜬 기분이 물벼
락을 맞은 듯 식이지고 의혹과 불길한 정조와 암담한 억측의
영역으로 밀려가고는 했다. 내가 그런 기분이 되는 것은 (근자
에 언제나 자물쇠가 걸려 있는) 삼 층의 층계문이 살며시 열리고
단정한 모자를 쓰고 흰 앞치마에 흰 목수건을 두른 그레이스

풀이 나타날 때였다. 그녀는 나사 천의 슬리퍼를 신고 발소리를 죽여 가며 미끄러지듯 복도를 내려와 뒤죽박죽이 된 채 법석을 떨고 있는 침실을 들여다보고는 벽로 받침쇠는 이렇게 닦아라, 대리석의 벽로 장식은 이렇게 닦아라, 벽지의 때는 이렇게 문질러라, 임시 고용된 여인들에게 주의를 주고는 사라져 버리는 것이었다. 그녀는 이렇듯 하루에 한 번씩 아래층으로 내려와서는 식사를 하고 난롯가에서 담배를 피우고 혼자서 즐기는 흑맥주 잔을 들고 다시 음산한 삼 층의 소굴로 들어가는 것이었다. 하루 스물네 시간 중 아래층에서 하인들과 함께 지내는 것은 겨우 한 시간뿐이었고 나머지는 모두 삼 층에 있는 천장이 낮은 참나무 재목의 방에서 보내는 것이었다. 지하실 영창에 갇힌 죄수처럼 말벗도 없이 혼자서 거기 앉아(홀로 음산한 웃음소리를 내며) 바느질을 하는 것이었다.

무엇보다도 이상스러운 것은 저택 안의 사람들은 나만 제외하고는 누구 한 사람 그레이스의 습관에 유의하는 이도 없고 또 이상하게 생각하는 사람이 없다는 점이었다. 누구 하나 그녀의 지위나 소임을 화제로 올리고 그녀의 동떨어진 격리 생활을 불쌍히 여기는 사람이라곤 없었다. 단 한 번 리어와 임시 고용인이 그레이스에 관해 얘기를 주고받는 것을 엿들은 적이 있었다. 내가 미처 알아듣지 못한 리어의 말이 끝나자 임시 고용된 여인이 말하는 것이었다.

"틀림없이 보수는 많이 받겠지요?"

"그럼요, 나도 그만큼만 받는다면 오죽 좋겠어요?" 리어가 말했다. "뭐 지금 받고 있는 것을 불평하는 건 아니지만요. 이 저택은 뭐 인색한 곳은 아니니까요. 하지만 지금 내가 받는 액수는 그레이스의 5분의 1정도밖에 안 돼요. 그녀는 저금을 하고 있답니다. 사경을 받을 때마다 밀코트의 은행까지 나가거든요. 지금쯤은 여길 그만두더라도 혼자 지낼 만큼 모아 놓았을 거예요. 그렇지만 이 저택에서 일손이 익었고 아직 마흔도 채 안 되었거든요. 기운도 남아서 무슨 일이건 할 수 있고. 그러니까 그만두기도 아직 이른 셈이지요."

"일은 잘하겠지요." 임시 고용된 여인이 물었다.

"그렇고말고요! 맡은 소임을 잘 터득하고 있고 아무도 그 이상으로 해내질 못할 거예요. 아무리 많은 사경을 준다 하더라도 그 자리를 메울 수 있는 사람은 별로 없을 거예요." 리어가 의미 있게 말했다.

"그건 그렇겠지요. 그런데 왜 주인 양반은……."

임시 고용된 여인은 무슨 말을 계속하려고 했으나 때마침 뒤를 돌아본 리어가 내가 있는 것을 눈치채고 팔꿈치를 찔렀다.

"저이는 그럼 모르고 있어요?" 내게는 임시 고용된 여인이 소곤거리는 소리가 들렸다.

리어는 고개를 흔들었다. 그리고 대화는 잠시 중단되었다. 그래서 나는 다음과 같은 추측을 했다. 손필드에 수수께끼 같은 비밀이 있다는 것. 그리고 내가 이 비밀을 알지 못하도록 수를 쓰고 있다는 사실이 그것이다.

목요일이 되었다. 모든 준비는 그 전날 밤에 완료되었다. 양탄자를 깔고 침대의 커튼에 꽃줄을 달아 놓았다. 눈부시게 하얀 이불이 깔리고 화장대가 마련되고 가구를 반들반들 닦아 놓았다. 꽃을 무더기로 꽃병에 꽂아 놓았다. 모든 방과 객실이 사람의 손이 할 수 있는 한도까지 산뜻하고 환하게 되었다. 홀도 깨끗해지고 조각 장식이 된 큰 시계도 층계나 난간과 마찬가지로 마치 거울처럼 반짝일 정도로 반들반들하게 닦아 놓았다. 식당에서는 식기 찬장이 금은의 식기로 휘황하게 빛나고 응접실이나 여성들의 방에는 진기한 꽃을 꽂아 놓은 꽃병이 도처에 놓여 있었다.

오후가 되었다. 페어팩스 부인은 제일 좋은 검은 새틴 가운을 걸치고 장갑을 끼고 금시계를 찼다. 손님을 맞아들이고 여성들을 각자의 방으로 안내해 주는 것이 부인의 소관이었기 때문이다. 아델러도 호사스러운 옷으로 갈아입혀 달라고 졸랐다. 적어도 첫날에는 손님들에게 소개시키지는 않을 것이라고 생각했지만 나는 그녀를 기쁘게 해 주기 위해 소피에게 부탁해서 짤막하고 볼록한 모슬린 옷을 입히기로 했다. 나로 말하면 옷을 바꾸어 입을 필요는 없었다. 공부방이라고 하는 성역(聖域)으로부터 불려나갈 리가 없었기 때문이다. 공부방은 이제 내게는 성역이 되어 있었고 '괴로울 때의 아늑한 피난처'가 되어 있었다.

따뜻하게 갠 봄날이었다. 3월 하순에서 4월 초에 걸쳐 여름의 사자인 양 화창한 날이 찾아오기 마련인데 바로 그러한 날이었다. 하루가 이미 저물어 가고 있었다. 그러나 저녁이 되어서도 더운 편이었기 때문에 나는 창문을 열어 놓은 채 공부방에서 일을 하고 있었다.

"어째 늦어지네요." 옷 스치는 소리를 내며 들어온 페어팩스 부인이 말했다. "로체스터 님이 분부하신 시간보다 한 시간 늦게 만찬을 준비시켜 놓아 참 다행입니다. 이제 여섯 시가 지났어요. 길에 아무도 안 보이나 존을 문가로 보내서 망을 보게 했습니다. 거기서는 밀코트 쪽이 환히 보이거든요." 부인은 창가로 갔다. "어머, 존이 돌아왔군요! (창밖으로 상체를 내밀며) 존, 누가 보여요?"

"지금 오고들 계십니다. 십 분 후면 도착할 겁니다." 하는 대답이었다.

아델러는 창가로 달려갔다. 나도 뒤따라갔으나 커튼에 가려 밖에서 보이지 않도록 한쪽으로 물러서는 것을 잊지 않았다.

존이 얘기했던 십 분은 아주 길게 여겨졌으나 드디어 마차 바퀴 소리가 들려왔다. 말을 탄 네 사람이 마찻길을 달려왔다. 그 뒤로 두 대의 마차가 따라왔다. 펄럭이는 베일과 물결치는 깃털 장식이 마차를 채우고 있었다. 말을 타고 있는 사람 중 두 사람은 멋있게 생긴 젊은 신사들이었다. 또 한 사람은 자기의 검정 말인 메스루르를 타고 있는 로체스터 씨였다. 파일럿이 그 앞에서 뛰고 있었다. 그의 옆으로 한 여성이 말을 타고 있었다. 이 두 사람이 일행의 선두로 오고 있었다. 여성의 보랏빛 승마복이 거의 지면을 스칠 듯했고 베일이 산들바람에 길게 휘날리고 있었다. 베일의 투명한 주름과 어울려서 푸짐한 까만 고수머리가 빛났다.

"잉그램 양이군!" 하고 소리치며 페어팩스 부인은 급히 아래층의 자기 자리로 갔다.

기마대는 구부러진 마찻길을 따라서 건물의 굽이로 돌아가 내 눈에는 보이지 않게 되었다. 아델러는 아래층으로 내려가게 해 달라고 졸라 댔다. 나는 아델러를 무릎 위에 올려놓고 일부러 부르러 오지 않는 한 지금이나 앞으로나 여성분들 앞에 나가서는 안 된다고 일러 주었다. 그러지 않으면 로체스터 님이 크게 노여워하실 거라고도 했다. 이 말을 듣자 아델러는 '자연스러운 눈물을 흘리는' 것이었으나 내가 엄한 표정을 지어 보이자 겨우 내 말대로 눈물을 닦는 것이었다.

홀에서는 흥겹게 법석대는 소리가 들려왔다. 신사들의 낮은 목소리가 여성들의 낭랑한 목소리와 듣기 좋게 어울렸다. 그중에서도 높은 목청은 아니었으나 별나게 귀에 들리는 것은 남녀 손님들을 자기 집으로 맞아들이는 손필드 저택 주인의 쩡쩡 울리는 목소리였다. 이어 가벼운 발소리가 층계를 올라왔다. 복도를 뛰어가는 소리가 나고 명랑한 부드러운 웃음소리, 문 여닫는 소리가 났다. 그러더니 한동안 조용해졌다.

"틀림없이 옷을 갈아입는 거예요." 주의 깊게 귀를 기울이며 동작 하나하나를 귀로 살피고 있던 아델러는 이렇게 말하고 한숨을 쉬었다.

"엄마하고 같이 있을 적에는요." 아델러가 말을 이었다. "손님이 오시면 전 어디든지 따라다녔어요. 응접실에서 침실까지. 시녀가 손님의 머리를 매만지거나 옷을 입히는 것을 전부 보고 있었거든요. 꽤 재미있었고 또 많이 배우게 된걸요."

"아델러, 배고프지 않니?"

"배고파요, 선생님. 대여섯 시간 동안 아무것도 안 먹었어요."

"그러면 여성분들이 방에 계실 동안 선생님이 아래층으로 내려가서 먹을 것을 갖다주마."

조심스레 은신처를 나온 나는 직접 부엌으로 통해 있는 뒤쪽 층계를 내려가기로 했다. 부엌에는 온통 불이 피워져 있고 야단법석이었다. 수프와 생선은 당장이라도 식탁에 차려 놓을 채비가 다 되어 있었고 요리인은 심신이 모두 금시 불이라도 날 것 같은 서슬로 도가니 위에 상체를 구부리고 있었다. 하인들이 쓰는 홀에는 두 사람의 마부와 세 사람의 종자가 난롯불을 에워싸고 서 있기도 하고 앉아 있기도 했다. 시녀들은 여성들과 함께 이 층에 가 있는 모양이었다. 밀코트에서 온 임시 고용인들이 도처에서 이리 뛰고 저리 뛰고 있었다. 이 난장판을 뚫고 나는 가까스로 식료품 저장실에 당도했다. 병아리의 냉육(冷肉), 빵과 과일이 든 파이, 한두 개의 접시에 나이프와 포크를 집어 들자 전리품을 가지고 급히 퇴각을 했다. 마침 이 층 복도로 되돌아와 층계의 뒷문을 닫고 있는데 떠들썩한 소리가 높아지는 것으로 미루어 보아 여성들이 각자의 방에서 나오는 중이라는 것을 알았다. 그대로 공부방 쪽으로 가자니 아무래도 여성들 방 앞을 지나가지 않으면 안 되었고 식료품을 안고 있다가 방에서 나오는 여성들을 놀라게 할 위험성이 있었다. 그래서 유리창이 나 있지 않아서 캄캄한 그곳 한쪽 끝에서 기민히 서 있었다. 해가 지고 땅거미가 낄 때여서 그곳은 아주 캄캄했다.

이윽고 각자의 방에서 여성들이 한 사람씩 나타났다. 모두들 어두운 속에서도 번쩍거리는 의상을 걸쳤고 경쾌하고 화려한 모습으로 나타났다. 여성들은 한동안 복도의 저쪽 끝에 떼지어 모여서 들뜬 기분을 억제한 시원한 목소리로 얘기를 주고받았다. 그러고는 언덕을 굴러 내려가는 눈부신 안개처럼 거의 발소리도 내지 않고 층계를 내려갔다. 여성들이 모여 있는 자태에서 나는 그때까지 맛본 적이 없었던 양갓집의 기품이라는 것을 처음으로 느껴 보았다.

아델러는 공부방의 문을 겨우 내다볼 정도로 살며시 열어놓고 밖을 내다보고 있었다. "정말 아름다운 여성분들이구나!" 그녀는 영어로 탄성을 올렸다. "아이, 나도 함께 가 보고 싶어요! 만찬이 끝나면 로체스터 님이 우리도 부르실까요?"

"안 그래! 로체스터 님은 바쁘셔서 그런 걸 생각하실 여유가 없으시단다. 오늘 밤일랑 손님들 생각을 마요. 아마 내일쯤엔 뵙게 될 테니까. 자, 저녁을 가져왔어요."

아델러는 정말 시장했던 모양으로 병아리 고기와 파이를 먹느라고 한동안 정신이 없었다. 그만큼 음식을 확보해 놓은 것은 참 잘한 짓이었다. 그러지 않았더라면 아델러도 나도 소피도 (그녀에게도 음식을 나누어 주었다.) 고스란히 저녁을 굶을 뻔했다. 아래층 사람들은 너무 바빠서 우리 생각을 해 줄 겨를이 없었기 때문이다. 디저트는 아홉 시가 지나서야 나갔고 열 시가 되어서도 하인들은 쟁반이나 커피 잔을 들고 바쁘게 왔다 갔다 했다. 나는 아델러를 평소보다 늦게까지 깨어 있도록 했다. 아래층에서 문 여닫는 소리가 계속되고 여럿이서 뛰어다니고 있는 동안에 잠이 올 것 같지 않다고 우겼기 때문이다. 게다가 잠옷을 갈아입은 후에 로체스터 님이 내려오라는 전갈을 보내오면 "정말 야단"이라고 아델러는 말했다.

나는 아델러가 즐겨 귀를 기울이는 한 여러 가지 얘기를 들려주었고 다음엔 기분 전환을 위해서 복도까지 데리고 나갔다. 홀에는 불이 켜져 있었고 하인들이 왔다 갔다 하는 것을 난간 너머로 지켜보는 것이 아델러를 기쁘게 했다. 밤이 깊어가자 피아노를 옮겨 놓았던 응접실에서 음악 소리가 났다. 아델러와 나는 계단의 제일 꼭대기 층계에 걸터앉아 귀를 기울였다. 그러자 피아노의 풍성한 음색에 섞여 노랫소리가 들려왔다. 노래한 사람은 여성으로 참으로 듣기 좋은 노래였다. 독창이 끝나자 이중창이 시작되고 이어서 혼성 합창으로 번졌다. 노래 사이사이로는 흥겨운 대화의 소곤거리는 소리가 났다. 나는 오랫동안 귀를 기울였다. 그러자 홀연 나는 내 귀가, 섞여 나오는 목소리를 골똘히 분석하고 그 가운데서 로체스터 씨의 목소리를 분간해 내려 하고 있다는 것을 깨달았다. 그리고 그의 목소리를 분간해 내자(나는 단박에 분간해 낼 수 있었다.) 이어서 거리가 떨어져 있어 분명치 못한 그 목소리의 어조에서 무슨 말을 하고 있는가를 캐내려고 했다.

시계가 열한 시를 쳤다. 나는 아델러를 바라보았다. 내 어깨에 머리를 기대고 있었고 눈은 졸린 듯 거슴츠레했다. 나는 그녀를 안아다 침대에 뉘었다. 손님들이 각자의 방으로 돌아간 것은 거의 한 시 가까워서였다.

이튿날도 전날처럼 갠 날씨였다. 손님들은 근처의 어딘가로 소풍을 가기로 했다. 일행은 아침 일찌감치 말이나 마차를 타고 출발했다. 나는 그들이 출발하는 것과 돌아오는 것을 모두 목격했다. 전날과 마찬가지로 말을 탄 여성은 잉그램 양 혼자뿐이었다. 그리고 전날과 마찬가지로 로체스터 씨와 나란히 말을 몰았고 두 사람은 일행과 조금 떨어져서 말을 몰고 갔다. 나는 함께 창가에 있었던 페어팩스 부인에게 그 얘기를 해 보았다.

"두 사람이 결혼 생각을 할 것 같지 않다고 말씀했지요? 그러나 보세요. 로체스터 님이 다른 누구보다도 그녀를 좋아하시는 것은 분명하잖아요?"

"그렇군요. 틀림없이 숭배하고 있는 것 같아."

"그녀 편에서도 그런 것 같아요, 로체스터 님을." 내가 덧붙였다. "보세요, 마치 비밀 얘기를 하는 것처럼 로체스터 님 쪽으로 고개를 기울이고 있어요. 얼굴을 한번 보았으면 좋겠어요. 아직 엿보지도 못했어요."

"오늘 저녁엔 보게 되겠지요. 아델러가 여성분들께 소개받고 싶어 안달을 하고 있다고 로체스터 님께 여쭈었더니 이렇게 말씀하시더군요. '아, 저녁 식사 후에 응접실로 보내시오. 에어 선생도 함께 오라고 해요.'"

"그건 인사 삼아 말씀하신 거지요. 갈 필요가 없다고 생각해요."

"하지만…… 에어 선생은 저런 손님들에게 익숙지가 못해서 호화로운 모임에는, 그것도 처음 보는 사람이 많은 자리에는 나서길 싫어할 거라고 내가 말씀을 드렸더니 주인께서는 늘 그러시듯 성급하게 '무슨 소리! 만약 마다하거든 내가 특히 바라는 것이라고 해요. 끝내 마다하면 내가 가서 억지로라도 끌어내겠단다고 해요.' 하고 말씀하시더군요."

"그런 수고야 끼쳐 드릴 수가 있나요." 내가 대답했다. "하는 수가 없다면 가 보겠어요. 그러나 생각은 없어요. 부인은 동석하시나요?"

"아닙니다. 난 빼 달라고 간청을 드려서 허락을 받았습니다. 제일 쑥스러운 것이 정식 입장(入場)인데 그때의 쑥스러움을 면하는 방법을 가르쳐 드릴까요? 아직 여성분들이 식탁에서 일어나지 않았을 때 아무도 없는 사이에 응접실에 들어가 아무 데나 좋은 대로 구석에 가 앉아요. 마음에 없으면 남자들이 입장한 후까지 오래 있을 필요는 없어요. 그저 로체스터 님께 와 있다는 것을 알린 후에 슬며시 빠져나오면 돼요. 아무도 눈치채지 못할 테니까요."

"손님들이 오래 묵으실까요?"

"아마 이삼 주간 묵을 겁니다. 그 이상 묵지는 않을 거예요. 부활제 휴일이 끝나면 조지 린 경은 최근 밀코트 선출의 의원이 되셨기 때문에 런던에 가서 의석을 지키셔야 합니다. 로체스터 님도 틀림없이 동행하실 거예요. 이번엔 정말 손필드에 오래 계시기 때문에 나는 별일이라는 생각이 들어요."

아델러를 데리고 응접실로 가야 할 시각이 가까워짐에 따라 나는 어쩐지 두려운 생각이 들기 시작했다. 밤에 여성들에게 소개된다는 얘기를 듣고 나서부터 아델러는 하루 종일 황홀경에 빠져 있었다. 소피가 옷을 갈아입히기 시작해서야 그녀는 마음을 차분하게 가졌다. 일단 옷을 입히기 시작하니 사태의 중대함을 깨닫고 마음을 가라앉혔다. 그리고 고수머리를 말끔하게 눌러서 타래처럼 늘어뜨리고 분홍색 새틴 프록을 입고 긴 장식 띠를 매고 레이스 장갑을 끼고 났을 때엔 정중하기 짝이 없는 표정이었다. 잘 차려입은 옷을 구기지 않도록 주의를 줄 필요도 없었다. 옷차림을 마치자 구겨지지 않도록 새틴 스커트를 미리 조심스럽게 들어 올리고 자기 의자에 얌전하게 앉는 것이었다. 그러더니 내 채비가 다 될 때까지 거기서 꼼짝 않겠다는 것이었다. 나는 급히 채비를 차렸다. 제일 좋은 (템플 선생의 결혼식 때 대비해서 사 두었다가 그 후로는 한 번도 입어 본 적이 없는 회백색의) 드레스를 후딱 입고 머리를 서둘러 매만지고는 나의 유일한 장식품인 진주 브로치를 급히 달았다. 우리는 아래층으로 내려갔다.

다행히 손님들이 만찬을 들고 있는 대청을 통과하지 않고 응접실로 통하는 다른 입구가 있었다. 응접실에는 아무도 없었다. 대리석 벽로에서는 큼직한 불이 조용히 타오르고 있었고 테이블을 장식하고 있는 아름다운 꽃에 둘러싸인 채 촛불이 한적하게 반짝이고 있었다. 아치형으로 된 입구에는 새빨간 커튼이 걸려 있어서 바로 옆의 대청에 들어 있는 손님들과의 사이를 가로막고 있을 뿐이었지만 워낙 손님들의 목소리가 낮아 조용한 귀엣말이 들릴 뿐 얘기의 내용은 하나도 알아들을 수가 없었다.

엄숙감을 자아내는 인상을 받고 아직도 기를 펴지 못하고 있던 아델러는 내가 가리킨 걸상에 아무 말 없이 앉았다. 나는 창 밑 걸상으로 으슥하게 자리를 잡고 가까운 테이블에서 책 한 권을 집어 그것을 읽어 보려고 했다. 아델러는 내 발께로 걸상을 갖다 놓더니 조금 있다가 내 무릎을 건드리며 신호를 보냈다.

"왜 그래, 아델러?"

"이 귀여운 꽃, 하나만 얻어도 될까요? 제 의상을 완전히 만들기 위해서요." 아델러가 프랑스말로 말했다.

"의상에만 정신이 팔려 있구나. 그러나 괜찮아. 하나만 갖도록 하렴." 이렇게 말하면서 나는 꽃병에서 장미꽃을 하나 떼어 아델러의 장식 띠에 꽂아 주었다. 아델러는 이제 행복의 잔이 다 찼다는 듯이 더할 나위 없는 흡족한 한숨을 쉬었다. 나는 부지중에 떠오른 미소를 감추려고 외면했다. 옷차림에 대한 이 조그만 파리 계집아이의 생득적인 진지한 집착에는 무엇인가 통렬하면서도 우스꽝스러운 점이 있었다.

의자에서 몸을 일으키는 조용한 소리가 들려왔다. 아치에 걸린 커튼이 올려지고 저편으로 식당이 보였다. 긴 식탁에 잔뜩 늘어놓은 멋진 디저트용의 은 식기나 유리 식기 위로 샹들리에의 불이 빛을 던져 주고 있었다. 한 떼의 여성들이 입구에서 있었다. 그들이 응접실로 들어서자 커튼이 내려졌다.

수효는 여덟 명에 불과했다. 그러나 여덟 명이 함께 떼 지어 들이닥치니 수효가 더 많은 것 같은 인상을 주었다. 몇 사람은 훤칠한 큰 키였다. 대부분 흰 옷차림이었다. 모두가 품이 넓은 옷을 입고 있었기 때문에 안개가 달을 커 보이게 하듯이 몸집들이 커 보였다. 나는 일어나서 무릎을 구부려 인사를 했다. 한두 사람이 답례로 고개를 숙여 보였지만 나머지 사람들은 나를 빤히 쳐다볼 뿐이었다.

여성들은 방 안 여기저기로 뿔뿔이 흩어졌다. 그 경쾌하고 쾌활한 동작이 하얀 깃을 가진 새 떼를 연상케 했다. 몇몇은 안락의자나 긴 의자에 몸을 반쯤 기대는 자세로 쉬고 또 몇몇은 테이블 위에 고개를 숙이고 책이나 꽃을 골똘히 들여다보고 있었다. 나머지 사람들은 벽로 불가에 모여 서 있었다. 모두 그들의 습관인 듯했고 나지막하면서도 또렷한 목소리로 얘기를 나누고 있었다. 나중에 그들의 이름을 알게 되었지만 지금 그것을 언급해 두는 게 좋겠다.

　먼저 에시턴 부인과 두 딸. 부인은 한창때는 미인이었음에 틀림이 없었다. 지금도 그 흔적이 그대로 남아 있었다. 두 딸 가운데서 맏딸인 에미는 몸집이 작은 편이고 얼굴이나 태도가 순진하고 몸매는 균형이 잡힌 편이었다. 흰 모슬린 띠와 푸른 띠가 아주 어울려 보였다. 동생인 루이자는 키가 언니보다 더 크고 용모도 예쁘장해서 프랑스인의 소위 '차려입은 인형' 유에 속하는 얼굴이었다. 자매는 둘 다 백합꽃처럼 예뻤다.

　린 경 부인은 마흔쯤 되어 보이는 몸집이 크고 비대한 여인이었다. 갖가지 윤이 나는 새틴 옷으로 아름답게 단장했고 몸을 뒤로 젖히고 거만해 보이는 얼굴을 하고 있었다. 새까만 머리카락이 하늘색 새털 장식의 그늘과 보석을 많이 박은 장식 고리 속에서 윤기를 내고 있었다.

　덴트 대령 부인은 린 경 부인만큼 사치스럽지는 않았으나 한결 귀부인다워 보였다. 날씬한 몸매에 얼굴은 파리한 것이 유순해 보였고 금발이었다. 검은 새틴 드레스에 훌륭한 외국제의 레이스 스카프 그리고 진주 장신구는 신분 높은 린 경 부인의 무지개 같은 휘황함보다도 내 마음에 들었다.

그러나 뭐니 뭐니 해도 제일 돋보이는 세 사람은(아마 여성들 가운데서 제일 키가 큰 탓도 있었겠지만) 잉그램 미망인과 딸들인 블랑슈와 메리였다. 세 사람이 모두 여자 키 치고는 큰 키였다. 미망인의 나이는 마흔에서 쉰 사이였으리라. 자태도 여전히 아름다웠고, 머리카락도 (적어도 촛불 불빛으로 본 것으로는) 새까맣고, 이도 완전한 것 같았다. 거의 누구나 그 나이 치고는 참 멋있는 여인이라고 평했을 것이다. 확실히 육체만 가지고 본다면 미인이었다. 하지만 그녀의 태도와 용모에는 견딜 수 없이 오만한 표정이 담겨 있었다. 그녀는 로마인 같은 매부리코와 두리기둥같이 목구멍으로 빠진 이중 턱을 가지고 있었다. 이러한 이목구비가 그저 오만한 마음씨로 늘어나고 험상이 되었을 뿐 아니라 바로 그 오만으로 주름 잡혀 있는 것 같았다. 턱도 똑같이 거의 믿어지지 않을 만큼 반듯하게 오만으로 받쳐져 있었다. 눈도 매섭고 험상인 것이 리드 부인의 눈을 연상케 했다. 얘기를 할 때는 입을 크게 벌렸고 굵직한 음성에 억양도 몹시 과장된 데다가 고집스러운 데가 있었다. 요컨대 귀를 틀어막고 싶은 말씨였다. 새빨간 벨벳의 의상, 금실을 수놓은 인도 천의 숄 터번은 정히 여왕 같은 위엄(그렇게 그녀는 생각했음에 틀림이 없었다.)을 부여했다.

블랑슈와 메리는 밑은 키로 포플러처럼 훤칠하게 컸다. 메리는 큰 키치고는 호리호리한 편이었지만 블랑슈는 달의 여신처럼 풍만했다. 말할 것도 없이 나는 특별한 관심을 가지고 그녀를 관찰했다. 우선 그녀의 용모가 페어팩스 부인이 묘사한 대로인가, 둘째 내가 상상으로 그린 조그만 초상화를 조금이라도 닮았을까. 셋째(아주 털어놓아 버리자!) 로체스터 씨의 기호에 맞을 얼굴인가 이것을 알고 싶었던 것이다.

몸매에 관한 한 그녀는 내 그림과도 또 페어팩스 부인의 묘사와도 하나하나가 모두 들어맞았다. 풍만한 가슴, 선이 고운 어깨, 우아한 목, 검은 눈과 검은 고수머리를 분명히 갖추고 있었다. 그러나 얼굴은 어땠을까? 얼굴은 어머니의 얼굴 그대로였다. 젊어서 주름이 져 있지 않을 뿐 어머니와 똑같은 좁은 이마, 똑같이 생긴 이목구비, 똑같은 오만함을 구비하고 있었다. 그러나 어머니처럼 무뚝뚝한 오만함은 아니었다. 그녀는 항시 생글생글 웃고 있었다. 냉소적인 웃음이었고 활 모양의 오만한 입술에 늘 떠오르는 표정도 똑같이 냉소적이었다.

천재는 자의식이 강하다고들 한다. 잉그램 양이 천재인지 아닌지는 알 수 없었다. 그러나 그녀는 자기를 의식하고 있었고 유달리 자의식이 강했다. 그녀는 유순한 덴트 부인과 함께 식물학 얘기를 시작했다. 자기는 화초들, '특히 야생의 화초'를 좋아한다고 말했으나 덴트 부인은 식물학을 공부한 적이 없는 성싶었다. 그러나 잉그램 양은 공부를 한 적이 있는 듯했고 자랑스러운 듯이 전문 용어를 주워섬겼다. 얼마 안 있어 나는 그녀가 덴트 부인을 (속된 말로 하면) 놀리고 있음을, 즉 부인의 무지를 비웃고 있는 것을 알았다. 교묘하게 놀리는 것이었지만 아무리 보아도 선의에서 나온 것은 아니었다. 그녀는 피아노를 쳤다.(놀라운 연주 솜씨였다.) 그녀는 노래도 했다.(아름다운 목소리였다.) 자기 어머니에게는 프랑스말로 얘기를 했는데 유창하고 악센트도 정확한 솜씨였다.

메리는 블랑슈보다 유순하고 보다 평퍼짐한 얼굴이었다. 이 목구비도 부드럽고 살색도 희었다.(블랑슈는 스페인인들처럼 가무잡잡했다.) 그러나 메리는 생기가 없고 얼굴의 표정도 없고 눈에는 영롱한 빛이 없었다. 화제도 없어서 일단 걸터앉더니 벽람에 장식된 조각처럼 꼼짝도 하지 않았다. 자매는 둘 다 순백색의 의상을 걸치고 있었다.

블랑슈 잉그램 양이 로체스터 씨가 선택함 직한 상대라고 나는 과연 생각을 했던가? 나는 알 수가 없었다. 여성미에 대한 로체스터 씨의 기호를 알지 못했기 때문이다. 만약 그가 위엄 있고 당당한 여인형을 좋아한다면 그녀야말로 제격이었다. 그 위에 갖가지 재주도 갖추고 있었고 생기발랄했다. 대부분의 신사들이 그녀를 찬미하리라고 나는 생각했다. 그리고 로체스터 씨가 그녀를 찬미하고 있는 증거는 이미 잡아 놓은 것 같은 생각이 들었다. 아직 남아 있는 약간의 의혹을 풀려면 두 사람이 함께 있는 것을 보기만 하면 되었다.

독자여, 아델러가 지금까지 내 발치에 놓은 걸상 위에 얌전히 앉아 있었다고 생각을 해서는 안 된다. 여성들이 들어서자 아델러는 몸을 일으켜 그들을 맞으러 앞으로 나서더니 정중하게 큰절을 하고 엄숙하게 말하는 것이었다.

"여러분, 신녕하세요."

그러자 잉그램 양은 비웃는 듯한 태도로 내려다보면서 말했다. "어머나, 조그만 꼭두각시네!"

린 경 부인이 말했다. "틀림없이 로체스터 씨가 맡고 있는 아이일 거예요. 그 전에 얘기하던 프랑스 아이 말이에요."

덴트 부인은 살며시 아델러의 손을 잡고 입을 맞추어 주었다. 에미 에시턴과 루이자 에시턴이 동시에 소리쳤다.

"아이, 예뻐라!"

두 자매는 아델러를 소파에 불러 앉혔다. 아델러는 두 자매 사이에 끼여 앉아서 프랑스말과 엉터리 영어를 번갈아 쓰며 떠들어 대었다. 두 자매뿐 아니라 에시턴 부인과 린 경 부인의 주의를 끌어 실컷 귀염을 받았다.

드디어 커피가 나왔고 신사분들도 불려 들어왔다. 나는 그늘에(이 휘황하게 불 밝힌 방에 그늘이라 할 만한 것이 있다면) 앉아 창의 커튼에 반쯤 몸을 숨기고 있었다. 다시 아치가 열리고 신사들이 들어왔다. 여성들도 그렇지만 신사들이 떼 지어 들어오니 위세가 당당했다. 모두들 검은 예복을 입고 있었고 태반은 키가 훤칠했다. 젊은이도 몇 사람 끼여 있었다. 헨리 린과 프레더릭 린 형제는 아주 멋쟁이였고 덴트 대령은 군인답게 생긴 신사였다. 이 지방의 치안 판사인 에시턴 씨는 극히 신사다웠고 머리는 백발이 다 되어 있었지만 눈썹과 구레나룻만은 아직 검었고 어딘지 모르게 '연극 속의 노귀족' 같은 인상을 풍겼다. 젊은 잉그램 경은 두 누이들과 매한가지로 키가 훤칠하게 크고 똑같이 미남이었다. 그러나 메리와 마찬가지로 감정이 없는 무표정한 얼굴이었고 손발이 너무 길어서 팔팔한 피나 두뇌의 힘이 부족한 듯이 보였다. 그러면 로체스터 씨는 어디에 있단 말인가?

그는 제일 마지막으로 들어왔다. 나는 아치형의 문 입구 쪽을 바라보고 있지는 않았으나 그가 들어오는 것을 알 수 있었다. 나는 내가 뜨고 있던 지갑의 그물코와 바늘에 정신을 집중시키려고 했다. 일감에만 정신을 쏟고 무릎에 올려놓은 은색의 구슬과 비단실만을 바라보려고 했다. 그러나 내 눈에는 그의 모습이 생생하게 떠오르고 그를 마지막 보았을 때, 그의 말을 빌리면 소위 '중대한 봉사'를 해 준 직후의 정경이 어쩔 수 없이 떠오르는 것이었다. 그때 그는 내 손목을 잡고 내 얼굴을 내려다보면서 당장이라도 넘쳐흐를 듯한 심정을 담은 눈으로 나를 골똘히 바라보았던 것이다. 나도 같은 심정이었다. 그때 나는 얼마나 그의 가까이에 있었던가! 그 후 무슨 일이 나서 나와 그의 상대적 지위를 바꾸어 놓은 것인가! 그러나 이제 나와 그는 얼마나 소원한 사이가 되고 만 것인가! 이제 그가 내게로 다가와서 얘기를 걸어오길 기대할 수 없을 만큼 멀어진 것이었다. 그가 나는 거들떠보지도 않고 방 맞은편에 앉아 몇몇 여성들과 얘기를 나누는 것을 목도했을 때 나는 놀라지 않았다.

그의 주의가 여성들에게 골똘해 있기 때문에 상대방에게 들키지 않고 그를 살펴볼 수 있다는 것을 깨닫자마자 내 눈길은 나도 모르게 그의 얼굴로 쏠렸다. 나 자신도 내 눈꺼풀을 어쩔 수가 없었다. 눈을 내리뜨려고 해도 눈꺼풀이 위를 향하는 것이었다. 눈동사가 그의 쪽으로 돌아가는 것이었다. 나는 바라보았다. 그저 바라보기만 하는 것도 기뻤다. 고통이라고 하는 강철 칼날이 붙은 순금의 값비싸고 강렬한 기쁨이었다.

자기가 기어서 당도한 샘물에 독이 섞여 있음을 뻔히 알면

서도 허리를 구부리고 물을 마시는, 갈증으로 죽어 가는 사람
이 맛보는 것 같은 기쁨이었다.

"아름다움은 눈을 크게 뜨고 지켜보는 사람의 눈 속에 있
다."라는 말은 참으로 진리다. 로체스터 씨의 핏기 없는 올리
브색의 얼굴, 네모진 넓적한 이마, 굵직하고 짙은 눈썹, 움푹한
눈, 또렷한 이목구비, 굳게 다문 냉혹한 입. 한결같이 정력과
결단력과 의지를 나타내고 있는 이 모든 것은 세상 통념으로
보면 아름다운 것은 아니었다. 그러나 내게 있어서는 아름다
움 이상의 것이었다. 나를 완전히 지배하고 내 감정을 송두리
째 내 지배하에서 빼앗아 가서 자기 지배하에 묶어 두는 흥미
와 힘으로 넘쳤다. 그때까지 그를 사랑하리라고 마음먹은 적
은 없었다. 내가 내 마음속에 싹튼 사랑의 싹을 발견하고 그
것을 뿌리 뽑으려 무던히도 애썼다는 것을 독자는 기억할 것
이다. 그러나 이제 다시 그의 얼굴을 보자마자 그 사랑의 싹
이 새파랗고 힘차게 다시 솟아나는 것이었다! 그는 나를 거들
떠보지도 않은 채 나로 하여금 그를 사랑하지 않을 수 없게
만든 것이다.

나는 로체스터 씨를 그의 손님들과 견주어 보았다. 린 형제
의 화려한 품위, 잉그램 경의 맥없는 우아함, 덴트 대령의 군
인다운 늠름함도 그의 생득적인 끈기와 기운찬 표정에 비교해
본다면 얼마나 초라했는지! 나는 그들의 외양, 그들의 표정에
아무런 공감을 느끼질 못했다. 그러나 그들을 본 많은 사람들
이 그들이 매력 있고 미남이며 당당하다고 평하리라는 것을
짐작하기는 어렵지 않았다. 한편 로체스터 씨를 험상궂고 침

울하게 생겼다고 평하리라는 것도 상상하기가 어렵지 않았다. 나는 그들이 미소 지으며 소리 내어 웃는 것을 보았지만 아무런 가치도 없는 미소였다. 촛불의 불빛에도 그들의 미소와 같은 정도의 영혼은 있었다. 초인종 소리에도 그들의 웃음소리 정도의 의미는 깃들어 있었다. 나는 로체스터 씨가 미소 짓는 것을 보았다. 엄한 표정이 누그러지고 눈은 반짝반짝하면서도 유순한 빛을 띠었고 꿰뚫어 보는 듯한 영롱하면서도 다정한 눈빛이었다. 그는 그때 루이자 에시턴과 에미 에시턴에게 얘기를 하고 있었다. 나는 이 두 자매가 내게는 그렇듯이 꿰뚫어 보는 듯이 여겨지는 로체스터 씨의 시선을 태연히 받아들이는 것을 보고 놀랐다. 그의 시선을 받으면 눈을 내리깔고 얼굴을 붉히리라고 예상했던 것이다. 그러나 그들 두 자매가 전혀 태연한 것을 보고 기뻤다. 나는 생각했다. '저 두 사람에게 있어서의 로체스터 씨는 내게 있어서의 로체스터 씨와는 다르다. 그는 저 사람들과 같은 유형의 분이 아니다. 그는 나와 같은 유형의 분이다. 틀림이 없어. 나는 그에게 가까운 느낌이 든다. 나는 그의 거동이나 안색의 뜻을 이해한다. 신분이나 재산이 우리 두 사람을 크게 가르고 있지만 나의 머리와 가슴, 내 혈액과 신경 속에는 나를 정신적으로 그와 동화(同化)시키는 무엇인가가 흐르고 있다. 불과 며칠 전에 나는 말하지 않았던가? 봉급을 그에게서 받는 것 이외엔 그와 아무런 상관이 없다고. 고용주가 아닌 그 무엇으로 그를 생각해서는 안 된다고 스스로에게 금하지 않았던가? 자연에 대한 모독이 아니고 무엇이랴! 내가 지니고 있는 모든 선량하고 진실하고 생기에 찬 감정은 본능적으로 그의 주위로 모여든다. 나는 내 감정을 드러내지 말아야 한다. 나는 희망을 죽여야 한다. 그가 나를 대수롭게 여기지 않는다는 것을 잊어서는 안 된다. 내가 그와 같은 유형이라고 한 것은 내게도 그와 같이 사람을 움직이는 힘, 사람을 끌어당기는 힘이 있다는 소리가 아니었다. 그저 내가 그와 같은 취미나 감정을 공유하고 있다는 것을 의미한 데 지나지 않는다. 따라서 나는 우리 두 사람이 영원히 갈라져 있다는 것을 항시 되풀이해서 새겨 두지 않으면 안 된다. 그러나 내가 숨을 쉬고 생각을 하고 있는 한은 그를 사랑하지 않을 수가 없는 것이다.'

커피가 나왔다. 신사들이 들어오고 나서부터 여성들은 더없이 생기가 돌고 대화가 활발해졌다. 덴트 대령과 에시턴 씨는 정치를 논했고 여성들은 그들의 얘기에 귀를 기울였다. 자부심이 강한 두 사람의 미망인, 린 경 부인과 잉그램 부인은 둘이서 흥겹게 얘기를 나누었다. 조지 경은(그러고 보니 나는 이 인물을 설명하는 것을 잊고 있었다.) 몸집이 크고 특히 혈색이 좋은 이 지방의 대지주로 커피 잔을 한 손에 들고 부인들이 앉아 있는 소파 앞에 서서 이따금씩 말참견을 했다. 프레더릭 린 씨는 메리 잉그램 곁에 앉아 훌륭한 책의 판화를 보여 주고 있었다. 메리는 그림을 보며 이따금 미소 짓는 것이었으나 거의 입은 봉하고 있는 듯했다. 훤칠한 키에 재치 없는 잉그램 경은 팔짱을 끼고 조그만 몸매에 쾌활한 에미 에시턴이 앉아 있는 의자 등에 기대고 있었다. 그녀는 잉그램 경을 흘끗흘끗 쳐다보면서 굴뚝새처럼 재재거리고 있었다. 그녀에겐 로체스

터 씨보다도 잉그램 경이 더 마음에 들었던 것이다. 헨리 린은
루이자의 발밑에 있는 긴 의자에 걸터앉았다. 아델러도 그 옆
에 앉아 있었다. 헨리는 그녀에게 프랑스말로 얘기하려 했고
루이자는 그의 잘못을 비웃고 있었다. 그럼 블랑슈 잉그램은
누구와 함께 있는 것일까? 그녀는 혼자 테이블 가에 서서 우
아하게 허리를 구부리고 앨범을 보고 있었다. 누가 자기에게
오거나 얘기를 걸어오기를 기다리고 있는 것 같았다. 그러나
그녀는 오래 기다릴 필요가 없었다. 스스로 짝을 고른 것이다.

　에시턴 자매 곁을 떠난 로체스터 씨가 테이블가의 블랑슈
와 마찬가지로 벽로 앞에 홀로 서 있었다. 그녀는 벽로 장식
맞은편까지 가서 로체스터 씨를 맞바라보았다.

　"로체스터 씨, 나는 당신이 어린이들은 좋아하지 않는 줄
알았어요."

　"좋아하지 않습니다."

　"그러면 어떻게 해서 저런 조그만 인형을 떠맡으셨어요?(아
델러를 손가락질하면서) 어디서 주워 오셨어요?"

　"주워 온 게 아닙니다. 내 손에 버리고 간 것이지요."

　"학교로 보내는 편이 나을 텐데요."

　"그럴 여유가 없습니다. 학교는 돈이 너무 많이 들거든요."

　"그렇지만 가정교사를 두셨잖아요. 아까 저 아이와 함께 있
는 것을 보았는데요. 어디로 갔나요? 아, 저기 있군요. 창의 커
튼 그늘에. 물론 봉급을 주시겠지요. 그렇다면 학교에 보내는
것만큼의 경비는 들 것 아녜요? 틀림없이 더 들 겁니다. 두 사
람 식비가 포함되니까요."

내 얘기가 나왔기 때문에 로체스터 씨가 이쪽을 바라보게 되지 않을까 겁이 났다. 아니면 바라고 있었던 것일까. 나는 나도 모르게 커튼의 그늘 속으로 더 파고 들어갔다. 그러나 로체스터 씨는 눈길을 돌리지 않았다.

"그 문제는 생각해 본 적이 없는데요." 로체스터 씨가 똑바로 앞을 쳐다보면서 아무래도 좋다는 투로 말했다.

"그러실 거예요. 남자분들은 경제나 상식 같은 것은 생각질 않으니까요. 가정교사라면 우리 어머님한테서 얘기를 들어 보시는 게 좋을 거예요. 메리와 나는 어렸을 때 적어도 열두어 사람의 가정교사를 겪어 보았어요. 그중 태반은 형편없는 밉상이었고 나머지는 주책바가지들이었어요. 모두가 꿈에 보는 마귀 같았어요. 그렇지요, 어머니?"

"뭐라고 했니, 내 딸아?"

미망인의 특별한 소유물인 양 불린 젊은 여인은 다시 한번 질문을 되풀이했다.

"가정교사 얘기는 하지도 마라. 가정교사란 말만 들어도 신경질이 난다. 그들의 무능과 변덕 때문에 난 정말 순교자의 고생을 치렀단다. 이제 그들과는 손을 끊게 되었으니 하느님께 감사를 드리고 있단다."

그때 덴트 부인이 그 경건한 부인 쪽으로 허리를 굽히고 귀엣말을 했다. 그다음에 나는 대답으로 미루어 보아 저주받은 가정교사란 종족의 한 사람이 여기 있다고 주의를 준 모양이었다.

"그러게 말이오!" 잉그램 부인이 말했다. "들어서 약이 좀 돼야지요!" 그러고는 목소리를 죽여서 그러나 여전히 내 귀에 들리는 소리로 말하는 것이었다. "나도 있는 줄 알았어요. 나는 사람의 얼굴을 보면 대개 사람됨을 알 수 있어요. 저 여자의 얼굴에는 그 부류 인간의 결점이 빼놓지 않고 쓰여 있어요."

"그건 어떤 결점인가요, 부인?"

로체스터 씨가 커다란 소리로 물었다.

"나중에 은밀하게 말씀을 드리죠." 부인이 터번을 쓴 머리를 세 번, 무슨 불길한 중대사나 되는 것처럼 흔들어 보이며 말했다.

"그렇게 되면 나의 호기심이 식욕을 잃어버리고 말 겁니다. 지금 당장 음식을 먹고 싶어 하는걸요."

"블랑슈에게 물어보세요. 나보다 더 가까이에 있으니까요."

"어머! 저한테 미루지 마세요, 어머니. 저는 그런 족속에 대해서 할 말이 한 가지밖에 없어요. 골칫거리라는 것. 그렇다고 그런 족속에게 시달림을 받은 것은 아녜요. 내 편에서 보기 좋게 역습을 해 주었으니까요. 정말 시어도어와 짜 가지고 여러 가지로 골탕을 먹여 주었지요. 윌슨 선생이나 그레이 선생이나 주베르 선생 등을! 메리는 멍청해 가지고 적극적으로 가담을 안 했지요. 가장 재미있었던 이는 주베르 선생이었어요. 윌슨 선생은 청승맞고 생기 없는, 골탕을 먹일 만한 값어치도 없는 허약한 위인이었고 그레이 선생은 우둔하고 거칠어서 무슨 수를 써도 효과가 없었어요. 그러나 가엾은 것은 주베르 선생! 지금도 그녀가 화를 내던 모양이 눈에 선해요. 우리는 참극성스럽게 굴었거든요. 차를 엎지르고, 버터 바른 빵을 찌그

러뜨려 놓고, 책을 천장으로 던지고, 자로 책상을 치고, 부젓
가락으로 벽난로 망을 치고 별 야단을 다 했어요. 시어도어,
그 즐겁던 시절이 생각나?"

"생각나고말고." 잉그램 경은 점잔을 빼며 느린 어조로 말했
다. "그리고 그 할망구는 늘 비명을 올리곤 했지요. '고약한 것
들아!' 하고. 그러면 또 우리는 늘 설교를 들려주었지. 아무것
도 모르는 바보가 건방지게 우리같이 똑똑한 아이들을 가르
치려 든다고."

"그랬지. 그리고 시어도어. 오빠 가정교사로 우리가 '뾰로통
목사'라고 불렀던 그 창백한 얼굴의 바이닝 선생 있잖아. 그
선생 골탕 먹이는 것을 왜 내가 협조해 주잖았어. 글쎄, 그 선
생하고 윌슨 선생이 뻔뻔스럽게도 연애를 했지. 적어도 우린
그렇게 생각했잖아? 그래서 추파를 나눈다든가 한숨을 쉰다
든가 하는 것을 보게 되면 사랑의 징조라고 생각하고 불시에
기습을 했잖아? 어쨌든 우리 덕택에 집안에서 다 알아 가지
고 필경 그 골칫덩어리들을 집에서 내쫓는 구실로 이용할 수
가 있었던 셈이지. 어머님은 그 일을 눈치채자마자 곧 부도덕
한 것이라고 생각을 하셨어. 그렇지요, 어머니?"

"그랬단다. 내 생각이 옳았던 거지. 남녀 가정교사끼리의 연
애가 왜 양갓집에서 일순이라도 허용되어선 안 되느냐 하면
이유가 많이 있지만 첫째……."

"맙소사! 어머니. 하나하나 헤아리지 않으셔도 돼요! 게다
가 우리도 환히 다 알고 있거든요. 순진한 아이들에게 나쁜
본을 보일 위험성이 있고, 당사자들은 기분이 들떠서 직무에

태만하게 되고, 두 사람이 결탁하고 의지하고 따라서 대담하게 되고 반항적이 되어서 마침내는 주인에게 대들고 모든 것을 때려 부술 위험성이 있기 때문이라고 하실 테죠? 어때요, 제 말이 맞나요, 잉그램령(領)의 잉그램 남작 부인?"

"나의 백합이여, 언제나 그렇듯이 네 말이 옳구나."

"그럼 그 얘기는 그 정도로 하고 화제를 바꿔요."

에미 에시턴이 이 선고를 듣지 못했는지 혹은 듣고도 아랑곳하지 않은 것인지 부드러운 어린애 같은 말씨로 입을 열었다. "루이자와 나도 늘 가정교사를 놀려 주었지요. 그래도 착한 위인이어서 무슨 일이든 잘 참아 주고 또 절대로 화를 내는 법이 없었어요. 우리에게 성을 낸 적은 한 번도 없었어요. 그렇지, 루이자?"

"그랬어요. 한 번도. 우리가 하고 싶은 대로 내버려 두었어요. 선생 책상을 뒤지든 반짇고리를 뒤지든 책상 서랍을 뒤지든, 워낙 착한 이여서 우리가 달라면 아무 거나 내주었어요."

"현존하는 가정교사 회고록의 발췌라도 엮는 것 같군요." 입술을 냉소적으로 쫑그리면서 잉그램 양이 말했다.

"그런 재앙을 피하기 위해서 새로운 화제를 도입하는 데 동의합니다. 로체스터 씨, 제 제의에 재청하십니까?"

"다른 경우와 마찬가지로 이 점에 관해 당신을 지지하오."

"그러면 새로운 화제를 서술할 의무는 내가 지겠어요. 세뇨르 에두아르도,[21] 오늘 밤 노래를 해 주시겠습니까?"

---

21) 에드워드 씨를 이탈리아 말로 한 것.

"돈나 비앙카,[22] 명령이라면 기꺼이 하겠습니다."

"그렇다면 세뇨르, 그대의 폐장과 기타 발성 기관을 닦아 놓길 명령하오. 우리를 위해 그것이 필요하니까."

"메리 여왕을 위해 리치오[23]가 안 될 사람이 누가 있으리오."

"리치오가 뭐람!" 그녀가 피아노 쪽으로 걸어가면서 고수머리를 흔들며 말했다. "바이올리니스트 리치오는 재미없는 사나이였음에 틀림없다는 것이 내 의견입니다. 그보다는 보스웰[24]이 내 마음에 들어요. 남자란 악마적인 요소가 없다면 쓸데가 없어요. 역사가 무슨 소리를 하든 보스웰은 야성적이고 사나운 영웅적인 악당이었다고 나는 생각해요. 내가 기꺼이 혼인을 승낙함 직한."

"여러분, 지금 얘길 들었소? 여러분 가운데 누가 제일 보스웰을 닮았을까요?" 로체스터 씨가 소리쳤다.

"아무래도 우선권이 당신에게 있을 것 같군요." 덴트 대령의 대답이었다.

"고맙습니다." 로체스터 씨의 대답이었다.

자랑스럽고 우아한 맵시로 피아노 앞에 걸터앉은 잉그램 양은 눈같이 흰 의상을 여왕처럼 담뿍 펼치고 아름다운 전주곡을 쳤고 일변 얘기를 했다. 그녀는 오늘 밤 의기충천해 있는 것 같았다. 그녀의 언동은 청중의 칭찬뿐 아니라 경탄마저도

---

22) 블랑슈를 이탈리아식으로 부른 것.

23) 이탈리아의 음악가로 스코틀랜드의 여왕 메리의 총애를 받다가 나중에 살해되었다.

24) 메리 여왕의 남편이었으나 후에 해적이 되었다.

불러일으키려고 의도된 것같이 보였다. 자기가 대담하고 멋있는 여인임을 과시하려는 낌새가 역력했다.

피아노를 치면서 그녀가 말했다.

"정말 요즈음의 젊은 사람들에겐 아주 멀미가 났어요. 부친의 수렵지에서 한 발짝도 나가질 못하고 게다가 어머니의 허가나 보호가 없으면 거기까지도 나가질 못하는 허약한 친구들뿐이지요! 자기들의 예쁘장한 얼굴이나 흰 손가락이나 조그만 발을 가다듬을 생각에만 골똘하고 있어요. 마치 남성들에게 아름다운 것이 중대사나 되는 것처럼! 사랑스러움이란 것이 여성만의 특권, 여성만의 영토이며 재산이 아니기나 한 것처럼! 추녀라고 하는 것은 창조의 아름다운 얼굴에 튀어 있는 얼룩이지만 신사들은 힘과 용기만을 구했으면 해요. 신사들의 구호는 사냥, 총질, 전투였으면 좋겠어요. 그 밖의 것은 무가치하거든요. 내가 만약 남성이라면 이것만을 구호로 삼겠어요."

잉그램 양은 잠시 얘기를 멈추었으나 아무도 입을 여는 사람이 없으니까 다시 말을 이었다. "내가 결혼을 하게 되면 남편은 경쟁 상대가 아니라 나를 돋보이게 하는 사람으로 만들겠어요. 미의 옥좌 곁에 대항자를 두고 싶지는 않아요. 외곬의 충성을 서약받겠어요. 남편의 충성이 나와 거울에 비치는 남편의 모습 사이에서 안 기다니 나지 않도록 하겠어요. 로체스터 씨, 자, 한 곡 불러 보세요. 반주를 해 드릴 테니까."

"복종합니다."

"그럼 해적의 노래입니다. 내가 해적을 좋아한다는 것을 알아 두세요. 그러니까 활발하게 노래하세요."

"잉그램 양의 입에서 나온 명령은 물 탄 우유도 알코올로 바꿔 놓을 겁니다."

"그럼 조심하세요. 만약 노래가 내 마음에 들지 않으면 실지로 노래하는 법을 가르쳐 주어서 창피를 드릴 테니요."

"그럼 못 부르는 노래에 상을 주는 셈이군요. 못 부르도록 노력하겠습니다."

"조심하세요. 고의로 잘못하면 응분의 벌을 드릴 테니까요."

"자비심을 가져 주세요. 잉그램 양은 사람이 견뎌 낼 수 없는 징벌을 가할 능력을 가지고 계시니까."

"어머! 무슨 뜻인지 설명을 해 주세요!"

"실례했습니다. 그러나 설명이 필요 없지요. 당신의 훌륭한 판단력은 잘 알고 있을 테니까요. 당신이 상을 찡그려 보이는 것만으로도 사형에 값하는 징벌이 된다는 것을."

"어서 노랠 부르세요!"

그녀는 다시 피아노에 손을 얹고 힘 있게 건반을 치기 시작했다.

'지금이야말로 내가 빠져나갈 때다.' 나는 생각했다.

그러나 때마침 흘러나온 노랫소리에 붙잡히고 말았다. 페어팩스 부인이 로체스터 씨의 목소리가 아름답다고 했는데 과연 그러했다. 부드러우면서도 힘찬 저음으로 독특한 감정과 기운이 차 있었고 듣는 이의 귀에서 마음속으로 스며들어 이상한 감동을 불러일으켰다. 나는 마지막의 굵직하고 풍요한 떨림이 끝나고 잠시 멈췄던 얘기 소리가 다시 흘러나올 때까지 기다렸다. 그리고 숨어 있던 구석에서 나와 다행히 가까이에 있는 샛문으로 빠져나갔다. 거기서부터 좁은 복도가 홀로 연결되어 있었다.

홀을 가로지를 때 나는 샌들 끈이 풀어지고 있음을 깨달았다. 나는 끈을 매려고 멈춰 서서 층계 밑의 매트 위에 무릎을 꿇었다.

그때 식당 문 열리는 소리가 나고 한 사람의 신사가 나왔다. 황급히 일어선 나는 그 신사와 맞서게 되었다.

로체스터 씨였다.

"안녕하시오?" 그가 물었다.

"네."

"왜 저 방에선 내게로 와서 얘기를 않았소!"

나는 같은 질문을 그에게 들이대고 싶은 심정이었으나 그런 무례를 무릅쓸 수는 없었다.

나는 대답했다. "바쁘신 것 같아서 방해가 될까 보아 그랬습니다."

"내가 없을 때 무엇을 했소?"

"별로 한 일은 없고 그저 평소처럼 아델러를 가르쳤습니다."

"전보다 안색이 나빠졌소. 첫눈에 띄었고. 어찌 된 거요?"

"아무렇지도 않아요."

"내게 문벼락을 쳐 준 밤에 감기라도 들었소?"

"아뇨."

"응접실로 돌아가 보오. 너무 일찍 도망쳤소."

"좀 피곤해서요."

그는 나를 잠시 살펴보았다.

"조금 우울한 것 같소. 무슨 일이오? 얘기를 해 봐요."

"안 그래요. 우울하지 않아요."

"아니오. 분명 그렇소. 몇 마디만 더 하면 눈물이 쏟아질 것 같소. 정말로 벌써 괴어서 반짝이는걸. 속눈썹에서 한 방울 떨어져 바닥으로 흐르는걸. 시간 여유가 있고 수다스러운 하인이 지나갈 염려만 없다면 자세한 얘기를 꼭 들을 터인데. 자, 오늘은 이만 실례하오. 그러나 손님들이 묵는 동안 매일 저녁 응접실로 나오시오. 나의 소망이오. 잊지 마시오. 자, 그럼. 가 보오. 아델러를 데려가도록 소피를 보내오. 그럼 안녕. 나의……."

그는 여기서 말을 그치더니 입술을 깨물고는 황급히 내 곁을 떠났다.

18장

　손필드 저택에서의 하루하루는 이제 바쁘고도 잔치 기분의 연속이었다. 내가 같은 지붕 아래서 보내었던 정적과 단조와 한적의 최초 삼 개월과는 얼마나 큰 차이인가! 쓸쓸한 기분이 이 저택에서 모두 쫓겨난 듯싶었고 모든 음산한 연상도 고스란히 잊힌 듯싶었다. 도처에 활기가 넘치고 진종일 사람들이 왔다 갔다 했다. 한때 그처럼 조용했던 복도도, 그처럼 인기척이 없었던 앞쪽 방도 지금은 멋쟁이 시녀나 멋쟁이 종자를 마주치지 않고서는 지나다니지도 들어가지도 못하게 되었다.

　부엌, 식기실, 하인방, 현관 할 것 없이 모두 한결같이 활기에 차 있었고 화창한 봄날의 푸른 하늘과 따스한 햇살이 손님들을 밖으로 불러내고 마는 대청만이 조용하게 텅 비어 있을 뿐이었다. 좋은 날씨가 궂어 버리고 며칠 동안 비가 계속될 때에도 흥겨운 행락에 찬물을 끼얹지는 못했다. 야외에서의 놀이가 중지된 까닭에 실내에서의 오락이 한결 활기를 띠고 다양하게 되었다.

　지금까지와는 다른 여흥을 즐기자는 제의가 나온 첫날 저녁 나는 이제 무슨 일을 그들이 할 것인가 하고 궁금히 여겼다. '셔레이드 놀이'[25]를 한다는 것이었으나 무지한 내게는 그것이 무엇인지 알 수가 없었다. 하인들이 소집되고 식당의 테이블이 치워지고 등불의 위치도 바뀌고 의자를 아치형의 입구로 향하게 해서 반원형으로 배치했다. 로체스터 씨나 그 밖의 신사들이 이러한 배치 변경의 지시를 내리고 있는 동안 여성들은 초인종을 울려 시녀들을 부르고 층계를 오르락내리락했다. 페어팩스 부인도 불려가서 이 저택에는 어떤 숄이나 의상이나 포장이 있느냐는 질문을 받았다. 삼 층의 장롱을 뒤져 그 속에 들어 있는 수를 놓아 짠 테살대를 넣은 속치마니 새틴 배자니, 검은 유행복이니 레이스의 모자 장식 등을 시녀들이 한 아름씩 안고 내려왔다. 그중에서 적당한 의상을 골라내고 골라낸 것은 응접실 안침의 부인실로 옮겨 놓았다.

　그사이 로체스터 씨는 다시 여성들을 자기 주위로 모아 놓고 자기편으로 넣을 사람을 몇 사람 골랐다. "잉그램 양은 물론 우리 편이오."라고 말하더니 그는 에시턴 자매와 덴트 부인을 지명했다. 그는 나를 바라보았다. 풀어진 덴트 부인의 팔찌

---

25) 몸짓으로 일정한 어귀를 알아맞히는 놀이.

를 조여 주느라고 내가 우연히 그의 곁에 있었던 것이다.

"당신도 놀이를 하겠소?" 그가 물었다. 나는 고개를 가로저었다. 굳이 하라고 고집하지 않을까 두려웠으나 그러진 않았다. 내 자리로 조용히 돌아가도록 그도 허용해 주었다.

로체스터 씨와 그의 짝패는 커튼 그늘로 물러갔고 덴트 대령을 우두머리로 한 딴 짝패는 반원형으로 배열해 놓은 의자에 앉았다. 신사들 중의 한 사람인 에시턴 씨는 내가 있는 것을 보고 저 가정교사도 끼워 주자고 제안을 한 모양이었다. 그러나 잉그램 부인이 즉각 이의를 달았다.

"안 돼요. 아주 둔하게 생겨서 이런 놀이는 못 할 거예요." 부인이 얘기하는 소리가 내 귀에 들렸다.

오래지 않아 종이 울리고 막이 올랐다. 아치의 안쪽으로 역시 로체스터 씨가 골라 냈던 조지 린 경의 큼직한 몸집이 흰이불에 싸여 있는 것이 보였다. 그의 전면으로는 커다란 책이 테이블 위에 펼쳐진 채 놓여 있었다. 또한 옆으로는 로체스터 씨의 외투를 걸치고 손에 책 한 권을 들고 에미 에시턴이 서있었다. 몸을 감추고 있는 누군가가 즐겁게 종을 울렸다. 그러자 아델러가(그녀는 로체스터 씨의 짝패에 넣어 달라고 마구 졸라댔다.) 뛰쳐나와서 팔로 껴안고 있는 꽃바구니 속에서 거기 들어 있는 것을 마구 흩뿌렸다. 이어 흰 의상을 입고 긴 베일을 쓰고 장미 꽃다발을 이마에 건친 위엄 있는 잉그램 양이 나타났다. 그 곁으로 로체스터 씨가 걸어 나와 두 사람은 테이블가로 다가갔다. 두 사람이 무릎을 꿇자 역시 흰 의상을 입은 덴트 부인과 루이자 에시턴이 그 뒤로 가서 섰다. 그리고 누구

하나 입을 벌리는 사람이 없는 가운데 의식이 진행되었는데 그것이 결혼식의 무언극임은 쉽사리 알아차릴 수가 있었다. 그것이 끝나자 덴트 대령의 짝패는 이 분쯤 얼굴을 맞대고 협의를 하더니 이윽고 대령이 큰 소리로 말했다.

"신부!" 로체스터 씨는 허리를 굽혔고 막이 내렸다.

다시 막이 올라가기까지는 한참이 걸렸다. 이 막째의 막이 오르니 앞서보다 정교하게 꾸민 장면이 나타났다. 앞서도 말했듯이 응접실은 식당보다 두 단쯤 높았는데 응접실 속으로 1, 2야드쯤 쑥 들어간 그 층계의 제일 꼭대기 계단에는 커다란 대리석 물독이 놓여 있었다. 온실의 장식용 물독이라는 것을 나는 곧 알 수 있었다. 언제나 열대 식물에 에워싸여 있고 금붕어가 들어 있었는데 그 크기와 무게를 생각하면 온실에서 여기까지 옮기는 데 꽤 힘이 들었음에 틀림이 없었다.

그 물독 곁의 양탄자 위에는 숄을 걸치고 머리에 터번을 두른 로체스터 씨가 앉아 있었다. 그의 검은 눈과 가무잡잡한 피부 그리고 회교도풍의 용모가 그 의상에 썩 어울려 보였다. 아라비아의 왕족과 아주 꼭 닮았고 교수용(絞首用) 밧줄을 다루는 망나니거나 그렇지 않으면 그 희생자처럼 보였다. 얼마 안 있어 잉그램 양이 등장했다. 그녀 또한 동양풍의 옷차림이었고 새빨간 스카프를 허리띠처럼 허리에 두르고 있었다. 수를 놓은 목도리를 관자놀이께에 매어 놓았고 아름다운 두 팔은 벌거숭이 그대로인데 한쪽 팔을 들어 머리 위에 용하게도 이고 있는 물동이를 떠받치고 있는 시늉을 했다. 그녀의 몸매나 얼굴 피부 색깔이나 태도가 모두 족장 정치 시대의 이스

라엘의 공주를 연상시켰다. 또 그녀가 나타내려고 한 것은 틀림없이 바로 이것이었다.

그녀는 물독으로 가까이 가서 물동이에 물을 채우는 모양을 하고 다시 그것을 머리에 이었다. 샘가에 앉아 있던 사나이는 그녀에게 얘기를 걸어 무엇인가를 부탁하는 것 같았다. 그녀는 급히 물동이를 손으로 내려 사내에게 물을 주었다. 그러자 사나이는 포켓에서 조그만 상자를 끄집어내어 상자를 열더니 호화로운 팔찌와 귀걸이를 내보였다. 그녀는 놀라움과 탄복의 몸짓을 해 보였다. 사나이는 무릎을 꿇고 그 보물을 그녀의 발아래 놓았다. 이루 말할 수 없을 것 같다는 기쁨의 표정이 그녀의 얼굴과 몸짓으로 표현되었다. 낯선 사나이는 그 팔찌를 여인의 팔에, 귀걸이를 귀에 달아 주었다. 엘리자와 리브가[26]였다. 오직 낙타만이 현장에 없을 뿐이었다.

알아맞히는 편에서는 다시 쑥덕공론을 했다. 이 장면을 나타내고 있는 단어나 철자에 관해서 의견의 일치를 보지 못하는 것 같았다. 대변자인 덴트 대령은 '전체 장면'을 보기를 요구했다. 그러자 막이 내렸다.

삼 막째에서는 응접실의 일부밖에 보이지 않았고 다른 부분은 무엇인가 검은 천을 걸쳐 놓은 장막으로 가려져 있었다. 대리석의 물독은 치워 놓았고 그 대신에 송판 테이블과 부엌의 의자가 하나 놓여 있었다. 촛불은 모두 꺼 버렸고 각세(角製)의 각등에서 새어 나오는 흐릿한 불빛이 이것들을 비추고

---

26) 「창세기」 24장에 등장하는 인물들.

있을 뿐이었다.

이 초라한 장면 한복판에 주먹을 무릎에 대고 눈길을 내리깐 한 사나이가 앉아 있었다. 얼굴에 검정을 묻히고 허름한 옷을 아무렇게나 걸치고(그의 상의는 격투라도 벌여서 등허리 쪽에서부터 찢어지기나 한 듯이 한 팔에 느슨히 늘어져 있었다.) 절망적으로 상을 찡그리고 봉두난발을 하고 있어서 교묘하게 변장을 하고 있는 셈이었지만 나는 그가 로체스터 씨임을 곧장 알아차렸다. 몸을 움직이니 쇠사슬 소리가 울렸다. 손목에는 수갑이 차여 있었다.

"브라이드웰[27] 감옥!" 하고 덴트 대령이 소리쳐서 수수께끼는 풀렸다.

출연자들이 원래의 복장을 갈아입기까지 한참이 걸린 뒤에 전원이 식당으로 돌아왔다. 로체스터 씨가 잉그램 양을 인도했고 그녀는 그의 연기를 칭찬했다.

"지금의 세 가지 역 중에서 전 마지막의 당신이 제일 좋았어요. 조금만 빨리 태어났더라면 정말 멋있는 신사 노상강도가 되셨을 텐데!"

"검정이 말끔히 지워졌나요?" 얼굴을 잉그램 양에게 돌리면서 그가 물었다.

"네, 유감스럽게도. 정말 유감천만이에요. 그 악한 같은 분칠이 당신 얼굴엔 아주 안성맞춤이었는데!"

---

27) 1막은 신부(브라이드), 2막은 샘(웰)을 나타냈고 이 둘을 합하면 런던에 있는 감옥 '브라이드웰'이 된다.

“그럼 당신은 노상강도를 좋아한단 말씀입니까?”

“영국의 노상강도는 이탈리아의 산적 다음으로 좋아하지요. 이탈리아의 산적을 능가하는 것은 지중해의 해적뿐이고요.”

“내가 무엇이든 당신이 내 아내란 것을 잊지 마시오. 우리는 한 시간쯤 전에 여기 모인 증인들 앞에서 결혼을 한 사이니까.”

잉그램 양이 킬킬거리며 웃었다. 얼굴엔 홍조가 떠올랐다.

“자, 덴트. 이제 당신들 차례요.” 로체스터 씨가 말을 이었다. 덴트 대령 패가 물러가자 로체스터 편이 빈자리에 앉았다. 잉그램 양은 로체스터 씨의 오른편에 자리를 잡았고 알아맞히는 역을 맡은 짝패는 두 사람의 좌우로 자리를 잡았다. 나는 이제 연기자들은 지켜보지 않고 있었다. 막이 오르는 것을 흥미 있게 기다리고 있지도 않았다. 나의 주의는 관객 쪽으로 쏠려 있었던 것이다. 그때까지 입구의 아치 쪽으로 못박혀 있던 내 눈길은 이제 반원형으로 놓인 의자 쪽에 쏠리고 있었다. 덴트 대령 패가 어떠한 무언극을 연출했으며 어떠한 말을 수수께끼로 골랐으며, 또 어떻게 해냈는지를 나는 지금 기억하지 못한다! 그러나 한 장면이 끝날 때마다 벌어진 협의의 장면만은 지금까지 눈에 선하다. 로체스터 씨는 잉그램 양 쪽으로, 잉그램 양은 로체스터 씨 쪽으로 고개를 돌렸다. 칠흑 같은 고수머리가 거의 그의 어깨에 닿고 그의 볼에 걸린 만큼 잉그램 양은 로체스터 씨 쪽으로 고개를 돌렸다. 두 사람은 귀엣말을 주고받았고 서로 눈길을 마주쳤다. 이 광경을 보았을 때의 심정까지 지금 이 순간에도 생생하게 내 기억 속에 떠오른다.

독자여, 나는 로체스터 씨를 사랑하게 되었다고 말한 바가 있다. 그가 내게 주의를 기울이지 않게 되었다고 해서, 그의 면전에 몇 시간씩 있는데도 내게 눈길 한 번 보내지 않았다고 해서 그에 대한 사랑을 돌릴 수는 없었다. 또는 어쩌다 지나갈 때 옷자락이라도 내 몸에 스칠까 저어했고 또 어쩌다 그 까맣고 교만스러운 눈길이 내 몸에 닿으면 못 볼 것이라도 본 양 금세 외면을 하고 마는 여성에게 그의 온 정신이 팔려 있다는 것을 알게 되었다고 해서 그에 대한 나의 사랑을 돌릴 수도 없었다. 그가 머지않아 이 여성과 결혼하게 되리라는 것을 확신하게 되었다고 해서, 그의 마음을 휘어잡았다는 자랑스러운 자신만만함을 날마다 그녀에게서 느끼게 되었다고 해서, 시종 그에게서 구애의 태도(스스로 구하기보다도 저쪽에서 구애해 오기를 바라는 당돌한 것이기는 했지만, 그렇기 때문에 더욱 매력적이고, 교만하기 때문에 더욱 이끌리는 태도였다.)를 목격하게 되었다고 해서 이미 그에 대한 사랑을 돌릴 수는 없었다.

이러한 상황 속에서는 절망을 불러일으키는 요소는 많았지만 사랑을 식히고 사랑을 몰아낼 것이라고는 아무것도 없었다. 독자여, 질투심을 불러일으킬 재료가 참으로 많았다는 생각이 들 것이다. 나와 같은 처지에 있는 여자가 잉그램 양 같은 처지의 여성에게 감히 질투를 느낄 수가 있는 것이라면 말이다. 그러나 나는 질투하지 않았다. 아니, 설령 질투했다 하더라도 극히 드물게밖에는 하지 않았다. 내가 맛보았던 고통은 그런 말로 표현해 낼 수 있는 성질의 것이 아니었다. 잉그램 양은 질투의 대상도 되지 않는, 질투심을 일으키기에는 너무나 시시한 여성이었다. 언뜻 보아 모순되는 것 같은 말을 용서해 주길 바란다. 난 진담을 하고 있으니까. 그녀는 외양만은 번드르르했으나 실속은 그렇지가 못했다. 자색(姿色)은 아름다웠고 갖추고 있는 재주도 놀라웠으나 그 지성은 빈곤했고 인정은 날 때부터 메말라 있었다. 그 토양에서 자연스럽게 피어날 꽃이라곤 없었고 싱싱함으로 사람을 즐겁게 하는 천연의 과일도 없었다. 선량하지도 못했고 독창성도 없었고 책에서 얻어들은 그럴듯한 문구를 되뇌기는 했지만 자기 자신의 의견을 표명하는 일이라고는 없었고 또 자기 자신의 의견이랄 것을 가지고 있지도 않았다. 고상한 감정을 휘두르기는 했지만 동정이나 연민의 정이라고는 없었고 부드러움이나 성실성도 갖추고 있지 않았다. 그녀가 나어린 아델러에게 심술궂은 적의를 노골적으로 나타낼 때 그러한 그녀의 본색이 수시로 드러났다. 아델러가 어쩌다가 가까이 갈라치면 시건방진 말을 내뱉으며 밀어내기가 일쑤였고 어떤 때는 방에서 나가라고 으르는 적도 있었고 으레 쌀쌀하고 독살스럽게 대하는 것이었다. 나 이외에도 이러한 성품의 본색을 지켜보며 날카롭고 상세하고 야무지게 관찰하는 눈이 있었다. 그렇다, 미래의 신랑감인 로체스터 씨 자신이 미래의 아내에게 끊임없는 감시의 눈초리를 던지고 있었던 것이다. 그의 이 현명함, 이 신중함, 사랑하는 사람이 결함을 인지히 또 명확하게 의식하고 있고 그녀에 대한 감정에 있어 정열이 정녕 결여되어 있다는 점, 바로 이 점에서 나의 끊임없는 고통이 솟아오른 것이었다.

나는 그가 잉그램 양의 지위나 연고 관계가 어울리기 때문에 집안을 생각해서 아니면 정략적인 이유로 그녀와 결혼하려 한다는 것을 알았다. 그가 잉그램 양에게 사랑을 주고 있지 않다는 것, 또 그에게서 사랑이라는 보배를 받아들일 자격이 그녀에게 갖추어져 있지 않다는 것을 나는 느끼고 있었다. 문제는 그 점에 있었다. 바로 이 점이 내 신경을 건드리고 성가시게 했다. 나의 정열이 식지 않고 부채질을 받은 것은 바로 그 점 때문이었다. 그녀는 그의 마음을 사로잡을 수가 없었던 것이다.

만약 그녀가 즉각적인 승리를 거두고 로체스터 씨가 굴복하여 진정 그녀의 발밑에 마음을 내던졌다면 나는 내 얼굴을 가리고 벽을 향했을 터이고 그들에게 있어 나는 (비유적으로 말해 본다면) 죽은 것이나 진배가 없었을 것이다. 만약 잉그램 양이 기운과 열의와 친절과 양식(良識)을 두루 갖추고 있는 마음씨 곱고 고결한 여성이었다면 나는 두 마리의 호랑이, 즉 질투와 절망을 상대로 죽자 사자 힘을 겨루었을 것이다. 그리하여 가슴을 뜯기고 집어삼켜지는 몸이 되면서도 그녀를 칭송하고 그녀의 탁월함을 인정하며 여생을 조용히 보냈을 것이다. 그녀의 탁월함이 절대적이면 절대적일수록 나의 탄복도 더욱 깊어졌을 것이다. 또 내 마음의 평온도 그만큼 컸을 것이다. 그러나 사실 로체스터 씨를 매혹시키려는 잉그램 양의 노력을 지켜보고 그 노력이 번번이 실패로 돌아가고 마는 것을 목격하는 것, 본인은 실패를 깨닫지 못하고 있었고 그녀의 오만과 자기 만족이 매혹시키려는 대상으로부터 점점 멀어져 가고 있음에도 불구하고 쏜 화살이 모두 과녁을 맞혔다고 터무니없는 생각을 하면서 성공에 도취되어 으쓱해진 모습을 보고 있는 것은 끊임없는 흥분과 무자비한 억제를 동시에 맛보는 셈이었다.

왜냐하면 그녀가 실패했을 때 어떻게 하면 그녀가 성공을 거둘 수 있는가 하는 것을 내가 알고 있었기 때문이다. 차례차례 로체스터 씨의 가슴을 빗나가 아무런 상처도 주지 못하고 발밑으로 떨어져 내린 화살도 훨씬 솜씨 있는 사람이 쏘았다면 그의 자존심 강한 심장을 날카롭게 맞힐 수도 있었을 것이다. 그리하여 험상궂은 그의 눈에 사랑을, 조소하는 듯한 그의 얼굴에 상냥함을 불러일으키고 나아가서는 무기 없이도 조용한 정복이 이루어졌을지 모르는 일이었다.

'그처럼 그에게 가까이 갈 수 있는 특권을 누리고 있는데도 어쩌면 그의 마음을 그리도 움직이지 못하는 것일까?' 나는 마음속으로 생각해 보았다. 정녕 잉그램 양은 진정으로 그를 좋아할 수가 없는 모양이다. 아니면 진실한 사랑으로 그를 좋아하질 못하는 모양이다. 만약 그녀가 진정으로 그를 좋아한다면 저렇듯 헤프게 미소를 지어낼 필요도 없을 것이고 저렇듯 끊임없이 추파를 보낼 필요도 없을 것이다. 또 저렇듯 공들여 꾸민 태도를 지어내지도 못할 것이고 온갖 애교를 꾸며낼 필요도 없을 것이다. 그저 잠자코 그의 곁에 앉아 별말 없이 눈을 내리깔고 있기만 해도 힐씬 그의 마음에 집근할 수가 있었을 것이라고 나는 생각한다. 그녀가 한창 얘기를 하고 있는 지금, 그의 얼굴에 떠오른 굳은 표정과는 전혀 다른 표정을 나는 본 적이 있다. 그러나 그것은 자연히 떠오른 표정이었고 창부 같은 잔꾀나 계산된 행동으로 꾀어낸 것은 아니었다. 한쪽에서 그저 그대로 받아들이기만 하면 되는 것이다. 그의 물음에 수더분하게 대답을 하고 필요한 경우엔 자연스럽게 얘기를 걸기만 하면 되었다. 그러면 그의 표정은 점점 부드러워지면서 상냥해지고 만물을 포용하는 햇빛처럼 상대방의 마음을 누그러뜨려 주는 것이었다. 저 두 사람이 결혼한다면 도대체 저 여인이 어떻게 해서 로체스터 씨의 마음을 기쁘게 해 준단 말인가? 그녀는 그의 마음을 기쁘게 해 줄 수 없을 것이라고 나는 생각한다. 그러나 해선 안 될 일은 아닐 것이었고 그의 아내가 되는 여인은 이 세상에서 가장 행복한 여인이리라.

나는 이해관계나 연고 관계로 결혼을 하려는 로체스터 씨의 계획에 관해서 아직껏 비난조의 말은 하지 않았다. 그것이 그의 의도라는 것을 처음 알게 되었을 때 나는 놀랐다. 아내를 고르는 데 있어서 그처럼 흔해 빠진 동기에 좌우될 사람이라고는 생각하지 않았던 것이다. 그러나 당사자 양편의 지위나 교육 등속을 깊이 음미해 보면 볼수록 분명 어린 시절부터 주입된 사고나 원칙에 따라서 행동하는 그들을 비판하고 비난하는 것이 옳지 못하다고 생각하게 되었다. 그들 계급에 속하는 사람들은 모두 이러한 원칙을 신봉하고 있는 것이다. 신봉하고 있을 적엔 나 같은 사람이 측량할 수가 없는 그럴듯한 이유가 있을 것임에 틀림없다. 그러나 만약 내가 로체스터 씨 같은 신사의 처지라면 내가 사랑할 수 있는 아내만을 고르리라. 그러나 사랑하는 여인을 아내로 맞는 것이 자신의 행복에도 유리하다는 것이 명백함에도 불구하고 그것이 세상에서 흔히 실천되지 않고 있다는 것은 필경 내가 전혀 알지 못하는 다른 이유가 있기 때문임에 틀림없다는 생각이 들었다. 그렇지 않다면 모두가 나와 같은 생각을 가지고 배우자를 고를 것이기 때문이다.

그러나 이런 경우와 마찬가지로 다른 경우에 있어서도 나는 나의 주인에 대해서 아주 관대해져 가고 있었다. 전에는 날카롭게 경계하고 있던 그의 결점도 모두 잊어 가고 있었다. 그때까지의 나는 그의 성격의 모든 면을 연구하고 장점과 단점을 견주어 보고 양쪽의 무게를 달아 보고 공평한 판단을 내리려고 했다. 그러나 이제 결점이 눈에 뜨이질 않았다. 그 전엔 질색이었던 조롱도 나를 놀라게 했던 냉혹성도 이제는 고급 요리에 넣은 양념과 같았다. 들어 있으면 혓바닥이 얼얼하지만 넣지 않으면 싱거운 양념 같았다. 그리고 저 뭐라고 꼬집어 설명할 수가 없는 막연한 것에 관해 말한다면(그것은 심술궂은 표정이었나 아니면 슬픈 표정이었나, 혹은 교활한 표정이었나 아니면 풀이 죽은 표정이었나?) 늘 주목하고 있는 사람이 알 수 있는 것이지만, 저 눈에 때때로 나타나고, 반쯤 열려 있는 이상한 깊이를 미처 측량해서 알아내기도 전에 다시 닫히고 마는 그 표정은, 마치 내가 화산과 같은 언덕 사이를 헤매고 있을 때 별안간 대지가 흔들리는 것을 느끼고 땅이 갈라지는 것을 본 것처럼 언제나 나를 공포를 떨게 하고 위축되게 했다. 나는 지 정체를 알 수가 없는 표정을 지금도 간혹 보게 되지만 마비된 신경을 가지고 보는 것이 아니라 가슴을 두근거리며 바라보는 것이다. 외면하기는커녕 기어이 알아내고야 말겠다는 듯이 배짱 있게 바라다보는 것이다. 잉그램 양이야말로 행복한 사람이라고 나는 생각했다. 왜냐하면 언젠가 그녀는 한가롭게 그의 마음의 심연을 들여다보고 저 표정의 비밀을 알아내고 그 정체를 분석할 수 있을 것이라고 생각했기 때문이다.

내가 나의 주인과 미래의 신부 일만을 생각하고, 그들을 지켜보고, 그들의 말소리에 귀를 기울이고, 두 사람의 행동에만 중점을 두고 있는 사이 다른 손님들은 제각기 오락이나 여흥에 여념이 없었다. 린 경 부인과 잉그램 부인은 여전히 진지한 얼굴로 얘기를 나누고 있었다. 그들은 한 쌍의 커다란 인형처럼 잡담의 화제가 바뀜에 따라서 터번을 쓴 머리를 끄덕이기도 하고 놀라는 표정이나 알쏭달쏭한 표정을 짓기도 하고 끔찍스럽다는 시늉을 하면서 두 손을 번쩍 쳐들기도 했다. 유순한 덴트 부인은 마음씨 좋은 에시턴 부인과 얘기를 나누고 있었고 이따금씩 내게 상냥한 말을 붙여 주기도 하고 미소를 보내기도 했다. 조지 린 경, 덴트 대령, 에시턴 씨 등은 정치, 주(州)의 사건, 재판 사건 등을 토론했다. 잉그램 경은 에미 에시턴과 얼려 있었고 루이자는 린 형제 중의 한 사람과 피아노를 치거나 노래를 하고 있었고 메리 잉그램은 린 형제 중의 다른 한 사람의 비위 맞추는 얘기를 따분한 듯이 듣고 있었다. 때때로 모두 약속이라도 한 듯이 막간극을 멈추고 주역을 바라보며 귀를 기울이기도 했다. 뭐니 뭐니 해도 로체스터 씨와 그리고 그와 밀접한 사이인 잉그램 양이 좌중의 중심인물이었기 때문이다. 로체스터 씨가 한 시간만 방을 비워도 손님들은 눈에 뜨일 만큼 따분한 모습들이 되었다. 그러다가 그가 다시 나

타나면 으레 그들의 대화에 새로운 자극을 주어 생기를 띠게
하는 것이었다.

　로체스터 씨의 부재(不在)는 그의 존재가 손님들에게 언제
나 활기를 띠게 해 주었다는 사실을 특히 강렬하게 실감시켜
주었다. 그가 볼일로 밀코트로 불려가서 밤늦도록 돌아오지
못할 것 같았던 날에 그것은 특히 뚜렷했다. 그날 오후엔 비가
내렸다. 비 때문에 헤이 마을 저편의 공유지에 최근 천막을
쳐 놓은 집시들의 캠프를 보러 가자던 소풍이 연기되었다. 몇
몇 신사들은 말 구경을 하거나 말을 타려고 마구간으로 갔고
젊은이들은 아가씨들과 당구실에서 당구를 치고 있었다. 잉그
램 부인과 린 경 부인은 조용한 카드놀이로 따분함을 달래고
있었다. 블랑슈 잉그램 양은 덴트 부인과 에시턴 부인이 그녀
들의 대화에 끌어넣으려고 하는 것을 오만하게 말없이 물리치
고 처음엔 피아노에 앉아 감상적인 곡조를 두드리며 나지막하
게 중얼거리더니 이내 서재에서 소설 한 권을 꺼내 들고 만사
가 귀찮다는 듯 오만한 자세로 소파에 몸을 내던지고 로체스
터 씨가 없는 사이의 지루한 시간을 소설 읽기로 넘기려고 했
다. 방 안도 집 안도 조용했고 이따금씩 당구 치는 사람들의
법석대는 소리가 이 층에서 들려올 뿐이었다.

　황혼이 가까워 오고 시계는 벌써 만찬을 위해 옷을 갈아입
을 시간이 되었음을 알렸다. 바로 그때 응접실의 창 밑 걸상
에 나와 나란히 앉아 있던 아델러가 별안간 소리쳤다.

　"로체스터 님이 돌아오시네요!"

　나는 돌아보았다. 잉그램 양은 소파에 앉아 있다가 창가로

달려왔다. 다른 사람들도 제각기 하던 일을 멈추고 눈을 들었다. 그때 자갈길을 구르는 마차 바퀴 소리, 첨벙거리는 말굽 소리가 들려왔다. 역마차가 다가오고 있었다.

"어째서 저런 모양으로 돌아오는 것일까요?" 잉그램 양이 말했다. "떠날 때는 메스루르(예의 검정말이다.)를 타고 갔는데. 그렇지요? 파일럿도 데려가고. 말과 개는 어떻게 된 걸까요?"

이렇게 말하면서 키 큰 몸집과 큼지막한 의상을 바싹 창가에 갖다 대었기 때문에 나는 등뼈가 부러질 정도로 등을 뒤로 젖히지 않으면 안 되었다. 열중해 있어서 처음엔 모르다가 내가 있는 것을 보고서는 입을 뾰로통해 가지고 다른 창살 쪽으로 옮겨 갔다. 역마차가 정거했다. 마부가 현관의 초인종을 울렸고 여행복을 입은 한 사람의 신사가 마차에서 내렸다. 그러나 로체스터 씨는 아니었다. 키가 후리후리하고 멋있는 차림새의 낯모르는 사람이었다.

"별꼴 다 보겠네!" 잉그램 양이 소리쳤다. "이 성가신 원숭이 새끼 같으니라고! (하고는 별안간 아델러에게) 너를 창가에 앉혀 놓고 거짓말이나 시키는 게 도대체 누구냐?" 그러고는 내 잘못이기나 한 것처럼 내게 노여운 눈초리를 던졌다.

홀에서 주고받는 말소리가 들렸고 이내 새로 온 사나이가 들어섰다. 그는 잉그램 부인에게 허리를 굽혔다. 제일 연장(年長)의 부인이라고 보았던 것이다.

"가던 날이 장날이라고 잘못 온 것 같습니다." 그가 말했다. "친구인 로체스터 군이 집을 비우고 있으니 말입니다. 그러나 나는 긴 여행에서 돌아온 참입니다. 그러니 오래된 교우(交友)

를 믿고 돌아올 때까지 여기서 기다리려고 합니다."

그의 태도는 상냥했다. 얘기할 때의 악센트가 내게는 좀 이상하게 들렸다. 분명하게 외국어 악센트라고는 할 수 없었지만 어쨌든 순수한 영어식은 아니었다. 나이는 로체스터 씨와 비슷해서 서른에서 마흔 사이로 보였다. 안색이 묘하게 병색이었지만 그 점만 빼놓으면 깔끔한 신사였다. 특히 첫눈엔 그렇게 보였다. 그러나 자세히 뜯어보면 어딘지 불쾌한, 아니 호감이 가지 않는 요소가 있었다. 이목구비는 반듯했지만 어쩐지 결곡한 맛이 없었다. 눈은 큼직한 것이 또렷했지만 거기서 내다보이는 생기는 멍한 것이 정채(精彩)가 없었다. 적어도 내게는 그렇게 생각되었다.

옷 갈아입기를 알리는 종소리 때문에 모두 뿔뿔이 헤어졌다. 내가 다시 그 신사의 모습을 보게 된 것은 저녁 식사가 끝난 후의 일이었다. 그는 이제 아주 심을 펴고 있는 듯했다. 그러나 내게는 전보다도 더 그의 용모가 못마땅하게 여겨졌다. 어딘지 모르게 생기가 없고 들떠 있는 듯했다. 눈은 가만히 있질 못하고 뜻 없이 이쪽저쪽 훑어보고 있었다. 그 때문에 내가 전에 본 적이 없는 기묘한 얼굴이 되었다. 잘생긴 편이었고 애교도 없는 것은 아니었으나 아무래도 불유쾌했다. 갸름한 달걀 모양의 매끈한 얼굴에는 기운이 없었다. 매부리코에도 단단한 기운이 없었고 버찌 같은 주그만 입 역시 매한가지였다. 낮고 판판한 이마에는 사상이 없었고 멍한 갈색 눈에도 자제력이 없었다.

나는 늘 앉던 구석 자리에 가서 앉아 그를 환하게 비춰 주고 있는 벽로 장식 위의 촛불 불빛으로 그를 지켜보면서(그는 난롯가에 바싹 당겨 놓은 높은 안락의자에 앉아서 마치 추운 듯이 여전히 몸을 웅크리고 점점 더 불에 가까이 다가가고 있었다.) 그를 로체스터 씨와 견주어 보았다. 그 대조는 (경의를 가지고 얘기하는 것이지만) 매끄러운 수커위와 무서운 독수리의 차이와 같았다. 그것은 유순한 양과 날카로운 눈을 가진 개의 차이보다도 더한 차이였다.

그는 로체스터 씨를 오랜 친구라고 했다. 그들의 우정은 틀림없이 기묘한 우정이었으리라. "양 극단은 서로 만나게 된다."라는 격언의 좋은 보기라 할 만했다.

몇몇 신사가 그의 곁에 앉아 있었고 그들이 주고받은 얘기가 가끔 내 귀에 들려오기도 했다. 처음 얘기는 무슨 소린지 잘 알아들을 수가 없었다. 가까이에 있던 루이자, 에시턴 양과 메리 잉그램 양의 얘기가 끊일락 이을락 들려오는 대화의 단편을 혼란시켜 놓았기 때문이다. 그녀들은 처음 보는 손님 얘기를 하고 있는 것으로서 두 사람이 모두 그를 "잘생긴 이"라고 부르고 있었다. 루이자는 "사랑스러운 이"라고 부르며 "그를 칭송"한다는 것이었고 메리는 자기가 생각하고 있는 매력적인 남성의 이상이라고 하면서 "그의 조그마하고 귀여운 입과 멋있는 코"를 예로 들었다.

"게다가 유순한 성품을 나타내고 있는 이마를 보세요." 루이자가 말했다. "정말 매끈한 이마야. 내가 질색으로 여기는 우거지 주름이 하나도 없고. 그리고 저 차분한 눈과 미소!"

바로 그때 헤이 마을로 예정했던 소풍 건으로 상의가 있다면서 헨리 린 씨가 두 사람을 방 저편으로 불렀기 때문에 나는 안도감을 느꼈다.

가까스로 나는 벽롯가에 모여 있는 사람들에게 주의를 집중할 수가 있었다. 이내 그 낯선 손님의 이름이 메이슨이라는 것을 알게 되었다. 그가 막 영국에 도착한 참이라는 것, 어딘가 무더운 나라에서 왔다는 것도 알게 되었다. 혈색이 그처럼 병색이 도는 것이나 벽로 곁에 바싹 다가앉아선 집 안에서도 외투를 벗을 생각을 않는 것은 그 때문이라고 생각되었다. 나중에 들려온 자메이카, 킹스턴, 스패니시타운의 지명으로 미루어 보아 그가 살고 있는 곳이 서인도 제도라는 것도 알게 되었다. 그가 처음으로 로체스터 씨를 만나서 알게 된 곳이 서인도였다는 것을 알고 나는 여간 놀라지 않았다. 그는 친구인 로체스터 씨가 그 지방의 찌는 듯한 더위나 태풍이나 장마철을 싫어했다는 얘기를 했다. 로체스터 씨가 여행가라는 것은 나도 알고 있었다. 페어팩스 부인에게서 들은 바가 있었기 때문이다. 그러나 방랑이라 하더라도 유럽 대륙 내에서의 그것으로 한정된 것이려니 나는 여기고 있었다. 그가 훨씬 더 먼고장으로까지 발길을 뻗치고 있었다는 것은 금시초문이었다.

이러한 생각에 잠겨 있을 때 얼마간 뜻밖의 사건이 일어나 내 생각의 실이 끊어지게 되었다. 우연히 누군가가 입구의 문을 열었기 때문에 몸을 떨기 시작했던 메이슨 씨는 벽로에 석탄을 더 넣어 달라고 부탁했다. 아직 찌꺼기는 붉게 타고 있었으나 불꽃은 꺼져 있었던 것이다. 석탄을 들고 왔던 하인이 나가면서 치안 판사인 에시턴 씨의 의자 곁에서 걸음을 멈추고 무어라 나지막하게 소곤댔다. 내게는 다만 "노파가…… 정말 귀찮게 구는데요."란 말밖에 들리지 않았다.

"나가 버리지 않으면 차꼬에 채워서 망신을 시키겠다고 해요." 치안 판사가 대답했다.

"아니, 좀 기다려요!" 덴트 대령이 가로막았다. "내보내지 마요. 에시턴 군. 어떻게 활용이 될지도 모르니까. 여성분들과 상의를 해 보는 것이 좋겠어." 그러면서 대령은 커다란 소리로 말했다. "여러분, 집시의 캠프 구경을 하기 위해 헤이 공유지에 가 본다고들 했잖습니까. 그런데 여기 있는 샘의 말을 들어 보면 지금 집시 노파 한 사람이 하인방에 와서 꼭 '귀하신 분네들' 앞에 나가 점을 쳐 드리겠다고 고집을 피우고 있답니다. 만나들 보시겠어요?"

"대령님, 무슨 말씀이세요? 그런 보잘것없는 야바위를 편들어 주다니. 곧 내쫓도록 해요." 잉그램 부인이 말했다.

"그렇지만 부인, 아무리 가라고 해도 말을 듣지 않아요." 하인이 말했다. "누구의 말도. 지금 페어팩스 부인이 가로막고서 제발 나가라고 하고 있지만 벽롯가의 의자에 버티고 앉아서는 막무가내로 꼭 이리로 나와 보겠다고 우기고 있습니다. 그러기 전엔 못 가겠다는 거지요."

"그래 어쩌겠다는 거요?" 에시턴 부인이 물었다.

"여러분의 신수점을 치겠다는 겁니다. 꼭 보아 드려야겠다는 거지요."

"어떻게 생긴 노파인데요?" 에시턴 자매가 소리를 맞추어서 물었다.

"끔찍하리만큼 못생긴 노파예요. 까마귀처럼 새까만……."

"그럼 진짜 마법사인 모양이군! 한번 불러 봅시다." 프레더릭 린이 말했다.

"그래요, 이렇게 재미있는 기회를 놓친다는 건 애석해요." 아우 쪽에서 편을 들었다.

"아니 너희, 무슨 생각이냐?" 모친인 린 경 부인이 소리쳤다.

"나도 그런 터무니없는 짓에는 찬성할 수가 없어요." 잉그램 부인이 편들었다.

"정말이에요. 하지만 어머니, 찬성해 주세요." 블랑슈 양이 피아노의 걸상을 홱 돌리며 거만스러운 목소리로 말했다. 그 때까지 그녀는 아무 말 없이 여러 가지 악보만을 뒤적거리고 있었다. "전 제 신수를 점쳐 보고 싶어 못 견디겠어요. 그러니 샘, 그 노파를 이리 오라고 해요."

"얘, 블랑슈, 생각해 봐라……."

"네, 알아요. 어머님이 말씀하실 만한 것은 모두 생각하고 있어요. 그렇지만 꼭 점쳐 보고 싶은걸요."

"네, 그래요." 젊은 패가 남녀 가릴 것 없이 소리를 맞추어서 외쳤다. "노파를 부릅시다. 틀림없이 재미있을 테니까!"

하인은 아직 망설이고 있었다. "정말 끔찍하게 생겨서……."

"빨리요!"

잉그램 양이 꽥 소리치자 하인은 나갔다.

이내 모두 흥분 상태가 되었다.

빈정대는 소리와 농담이 한창 벌어지고 있는데 샘이 들어 왔다.

"이젠 또 안 오겠답니다." 샘이 말했다. "노파는 (노파의 말이지만) 속물들 앞에 나타나기 싫다는 겁니다. 제가 어떤 다른 방으로 노파를 안내해야겠습니다. 그리고 점을 쳐 보고 싶으신 분은 한 분씩 오셔야 한답니다."

"그것 봐라, 블랑슈야." 잉그램 부인이 입을 열었다. "그 노파는 치근치근하게 집 안으로 기어 들어오려는 거야. 내 말을 들어라, 애야. 그리고……."

"물론 서재로 안내해야지." 블랑슈는 모친의 말을 가로챘다. "나도 속물들 앞에서 점을 쳐 보고 싶지는 않아요. 나도 혼자 듣고 싶어요. 서재에 불기운이 있나요?"

"네, 아가씨. 그러나 노파는 굉장한 허풍쟁이 같아 보이는데요."

"수다는 그만 떨어, 멍청이. 그리고 내 이르는 대로 해요."

샘은 다시 사라졌다. 수수께끼와 활기와 기대가 다시 좌중에 충만했다.

"준비가 다 되었습니다." 다시 나타난 하인이 말했다. "어떤 분이 제일 먼저 들어오실지 알고 싶답니다."

"여성분들 중에서 가 보시기 전에 내가 좀 가서 노파의 몰골을 떠봐야겠소." 덴트 대령의 말이었다. "샘, 신사가 가신다고 전해요."

샘이 나가더니 다시 돌아왔다.

"신사분들은 나오실 것 없다는 겁니다." 샘이 킬킬거리는 웃음을 가까스로 참고 말했다. "신사분들도 사절이고 기혼 부인도 안 된다는 겁니다. 젊은 미혼 여성만 보아 드리겠답니다."

"어렵쇼! 그 꼴에 노파도 기호를 다 가리는군!"헨리 린이 소리쳤다.

잉그램 양이 엄숙한 표정으로 일어섰다. "내가 먼저 가겠어요."

그녀가 부하의 선두에 서서 성벽의 돌파구를 기어오르는 결사대의 대장 같은 말씨로 말했다.

"아, 소중한 내 딸아! 귀여운 내 딸아! 잠깐 기다려, 생각을 다시 해 봐!"그녀의 모친이 비통하게 소리를 질렀다.

그러나 잉그램은 잠자코 모친 앞을 지나서 덴트 대령이 열고 있는 문을 빠져나갔고 서재로 들어가는 발소리가 났다.

그 뒤 한동안 조용해졌다. 잉그램 부인은 이것이야말로 두 손을 비빌 만한 '큰일 난 경우'라고 생각했고 사실 두 손을 비벼 댔다. 메리 양은 자기는 좀처럼 용기가 나지 않는다고 말했다.

에이미와 루이자 에시턴은 소리를 죽여 킬킬거렸고 얼마쯤 겁이 나 있었다.

시간은 더디게 지나갔다. 십오 분쯤 뒤에 겨우 서재의 문이 열렸고 잉그램 양이 아치를 지나 되돌아왔다.

그녀는 웃어 버릴 것인가? 그저 농담거리로 돌리고 말 것인가? 모두 호기심에 찬 눈초리로 그녀를 보았다. 그녀는 뾰로통하고 냉정한 눈으로 모두를 보았다. 당황한 모습도 즐거운 듯한 모습도 아니었다. 딱딱한 걸음걸이로 의자로 가더니 잠자코 앉아 버렸다.

"그래, 어떻든? 블랑슈?"오빠인 잉그램 경이 물었다.

"그래 뭐라 해요, 언니?" 메리가 물었다.

"어때요? 감상은? 진짜 점쟁이던가요?" 에시턴 자매가 물었다.

"자, 자, 여러분. 그렇게 너무 채근하지 마요." 잉그램 양이 대답했다. "참말로 이상히 여기기도 잘하고 곧이도 잘 듣는 여러분들의 두뇌 기관은 아주 잘 흥분하는군요. 여러분이, 어머님마저도 이 일을 중요시하는 것을 보니 이 저택에 악마와 결탁한 진짜 마녀가 와 있다고 믿고 계시는 모양이군요. 내가 만나 본 것은 집시의 부랑자로 흔히 하는 투로 손금을 보고 그런 또래가 흔히 지껄이는 소리를 떠벌렸을 뿐이에요. 이제 내 호기심도 충족이 되었습니다. 이번엔 아까 에시턴 씨가 위협하신 것처럼 저 노파에게 차꼬를 채워 창피를 주시길 부탁드리고 싶어요."

잉그램 양은 책을 들고 의자에 기대앉더니 그 이상 얘기를 하지 않으려 했다. 나는 그녀의 모양을 근 반 시간 동안이나 지켜보았지만 그동안 줄곧 그녀는 책장도 넘기지 않았고 안색은 시시각각으로 그늘져 가서 불만스러운 실망의 표정이 되었다. 별로 좋은 얘기를 듣지 못했음이 분명했다.

계속 어두운 표정을 하고 잠자코 있는 것으로 미루어 보아 입으로는 무관심한 체하면서도 무슨 얘기를 들었건, 사실은 점의 내용을 심각하게 받아들이고 있는 성싶었다.

다른 한편 메리 양, 에이미 양, 루이자 양은 혼자서는 도저히 갈 수 없다고 말했으나 가 보고 싶기는 매일반이었다.

전권 대사 격인 중개자 샘을 통해서 교섭이 시작되었다. 그리고 왔다 갔다 하느라고 샘의 장딴지가 아파지기 시작했을 때 세 사람이 함께 와도 좋다는 허가를 가까스로 고집쟁이 무녀에게서 얻어 냈다.

이번의 세 사람은 잉그램 양 때처럼 조용하지 못했다. 신경질적인 웃음소리며 가느다란 비명이 서재에서 새어 나왔다.

그리고 이십 분쯤 지났을 때 세 사람은 문을 쾅 열더니 혼이라도 나간 듯이 홀을 달려서 돌아왔다.

"확실히 저 노파는 보통 사람이 아니에요!" 그녀들은 입을 맞추어 말했다. "여러 가지를 다 맞혀 내는걸요! 우리 일은 모조리 알고 있어요!"

그들은 신사들이 재빨리 갖다 놓은 의자에 숨을 헐떡이며 주저앉았다. 자세히 설명을 해 달라고 하자 세 사람은 아주 어릴 적에 한 얘기며 일 등을 노파가 알아맞혔고 자기 집 사실에 가지고 있는 책이나 장식품을 줄줄 외고 여기저기 친척에게서 선사받은 기념품까지도 알아맞히더라고 보고했다.

또한 노파는 자기들의 속까지 환히 들여다보고 이 세상에서 제일 좋아하는 사람의 이름을 각자의 귀에 소곤대어 주기도 하고 가장 소망하고 있는 것이 무엇인지조차 알아맞혔다는 것이었다.

이 말을 들은 신사들은 제일 좋아하는 사람의 이름과 하고 싶은 일을 가르쳐 달라고 열심히 재근했지만 아가씨들은 얼굴을 붉히고 비명을 지르고 몸을 떨고 숨죽인 웃음을 웃을 뿐이었다. 그러는 사이 지긋한 연배인 부인들은 약을 주기도 하고 부채질을 해 주기도 하고 가지 말라고 타일렀는데도 듣지 않더니 이 모양들이라고 걱정스럽게 되풀이 말했다.

연장의 신사들은 웃어 댔고 젊은 신사들은 정신들이 동요되어 있는 아름다운 아가씨들에게 무엇인가 도움이 되어 주려고 야단들이었다.

이 야단법석 속에서 눈도 귀도 앞에 벌어지고 있는 광경에 쏠려 있는데 내 곁에서 기침 소리가 났다. 돌아보니 샘이었다.

"저어, 선생님. 이 방에 또 한 사람의 젊은 미혼 여성이 있는데 모두 올 때까지 돌아가지 않겠다고 집시가 말하고 있답니다. 선생님 얘기인 것 같은데, 달리 그런 분은 안 계시니까요. 어떻게 할까요?"

내가 대답했다. "그래요? 그렇다면 꼭 가 보겠어요."

뜻하지 않게 궁금증을 풀 수 있는 기회가 주어져서 나는 기뻤다. 나는 아무 눈에도 띄지 않고(모두 방금 돌아와 몸을 떨고 있는 세 사람을 둘러싸고 그 주위에 서 있는 덕택으로) 살며시 방을 빠져나와 소리 나지 않게 문을 닫았다.

"뭣하시다면 홀에서 기다리고 있겠어요. 노파가 놀라게 하거든 나를 부르세요. 단박에 달려갈 테니."

샘이 말했다.

"괜찮아요, 샘. 주방으로 돌아가세요. 난 조금도 두렵지가 않으니까요."

사실 나는 조금도 무섭지 않았다. 그러나 나는 몹시 흥미를 느끼고 있었고 또한 마음이 흥분되어 있었다.

19장

내가 들어갔을 때 서재는 굉장히 조용했다. 그리고 무당은 (만일 무당이 틀림없다면) 난롯가의 안락의자에 깊숙이 앉아 안락한 기분을 맛보고 있었다. 빨간 망토에 검은 모자, 아니 검은색이라기보다는 오히려 턱밑을 줄 친 손수건으로 붙잡아맨 차양이 넓은 집시 모자를 쓰고 있었다. 불이 꺼져 버린 초한 자루가 테이블 위에 놓여 있었다. 그 여자는 난로에 몸을 웅크리고, 기도책 같은 조그마한 책을 희미한 난롯불에 비춰 읽고 있는 것 같았다. 읽으면서 노인들이 대개 그러듯이 입속으로 중얼대고 있었다. 내가 들어가도 섣불리 그만두지 않았다. 아마 읽던 구절을 다 읽어 버리려는 듯했다.

나는 난로 앞에 있는 양탄자 위에 서서 손을 녹였다. 객실에선 난로에서 멀리 떨어져 있는 자리에 있었기 때문에 손이

싸느랗게 얼어 있었다. 나는 이때 지금까지 맛보지 못했던 퍽
침착한 기분이 들었다. 집시는 외관상으로 보아선 남을 불안
에 몰아넣을 만한 점이란 찾아볼 수 없었다. 그 여자는 보던
책을 덮고 천천히 고개를 쳐들었다. 모자 차양으로 조금은 가
리어 있으나 고개를 쳐들자 이상한 얼굴을 하고 있었다. 얼굴
은 온통 갈색과 검은색이었다. 턱밑을 붙잡아 맨 흰 끈 밑으
로 흐트러진 머리카락이 비어져 나와 뺨을 온통 뒤덮고 턱까
지 내리덮었다. 그 눈은 곧 사정없이 똑바로 내 얼굴을 쏘아보
고 있었다.

"그래 점을 쳐 보고 싶다고?" 하고 단호하면서 거친 목소리
로 말했다. 마치 그 눈초리나 얼굴 모습이 그러하듯이.

"그런 건 할머니, 전 아무래도 상관없어요. 좋도록 점쳐 주
세요. 하지만 미리 한말씀 드리지만 전 그런 건 믿지 않아요."

"당신같이 뻔뻔한 사람이 할 만한 얘기군. 그렇게 이야기할
줄 알았다니까. 당신이 방 안으로 걸어 들어올 때 그 발소리를
듣고 알았다니까."

"그래요? 굉장히 예민한 귀군요."

"그야 물론. 게다가 눈치도 빠르고 두뇌도 예민하지."

"모두 할머니 장사엔 필요한 조건들이군요."

"그래 특히나 당신 같은 손님을 점칠 땐 말이야. 그런데 왜
당신은 떨지를 않소?"

"춥지 않은걸요, 뭐."

"어째 얼굴이 핼쑥해지지도 않지?"

"기분이 나쁘지도 않아요."

"어째 점을 쳐 달라고 조르지도 않고."

"저는 바보가 아니에요."

쪼글쪼글한 얼굴을 가진 노파는 넓은 모자 차양과 흰 끈 밑에서 깔깔 소리를 내어 웃었다. 그리고 짤막하고 검은 파이프를 꺼내어 담배에 불을 붙이고 빨기 시작했다. 오랫동안 이 진정제를 마음껏 빨고 나서 웅크리고 있던 몸을 일으켜 파이프를 입에서 빼고, 난롯불을 물끄러미 바라다보며 점잖은 목소리로 말했다.

"당신은 추운 거야. 병들었어. 게다가 바보야."

"그걸 증명해 주세요." 내가 대답했다.

"간단히 몇 마디로 짧게 말해 주지. 당신은 추운 거요. 그건 외로우니까 그런 거야. 누구와도 친밀하게 지내고 있지 않으니까. 모처럼 당신 마음속에 불이 타고 있더라도 그것을 밖으로 내뿜을 만한 기회가 없단 말이야. 병들어 있소. 왜냐하면 인간에게 주어진 가장 훌륭하고 고상하고 즐거운 감정이 언제나 당신과는 먼 거리에 있으니까 말이오. 바보인 까닭은 그처럼 고통을 받으면서도 그 감정을 당신이 손짓해서 불러들이지 않거니와 그것이 당신을 기다리고 있는데도 그것을 만나기 위해 단 한 발짝도 내디디려 들지도 않으니까 말이오."

노파는 또 그 짧고 검은 파이프를 입에 물고 힘 있게 뻐끔 뻐끔 빨기 시작했다.

"당신은 누구에게나 그렇게 말하겠지요. 웅장한 저택에서 고용인으로 일하며 홀로 살고 있는 사람이라는 것을 알기만 하면 말이에요."

"대개의 사람들에게 말할는지는 몰라도 그 사람들에게 모두 이 말이 들어맞을라고?"

"나와 같은 처지라면야."

"그래 바로 그 말대로야. 당신과 같은 경우라면 말이야. 그러나 당신과 똑같은 처지에 있는 사람이 있다면 찾아 줘요."

"그건 문제가 없어요. 얼마든지 찾아다 드리죠."

"한 사람도 좀처럼 못 구할걸. 당신은 자신의 처지를 모르고 있으니까 그렇지, 만일 알게 되면 당신은 특별한 처지에 처해 있는 셈이오. 행복은 바로 코앞에 있어. 그렇지, 손을 뻗으면 닿을 수 있는 곳에 있다니까. 행복해질 수 있는 조건은 다 갖추어졌어. 그걸 결합시키는 힘만 부족할 따름이야. 운명의 신이 재료를 산산이 흩뜨려 놓았을 뿐이지. 한번 그걸 주워 모아 보구려, 굉장한 행복이 올 테니."

"전 수수께낀 몰라요. 내 생전에 수수께끼를 풀 수 있을 것 같지 않아요."

"좀 더 분명하게 듣고 싶거든 손금을 봅시다."

"돈을 드려야 된다는 말씀이군요."

"그렇고말고."

나는 집시에게 1실링을 주었다. 노파는 호주머니 속에서 헌 양말을 꺼내 그것을 그 속에다 넣고, 묶어서 다시 호주머니 속에 집어넣고는 나에게 손을 내밀라고 했다. 나는 시키는 대로 했다. 노파는 내 손바닥에 자기의 얼굴을 바싹 댔다. 그리고 손바닥엔 손도 대지 않고 뚫어지게 들여다보았다.

"너무 좋군." 노파가 말했다. "난 이런 손으론 아무 점도 칠 수가 없어. 거의 금도 없군 그래. 게다가 손바닥에 무엇이 있단 말인가? 아무 운명도 나타나 있지 않군그래."

"당신 말씀이 맞다고 생각해요." 내가 말했다.

"아니." 노파가 말을 이었다. "얼굴에 적혀 있어. 이마 위에, 눈언저리에도, 눈 속에도, 입가의 주름에도 있어. 무릎을 꿇고 앉아서 얼굴을 쳐들어요."

"아아! 이제야 겨우 현실로 돌아오시는군요." 하라는 대로 무릎을 꿇고 앉아서 내가 말했다. "머지않아 할머니의 말씀을 믿게 되겠지요."

나는 노파에게서 반 야드쯤 떨어져 무릎을 꿇고 앉았다. 노파는 난롯불을 뒤적거렸다. 그러자 한 줄기 빛이 난로 속에서 확 솟아났다. 그러나 눈부신 그 빛은, 노파는 앉아 있었으므로 그 이마를 한층 더 그늘지게 했을 뿐 내 얼굴만 환히 비추어 주었다.

"당신은 오늘 밤, 어떤 기분으로 나한테 왔을까?" 나의 얼굴을 한참 동안 살펴보고 나서 노파가 말했다. "당신의 눈앞에서, 환등(幻燈)의 그림처럼 사뿐사뿐 움직이고 있는 아름다운 사람들과 같이 저 방에 있을 때 무엇을 생각하고 있었을까? 당신과 저 사람들은 조금도 마음이 통하지 않는 것처럼, 마치 저 사람들은 살아 있는 인간이 아니라 단지 사람의 탈을 쓴 그림자에 불과한 것처럼 말이야."

"지루하기도 하고, 때로는 졸리기도 하지만, 좀처럼 슬퍼지진 않아요."

"그럼 미래의 일을 속삭여 주고 당신의 마음을 북돋워 주고 기쁘게 해 줄 만한 남모르는 희망이라도 갖고 있는지?"

"아뇨. 고작 제 희망이란 언젠가 조그마한 집을 빌려서 학교를 세울 만한 돈을 내 봉급에서 저축하는 거예요."

"영혼이 살아나기엔 빈약한 영양분이군그래. 그리고 저 창턱에 앉아서…… 난 당신의 습관을 잘도 알고 있죠?"

"하인들에게 들은 거겠죠."

"아! 꽤 똑똑한 체하는군. 그렇지! 들었을지도 모르지. 사실 하인 중에 한 사람 아는 사람이 있어서…… 풀 부인 말이오."

그 이름을 듣자 나는 소스라쳐 놀라 일어났다.

'당신이…… 당신이?' 내가 마음속으로 생각했다. '그럼 역시 이 점은 수상한 것이 많이 있어.'

"놀랄 건 없어요." 수상한 여인이 말을 이었다. "풀 부인은 믿을 수 있는 하녀야. 입이 무겁고 침착한 여인이란 말이오. 그 사람은 누구나 신용할 만하지. 그런데 지금도 말한 것과 같이, 이 창턱에 앉아 있을 때 당신의 미래의 학교 일밖엔 아무 것도 생각지 않는단 말이오? 당신 앞에 있는 소파나 의자에 앉아 있는 저 많은 사람들 가운데서 현재 당신의 흥미를 끌고 있는 사람이 없단 말이오? 당신이 자세히 살펴보고 있는 얼굴이 하나 없단 말이오? 적어도 호기심을 가지고 항상 그 사람의 행동 하나하나를 놓치지 않고 주시하고 있는 사람이 하나 없다는 거요?"

"저는 거기 있는 모든 사람의 얼굴이나 행동을 바라보는 것이 좋아요."

"그러나 모든 사람 가운데서 특히 한 사람만을 골라서 생각하지 않았어? 아니, 어쩌면 두 사람일는지도 몰라."

"가끔 보죠. 두 사람의 표정이나 모습이 하나의 얘기를 암시하는 듯이 보일 때는요. 전 그분들을 바라보는 게 재미있어요."

"어떤 얘길 제일 듣고 싶소?"

"아, 별 선택의 여지가 없어요. 얘기랬자 같은 화제거든요. 즉 구혼이지요. 그리고 결혼이란 똑같은 파국으로 끝나고요."

"그래, 그런 단조로운 화제를 좋아하는 거요?"

"전혀 그런 건 관심도 없어요. 저하곤 아무 상관도 없는 일이니까요."

"당신과 상관이 없다고? 젊음이 약동하고 건강이 흘러넘치며 지위와 재산을 잔뜩 지닌 아름다운 매력 있는 아가씨가 그이 눈앞에서 미소를 짓고 있어. 당신의……."

"저의?"

"당신이 알고 있는, 그리고 어쩌면 좋다고 생각하고 있는 사람의……."

"전 이곳 신사들을 몰라요. 잘 모릅니다. 그분들 중에서 단한 분과도 아직 한마디 말도 나누지 않은걸요. 좋다 생각하고 있는 사람이라 하지만 어떤 분들은 훌륭하고 당당한 중년 신사라고 생각하고, 또 어떤 분들은 젊고 패기가 있는 호남자로 활달한 분들이라고 생각하죠. 하지만 물론 신사 양반들이 어느 분이든지 좋아하는 이의 미소를 받는 것은 자유지요. 저는 그런 주고받기를 조금도 개의치 않아요."

"당신이 이 집의 신사 양반들을 모른다고…… 저분들 중의 누구와도 한마디도 말을 안 해 봤다고? 이 집의 주인하고도 그렇다고 할 작정이오?"

"주인님은 집에 안 계십니다."

"의미 있는 얘기야! 아주 멋진 재담이야! 주인은 오늘 아침 밀코트에 가셨지. 오늘 밤 아니면 내일 돌아오실 테지. 그런 사정이 당신의 방명록에서 그분을 빼 버릴 수가 있단 말이오? 이를테면 그분을 이 세상에서 말살한다는 거야?"

"아뇨. 하지만 할머니가 꺼낸 얘기와 로체스터 씨가 무슨 관계가 있는지, 전 도저히 이해할 수 없어요."

"나는 남자들 앞에서 미소를 띠고 있는 여자들을 말하고 있었던 거야. 요즈음 로체스터 씨의 눈에 줄곧 미소를 던지는 바람에 두 개의 컵에 찰찰 넘쳐흐르는 물처럼 저분의 눈언저리에 넘쳐 버릴 것 같아요. 그래 그걸 못 봤우?"

"로체스터 씨는 손님들과 함께 자유로이 즐기실 권리가 있지요."

"그분의 권리를 묻고 있는 게 아니야. 이 집에서 떠도는 여러 가지 소문 가운데 로체스터 씨의 결혼 얘기가 제일 활발하게, 제일 끊임없이 떠돌고 있는데, 당신은 눈치채지 못했는지?"

"듣는 사람의 열성이 말하는 사람의 혀를 재촉하는 법이에요." 나는 집시를 향해서 말하기보다는 나 자신에게 말했다. 이때에는 노파의 이상한 말투며 태도가 나를 일종의 꿈속으로 몰아넣어 버렸다. 생각잖던 말이 그녀의 입에서 연달아 쏟아져 나와 나는 마침내 신비스러운 거미줄 같은 것에 엉켜 버리고 이 몇 주일 동안 눈에 보이지 않는 요정이 나의 심장 곁에 앉아서 모든 움직임과 변화를 일일이 기록해 두지나 않았나 하고 이상히 여겼다.

"듣는 사람의 열성이!" 노파가 되풀이했다. "그렇지, 로체스터 씨는 몇 시간이나 계속해서 얘기하는 걸 무척이나 좋아하는 아가씨가 사람의 마음을 매혹시키는 입술로 말하는 것에 열심히 귀를 기울이고 있었겠다. 로체스터 씨는 듣는 것을 무척 기뻐했고, 자기에게 주어진 즐거움에 대해서 대단히 감사하고 있는 듯했어. 그걸 당신은 못 봤우?"

"감사한다고요? 난 그분의 얼굴에서 감사의 표정은 찾아볼 수 없었어요."

"찾아낸다고! 그럼 당신은 그 얼굴을 분석해 봤군요? 그래 뭘 찾아냈어, 감사가 아니라면?"

나는 잠자코 대답을 안 했다.

"당신은 애정을 보았군. 그렇지 않아? 그리고 앞을 내다보고. 그분이 결혼한 것을 보았지. 그리고 신부가 행복한 것을 보았지?"

"흥! 당치도 않은 소리. 당신의 마술도 때로는 틀리는군요."

"그럼 도대체 뭘 봤단 말이야?"

"염려 마세요. 난 여기 물어보기 위해서 온 거지 고백하러 온 건 아니니까요. 로체스터 님께서 결혼하신다고요?"

"그럼. 저 아름다운 잉그램 양과……"

"곧 하게 되나요?"

"보아하니 그렇게 생각해도 무리는 아닐 거요. 게다가 저 두 사람이 세상에서도 가장 행복한 부부가 될 것은 틀림없는 일이야.(당신은 뻔뻔스럽게도 그걸 의심하고 있지만, 그 뻔뻔스러움을 고쳐야 해요.) 그분이 저렇게 예쁘고 우아하고 총명한, 무엇에든지 월등한 아가씨를 사랑하는 건 당연한 일이야. 아마도 잉그램 양도 그분을 사랑할 거야. 그분의 풍채를 좋아하지 않는다 하더라도 그분의 재산을 말이야. 나는 말이야, 잉그램 양이 로체스터가(家)의 재산을 무엇보다도 탐내고 있다는 걸 알고 있어. 이 점에 대해선 한 시간쯤 전에 잉그램 양에게 몇 마디 들려줬지만(하느님 용서하소서!) 내 이야기는 잉그램 양을 깜짝 놀라게 만들었어. 그 사람의 입술 양끝이 반 인치나 축 늘어지더라니까. 난 아가씨의 거무튀튀한 구혼자에게 주의하라고 충고해 주어야겠어. 좀 더 두둑한 재산을 갖고 다른 남자가 나타나면 로체스터 씨는 밀려나는 거지."

"하지만 할머니, 전 로체스터 씨의 점괘를 들으러 온 게 아니에요. 제 운수를 점치러 온 거죠. 제 점괘는 전혀 말씀하시지도 않는군요."

"당신의 운수는 아직 확실히 모르겠소. 얼굴을 잘 살펴봤지만, 한 가지 특징은 다른 특징과 정반대란 말이야. 운명의 신은 조그마한 행복을 당신에게도 점지해 놓았어. 난 그걸 알고 있어. 오늘 밤 여기 오기 전에 이미 알고 있었어. 운명의 신은 조심스럽게 그걸 당신을 위해 예비해 놓은 거야. 난 신께서 그렇게 하시는 걸 봤으니까. 당신이 팔을 뻗어서 그걸 붙잡기만 하면 되는 거야. 그런데 그걸 잡으려고 노력하느냐 안 하느냐 하는 것을 내가 점치려고 하는 거야. 다시 한번 마루 위에 꿇어앉아요."

"오래 앉혀진 마세요. 불이 뜨거우니까요."

나는 꿇어앉았다. 집시는 나 있는 쪽으로 몸을 굽히지는 않았다. 다만 의자에 기대앉은 채로 나를 물끄러미 바라다보고 있었다. 드디어 노파가 중얼대기 시작했다.

"불꽃이 눈동자 속에서 깜빡이고, 눈은 이슬처럼 반짝이고 있군. 부드럽고, 생각에 잠겨서 내 횡설수설하는 소리에 미소를 짓고 있군. 그 눈은 다정다감하고. 맑은 눈동자는 여러 가지 느낌을 전부 담고 있고, 미소를 그치자 슬프게 보이는구먼. 눈시울엔 의식 못 하는 권태가 서려 있어. 그것은 고독에서 오는 우울한 기분을 말해 주고 있는 거야. 눈의 초점을 딴 곳으로 옮기네. 더 이상 살피는 것이 못 견딜 지경인가 보군. 내가 이미 발견해 낸 것은 진실인데도 그 눈은 사람을 비웃기나 하듯이 그것을 부정하려 드는군. 그 눈은 다정다감하면서도 번민이 있고 내 이런 모든 이야기를 부정하는 성싶어. 자부심과 신중함을 갖춘 눈은 내 생각이 옳다는 것을 확신시켜 주고 있어. 그 눈은 행운에 싸인 눈이야. 입으로 말하자면 그것은 때로는 마음속으로 즐거워 웃어. 머릿속에서 생각한 것은 무엇이라도 이야기하려 들지만 아마도 마음으로 느끼고 경험한 것에 대해선 많이 얘기하려고 들지를 않아. 자유자재로 움직이는 조그마한 입은 결코 고독 속에 영원히 침묵하도록 내버려 둘 수는 없는 거야. 그것은 잘 얘기하고 잘 웃고 대화 상대자에 대해서 인간다운 애정을 지니고 있는 입이야. 이것 또한 운수가 괜찮게 생겼어.

행복한 결과를 이끄는 데 방해가 되는 것은 이 이마뿐이야.

그 이마는 말하고 있어. '만일 자존심과 환경 때문에 혼자서 살아가야 한다면 나는 혼자서 살아갈 수 있어. 나는 행복을 사기 위해 영혼을 팔 필요는 없는 거야. 나는 나면서부터 몸에 지니고 있는 소중한 보물을 갖고 있어. 설사 외부적인 온갖 기쁨이 저지당하거나 내가 지불할 수 없는 값비싼 대가로 제공되었다고 하더라도 이 보물만은 끊임없이 나를 살아가게 해줄 거야.' 하고, 또 이렇게도 단언하고 있어. '이성은 버티고 앉아서 고삐를 붙들고 있어. 그래서 감정이 튀어나와 위험천만한 바위틈에 몰아넣는 것은 시키지 않을 거야. 정열은 마치 진짜 이교도처럼 몹시 격동하겠지. 욕심으론 여러 가지 허황된 꿈을 마음속에 그려 보겠지. 그러나 현명한 판단력은 모든 이론에 있어서 최후의 심판관 노릇을 해 줄 테지. 폭풍, 지진, 화재가 일어나서 지나가 버리겠지. 그러나 나는 양심의 명령을 전해 주는 저 고요하고 가느다란 목소리를 따라가리라.'

이마, 이마, 잘 말했지. 나는 네 선언을 다시없이 존경하노라. 나는 내 계획을 세웠어. 옳은 계획이라고 생각하고 있어. 그 계획을 세웠을 때, 나는 양심의 소리니 이성의 속삭임에 귀를 기울인 거야. 만일에 행복을 담아 내민 잔 속에 수치심이나 양심의 가책이 조금이라도 있기만 하면, 청춘은 당장에 사라져 버리고 꽃은 시들어 버린다는 것을 나는 알고 있어. 나는 희생이니 슬픔이니 사별 같은 건 원치 않아. 그런 건 내 성질에 안 맞으니까. 난 북돋워 주려는 거지 말살해 버리려고는 안 해. 나는 감사를 하고 싶어. 피눈물을, 아니 그냥 눈물마저도 짜내선 안 돼. 내 수확은 미소와 애무와 환희 속에 있지 않으면 안 돼. 그러면 그만이다. 나는 다시없는 일종의 야릇한 꿈속 기분에서 헛소리를 지껄이고 있는 성싶어. 이제 이 순간을 영원히 연장시키고 싶어 견딜 수 없지만 감히 그럴 수는 없어. 나는 여태까지 자기를 철저하게 자제해 온 거야. 마음속으로 하려고 생각한 대로 행동해 온 거지. 그러나 이미 이 이상은 내 힘이 미치지 못해. 일어서요, 미스 에어, 저리로 가요, '연극은 끝났어.'"

어디에 나는 있었던가? 깨어 있었던가! 잠들어 있었던가? 아직도 꿈을 꾸고 있는가? 노파의 음성이 변해 있었다. 그녀의 말투, 몸짓, 모든 것이 다 거울 속의 자기 얼굴처럼, 자기 입에서 나온 말들처럼 내가 늘 보고 낯이 익은 것들이었다. 나는 일어서긴 했지만 나가진 않았다. 나는 노파를 보았다. 난롯불을 뒤적거려 놓고 그 불빛으로 자세히 쳐다보았다. 그러나 노파는 모자와 끈으로 바싹 얼굴을 가리며 나가라고 다시 한 번 손짓을 했다. 깜박이는 난로 불빛이 노파의 내민 손을 비춰 주었다. 나는 정신을 바짝 차리고 있었고, 게다가 알아내고자 잔뜩 주의를 하고 보고 있었으므로 그 손을 곧 알아보았다. 그것은 노인의 노쇠한 손이 아니라 내가 사랑하는 사람의 손이 틀림없었다.

부드러운 손가락이 균형 잡힌 둥그스름하고 매끈한 손이었다. 새끼손가락에서 굵은 반지가 빛나고 있었다. 허리를 굽혀 자세히 반지를 보니 지금까지 수없이 보아 오던 보석이 하나 있었다. 나는 다시 그 사람의 얼굴을 바라다보았다. 이젠 얼굴을 돌리지 않고 모자를 벗어 버리고 끈을 풀자 머리가 나타났다.

"자, 제인. 날 알겠소?" 낯익은 목소리가 말했다.

"제발, 그 붉은 망토를 벗어 버리세요. 그리고……."

"그런데 끈이 옭매였어. 좀 도와주구려."

"끊어 버리세요."

"자, 그럼…… '가거라, 너 빚진 물건이여!'로군."

그러고는 로체스터 씨는 변장을 훨훨 벗어 던졌다.

"어머나 참, 이상야릇한 취미셔!"

"그런데 근사하게 해냈지, 당신은 어떻게 생각하오?"

"아가씨들에겐 그럴듯하게 해냈겠죠."

"그렇지만 당신한테 그렇게 못 했단 말이지?"

"하지만 제겐 집시의 역을 하지 않은걸요."

"그럼, 어떤 역을 했단 말이오? 나 자신 말이오?"

"아뇨, 좀 설명할 수 없는 것을. 요컨대 절 꾀어내려고만 하셨죠. 아니, 끌어넣으려고만 하셨다고 생각해요. 제게 쓸데없는 말을 지껄이게 하시려고 필요 없는 말을 많이 하고 계셨어요. 이것은 온당하다고는 생각할 수 없어요."

"용서해 주겠소, 제인?"

"잘 생각해 보기 전에는 말씀드릴 수 없어요. 잘 생각해 봐서 제가 그다지 어리석은 짓을 저지르지 않았으면 용서해 드리도록 힘써 보겠어요. 하지만 그건 정말 못 할 일이에요."

"아아! 제인, 참말로 당신은 바보 같은 얘기는 안 했어. 참으로 조심스럽고 민감했어."

나는 곰곰이 생각해 보았다. 그리고 대체로 그의 말대로라고 생각했다. 이것은 유쾌한 일이었다. 그러나 사실은 이 회견을 나는 처음부터 경계하고 있었던 것이다. 어딘지 수상한 데가 있다고 의심하고 있었던 것이다. 나는 집시나 점쟁이는 이 노파처럼 보이는 사람이 말하는 것처럼 말하지 않는다는 걸 알고 있었다. 게다가 노파의 꾸며낸 목소리나 그녀가 얼굴을 감추려고 애쓰는 것을 알아차렸다. 그러나 이건 그레이스 풀(그 살아 있는 수수께끼, 불가사의 중에서도 불가사의한 인물이라고 생각하고 있는)은 아닐까 하고 나는 추리를 계속하고 있었던 것이다. 로체스터 씨라고는 꿈에도 생각지 않았다.

"자." 그가 말했다. "뭘 그처럼 골똘하게 생각하는 거요? 그 심각한 미소는 뭘 의미하는 거요?"

"놀람과 자축의 기분이죠. 이젠 가도 괜찮지요?"

"아니, 잠깐만 기다려요. 저기 객실에 있는 사람은 무엇들을 하고 있는지 좀 말해 주구료."

"아마 집시의 얘기겠지요."

"좀 앉아요! 모두 내 얘길 뭐라고 했는지 들려줘요."

"전 너무 오래 여기 있지 않는 게 좋을 것 같아요. 벌써 열한 시가 다 되어 갈 거예요. 아이참! 로체스터 님, 오늘 아침 떠나신 다음 손님이 한 분 오신 걸 아세요?"

"손님이라고! 몰라. 도대체 누구야? 내겐 아무도 올 손님이 없는데. 그래 그 사람은 돌아갔소?"

"아뇨, 그분은 주인님과는 옛날부터 친분이 두터운 사이라고 하시며, 돌아오실 때까지 기다려도 괜찮다고 하셨어요."

"그런 소릴 했다고! 이름은 말합디까?"

"이름은 메이슨이라고 하셨어요. 서인도 제도에서, 자메이카의 스패니시타운에서 오셨다고 하신 것 같아요."

로체스터 씨는 이때 내 옆에 서서 나를 의자 있는 쪽으로 데리고 가려고 했는지 내 손목을 잡고 있었다. 내가 이렇게 대답했을 때 그는 부들부들 떨리는 손으로 나의 손목을 꼭 붙들었다. 입가에 감돌고 있던 미소가 사라지고 굳은 얼굴이 되었다. 분명히 경련이 그의 숨을 멈춰 버린 것처럼 보였다.

"메이슨! 서인도 제도!" 하고, 말하는 자동인형처럼 정신없이 중얼거렸다.

"메이슨! 서인도 제도!" 또 되풀이해서 말했다. 이 말을 세 번이나 되풀이해서 말했는데, 말하는 동안에 얼굴은 잿빛으로 변해 버렸다. 그는 자기가 하고 있는 말을 거의 의식하지 못하는 것 같았다.

"어디 몸이 불편하세요?" 내가 물었다.

"제인, 충격이야. 충격을 받았어, 제인!" 그는 비틀거렸다.

"아! 제게 기대세요."

"제인, 언젠가 그때도 그 어깨를 빌려주었지. 또 빌려주시오."

"네, 네, 이 팔도요."

그는 의자에 걸터앉고 나를 그 옆에 앉혔다. 두 손으로 내 손을 잡고 쓰다듬으며, 동시에 이 세상에서도 가장 큰 고뇌에 찬 침통한 눈초리로 나를 응시하고 있었다.

"내 친구여!" 그가 말했다. "당신과 단둘이서 외떨어진 조용한 섬에 살며 괴로움도, 위험도, 지긋지긋한 생각들도 다 잊을 수 있다면 얼마나 좋을까."

"제가 도움이 될 수 있을까요? 주인님을 위해서라면 제 생명도 바치겠어요."

"제인, 혹시 도움이 필요하게 된다면 당신의 힘을 빌리겠소. 이건 약속하오."

"고맙습니다. 제가 어떻게 하면 좋을지 말씀해 주세요. 힘은 모자라지만 열심히 해 보겠어요."

"자, 제인, 포도주를 한 잔 식당에서 갖다주시오. 모두들 만찬을 들고 있을 테니. 그리고 메이슨이 손님들과 함께 있는지, 무엇을 하고 있는지 알려 주시오."

나는 식당으로 갔다. 로체스터 씨가 말한 대로 모두들 만찬을 들고 있었다. 식탁 앞에 앉아 있지들은 않았다. 만찬은 찬장 앞에 차려져 있었다. 손님들은 각자가 좋아하는 걸 집어서, 손에 접시나 유리잔을 들고 여기저기 떼를 지어 서성대고 있었다. 모두 기분이 좋아서 웃어 대며 주고받는 말소리는 사방에 가득 차서 활기를 띠고 있었다. 메이슨 씨는 덴트 대령 부처와 얘기를 하며 난롯가에 서 있었는데 다른 사람들과 마찬가지로 유쾌해 보였다. 나는 포도주를 유리잔에 따라서(잉그램 양이 얼굴을 찌푸리고 나의 이런 행동을 물끄러미 보고 있었다. 그녀는 내가 주제넘은 짓을 한다고 생각했음에 틀림없다.) 서재로 돌아왔다.

로체스터 씨의 얼굴에서 극도로 긴장한 안색이 사라지자 그는 본래의 딱딱하고 무뚝뚝한 표정으로 돌아갔다. 그는 포도주 잔을 내 손에서 받아 들었다.

"당신의 건강을 위해서, 내게 봉사하는 요정에게!" 하고 말하더니 포도주를 마시고 유리잔을 내게 돌려주었다. "제인, 모두 뭘 하고 있었소?"

"웃기도 하고 얘기도 하고 했어요."

"심각하고 이상한 눈치는 안 보였소? 뭐 괴상한 얘기라도 들은 것처럼?"

"아뇨. 전연 그런 기색은 없었어요. 모두 농담도 하시고 즐겁게 얘기를 하고 계시던데요."

"그럼 메이슨은?"

"그분도 웃고 계셨어요."

"만약 저 사람들이 떼 지어 몰려와서 내게 침을 뱉는다면 어떻게 하겠소, 제인?"

"이 방에서 쫓아 버리지요. 할 수만 있다면."

로체스터 씨는 빙그레 웃었다.

"그러나 내가 저 사람들이 있는 곳에 가게 되면 모두 나를 냉랭하게 바라보고 냉소를 하며 자기들끼리만 귀엣말을 하고 한 사람 한 사람씩 사라져 버린다면, 나만 남겨 놓고 모두 가 버린다면 그때엔 어떻게 하겠소? 당신도 모든 사람들과 함께 가 버리고 말겠소?"

"전 안 가겠어요. 함께 남아 있는 게 즐거우리라고 생각합니다."

"나를 위로해 주기 위해서?"

"그래요. 힘자라는 데까지 위로해 드리기 위해서요."

"내 곁을 떠나지 않는다고 세상의 비난을 받게 된다면?"

"비난을 받게 되더라도 전 아마 모르고 있을 거예요. 설혹 안다 하더라도 아무렇지도 않아요."

"그렇다면 나를 위해서 비난이라도 받을 수 있단 말이오?"

"집착할 만한 보람이 있는 친구를 위해서라면 받아도 좋아요. 당신을 위해서라면 받아도 좋아요."

"그러면 식당으로 돌아가서 살며시 메이슨에게로 가 내가 만나고 싶어 한다고 귀띔을 해 줘요. 이리로 안내해 준 뒤에는 가도 좋아요."

"알겠습니다."

나는 시키는 대로 했다. 손님들은 모두 주저하는 기색도 없이 그들 사이로 지나가는 나를 어안이 벙벙해서 지켜보고 있었다. 나는 메이슨 씨를 찾아 전갈을 전하고 앞장서서 방을 나섰다. 그를 서재로 안내해 준 후 나는 이 층으로 돌아갔다.

내가 잠자리에 든 지 얼마 안 되어서 각자의 침실로 돌아가는 손님들의 발소리가 들렸다. 꽤 늦은 시각이었다. 로체스터 씨의 목소리가 내 귀에 들어왔다. "메이슨, 이쪽으로, 여기가 자네 방이야."

그의 목소리는 쾌활했다. 그 밝은 어조에 나는 안심이 되었다. 나는 이내 잠들고 말았다.

20장

보통 때는 척척 해냈던 침대의 커튼을 내리는 것을 나는 잊어버렸다. 유리창의 차일을 내리는 것도 잊어버리고 잠이 들었다. 그 때문에 휘황한 보름달이(맑게 갠 밤이었다.) 내 방의 창가에 걸려서 가린 것이 없는 창유리 너머로 들여다보았을 때 그 휘황한 달빛에 나는 잠이 깨었다. 한밤중에 잠이 깬 내 눈에는 은처럼 하얗고 수정처럼 해맑은 달의 표면이 곧바로 보였다. 아름다우면서도 장엄한 느낌을 주는 달이었다. 나는 반쯤 일어나 손을 뻗쳐 커튼을 내리려고 했다.

아, 그렇지만 그때 굉장한 고함 소리가 들려왔다.

손필드 저택의 이 끝에서 저 끝까지를 꿰뚫는 거칠고도 날카로운 금속성의 고함 소리에 밤도, 밤의 고요도, 휴식도 고스란히 두 동강이 나 버렸다.

나는 맥이 멎고 심장도 멎어 버렸다. 뻗쳤던 내 팔도 마비되어 버렸다. 고함 소리는 멎고 다시 들려오지 않았다. 정말이지 누가 그 고함을 질렀든 이내 다시 그런 고함을 질러 대지는 못했을 것이다. 안데스산 속에 사는 제일 큰 날개를 가진 독수리조차도 두 번이나 계속 그런 고함을 보금자리를 에워싸고 있는 구름 속에서 지르지는 못할 것이다. 그러한 고함을 지른 자는 다시 고함을 지르기 전에 휴식을 취해야 할 것이다.

고함 소리가 난 것은 삼 층에서였다. 내 머리 위에서 났으니 말이다. 그리고 이제 머리 위에서(내 침실의 바로 윗방에서) 격투하는 소리가 들려왔다. 소음으로 보아 죽자 사자 겨루는 격투였다. 그리고 반쯤 숨 막힌 듯한 소리가 들려오는 것이었다.

"사람 살려! 사람 살려! 사람 살려!" 계속해서 세 번이었다.

"아무도 안 오기요?" 그 음성이 외치고 이어 비틀거리고 발 구르는 소리가 요란히 계속되었는데 회반죽과 널빤지를 댄 벽을 통해 이런 소리도 분명하게 들려왔다.

"로체스터! 로체스터! 로체스터! 제발 부탁이야, 좀 놓아 줘!"

어떤 침실의 방문이 열렸다. 누가 복도를 뛰어갔다. 아니 질주해 간 것이다. 다른 발소리가 머리 위의 마루를 쾅쾅 밟았다. 그러자 무엇인가가 넘어졌다. 그러고는 고요해졌다.

나는 공포로 온몸이 떨렸지만 눈에 띄는 것을 잠옷 위에다 걸치고 방에서 나왔다. 자고 있던 사람들은 모두 깨어났다. 놀람의 외침, 공포에 떨며 속삭이는 소리가 어느 방에서도 일어났다. 문이 차례로 열리더니 얼굴이 차례로 나타나고 복도는 가득 차 버렸다. 신사들도 숙녀들도 모두 침대에서 일어나 복도로 나왔다. 그러고는 "아니, 웬일이오?" "누가 다쳤소?" "무슨 일이 생겼소?" "촛불을 가져가요!" "불이 났소?" "도둑이 들었소?" "어디로 피할까요?" 등등의 소리가 여기저기서 뒤범벅이 되어 들려왔다.

달빛만 없었더라면 모두 아주 캄캄한 속에 있었을 것이다. 모두 이리 뛰고 저리 뛰고, 한데 모여 우는 사람, 넘어지는 사람으로 해서 그 혼란은 쉽사리 수습될 것 같지 않았다.

"로체스터는 도대체 어디 있어?" 덴트 대령이 외쳤다. "침대에도 없던데."

"여기 있소! 여기!" 거기에 답해서 외치는 소리가 들렸다. "모두 침착들 하시오. 이제 곧 갈 테니."

그리고 복도 끝에 있는 문이 열리며 로체스터 씨가 촛불을 손에 들고 나타났다. 방금 로체스터 씨는 삼 층에서 내려온 참이었다. 여성 중에서 한 사람이 곧장 그에게로 달려갔다. 그녀가 로체스터 씨의 팔을 붙들었다.

잉그램 양이었다.

"무슨 끔찍한 일이라도 생겼어요?" 그녀가 물었다. "말 좀 해요! 빨리, 아무리 무서운 얘기라도 좋아요."

"하지만 날 끌어내리거나 숨 막히게 하지는 마시오." 로체스터 씨가 대답했다. 에시턴 자매가 이때 그에게 달려들고 있었고, 굉장히 큼직한 흰 잠옷을 걸친 두 미망인이 돛단배처럼 그를 향해 몰려오고 있었기 때문이었다.

"다 끝났어요! 다 끝났어요!" 로체스터 씨가 큰 소리로 말했다. "저건 뭐 「헛소동」의 연습이오. 여러분, 비켜서시오. 그러지 않으면 화가 머리끝까지 올라서 무슨 일을 저지를지 모릅니다."

이렇게 말한 그는 무섭게 보였다. 검은 눈은 쏘는 듯이 빛나고 있었다. 억지로 기분을 가라앉히면서 덧붙여 말했다.

"하인 여자가 가위에 눌리곤 하는 버릇이 있소. 그것뿐이오. 흥분을 잘하는 신경질적인 여자로, 꿈을 유령이나 그런 걸로 해석하고 무서워 발작을 일으키는 거요. 그러니 나는 여러분이 방으로 돌아가시는 걸 봐야겠소. 집 안이 조용해지기 전에는 그 여자를 돌봐 줄 수 없으니까 말이오. 신사 여러분, 여성분들에게 모범을 보여 주시오. 잉그램 양, 당신은 대수롭지 않은 공포에 초연하다는 것을 보여 주리라고 믿습니다. 에미 양도, 루이자 양도 한 쌍의 비둘기같이 제자리로 돌아가시오. (미망인들에게) 부인, 이 추운 복도에 좀 더 오래 계시면 틀림없이 감기 드십니다."

이렇게 잘 타이르기도 하고 명령하기도 해서 그는 겨우 모두 각자의 침실로 돌려보낼 수가 있었다. 나는 내 방으로 돌아가라는 명령을 듣기도 전에 방으로 돌아왔다.

그러나 나는 잠자리에 들어갈 마음은 없었다. 오히려 나는 조심스럽게 옷을 입고 몸차림을 했다. 저 고함 소리 뒤에 내가 들은 퉁탕거리는 소리와 말소리는 아마도 나 혼자 들었음이 분명했다. 왜냐하면 그것은 내 방의 비고 위에 있는 방에서 들려왔기 때문이다. 그리고 이 소리들은, 이 큰 저택을 흔들어 놓은 것은 하녀의 꿈이 아니라는 것, 로체스터 씨가 여러 사람에게 들려준 설명은 손님들을 안심시키기 위해 꾸며

낸 단순한 방편에 지나지 않는다는 것을 나에게 확신시켜 주었다. 그래서 나는 만약의 경우에 대비코자 몸차림을 한 것이었다. 옷을 다 입고 나서는 쥐 죽은 듯이 고요한 저택의 정원과 달빛을 받아 하얗게 보이는 들판을 바라보면서 무엇을 기다리는 것도 아닌 마음으로 막연히 앉아 있었다. 기괴한 고함 소리, 발버둥질, 부르짖는 비명 등에 뒤이어 틀림없이 무엇인가가 일어나리라는 기분이 들었기 때문이다.

그렇지는 않았다. 또다시 정적이 되돌아왔다. 속삭임 소리도 인기척도 점차로 사라지고, 대충 한 시간 내에 손필드는 사막과 같은 적막으로 돌아갔다. 밤의 고요함 속에 모두 잠 속으로 빠져들어 갔다. 그러는 동안에 달은 기울어져 막 지려는 판이었다. 추위와 어두움 속에 앉아 있고 싶지가 않아 나는 옷을 입은 채로 침대 위에 눕는 게 좋겠다고 생각했다. 창가를 떠나 거의 소리도 내지 않고 양탄자 위를 걸어갔다. 신발을 벗으려고 허리를 굽혔을 때 조심스럽게 문을 두드리는 나지막한 소리가 들렸다.

"제게 무슨 용무라도?" 내가 물었다.

"일어나 있소?" 예기했던 음성이, 이렇게 묻는 내 주인의 음성이 들렸다.

"네."

"옷도 입고?"

"네."

"그럼 나와요, 가만히."

나는 시키는 대로 했다. 로체스터 씨는 촛불을 손에 들고 복도에 서 있었다.

"부탁이 있어." 그가 말했다. "이리 오시오. 서두르지 말고, 소리를 내지 말고."

내 실내화는 얄팍해서 양탄자를 깐 마루를 고양이처럼 살금살금 걸어갈 수가 있었다. 그는 소리도 없이 복도를 지나 층계를 올라가 불길한 삼 층의 천장이 낮은 복도에서 걸음을 멈췄다. 나는 뒤따라가 그의 곁에 섰다.

"당신 방에 약솜이 있소?" 그가 속삭이듯이 물었다.

"네."

"혹시 소금이라도, 약소금은?"

"있어요."

"가서 두 가지 다 가져오시오."

나는 방으로 돌아가 세면대 위에 있는 약솜과 서랍 속의 소금을 찾아 가지고 되돌아갔다. 그는 손에 열쇠를 든 채 가만히 기다리고 있었다. 자그마한 검은 문 앞으로 다가서더니 그는 열쇠를 열쇠 구멍에 꽂고 그 손을 멈추더니 다시 나를 보고 말했다.

"피를 보아도 기분이 상하진 않겠지?"

"안 그럴 것 같은데요. 아직 그런 경험은 없지만요."

나는 대답하면서 몸이 오싹 떨렸다. 그러나 몸이 얼어붙거나 정신이 아찔해지는 느낌은 들지 않았다.

"자아, 손을." 그가 말했다. "마음을 놓았다가 기절이라도 하면 안 될 테니까."

나는 손가락을 그의 손에 쥐여 주었다. "따뜻하고 단단하군." 이렇게 말하고 그는 열쇠를 돌리고 문을 열었다.

나는 전에 본 기억이 있는 방을 둘러보았다. 페어팩스 부인이 저택을 안내해 주던 날 휘장이 쳐 있던 방이었다. 이제 그 휘장은 고리로 묶어 한쪽으로 올려져 있고, 그때는 감추어져 있었으나 분명히 눈에 보이는 문이 있었다. 이 문은 열려 있었고, 구석방에서 빛이 흘러나왔다. 거기서 마치 개가 싸움을 하고 있는 듯이 으르렁대며 잡아 뜯는 소리가 들려왔다. 로체스터 씨는 촛불을 놓자 "잠깐만 기다려요." 하고 말하고 들어가 버렸다. 날카로운 웃음소리가 그를 맞았다. 처음엔 요란한, 그 다음엔 그레이스 풀의 독특한 악마와 같은 웃음소리인 "아! 하!" 하고 끝나는 소리가 들렸다. 그녀가 그때 거기 있었던 것이다. 로체스터 씨는 아무 말도 않고 무엇인가 정돈하는 것 같았다. 낮은 목소리가 그에게 말을 건네는 것을 나는 들었는데, 그는 거기서 나와 문을 닫았다.

"이리로, 제인!" 그가 말했다. 그래서 나는 홱 돌아서 큰 침대의 반대쪽으로 갔다. 침대에 드리워진 커튼이 방의 대부분을 가리고 있었다. 침대 머리맡에 안락의자가 하나 있고, 한 남자가 겉옷을 벗은 채 거기 앉아 있었다. 그 사람은 꼼짝도 않고 머리를 뒤로 젖힌 채 눈을 감고 있었다. 로체스터 씨가 그 사나이 위로 촛불을 높이 쳐들었다. 창백하고 보기엔 죽은 듯한 그 얼굴은 낯이 익었다. 나그네 메이슨 씨였다. 셔츠의 한쪽과 한쪽 팔이 피로 물들어 있었다.

"촛불을 들어요." 로체스터 씨가 말해서 나는 그것을 받아 들었다. 그는 세면대에서 대야를 가져왔다. "이걸 들고 있어

요." 하고 또 말했다. 나는 시키는 대로 했다. 그는 내 손에서
해면을 받아서 대야의 물에 적셔 송장 같은 얼굴을 적셨다.
그러고는 정신 들게 하는 약병을 달라고 나에게 말하고 그것
을 메이슨 씨의 콧구멍에 갖다 댔다. 곧이어 메이슨 씨는 눈을
뜨고 신음 소리를 냈다. 로체스터 씨는 부상당한 사람의 셔츠
를 벌렸다. 팔과 어깨에 붕대가 감겨 있었는데 로체스터 씨는
흘러내리는 피를 닦아 냈다.

"아주 위험한가?" 메이슨 씨가 중얼댔다.

"바보같이! 괜찮아. 살짝 긁혔을 뿐이야. 이 사람아, 그렇게
축 늘어지지 말고 기운을 좀 차리게! 내 이제 외과 의사를 불
러올 테니. 아침까지는 자넨 이 집에서 다른 곳으로 옮겨 갈
수 있게 되겠지." 그가 계속했다. "제인. 난 당신을 이 사람과
함께 한 시간이나 어쩌면 두 시간쯤 이 방에 두고 가야만 할
것 같소. 내가 한 것처럼 피가 흐르면 해면으로 닦아 내 주시
오. 만일 이 사람이 정신이 혼미해 지거든 대(臺) 위에 있는 저
물을 마시게 하고 약소금을 코에다 대 주시오. 당신은 어떤
구실이 있더라도 저 남자에게 말을 걸어선 안 되오. 그리고 리
처드, 만일 자네가 이 여자에게 말을 걸게 되면 자네의 생명
은 위험하네. 입을 연다든가 떠들어 대면 그 결과엔 난 책임을
안 질 테니까."

가엾은 사나이는 또 신음했다. 몸을 움직일 수조차 없는 듯
이 보였다. 죽음에 대한 공포인지 그렇지 않으면 어떤 다른 것
때문인지 공포가 거의 그를 질식 상태로 만들어 버린 것 같았
다. 로체스터 씨는 벌써 완전히 피에 젖어 버린 해면을 내 손

에 쥐여 주었다. 나는 아까 그가 하던 대로 그걸 사용하기 시작했다. 그는 잠깐 나를 바라보더니 "잊지 마시오! 아무 말도 해선 안 되오." 하는 말을 남기고 방을 나가 버렸다. 열쇠 구멍에서 소리가 나고 곧이어 점차로 멀어져 가는 그의 발소리가 완전히 사라졌을 때 나는 이상한 기분을 경험했다.

이렇게 해서 나는 삼 층에 있는 비밀의 작은 방에 갇혀 있게 됐다. 내 주위는 밤이 몰려들고 내 눈과 손 바로 밑에는 창백한 피투성이의 사람이 있었다. 단 하나의 문은 여자 살인자와 나를 제대로 격리시키지 못하고 있는 것이다. 그렇다. 그것은 소름이 끼치는 일이다. 다른 것은 참을 수도 있지만 그레이스 풀이 내게 달려들 생각을 하니 몸서리가 쳐졌다.

하여간에 나는 나의 책임을 다해야만 한다. 나는 이 유령 같은 창백한 얼굴을 지켜야만 한다. 말하는 것을 금지당한 핏기 없고 새파란 입술을. 눈을 감았다가 금방 떠서 사방을 이리저리 살피다가 또 이번엔 나를 유심히 바라보고 끊임없이 공포에 오들오들 떨고 있는 눈을. 나는 피와 물이 범벅이 된 대야 속에 몇 번이나 손을 담그고 뚝뚝 떨어지는 핏덩어리를 닦아 내야만 했다. 이런 일을 하고 있는 동안, 심지를 잘라 주지 않은 초의 불빛이 약해서 그림자가 내 둘레에 있는 수놓은 구식 휘장 위에 어른거리기도 하고, 큼직한 구식 침대를 둘러싼 커튼 아랫자락에 검은 그림자를 던지기도 하고, 맞은편의 옷장 위에서 흔들리기도 하는 것을 보고 있지 않으면 안 된다. 열두 장의 거울로 나누어진 그 옷장의 표면은 열두 제자의 얼굴이 무서운 모습으로 그려져 있었고, 틀 속에 집어넣은 듯이 각각 다른 거울 속에 들어가 있었다. 열두 제자의 상(像)이 든 옷장 위에는 흑단의 십자가에다 빈사 상태에 있는 그리스도의 상이 걸려 있었다. 이리저리 옮겨지는 어둠과 명멸하는 불빛이 여기 번쩍 저기 번쩍 하는 데 따라 이마를 찌푸리고 있는 것이 턱수염이 난 의사 '누가'인가 하면 흔들리는 것은 성(聖) 요한의 긴 머리카락이었다. 그러다 이내 극악무도한 유다의 얼굴이 거울에서 조금씩 솟아 나와 점점 커지기 시작하고, 결국은 그 대반역자의 얼굴 아래로 목숨을 위협하는 사탄의 얼굴이 감춰져 있음이 드러나는 것이었다.

이 모든 가운데에서 나는 피 묻은 사람을 지켜보고 동시에 귀를 기울이고 있어야만 했다. 저쪽 방 안에 있는 야수인지 악마인지의 거동에 온 신경을 집중시키고 있어야만 했다. 그러나 로체스터 씨가 그 방을 다녀 나온 후론 마치 주문에 붙들려 매인 것처럼 꼼짝도 못 하는 것 같았다. 그 밤이 다 가도록 세 번 소리가 들렸을 뿐이다. 마루를 걸어서 삐걱거리는 소리와 개가 으르렁대는 소리가 순간적으로 들려왔던 것과 사람의 굵직한 신음 소리가 전부였다.

그러자 나 자신의 생각이 나를 괴롭혔다. 이 외딴 저택에서 사람의 탈을 쓰고 살며, 이 집의 주인도 내쫓을 수가 없고 억제할 수도 없다는 것은 도대체 어떤 범죄란 말인가? 한밤중에 불이 나는가 하면 이번엔 피투성이의 사건이 생기는 녀는 도대체 어떤 비밀이 있는 것일까? 도대체 저건 어떤 여자일까, 보통 평범한 여자의 얼굴과 모습을 하고서 어떤 때는 악마가 조소하는 웃음소리를 내고 또 어떤 때는 썩은 고기를 노리는 독수리 같은 소리를 지른다는 것은?

그리고 지금 내가 허리를 구부리고 간호를 하고 있는 이 사나이, 평범하고 조용한 미지의 이 사람은 어쩌다가 공포의 소굴로 엉켜들게 되었을까? 그리고 그 악귀는 어째서 이 사람에게 덤벼들었을까? 침대에서 잠들어 있어야 할 당치도 않은 시각에 무엇이 이 사람을 삼 층으로 오게 했을까? 나는 로체스터 씨가 그에게 아래층에 있는 방을 지정해 주는 것을 들었다. 그런데 어째서 그는 여기 와 있을까? 또 어째서 이 사람은 자기에게 가해진 폭력이나 배신에 대해서 이다지도 맥을 못 쓰고 있는 것일까? 로체스터 씨가 강요한 침묵에 어째서 이다지도 순순히 복종하는 것일까? 어째 로체스터 씨는 침묵을 강요해야만 했을까? 그의 손님이 폭행을 당했고, 전번엔 아슬아슬하게도 자기 자신의 생명을 빼앗길 뻔하지 않았던가? 게다가 그는 어떤 음모도 비밀로 하고 우물쭈물 넘겨 버리려고 하지 않았던가! 마지막으로 나는 메이슨 씨가 로체스터 씨에게 순종적이며, 로체스터 씨의 강철 같은 의지가 마음 약한 메이슨 씨를 '완전히' 압도하고 있는 것을 보았다. 두 사람 사이에 오간 몇 마디 짧은 대화가 나에게 그것을 확신시켰다. 옛날 그들의 교제는 한쪽의 수동적인 성질이 다른 한쪽의 능동적인 정력에 항상 좌우되고 있었던 게 명백했다. 그렇다면 메이슨 씨의 도착을 들었을 때의 로체스터 씨의 경악은 도대체 무엇에 기인하는 것일까? 이 무저항적인(로체스터 씨의 한마디는 이 사람을 어린애 다루듯 지배하기에 충분했다.) 사람의 단순한 이름이 불과 몇 시간에 세상이 뒤집힐 듯한 큰 타격을 그에게 준 것은 어째서일까?

아아! 나는 로체스터 씨가 "제인, 충격이야! 충격을 받았어, 제인!" 하고 힘없는 목소리로 속삭였을 때의 그의 얼굴과 창백한 낯빛을 잊어버릴 수는 없었다. 내 어깨를 짚은 그의 팔이 얼마나 떨리고 있었는지 나는 잊어버릴 수가 없다. 페어팩스 로체스터의 건장한 정신을 꺾고 늠름한 그의 몸을 떨게 한 것은 사소한 사건은 아닐 것이다.

'언제 돌아오실까? 언제 돌아오실까?' 피투성이가 된 나의 환자는 축 늘어져서 신음하고 괴로워하는데, 날도 새지 않고 구원도 오지 않으므로 나는 마음속으로 이렇게 외쳤던 것이다. 핏기를 잃은 메이슨 씨의 입술에 나는 자꾸만 물을 적셔 주고 몇 번이나 정신이 들게 하는 약소금을 갖다 대 주었으나, 나의 노력은 효력도 없는 듯이 육체의 고통인지, 정신적인 고통에서인지, 혹은 심한 출혈 때문인지, 또는 이 세 가지가 뒤범벅이 되어서인지 그의 체력은 시시각각으로 쇠퇴해 갔다. 그가 어쩌나 몹시 신음을 하는지, 또 어쩌나 쇠약해지고 실신한 듯 보이는지 나는 그가 금방 죽는 것이나 아닌가 하고 생각했다. 그런데도 나는 이 사람에게 얘기 한마디도 해서는 안 된다고!

촛불은 점점 작아져서 마침내 꺼지고 말았다. 촛불이 없어지자 커튼가에 몇 줄기 회색빛 광선이 비치는 것을 보았다. 밤이 새고 있었다. 곧이어 파일럿이 뒷마당에 멀리 떨어져 있는 개집에서 나와 짖어 대는 소리가 들렸다. 희망이 움트기 시작했다. 그것도 아주 근거 없는 것은 아니었다. 오 분쯤 지났을 무렵 열쇠 구멍에서 열쇠를 삐걱거리는 소리와 문 열리는 소리가 들려와 나의 불침번이 끝난 것을 알려 주었다. 그때부터 두 시간 이상은 지났을 리가 없건만 몇 주일이 지나간 것처럼 길게 느껴졌다.

로체스터 씨가 모시러 갔던 외과 의사와 함께 들어왔다.

"자아, 카터, 민첩하게 해 주게." 그가 외과 의사에게 말했다. "상처를 치료하고, 붕대를 감고, 아래층으로 운반하는 것 기타 일체를 다 하는 데 삼십 분의 여유만 주겠네."

"하지만 움직여도 좋을까요?"

"그 점은 염려 말게. 대수롭진 않으니까. 이 친구는 겁쟁이니까 기운을 차리게 해 줘야 해. 자아, 시작해 주게."

로체스터 씨는 두꺼운 커튼을 걷고 마직으로 된 발을 걷어 올리고 될 수 있는 대로 바깥 빛이 많이 들어오게 했다. 벌써 날이 밝아 오고 구름이 몇 점 장밋빛으로 빛나고 있는 것을 보고 나는 한편 놀라고 한편 용기가 샘솟는 듯했다. 그러자 로체스터 씨는 메이슨 씨의 옆으로 갔다. 외과 의사는 이미 메이슨 씨를 치료하고 있었다.

"자아, 자네 좀 어떤가?" 로체스터 씨가 메이슨 씨에게 물었다.

"그녀 때문에 난 망했어." 그가 가느다란 목소리로 대답했다.

"그럴 리가 있나! 용기를 내게! 이 주일 후 지금쯤엔 조금도 더 나빠지진 않을걸. 출혈은 좀 했지만 그것뿐이네. 카터, 생명엔 별 지장이 없다고 안심시켜 주게."

"저는 양심적으로 그것을 보증합니다." 붕대를 다 감고 난

카터가 말했다. "다만 제가 좀 더 빨리 여기 도착했더라면 피를 이처럼 많이 흘리지 않아도 됐을 것을 그랬습니다만, 그런데 이건 어찌 된 일입니까? 어깨 위의 살이 칼로 베어져 있을 뿐만 아니라 찢기어 있으니 말입니다. 이건 칼로 벤 건 아니고 이빨 자국이 있군요?"

"그게 날 물었어." 메이슨 씨가 중얼댔다. "로체스터가 그녀한테서 칼을 빼앗아 들자 그녀가 암호랑이처럼 날쌔게 내게 덤벼들어 물어뜯고 괴롭혔어."

"자넨 물러서선 안 됐던 거야. 곧 맞붙어 싸워야 할걸 그랬어." 로체스터 씨가 말했다.

"그렇지만 그런 경우에 어떻게 한단 말이야!" 메이슨 씨가 거기에 응했다. "아아! 끔찍했어!" 그는 몸서리치면서 덧붙여 말했다. "게다가 난 이렇게 되리라곤 꿈에도 생각지 않았어. 처음엔 그토록 얌전해 보이던 것이."

"자네한테 경고하지 않았던가." 메이슨 씨의 친구가 말했다. "내가 말했지, 그래, 그것 옆에 갈 땐 조심하라고. 그뿐 아니라 내일까지 기다렸다가 나와 같이 갔으면 좋았을걸. 오늘 밤, 게다가 혼자서 만나러 간 것이 어리석은 일이었어."

"좀 도움이 되는 일을 할 수 있으리라 생각하고."

"생각! 생각했다고! 그래, 자네 말을 들으니 화가 치밀어 견딜 수가 없네. 하지만 자넨 결국 혼이 났네. 내 충고를 안 들었으니 경을 치는 것도 싸지. 그러니 이 이상 더 말 안 하겠네. 카터, 빨리! 빨리! 해가 곧 뜰 텐데, 이 친구는 빨리 떠나보내야지."

"네, 곧 됩니다. 어깨에 붕대를 지금 막 다 감았습니다. 팔의 다른 상처를 살펴봐야겠어요. 여기도 이빨 자국이 있습니다."

"그녀가 내 피를 빨아먹었어. 내 심장의 피를 다 빨아먹겠다고 했어!" 메이슨 씨가 말했다.

나는 로체스터 씨가 몸서리치는 것을 보았다. 혐오와 공포와 증오를 이상하게 나타낸 그 표정은 그의 얼굴을 삐뚤어지게 만들었다. 그러나 그는 이렇게 말할 따름이었다.

"자아, 조용하게, 리처드. 그까짓 횡설수설하는 말에 조금도 개의치 말게. 두 번 다신 말도 말게."

"글쎄, 잊어버릴 수만 있다면." 메이슨 씨의 대답이었다.

"영국을 떠나 버리면 잊히겠지. 스패니시타운에 돌아가면 그 일은 죽어서 매장된 거나 다름없이 생각되는지도 몰라. 아니, 숫제 그 일에 대해선 더 생각할 것 없어. 잊어버리게."

"오늘 밤 일은 도저히 잊어버릴 수 없어!"

"그렇지도 않아! 자, 기운을 좀 내게. 자넨 두 시간 전엔 자기가 아주 죽은 줄만 알고 있다가 이젠 살아서 말을 하고 있지 않은가. 자! 카터가 다 끝냈어, 거의 다 됐어. 내가 자넬 눈깜짝할 사이에 말끔하게 해 주지. 제인,(그는 돌아온 후 이때 처음으로 내 쪽을 향했다.) 이 열쇠를 가지고 아래층 내 침실로 가 곧장 옷 갈아입는 방으로 들어가서 옷장의 맨 위 서랍에서 깨끗한 셔츠와 목수건을 꺼내 이리 가져오시오. 민첩하게 해요."

나는 재빨리 가서 그가 말한 옷장을 뒤져서 부탁한 대로 옷들을 챙겨 가지고 돌아왔다.

"내가 이 사람의 옷을 갈아입히는 동안 당신은 침대의 저쪽에 가 있으시오. 하지만 방을 나가선 안 되오. 또 부탁이 있으니까."

명령대로 나는 물러섰다.

"아래층에 내려갔을 때 누가 깨진 않았소, 제인?" 한참 있다가 로체스터 씨가 이렇게 물었다.

"아뇨, 사방이 죽은 듯이 조용했어요."

"빈틈없이 자넬 보내지, 딕. 그것이 자넬 위해서도 저쪽에 있는 불쌍한 인간을 위해서도 좋을걸세. 나는 오랫동안 남에게 알리지 않으려고 애써 왔어. 그것이 이제 와서 새삼스럽게 알려지게 되면 곤란해. 자아, 카터, 겉저고리를 좀 입혀 주게나. 그 털외투는 어디다 두고 왔나? 이렇게 몹시 추운 날씨엔 그 외투 없이는 1마일의 여행도 못 해. 자네 방에 있나? 제인, 메이슨 씨의 방, 내 옆방으로 달려가서 거기 있는 외투를 가져오시오."

나는 또 달려갔다. 그리고 안팎과 가장자리를 모피로 댄 크고 무거운 외투를 안고 돌아왔다.

"이번엔 다른 심부름이 있는데." 하고 지칠 줄 모르는 주인이 말했다. "다시 한번 내 방에 가야겠소. 당신이 벨벳 실내화를 신고 있다니 얼마나 다행인지 모르겠소, 제인! 퉁명스러운 하인이면 이런 위급할 땐 아무 짝에도 쓸모가 없어. 내 화장대 가운데 서랍을 열고 속에 들어 있는 작은 약병과 작은 유리잔을 가져오시오, 빨리!"

나는 날듯이 달려가서 명령한 것들을 들고 돌아왔다.

"이것으로 됐어! 자아, 의사 선생, 내 멋대로 해서 안됐지만 내가 책임을 지고 약을 좀 먹이겠소. 나는 이 흥분제를 로마에서 이탈리아의 엉터리 의사, 카터, 자네 같으면 지긋지긋하다고 발길로 차 버릴 만한 녀석에게서 구한 거야. 함부로 마셔선 안 되지만 때로는 효험이 있으니까. 이를테면 지금 같은 경우엔 말이야. 제인, 물을 좀."

로체스터 씨가 작은 유리잔을 내게 내밀었다. 나는 세면대의 물병에서 물을 거기에 반쯤 따랐다.

"됐어, 이번엔 약병 마개를 적셔 주시오."

나는 그렇게 했다. 그는 진홍빛 액체를 열두 방울쯤 따라서 그걸 메이슨 씨에게 주었다.

"마시게나, 리처드. 한두 시간 동안은 자네에게 부족한 원기를 북돋워 줄 테니."

"그렇지만 몸에 해롭지 않을까? 염증을 일으키지나 않을까?"

"마시게! 마셔, 마시라니까!"

메이슨 씨는 마셨다. 저항해 봤댔자 아무 소용이 없다는 것을 잘 알고 있기 때문이었다. 그는 벌써 몸차림을 다 하고 있었다. 얼굴은 아직 핼쑥했으나 피투성이로 더럽혀진 메이슨 씨는 아니었다. 로체스터 씨는 메이슨 씨가 약을 마신 뒤 삼분 동안 그를 가만히 앉혀 두었다. 그러고 나서 메이슨 씨의 팔을 잡았다.

"자, 이젠 혼자 일어설 수 있을 거야." 그가 말했다. "어디 한번 일어서 보게."

환자는 일어섰다.

"카터, 저쪽 어깨 밑을 붙들어 주게. 리처드, 기운을 내야 해. 걸어 보게. 그래, 그렇지!"

"아까보다 기분이 좋은 것 같네." 메이슨 씨가 말했다.

"틀림없이 그렇고말고. 자아, 이번엔 제인, 우리보다 먼저 뒤쪽 층계로 살짝 가서 뒷마루의 문빗장을 열고 뒷마당에 있는 역마차의 마부(자갈길 위를 덜거덕거려서는 안 된다고 말해 놓았으니까! 어쩌면 문 밖에 있을지도 모르지만)에게 준비를 하라고, 벌써 모두 온다고 일러 주시오. 그리고 제인, 혹 누가 일어난 기척이 있거든 층계 아래까지 와서 기침을 하시오."

벌써 이때는 다섯 시 반이었다. 바야흐로 해가 솟아오르려고 하는 참이었는데 부엌은 아직 컴컴하고 조용했다. 뒷마루 문도 닫힌 채로 있었다. 나는 소리가 나지 않도록 아주 조심해서 문을 살그머니 열었다. 뒤뜰은 고요한 정적에 싸여 있으나 대문은 활짝 열려 있었고, 마구를 단 말과 역마차가 멎어 있었다. 마부는 마차 밖에 있는 마부석에 앉아 있었다.

나는 그의 옆으로 가서 지금 신사들이 나오신다고 일렀다. 그는 고개를 끄덕였다. 그리고 나는 조심해 가며 사방을 둘러보고 귀를 기울여 보았다. 사방은 이른 새벽의 적막 속에서 잠자고 있었다. 하인들 방의 커튼은 아직 내려진 채로 있었다. 작은 새들은 흰 꽃이 만발한 과수원 나무에 앉아서 재재거리고 있었다. 그 나뭇가지는 뒤뜰의 한쪽을 둘러싸고 있는 담 위에 흰 화환처럼 늘어서 있었다. 마차의 말이 때때로 좁은 마구간 속에서 마루를 발로 구르고 있을 뿐 사방은 온통 고요했다.

신사들이 왔다. 메이슨 씨는 로체스터 씨와 외과 의사의 부축을 받고 있었는데 별 고통 없이 걸어오는 것 같았다. 두 사람은 메이슨 씨를 도와 마차에 태우고 카터가 뒤따라 탔다.

"잘 돌보아 주게." 로체스터 씨가 뒤에 탄 사람에게 말했다. "완쾌될 때까지 자네 집에 두어 두게. 나도 금명간 좀 어떤가 말을 달려서 문안 갈 테니. 리처드, 어때 기분이?"

"페어팩스, 신선한 공기를 마시니 기운이 나네."

"이 사람 옆에 있는 창은 열어 놔 두게, 카터. 바람이 없으니까. 잘 가게, 딕."

"페어팩스."

"왜? 왜 그러나?"

"그녀를 잘 부탁하네. 되도록 부드럽게 대해 주게. 그녀를……." 메이슨 씨는 말을 멈추고 왈칵 울음을 터뜨렸다.

"최선을 다하고 있네. 지금까지 그래 왔고, 또 앞으로도 그럴 작정이네." 하고 대답한 로체스터 씨는 마차의 문을 닫아 주었다. 마차는 달려가 버렸다.

"하지만 이걸로 끝장이 났으면 좋겠는데!" 육중한 대문을 닫고 빗장을 지르면서 로체스터 씨가 덧붙여 말했다.

빗장을 지르고 나자, 그는 과수원을 둘러싸고 있는 담 문 쪽으로 무겁게 발을 두어 놓으며 얼빠진 듯이 천천히 걸어갔다. 이젠 내게 아무 볼일도 없으려니 생각하고 나는 집으로 돌아가려고 했다. 그러나 또 "제인." 하고 부르는 소리가 들렸다. 그는 쪽문을 열고 거기서 나를 기다리며 우두커니 서 있었다.

"잠깐 동안이라도 신선한 공기를 마십시다." 그가 말을 이었다. "저 집은 꼭 토굴 같아. 당신은 그렇게 생각하지 않소?"

"제겐 훌륭한 집으로 보입니다."

"무경험이란 마력이 당신 눈을 가리고 있기 때문이야." 그가 대답했다. "사람을 홀리게 하는 마법이라는 매개물을 통해서 그걸 보니까 그렇지. 도금이 진흙이라는 것도, 명주 헝겊이 거미집이라는 것도, 대리석이 가짜 석판(石板)이고, 번쩍번쩍 빛나는 목재가 아무 쓸데없는 나무 부스러기에다가 비늘 모양의 나무껍질이라는 것도 당신에겐 구별이 안 되는 거야. 자아, 여기야말로(그는 우리가 들어 서 있는 나뭇잎이 무성한 울안을 가리켰다.) 뭣이든 보는 대로의 참되고, 감미롭고, 깨끗한 것뿐이오."

한쪽에 회양나무, 사과나무, 배나무, 앵두나무들이 즐비해 있고 또 한쪽엔 아라세이도, 아메리카패랭이꽃, 앵초(櫻草), 꼬까오랑캐꽃 등 가지각색의 고풍이 풍기는 화초가 개사철쭉, 해당화, 기타 향기로운 향기를 품는 여러 가지 풀들과 뒤섞여 자라고 있는 꽃밭 사이로 난 샛길로 로체스터 씨는 거닐었다. 이 초목들은 4월에 흔히 있는 소나기가 내리쏟아지다가 밝은 햇빛이 나고, 이런 날이 계속된 다음 날 화창한 봄날 아침에 볼 수 있는 초목을 소생시키는 싱그러운 맛을 풍기고 있었다. 태양은 이때 막 구름으로 가려진 동쪽 하늘에 솟아오르는 중이었다. 햇빛은 꽃이 무성하게 핀, 이슬에 젖은 과수원 나무에 비치고 나무 아래 한적하게 뻗어 있는 작은 샛길을 비춰 주었다.

"제인, 꽃을 줄까?"

그는 나무에서 제일 먼저 눈에 띈 반쯤 핀 장미꽃 한 송이를 따서 내게 주었다.

"고맙습니다."

"제인, 이 해 뜨는 아침을 좋아하오? 저 높고 엷은 구름이 떠 있는 하늘. 태양이 뜨거워지면 저것은 틀림없이 사라져 버리고 말지만…… 이 고요하고 향기로운 분위기를 좋아하고?"

"좋아해요. 정말 좋아해요."

"당신은 괴상한 하룻밤을 지냈지! 제인?"

"그래요."

"그리고 어젯밤 한잠도 못 자고 간호를 해서 안색이 나빠졌군. 당신을 메이슨과 함께 남겨 두었을 때, 겁이 났소?"

"저 구석방에서 누가 나오지나 않을까 하고 무서웠어요."

"그렇지만 문은 잠가 두었는걸. 열쇠는 내 호주머니 속에 넣어 두었는데. 내가 새끼 양을, 귀여운 새끼 양을 아무렇게나 늑대의 소굴에서 그렇게 가까운 곳에 남겨 놓고 가 버렸다면 경솔한 목동이었을 테지. 당신은 무사했는데, 뭐."

"그레이스 풀은 앞으로도 여기서 살게 되나요?"

"아암, 그렇고말고! 당신은 그까짓 것 때문에 신경을 쓸 필요 없소. 그런 생각은 머릿속에서 깨끗이 지워 없애야 해요."

"하지만 저 여자가 여기 있는 동안은 당신의 생명이 아무래도 위험할 것 같은 생각이 들어요."

"절대로 걱정하지 마요. 내가 어련히 내 몸을 주의하려고."

"어젯밤 걱정하셨던 위험한 것이란 이젠 다 없어져 버렸나요?"

"거기에 대해선 메이슨이 영국을 떠나지 않는 한 나로선 장담할 수 없소. 설사 떠난 다음에도 단언은 못 해. 제인, 살아 있다는 것은 나에게 있어서 분화구의 지각(地殼) 위에 서 있는 것과 같은 것, 언제 터져서 언제 불을 뿜게 될지도 모르는 것이오."

"그런데 메이슨 씨는 쉽사리 움직일 수 있는 분인 것같이 보이던데요. 당신의 힘은 저분에게 굉장한 영향을 미치고 있어요. 저분이 당신에게 반항하거나 고의로 해를 끼치리라고는 절대로 보이지 않아요."

"그렇고말고! 메이슨은 내게 알면서 해를 끼치진 않아. 그렇지만 저 녀석이 잠깐 지껄인 부주의한 한마디가 당장에 내 생명은 아닐지라도 내 행복을 영원히 빼앗아 갈지도 모르지."

"메이슨 씨에게 조심하라고 말씀하세요. 그리고 당신께서 걱정하고 계시는 것을 알려 드리시고 위험을 모면하는 방법을 가르쳐 드리세요."

로체스터 씨는 조롱하듯 웃으며 갑자기 내 손을 잡더니 이내 또 놓아 버렸다.

"내가 그걸 할 수 있다면, 이 바보 아가씨야, 위험이 어디 있겠어? 당장에 위험은 없어지는 거지. 내가 메이슨을 안 이후 난 저 친구에게 '이걸 하게.' 하기만 하면 그대로 이루어지곤 했어. 그러나 이번엔 그에게 명령할 순 없어. '리처드, 나를 해치지 않도록 조심하게.'라고는 말할 수 없어. 그건, 내게 해를 끼칠 수도 있다는 것을 저자에게 끝까지 알리지 않는 것이 필요하단 말이오. 이젠 뭐가 뭔지 모르겠다는 눈치군요. 더욱 더 뭐가 뭔지 모르게 해 주지. 당신은 내 친구지?"

"전 도움이 되고 싶어요. 옳은 일이라면 뭣이든 말씀하시는 대로 해 드리고 싶어요."

"바로 맞았어. 난 그걸 알아차렸어. 당신이 나를 도와주고 나를 기쁘게 해 줄 때, 이를테면 당신의 '올바른 일이라면 뭣이든'을 나를 위해서 하고, 나와 함께 일해 줄 때 당신의 걸음 걸이나 동작이나 눈, 얼굴에 마음속으로부터 만족해하는 기색이 나타나 있는 것을 나는 알 수 있었어. 왜냐하면 만일에 당신이 나쁜 일이라고 생각하는 것을 내가 하라고 하면 당신은 경쾌하게 뛰어가질 않아. 재빠르고 민첩하지도 않고. 내 친구는 그럴 때 창백하고 침착한 얼굴을 해 가지고 '안 돼요. 그건 불가능해요. 전 그건 할 수 없어요. 왜냐하면 옳은 일이 못 되기 때문이에요.' 하고 말하겠지. 당신은 항성(恒星)처럼 변하는 일이 없겠지. 그렇지, 당신도 내게 대해서 힘을 갖고 있어. 내게 상처를 줄지도 몰라. 당신은 성실하고 친절하긴 하지만, 나를 당장에 찔러 버릴 것이 걱정되니까, 어디에 내 약점이 있는지 알리지 말아야지."

"당신이 제게 아무 두려움을 갖고 있으시지 않은 것처럼 메이슨 씨에게도 그러시다면, 아주 안전하신 거지요."

"제발 그래 줬으면! 제인, 여기 정자가 있소. 앉으시오."

그 정자라는 것은 담 한가운데 있는 아치로, 안쪽에는 담쟁이덩굴이 엉켜 올라간 아래 통나무로 만든 벤치가 하나 있었다. 로체스터 씨는 내가 앉을 자리를 남겨 놓고 거기에 걸터앉았다. 그러나 나는 그의 앞에 서 있었다.

"앉아요." 그가 말했다. "이 벤치는 두 사람이 넉넉히 앉을 수 있어. 당신은 내 옆에 앉는 것을 망설이지는 않겠지? 이것도 좋지 못한 일인가요, 제인?"

나는 대답하는 대신에 거기에 걸터앉았다. 거절하는 건 어리석은 일이라고 생각했다.

"자아, 나의 친구, 태양이 이슬을 머금고 있는 동안에 이 남은 뜰 안의 꽃이 모두 눈을 뜨고, 새들이 손필드에서 새끼 새에게 먹이를 주는 동안에, 일찍 일어난 꿀벌이 부지런하게도 일을 시작하는 동안에, 나는 당신에게 하나의 예를 들어 말하리다. 그것을 당신은, 당신 자신의 일이라고 가정해서 생각하도록 노력해야 하오. 그러나 우선 내 얼굴을 봐요. 그리고 당신이 편한 마음으로 있는지, 내가 당신을 붙들어 두고 있는 것은 잘못이라고 생각진 않는지 말해 봐요."

"아뇨, 전 만족하고 있어요."

"그래, 그럼 제인, 상상력의 도움을 빌려요. 가령 말이오, 당신이 훌륭한 가정교육을 받고 훈련된 소녀가 아니라, 어릴 때부터 오늘날까지 제멋대로 자라난 장난꾸러기 소년이라고 가정해 보란 말이오. 머나먼 외국 땅에 있다고 생각하고 거기서 커다란 과실을 저질렀다고 생각해요. 어떤 성질의 것인지, 어떤 동기에서인지 그건 아무래도 좋다고 하고, 다만 과실의 결과가 일평생 당신의 생애를 따라다니고, 그 오점은 죽을 때까지 지워지지 않는다고 합시다. 알겠소? 난 말하자면, 이 세상의 범죄라는 걸 말하고자 하는 건 아니니까. 범법자에게 법률의 제재를 받게 하는, 피를 흘리게 한다든가, 또는 어떠한 범

죄 행위를 말하는 건 아니오. 내가 말하는 건 과실이란 말이
오. 당신이 저지른 과실의 결과가 머지않아 당신에겐 도저히
견딜 수 없는 것이 되어, 당신은 구원을 얻으려고 방법을 강구
한단 말이오. 정상적인 일은 아니지만 법률에 저촉되지도 않
고 문책을 받을 만한 성질의 것도 아니야. 그러나 역시 당신은
불행하단 말이오. 왜냐하면 인생의 바로 문 앞에서 희망이 당
신을 저버렸기 때문이오. 당신의 청춘은 일식 때문에 대낮인
데도 어두워지고, 해가 질 때까지 그 암흑은 사라지지 않을
것처럼 생각되지. 쓰디쓰고 치사한 연상이 당신의 유일한 양
식이 된 거야. 당신은 떠돌아다니면서 안식을 구하고 쾌락 속
에서 행복을 구하려고(내가 말하는 쾌락이란, 지성을 마비시키고
감정을 메마르게 하는 무자비한 관능적인 것을 말하는 것이오.) 이
곳저곳 방랑한단 말이지. 나와 내 몸에 과해진 몇 해의 귀양
살이 끝에 지쳐 버린 마음과 시들어 버린 영혼을 안고 당신은
고향에 돌아온다. 그래서 당신에게 새 친구가 생기고. 어떻게
해서라든가 어디서라는 건 문제가 아니야. 이 새로운 친구를
얻고, 당신은 이십 년 동안 찾아다니고 있었으나 일찍이 한 번
도 만나 본 적이 없는 선량하고 명랑한 성질을 많이 발견한다.
게다가 그것은 티 하나 없고 부패하지도 않았고, 신선한 데다
건강이 넘쳐흐르고 있다. 이런 친구와의 교제는 마음을 소생
시키고 재생시켜서 당신은 이제까지보다도 더 좋은 생활, 지
금까지와는 다른 고상하고 희망과 깨끗한 감정이 넘치는 시절
이 돌아왔다고 느낀다. 당신은 당신의 생활을 새로 시작하기
를 희망하며, 당신에게 여생을 불멸의 존재에 적합할 만한 방

법으로 보내고 싶다고 원하고 있다. 이 소원을 성취하기 위해서 당신은 타성이라는 장애를 뛰어넘어도 괜찮겠소? 양심이 시인하지도 않고, 판단력도 옳다고 판단을 내리지 못하는 보잘것없는 관습적인 장래를 말이오?"

로체스터 씨는 나의 대답을 들으려고 말을 멈췄다. 난 뭐라고 대답했으면 좋을까? 아아! 현명하고, 만족할 만한 답을 생각나게 해 줄 요정은 없을지 몰라. 헛된 소망! 소슬바람은 주위에 있는 담쟁이덩굴에 속삭였지만, 말의 매개로서의 호흡을 빌려주는 친절한 아리엘[28]은 없었다. 새들은 나무 위에서 지저귀고 있었으나 그 노래는 아름다움도 별다른 의미도 없었다.

로체스터 씨가 다시 질문을 했다. "그 떠돌아다닌 죄 많고, 그러면서 이젠 안식을 구하고 회개하고 있는 사나이가 자기 자신의 마음의 평화와 생명의 부활을 구하기 위해, 이 친절하고 우아하고 따뜻한 마음씨를 지니고 있는 새 친구를 영원히 그의 곁에 붙들어 두기 위해 사회의 통념을 무시해도 괜찮단 말이오?"

내가 대답했다. "유랑하는 분의 안주(安住)라든가 죄 많은 사람의 갱생이라는 것은 결코 인간의 힘에 의지해서는 안 돼요. 남자도 여자도 죽기 마련이에요. 철학자라도 지혜가 부족할 때가 있어요. 기독교신자도 신앙이 부족할 때가 있고요. 만일 당신이 아시는 분이 고통을 당하고 죄를 범한다면, 회개하여 고쳐 나갈 힘과 괴로움을 없앨 위안을, 자신과 같은 인간에

---

28) 중세 전설에 등장하는 공기의 요정.

게서라기보다는 좀 더 높은 데서 구하도록 말해 주세요."

"거기엔 수단이, 수단이 있는 거요! 그 일을 행하시는 하느님께서 그 수단을 정하시는 거지. 나 자신은 (비유를 빼고 말이지.) 세속적이고 방탕하고, 불안에 싸여 있던 사나이였지만, 내가 구원받을 수단을 찾아냈다고 믿는데, 제인."

그는 입을 다물었다. 새들은 더 요란하게 지저귀고 나뭇잎들은 가볍게 살랑거리고 있었다. 이 중단된 이야기를 새들은 어째서 지저귐이나 노래를 그치고 들으려고 하지 않을까 하고 나는 이상하게 생각했다. 그러나 그들은 무척 오래 기다리지 않으면 안 되었을 것이다. 그만큼 침묵은 오랫동안 계속되었다. 마침내 나는 좀처럼 입을 열지 않는 상대방의 얼굴을 쳐다보았다. 그는 나의 얼굴을 정신없이 바라다보고 있었다.

"귀여운 친구." 아주 변한 말투로 그가 말했다. 동시에 낯빛도 변하고, 부드러움도 엄숙한 표정도 사라지고, 쌀쌀한, 비웃는 듯한 얼굴이 되어 버렸다.

"당신은 내가 잉그램 양에게 호의를 품고 있는 것을 눈치챘겠지. 만일 그 사람과 결혼하면, 그녀가 나를 힘차게 재생시켜 주리라고 생각하지 않소?"

그는 벌떡 벤치에서 일어나더니 길 저쪽 끝까지 걸어갔다. 그러고는 얼마 있다가 돌아오더니, 무엇인가 작은 목소리로 콧노래를 부르고 있었다.

"제인, 제인." 하고 부르면서 그는 내 앞에 멈추었다. "밤을 새워서 얼굴이 몹시 창백하구려. 당신의 수면을 방해했다고 나를 저주하지는 않소?"

"저주한다고요? 천만에요."

"그게 정말이란 증거로 악수합시다. 이렇게 손이 찰 수야! 어젯밤 저 괴상한 방문 앞에서 이 손을 잡았을 땐 따뜻했는데. 제인, 언제 또다시 당신은 나와 함께 밤샘을 해 주겠소?"

"언제든지 제가 도움이 된다면요."

"이를테면 내가 결혼하는 전날 밤! 틀림없이 나는 잠을 이루지 못할 것 같아. 나와 함께 밤을 새우며 말동무가 되어 주겠다고 약속하겠소? 나는 당신에게라면, 내 애인의 얘기도 할 수 있어. 당신은 그녀를 벌써 잘 알고 있으니까."

"약속하겠어요."

"그 같은 사람은 좀 드물지, 제인?"

"네, 그래요."

"거인, 보기 드문 거인이야, 제인. 몸집이 크고 거무스름하고, 살찌고. 마치 카르타고의 여인 같은 머리를 하고. 저런! 덴트하고 린이 마구간에 있군! 당신은 저쪽 문으로 해서 숲속을 지나 집 안으로 들어가시오."

나는 한쪽 길로, 로체스터 씨는 또 다른 길로 갔을 때, 뒤뜰에서 명랑하게 말하고 있는 그의 목소리를 들었다.

"메이슨은 오늘 아침에 자네들을 두고 떠나가 버렸네. 난 네 시에 일어나 전송했네그려."

21장

예감이란 이상한 것이다. 공감이 또한 그렇고, 전조 역시 그렇다. 그리고 이 세 가지가 합해지면, 아직 인간의 정신이 해결의 열쇠를 발견치 못한 신비가 된다. 여태까지 살아오는 동안에 나는 결코 예감이란 것을 비웃지 않았다. 그것은 나 스스로가 이상한 예감을 가진 경험이 있었던 까닭이다. 공감이 존재함을 나는 믿는다. 예를 들자면 그것은 멀리 떨어져 있고 오래 떠나 있어 서로 만나지 못하고 또 아주 남남처럼 되어 버린 친지들 사이에 생겨나는 것으로서, 그들이 서로 소격(疏隔)해 있지만 각자의 연원을 찾아 올라가 보면 결국 그 근원은 하나라는 확증을 가져다주는 것이다. 그리고 그 작용은 인간의 이해력을 혼란케 하는 것이다. 또 전조란 것은 아마도 인간과 자연 사이의 공감에 불과할 것이다.

내가 겨우 여섯 살짜리 어린애였던 무렵의 어느 날 밤, 나는 베시 리븐이 마사 애벗에게 어린아이 꿈을 꾼 이야기를 해 주는 것을 들은 적이 있다. 그런데 꿈에 어린애를 보는 것은 자신에게나 친척들 중의 누구한테 재앙이 생길 징조라는 것이었다. 만약 지울 수 없이 내 기억에 달라붙은 한 사건이 뒤따라 일어나지 않았던들 아마 나는 그 속담을 까맣게 잊어버렸을지도 모른다. 그런데 바로 다음 날 베시는 자기 어린 누이동생의 임종 때문에 고향으로 불려갔던 것이다.

근래 나는 이 속담과 함께 그 사건을 자주 회상하게 되었다. 그것은 최근 일주일 동안 나 자신이 갓난아이 꿈을 꾸지 않은 밤이 하룻밤도 없었던 까닭이다. 꿈속에서 나는 어린애를 두 팔로 안고 달래기도 하고 무릎에 앉혀 놓고 어르기도 했다. 어떤 때는 풀밭에서 들국화를 가지고 만지작거리는 것을 보기도 하고 어떤 때는 또 개울가에서 두 손으로 물장난을 치는 것을 보기도 했다. 마구 울고 보채는 애의 꿈을 꾸었나 하면 다음 날 밤에는 웃는 아이 꿈이었다. 어린애는 이제 착 안겨 드는가 하면 달아나 버리기도 했다. 그러나 그 꿈속의 어린애의 기분이 좋건 나쁘건 찌푸린 얼굴이건 웃는 얼굴이건 간에, 하여튼 그 어린애는 계속해서 매일 밤 내가 잠이 들자마자 나타나는 것이었다.

나는 이 한 가지 잉념의 만복, 이 기이한 한 가지 영상이 되풀이해 나타나는 것이 싫었다. 그때 나는 차츰 잠잘 시간이 다가오고 이 환상이 나타날 시각이 가까워지게 되면 신경이 곤두서게 되었다. 그 달 밝은 한밤중에 내가 예의 비명 소리를 듣고 잠이 깨었을 때에도 나는 이 어린애의 환상과 함께였다. 그런데 페어팩스 부인의 방에 누가 나를 만나러 왔다는 전갈을 받고 아래층으로 불려 내려간 것이 바로 그다음 날 오후였다. 내려가 보니 종복(從僕) 차림의 한 남자가 나를 기다리고 있었다. 그는 검은 상복을 입고 있었는데 손에 들고 있는 모자에도 검은 띠가 둘려 있었다.

"혹시 저를 기억하지 못하실지 모르겠습니다만." 내가 들어서자 그는 자리에서 일어서며 말했다. "저는 리븐이라고 합니다. 팔구 년 전 아가씨께서 게이츠헤드에 사셨을 때 리드 부인의 마부 노릇을 하고 있었죠. 지금도 거기 살고 있습죠만."

"오오, 로버트군요. 안녕하세요? 기억하고 있고말고요. 으레 나를 조지아나 아가씨의 밤색 망아지에 태워 주시곤 했는데. 그런데 참, 베시는요? 베시와 결혼하셨죠?"

"예, 처는 잘 있습죠. 고맙습니다. 두어 달 전에 어린애를 또 낳아서…… 이제 아이가 셋이 됐습죠. 어린것이나 어미나 다 충실합니다."

"그리고 로버트. 그 댁에서도 모두 무고들 하시죠?"

"말씀드리기 안됐습니다만 좋은 소식을 전해 드리지 못하겠군요. 아가씨. 그분들께서는 지금 아주 불행하십니다. 우환 중입죠."

"설마 누가 작고하신 것은 아니겠지요." 나는 그의 검은 상복을 쳐다보며 말했다. 그는 모자의 검은 띠를 내려다보고 나서 대답했다.

"존 도런님이 돌아가셨습니다. 어제가 일주일째인데, 런던의

하숙방에서 돌아가셨죠."

"존 도련님이?"

"예."

"그분 어머님이 몹시 애통해하시겠군요."

"말씀 마세요, 에어 아가씨. 불행도 이만저만한 불행이라야죠. 그분의 생활이 말할 수 없이 난폭했죠. 근래 삼 년 동안은 이상한 데에 빠져 있었습죠. 그래 그 죽음도 비참했답니다."

"그분 소행이 좋지 못했다는 이야기는 베시한테 들었어요."

"좋지 못한 정도가 아니라 그보다 더 나쁠 수가 없었습죠. 그분은 아주 못된 남녀들 속에 섞여 들어 건강도 재산도 아주 망쳐 버렸죠. 그래 빚을 지고 감옥에 들어갔더랬습니다. 마님께서 손을 써서 두 번이나 풀려 나왔습니다만, 나오기만 하면 금방 전날의 버릇과 패거리한테 빠져 버리는 거예요. 그분은 정신이 온전치를 못했습니다. 그분과 어울리던 그 악당들이 지독하게 그분을 알겨먹은 겁니다. 삼 주일쯤 전에 게이츠헤드에 그분이 왔습니다. 마님의 전 재산을 달라는 것이었죠. 마님께선 거절하셨습니다. 사실 그분의 엄청난 낭비로 마님의 재산도 벌써 형편없이 줄어 있었던 겁니다. 그래 그냥 돌아갔지요. 그런데 그다음 소식이 그분이 죽었다는 소식입니다. 어떻게 죽었는지 압니까? 자살이라고 하더군요."

나는 잠잠히 듣고 있있나. 남찍스러운 소식이었다. 로버트 리븐이 말을 이었다.

"마님께서는 벌써부터 건강이 좋지 않으셨습죠. 몹시 비대해지기는 했는데 튼튼치는 못하시더군요. 거기다 손재(損財)

와 닥쳐오는 가난에 대한 두려움으로 더욱 기운이 탈진해 버리신 거죠. 존 도련님이 그렇게 돌아가셨다는 소식이 또 너무 급작스러운 것이었습니다. 그래 졸도를 하시고는 사흘 동안을 말씀 한마디 못 하셨죠. 지난 화요일에야 좀 차도가 있으신 것 같더군요. 그리고 무슨 말씀을 좀 하고 싶으신 모양으로 제 처에게 자꾸 손짓을 하시고 알아듣지 못할 소리로 중얼거리기만 하시더군요. 그러나 어저께서야 베시는 마님께서 아가씨의 이름을 부르고 계시는 것을 알아들었습죠. 그러다가 드디어 말씀을 하셨습니다. '제인을 데려다주어…… 제인 에어를 데려와, 그 애한테 할 이야기가 있어.' 하고요. 베시는 마님께서 정말 정신이 드셔서 하는 말씀인지 그렇지 않으면 무슨 딴 말씀인지 잘 알 수 없었지만, 하여튼 리드 아가씨와 조지아나 아가씨께 말씀을 드렸죠. 아가씨를 모셔 오는 게 좋겠다고요. 처음엔 아가씨들은 어림없는 소리라고 펄쩍 뛰었지만 마님께서 하도 초조해하시고 자꾸 '제인, 제인.' 하고 불러 대시니까 결국 승낙을 했습죠. 그래 제가 어제 떠나왔습니다. 그러니 아가씨, 아가씨께서 준비만 되신다면 내일 아침 일찍 제가 모시고 가려고 하는데요."

"그래요, 로버트, 준비하죠. 내가 꼭 가야 되겠군요."

"제 생각에도 그렇습니다, 아가씨. 베시도 그러더군요, 못 한다고 거절하지는 않으실 거라고요. 그런데 참 가시자면 미리 허락을 받으셔야 하겠습죠?"

"그럼요. 내 지금 가서 허락을 받고 올게요." 나는 그를 하인 방으로 데리고 가서 존 내외에게 잘 보살펴 주도록 당부를 하고 나서, 로체스터 씨를 찾으러 나갔다.

　그는 아래층 어느 방에도 있지 않았다. 뜰에도 마구간에도 보이지 않고 울안을 다 찾아도 없었다. 나는 페어팩스 부인에게 혹시 못 뵈었는지 물어보았다. 보았다고, 잉그램 양과 당구를 치고 있으리라는 대답이었다. 나는 당구실로 뛰어갔다. 당구알 부딪치는 소리와 낮은 목소리들이 웅얼웅얼 울려 나오고 있었다. 로체스터 씨, 잉그램 양, 에시턴 자매 그리고 그들의 찬미자들이 경기에 열중하고 있었다. 이처럼 한창 재미있게 놀이에 열중해 있는 사람들을 방해하기에는 상당한 용기가 필요했다. 그러나 내 볼일이란 게 또 지체할 수 있는 게 아니었다. 그래 나는 잉그램 양의 곁에 서 있는 주인에게로 다가갔다. 내가 가까이 가자 그녀는 고개를 돌려 거만한 눈길로 나를 바라보았다. 그 눈은 마치 나에게 이렇게 묻고 있는 것 같았다. '이 버러지 같은 것이 또 무슨 볼일일까?' 그리고 내가 낮은 목소리로 "로체스터 님." 하고 불렀을 때, 그녀는 나를 한마디로 쫓아내 버리고 싶은 듯이 몸을 돌리는 것이었다. 나는 그 순간의 그녀의 모습을 지금도 기억하고 있다. 그것은 참으로 우아하고 보는 사람의 눈을 끄는 모습이었다. 그녀는 하늘색 크레이프 천으로 된 모닝 로브를 입고 있었다. 연한 하늘색 스카프가 그녀의 머리에 드리워져 있었다. 그녀는 경기에 아주 신이 나 있었다. 그렇지만 자손심이 건드려졌기 때문에 화가 치밭쳐 그녀의 거만한 표정은 누그러지지 않았다.

　"저 사람이 당신께 볼일이 있는 거죠?" 그녀가 로체스터 씨에게 묻자, 로체스터 씨는 도대체 그 '사람'이 누군가 하고 돌아보았다. 그는 묘하게 얼굴을 찌푸리고(그의 이상하고 알 수 없는 표정 가운데 하나다.) 큐를 놓고는 나를 따라 방을 나왔다.

"무슨 일이지, 제인?" 그는 자기가 닫은 공부방 문짝에 등을 기대고서 말했다.

"두어 주일 휴가를 좀 얻고 싶어서 그러는데 허락해 주시겠어요?"

"뭘 하려고? 어딜 가려고?"

"저를 데리러 보낸 어떤 병든 부인을 만나 뵈러 가려고요."

"앓고 있는 부인이 누군데? 어디에 사는 분인데?"

"○○주의 게이츠헤드예요."

"○○주? 100마일이나 떨어진 곳이로군! 그렇게 먼 곳에서 당신을 만나자고 사람을 보낸 부인이 대관절 누굴까?"

"리드라는 댁인데…… 리드 부인이에요."

"게이츠헤드의 리드라? 치안 판사를 지낸 게이츠헤드의 리드라는 분이 있었는데."

"바로 그분의 미망인이에요."

"그런데 당신이 그분과 무슨 관계가 있소? 그 부인을 어떻게 돼서 알고 있소?"

"리드 씨는 제 외숙이셔요. 제 어머니의 오빠셨죠."

"그랬든가! 처음 듣는 소리로군. 당신은 친척이라곤 한 사람도 없다고 그랬지."

"저를 친척으로 인정해 주실 분은 없었으니까요. 외숙께서는 돌아가셨고, 그 부인은 저를 버리셨어요."

"왜?"

"제가 가난하니까요. 그래 짐스럽고, 또 저를 싫어하셨으니 까요."

"리드 씨에겐 애들이 있을 텐데. 사촌들이 있지? 조지 린 경이 어제도 게이츠헤드의 리드에 대해 이야기를 하더군. 그 고을에서 이름난 악당 중의 하나라고 말이야. 그리고 잉그램도 역시 게이츠헤드의 조지아나 리드 이야기를 했는데 작년인가 재작년 런던의 사교계에서 미인으로 평판이 자자했다더군."

"그 존 리드 역시 죽었어요. 자기 자신뿐만 아니라 집안까지 거의 망쳐 놓고 자살을 해 버렸다는군요. 그 소식이 그 어머니에게 큰 충격을 주어 졸도까지 하게 했답니다."

"그런데 당신이 무슨 도움이 될 수 있단 말이오? 말도 안 되는 소리야, 제인. 당신이 도착하기도 전에 이미 운명해 있을지도 모를 노파를 만나기 위해서 100마일이나 달려가다니 원, 생각지도 못할 일이오. 더구나 그 부인은 당신을 버렸다면서?"

"네, 버렸어요. 그러나 그건 지난날의 일이에요. 그쪽 형편이 달랐을 때의 얘기예요. 지금으로서는 도저히 그분의 소망을 무시하고는 마음이 편할 수가 없어요."

"그래 얼마나 가 있을 작정이오?"

"될 수 있는 대로 속히 돌아오겠어요."

"일주일 동안만 있겠다고 약속해 줘."

"약속은 드리지 않는 것이 좋겠어요. 약속을 어기게 될지도 모르니까요."

"여하튼 돌아오긴 오겠지. 어떤 구실을 가지고 꾄대도 설마 하니 거기 넘어가 그분과 영구히 함께 살지는 않겠지?"

"그럼요. 일만 다 끝나면 틀림없이 돌아오겠어요."

"그런데 누구하고 가지? 설마 100마일 길을 혼자 가지는 않을 테고."

"네. 외숙모의 마부를 보내왔더군요."

"믿을 만한 사람이오?"

"그럼요. 그 집안에서 십 년이나 살아온 사람인걸요."

로체스터 씨는 깊은 생각에 잠겼다. "그래 언제 떠나겠소?"

"내일 아침 일찍요."

"그럼 돈이 있어야겠지. 돈 없이 여행할 수는 없어. 아마 당신에게 많은 돈은 없을 거요. 아직 봉급도 안 주었고. 대관절지금 얼마나 가지고 있소, 제인?" 그가 빙그레 웃으며 물었다.

나는 지갑을 꺼냈다. 빈약한 것이었다. "5실링이에요."

그는 나의 지갑을 집어 들고 나의 재산을 손바닥에 쏟았다. 그리고 그 빈약함이 유쾌한 듯이 껄껄 웃었다. 그러고는 곧 자기의 지갑을 꺼냈다. "자아." 하고 그는 지폐 한 장을 내밀었다. 50파운드짜리였다. 하지만 그는 내게 15파운드만 주면 되는 것이었다. 나는 거스름돈이 없다고 말했다.

"거스름돈은 필요 없소, 알면서. 당신의 급료를 받아요."

나는 내가 받을 돈 이상의 액수를 받기를 거절했다. 처음에 그는 얼굴을 찌푸렸다. 그러나 무엇을 생각해 낸 듯이 말했다.

"맞아, 맞아! 지금 다 주어서는 안 되지. 50파운드를 가지고 있으면 아마 당신은 석 달은 돌아오지 않을걸. 여기 10파운드 짜리가 있소. 그러면 되겠지?"

"네. 하지만 제게 5파운드 빚을 지신 셈이에요."

"그럼 그걸 받으러 돌아오도록 당신의 40파운드는 내가 맡아 두지."

"로체스터 님, 이 기회에 사무적인 용건 하나를 말씀드리고 싶은데요."

"사무적인 용건이라? 그거 들어 보고 싶은걸."

"전에 곧 결혼하시게 된다고 말씀하신 적이 있죠?"

"그랬지. 그런데?"

"그렇게 되면 아델러는 학교엘 보내야 해요. 물론 그럴 필요성을 느끼고 계시겠지만요."

"신부가 걸어가는 길에서 그 애를 치워 놓기 위해서, 그러지 않으면 신부가 밟아 뭉개 버릴 테니까 말이지. 당신의 제의에도 일리가 있군. 물론 그렇지. 당신 말대로 아델러는 학교에 가야지. 그리고 당신은 두말할 것 없이 될 대로 되라는 식으로 해 버리겠다 이 얘긴가?"

"그렇게 되기는 싫어요. 다른 일자리를 찾아야겠죠."

"물론이지." 그가 괴이하고 우스꽝스럽게 얼굴을 찌푸리고 콧소리를 내며 소리쳤다. 그는 한동안을 물끄러미 바라보고 있었다.

"그래 리드 노부인과 따님들한테 일자리를 구해 달라고 사정을 하겠다는 거로군!"

"아녜요, 전 친척 되는 분들에게 그런 걸 무탁드릴 처지가 되지도 못하는걸요. 광고를 내겠어요."

"차라리 이집트의 피라미드를 걸어 올라가시지!" 그가 큰 소리로 말했다. "광고를 내겠으면 어디 한번 내 보라고! 10파

408

운드가 아니라 1파운드만 줄걸 잘못했네. 9파운드는 돌려줘요, 제인. 나한테 쓸 곳이 있으니까."

"저한테도 쓸데가 있어요." 나는 지갑과 두 손을 등 뒤로 돌리며 대꾸했다. "무슨 일이 있어도 이 돈은 못 드리겠어요."

"깍쟁이! 나의 돈 부탁을 거절하다니. 그럼 5파운드만 줘, 제인."

"5실링도 안 돼요. 5페니도 안 되고요."

"돈을 잠깐 보여 주기만이라도 해요."

"안 돼요. 신용할 수 없어요."

"제인!"

"네?"

"나한테 한 가지만 약속해 줘."

"무엇이든지 약속해 드리겠어요. 제가 기꺼이 해 드릴 수 있는 일이라면요."

"광고를 내지 않을 것. 그리고 이 일자리 문제를 내게 맡겨 둘 것. 적당한 시기에 내가 구해 주겠소."

"이 댁에 신부가 새로 들어오시기 전에 아델러와 제가 무사히 이 댁에서 나갈 수 있게 해 주신다고 약속해 주신다면, 기꺼이 그렇게 하겠어요."

"좋아! 좋아! 내 확실히 약속하지. 그럼 내일 떠나겠소?"

"네, 일찍요."

"만찬 후에 객실로 내려오겠소?"

"안 내려가겠어요. 여행 준비를 해야 하니까요."

"그럼 우리는 잠시 동안의 작별 인사를 해야겠군."

"그렇군요."

"그런데 세상 사람들은 작별의 격식을 어떻게 차리는지 가르쳐 주겠소, 제인? 난 전혀 모르겠는데."

"안녕…… 하든지, 멋대로들 하죠."

"그럼 어디 해 봐요."

"안녕히 계세요, 로체스터 님. 당분간."

"나는 어떻게 해야지?"

"마찬가지죠."

"안녕히 가세요, 미스 에어. 당분간. 됐나?"

"네."

"거, 내 생각엔 너무 야박하군. 거기다 멋없고 친절미도 없고. 좀 다르게 했으면 좋겠는데. 이 격식에 좀 덧붙여서 말이야. 예를 들어 악수를 한다면……. 아니야, 그것도 신통치 않아. 그래 '안녕' 하는 인사밖에는 더 해 줄 수 없소, 제인?"

"그거면 충분해요. 진정에서 나오는 한마디라면 수천 마디의 말에 담을 수 있는 것과 똑같은 호의를 담을 수 있어요."

"그것도 그럴 법하군. 그러나 너무 공허하고 너무 썰렁해…… 안녕이라니."

'도대체 이분은 언제까지나 이렇게 문에 기대어 서 있을 참인가?' 나는 마음속으로 생각했다. '어서 짐을 꾸리기 시작하고 싶은데.' 만찬 시간을 알리는 종이 울렸다. 그러사 놀연히 그는 사라졌다. 말 한마디 더 하지 않고. 그 후로 나는 그날 종일 그를 보지 못했다. 그리고 이튿날은 그가 일어나기 전에 떠나와 버리고 말았다.

5월 1일 오후 다섯 시경 나는 게이츠헤드 저택의 문지기 집에 도착했다. 나는 저택 안으로 들어가기 전에 먼저 거기를 들러 본 것이었다. 그곳은 아주 깨끗하고 산뜻했다. 장식용 창엔 조그마한 하얀 커튼이 늘어져 있었고 바닥은 얼룩 한 점 없이 깨끗했다. 난로의 쇠살대와 연장들은 번쩍번쩍하게 닦여 있었고 불은 활활 타고 있었다. 베시는 난로 앞에 앉아서 갓난아이에게 젖을 먹이고 있었고, 로버트와 그의 누이는 한구석에서 조용히 놀고 있었다.

"어머나, 오셨군요. 내 꼭 오실 줄 알았다니까!" 내가 들어서자 리븐 부인이 소리쳤다.

"왔어요, 베시." 나는 그녀와 키스를 하고 나서 말했다. "너무 늦지는 않았는지. 리드 부인은 어떠셔요? 아직은 아무 일 없겠지, 설마?"

"네. 아무 일 없으셔요. 정신이 더 똑똑하고 마음이 가라앉으셨는걸요. 의사 선생님 말씀에는 아직 일이 주 동안은 견디실 거래요. 하지만 다시 회복한다는 건 생각할 수 없는 일이라는군요."

"최근에도 내 이야기를 뭐라고 하시던가요?"

"오늘은 아침에만 말씀하시더군요. 아가씨께서 오셨으면 하고요. 그러나 지금은, 아니 십 분 전쯤 제가 올라가 뵈었을 때는 주무시고 계셨어요. 보통 오후에는 줄곧 혼수상태에 빠져 누워 계셔요. 그러다가 여섯 시나 일곱 시쯤 되어야 깨어나시죠. 여기서 그냥 한 시간쯤 쉬시죠, 아가씨. 그러고 나서 제가 모시고 올라갈게요."

이때 로버트가 들어왔다. 그래 베시는 잠든 어린애를 요람에 눕혀 놓고 그를 맞았다. 그러고 나서 그녀는 내 얼굴이 창백하고 피곤해 보인다며 모자를 벗고 차를 마시라고 자꾸만 권했다. 나는 즐거이 그녀의 친절을 받아들였다. 그리고 내가 어렸을 때 그녀에게 옷을 벗기게 했을 때처럼 순순히 내 여장을 벗기도록 그녀에게 맡겨 두었던 것이다.

베시가 분주히 돌아다니는 것을 보고 있으려니까 지난날의 일들이 알알이 내 머릿속에 되살아났다. 그녀는 제일 좋은 사기 찻잔을 차 쟁반에 얹어 내오고, 빵을 썰어 버터를 바르고, 차와 함께 먹을 케이크를 굽고, 그러는 틈틈이 또 어린 로버트와 제인을 옛날에 나에게 그랬듯이 가볍게 두드리기도 하고 어르기도 하고 있었다. 베시는 가벼운 걸음걸이나 예쁜 얼굴하며, 그 좀 급한 성깔까지도 옛날 그대로 간직하고 있었다.

차가 준비되자 나는 탁자 있는 데로 가려고 했다. 그러나 그녀는 옛날 그대로의 단호한 어조로 그대로 앉아 있으라고 했다. 나는 난롯가에 앉은 채 차 대접을 받아야 한다는 것이었다. 그리고 그녀는 지난날에 어린이방 의자 위에서 몰래 훔쳐 온 맛있는 것을 나에게 먹여 주던 것과 똑같은 식으로, 찻잔과 토스트 접시를 얹은 동그란 작은 탁자를 들어다 내 앞에 갖다 놓는 것이었다. 나는 미소 지었다. 그리고 옛날처럼 그녀에게 복종했다

그녀는 손필드에서 내가 행복한지 어떤지, 또 안주인은 어떤 종류의 사람인지를 알고 싶어 했다. 그래 내가 거기엔 안주인은 없고 바깥주인만 있다고 대답하자, 그분은 훌륭한 신사

분인가 내가 그분을 좋아하는가를 물었다. 나는 그분은 오히려 추남 축에 들지만 아주 점잖은 분이며 내게는 친절히 대해 주고 나는 또 거기에 만족하고 있다고 말해 주었다. 그러고 나서 내가 계속해서 최근에 그 저택에 체류하고 있는 화려한 손님들에 관해 자세히 이야기를 해 주니까, 베시는 자질구레한 그 이야기를 재미있게 들었다. 그런 종류의 이야기야말로 그녀가 정말로 좋아하는 이야기였던 것이다.

그런 이야기를 하는 동안에 한 시간이 지났다. 베시는 다시 나에게 모자를 씌워 주고 옷을 입혀 주었다. 그리고 나는 그녀와 함께 저택을 향하여 그 문지기 집을 나섰다. 거의 구 년 전 바로 그 길을 걸어 내려오던 때도 역시 그녀와 함께였다. 날도 채 밝지 않은 안개 끼고 쌀쌀한 정월의 어느 날 아침, 나는 절망적이며 분노에 찬 가슴을 안고, 법률의 돌림을 받고 신의 버림까지 받은 심정으로 여태껏 듣도 보도 못한 아득히 먼 로우드의 싸늘한 피난처를 찾아 적(敵)의 지붕 밑을 떠나갔던 것이다. 바로 그날의 그 적의 지붕이 눈앞에 다시 나타난 것이었다. 그런데 내 전도는 아직도 암담했고 내 가슴속은 아직도 쓰라렸다. 나는 아직도 나 자신이 지구 표면을 방황하는 나그네로 생각되었다. 그러나 나는 나 자신이나 자신의 능력에 대해 전보다는 더 굳은 자신감을 가질 수 있었고, 내게 가해지는 압력에 대한 두려움도 덜 느끼게 되었다. 또 나의 자질구레한 잘못으로 생겨나서 크게 입을 벌렸던 상처도 아물어 버리고, 가슴속에 타오르던 분노의 불길도 꺼져 있었다.

"먼저 조반 식당으로 들어가세요." 앞장을 선 홀을 지나면서 베시가 말했다. "거기 아가씨들이 계실 거예요."

다음 순간 나는 그 방 안에 들어가 있었다. 거기엔 내가 처음으로 브로클허스트 씨에게 소개되었던 아침에 있었던 것과 똑같은 가구류가 그때 그대로 놓여 있었다. 그가 서 있던 난로 앞의 깔개는 아직도 난로 앞에 깔려 있었다. 책장을 한번 훑어보자 비윅의 『영국 조류사』 두 권이 셋째 번 선반 위 그전 그 자리에 꽂혀 있는 것을 알아볼 수 있었고 『걸리버 여행기』와 『아라비안나이트』가 바로 그 윗단에 나란히 꽂혀 있었다. 무생물은 변함이 없었다. 그러나 살아 있는 사람들은 알아볼 수 없을 만큼 변해 있었다.

젊은 숙녀 두 사람이 내 앞에 나타났다. 한 사람은 아주 키가 커서 거의 잉그램 양과 비슷했다. 또 몹시 말라 있었다. 얼굴은 혈색이 좋지 않았고 태도는 엄격했다. 그 표정엔 어딘가 금욕 생활을 하는 사람의 냄새 같은 것이 풍겼는데 그러한 느낌은 스커트 자락이 쪽 곧게 늘어진 검은 나사의 드레스, 풀을 먹인 리넨 칼라, 이마에서부터 똑바로 빗어 넘긴 머리, 수녀의 것과 같은 흑단의 구슬과 십자가, 이런 것이 보여 주는 극단적인 간소함으로 하여 더욱 심했다. 그 기다래지고 혈색 나쁜 용모에서 옛날의 모습을 찾아보기는 힘들었지만 나는 바로 이것이 일라이자라는 것을 알아차렸다.

또 한 사람은 틀림없이 조지아나였다. 그러나 내가 기어히고 있는 조지아나, 날씬하고 요정처럼 예쁜 열한 살 먹은 소녀는 아니었다. 그것은 납 인형처럼 곱고 활짝 핀 포동포동한 처녀였다. 아름답고 정상적인 이목구비를 갖추고, 맥없어 보이는 푸른 눈과 노란 고수머리를 하고 있었다. 그녀의 옷 색깔은 역시 검정이었다. 그러나 모양은 전혀 달라 아주 유동적이고 몸에 어울려 일라이자 것이 청교도의 냄새를 풍긴다면 이것은 유행의 냄새를 풍기는 것이다.

두 자매가 다 모친의 모습을 닮은 점이 있었다. 그것은 단한 가지씩뿐이었다. 야위고 혈색 나쁜 언니는 자기 어머니의 흑수정 같은 눈을 가지고 있었다. 꽃처럼 피어나는 화사한 동생은 턱과 턱끝을 이루는 선이 모친의 것이었다. 모친의 것보다는 약간 부드러워진 것 같지만 그래도 그것이 그녀의 얼굴에 무어라 형언할 수 없는 딱딱함을 주고 있었다. 턱의 선이 그렇지만 않았던들 요염하고 풍만한 미인이었을 것이었다.

내가 걸어 들어가자 두 숙녀는 나를 맞기 위해서 자리에서 일어났다. 그리고 두 사람이 다 나를 "에어 양."이라고 부르며 말을 걸었다. 일라이자는 웃지도 않고 짧고 무뚝뚝한 목소리로 인사를 했다. 그리고 나선 금방 도로 자리에 앉아 난롯불을 쳐다보는 게 나를 잊어버린 것 같아 보였다. 조지아나는 "안녕?" 하는 말 다음에는 거기까지 간 내 여행길이니 날씨니 하는 것에 대해 몇 마디 인사말을 느릿느릿한 말투로 더 지껄였다. 그러면서 곁눈질로 다색 메리노직(織)의 내 외투의 주름을 훑어보았다간 금방 또 장식이 단순한 내 코티지 보닛 모자에 시선을 멈추었다 하면서 나를 머리에서 발끝까지 재어 보고 있는 것이었다. 젊은 여자란 말을 않고도 자기가 상대방을 '별난 사람'으로 생각한다는 것을 알려 주는 특별한 방법을 알고 있는 법이다. 어떤 종류의 오만한 표정, 쌀쌀한 태도, 냉담한 말씨, 이런 것들로써 말이나 행동에 직접 노출시키지 않고도 그러한 마음속의 감정을 상대방에게 충분히 전달해 주는 것이다.

그러나 겉으로 드러내는 것이건 속으로 감추는 것이건, 비웃음은 이미 내게 대하여 옛날에 가지고 있던 그 위력을 잃고 있었다. 나는 두 사촌 사이에 앉아 있으면서 한 사람한테서는 완전히 무시를 당하고 다른 한 사람한테서는 반 야유조의 시선을 받아도 아무렇지도 않은 자신을 발견하곤 놀랐다. 일라이자도 나를 분겨게 하진 않았고 조지아나도 나를 당황케 하지는 않았다. 사실을 말하자면 나에겐 생각할 것이 따로 있었던 것이다. 지난 몇 달 동안 내 마음속에는 그들로서는 도저히 가져 볼 수가 없는 여러 감정이 강하게 격동해 왔기 때문에 (그것은 그들의 힘으로는 도저히 내게 줄 수 없는 예리하고 정묘한 고통과 환희들이었기 때문에) 그들의 태도는 좋건 싫건 간에 나에게는 관심거리가 되질 못했다.

"리드 부인께서는 어떠세요, 좀?" 내가 조용히 조지아나를 쳐다보며 물었다. 내가 그렇게 곧장 말을 건넨 것이 그녀에겐 예기치 못했던 당돌함이라고 생각되었는지, 그녀는 그러한 나의 언행을 얕잡아 뭉개는 것이 좋겠다고 생각한 모양이었다.

"리드 부인이라니? 흠, 엄마 말이로군. 엄마는 아주 쇠약해지셨어. 그래 오늘 밤은 아마 만나 뵐 수 없을건."

"이 층에 올라가서 내가 왔다고 전해 주면 고맙겠는데요."

조지아나는 놀라 자빠질 지경이었다. 그녀는 그 후론 눈을 사납게 그리고 크게 떴다.

"특별히 나를 만나고 싶어 하시는 것을 내가 아는데." 내가 덧붙여 말했다. "내가 가는 것을 필요 이상으로 지체할 수 없군요."

"엄마는 저녁때 귀찮게 해 드리는 걸 싫어하시는데." 일라이 자가 말했다.

나는 곧 자리에서 일어나서 그러라는 인사말도 없었지만 조용히 모자와 장갑을 벗었다. 그리고 지금 베시가 부엌에 있을 텐데, 가서 오늘 밤 리드 부인이 나를 만나 보실 수 있을지 어떨지 알아보도록 하겠다고 그들에게 말했다. 나는 들어갔다. 그리고 베시를 만나 내 심부름을 시키고 나서 한 걸음 더 나아가 조치를 취하기로 했다. 오만(傲慢) 앞에서 움츠러드는 것이 여태까지의 내 습성이었다. 일 년 전에 오늘같이 취급을 당했다면 나는 당장 이튿날 아침에 게이츠헤드를 떠나 버리기로 작정했을 것이었다. 그러나 이젠 그런 짓을 하는 것은 어리석은 생각이라는 것을 알았다. 나는 나의 외숙모를 만나기 위해 100마일을 여행해 온 것이었다. 그러므로 외숙모의 병이 차도가 있거나 혹은 돌아가시기까지는 나는 그 곁에 있어야만 한다. 딸들의 거만하고 어리석은 행위는 못 본 체 치워 두고 아무 구애도 받지 말아야 한다. 그래 나는 가정부를 만나 가지고 방을 하나 정해 안내해 달라고 하고, 앞으로 일이 주일간을 내가 손님으로서 묵게 된다는 이야기를 하고, 내 트렁크를 방으로 갖다 달래 가지고 나도 뒤를 따라 방으로 들어갔다. 층계 위에서 나는 베시를 만났다.

"마님께서 깨셨어요." 그녀가 말했다. "아가씨께서 오셨다고 말씀드렸어요. 아가씨를 알아보시려나 같이 가 보십시다."

지난날 내가 매를 맞거나 꾸지람을 듣기 위해 그렇게 자주 불려다녔던 방엘 가는데 남의 안내를 받을 필요는 없었다. 나는 베시의 앞장을 서서 바삐 걸어갔다. 살며시 문을 열었다. 날이 어두워 오고 있었으므로 탁자 위에는 갓을 씌운 등불이 세워져 있었다. 옛날과 마찬가지로 기둥 네 개가 세워지고 호박색 발이 늘어져 있는 커다란 침대가 있었다. 화장대가 있었고 팔걸이의자가 있었고 발판도 있었다. 나는 내가 저지르지도 않은 잘못에 대하여 용서를 빌기 위해 셀 수도 없을 만큼 여러 번 거기 무릎 꿇으라는 명을 받았다. 나는 가까운 한구석을, 혹시 그 무섭던 회초리의 모습이 눈에 띄지나 않을까 생각하면서 들여다보았다. 그 회초리는 거기 잠복해 가지고 기다리고 있다간 꼬마 도깨비처럼 뛰어나와 떨리는 내 손바닥이나 옴츠러드는 내 목을 후려치곤 했던 것이다. 나는 침대로 다가갔다. 커튼을 열고 높이 쌓인 베개 더미 위로 몸을 구부렸다. 나는 리드 부인의 얼굴을 똑똑히 기억하고 있었다. 그래 나는 열심히 그 낯익은 모습을 찾아보았다. 시간의 흐름이 복수하려는 열망을 누그러뜨려 주고 분노와 증오를 달래어 준다는 것은 다행스러운 일이다. 나는 고통과 증오에 사로잡혀 가지고 이 여인의 곁을 떠났더랬다. 그런데 이제 나는 그녀가 당하고 있는 커다란 고난에 대한 일종의 연민이 정밖에는 아무 딴마음 없이 그녀에게로 돌아왔다. 그리고 내 마음속에는 그녀의 모든 잘못을 잊어버리고 용서하고, 다시 화해를 하고 서로 정답게 손을 잡고 싶다는 간절한 소망 이외에는 아무것도 없는 것이다.

내가 잘 알고 있는 얼굴이 거기 있었다. 옛날과 다름없이 엄격하고 무자비한 얼굴, 아무것으로도 부드럽게 녹일 수 없는 그 특이한 눈이 거기 있었다. 그리고 약간 치켜 올라간 거만하고 포악스러운 눈썹이 있었다. 몇 번이나 그 눈썹은 나에게 위협과 증오를 내리쏟았던가! 그리고 이제 그 얼굴의 거칠어진 선을 더듬어 나감에 따라 어린 시절의 두려움과 슬픔이 얼마나 생생히 되살아났던가! 그러나 나는 그 위로 몸을 구부렸다. 그리고 그녀에게 입 맞추었다. 그녀가 나를 쳐다보았다.

"제인 에어냐?" 그녀가 말했다.

"네, 리드 아주머니. 좀 어떠세요, 아주머니?"

나는 다시는 그 여자를 아주머니라고 부르지 않기로 맹세를 했더랬다. 그러나 이제 나는 그 맹세를 잊고 깨뜨리는 것을 잘못이라고 생각지 않았다. 내 손가락은 홑이불 밖으로 빠져나온 그녀의 손을 붙잡고 있었다. 그때 그녀가 내 손을 마주 꼭 쥐어 주기만 했던들 나는 진실한 환희를 느꼈을 것이다. 그러나 감정이 움직여지지 않는 성품이란 그렇게 쉽사리 부드러워지는 것이 아니고, 성품 속에 뿌리박은 적의란 그렇게 금방 뿌리 뽑혀지는 것이 아니었다. 리드 부인은 금방 자기 손을 빼어 가 버리고 약간 외면까지 하면서 밤 날씨가 포근하다는 이야기를 했다. 다시금 그녀가 나를 그렇게 얼음처럼 차갑게 대했을 때 나는 나에 대한 그녀의 생각, 나에 대한 그녀의 감정이 조금도 변하지 않았을 뿐 아니라 변할 수도 없다는 것을 느꼈다. 나는 그녀의 돌처럼 굳어 있는 눈, 유순함과는 통할 수가 없고 눈물과는 인연이 없는 그 눈을 보고 그녀가 마지막까지 나를 나쁘게 생각하려고 마음먹었음을 알았다. 나를 좋은 사람으로 생각한다는 것은 그녀에게 알찬 기쁨을 주는 것이 아니라 울분만을 줄 것이기 때문에 나는 아픔을 느꼈다. 그리고 다음엔 분노를 느꼈다. 그러고 나서 나는 그녀를 정복코자 하는, 그녀의 성품이나 의지를 꺾어 누르고 그녀의 정복자가 되고 싶은 결의가 생겨남을 느꼈다. 마치 어릴 때처럼 눈물이 괴어올랐다.

나는 눈물에게 명령을 내려 그 근원으로 되돌려 보냈다. 나는 침대 머리 맡에 의자를 하나 갖다 놓았다. 나는 앉았다. 그리고 베개 위쪽으로 몸을 구부렸다.

"저를 부르러 사람을 보내셨죠?" 내가 말했다. "그래 여기와 있어요. 그리고 아주머니께서 병이 나으실 때까지 여기 머물러 있겠어요."

"아무렴, 그래야지. 내 딸들을 만나 보았겠지?"

"네."

"그럼 내가 마음먹고 있던 것을 네게 이야기할 수 있을 때까지 네가 여기 머물러 있기를 내가 원한다고 말 좀 해 주렴. 오늘 밤은 너무 늦었어. 그런 데다 그게 잘 생각이 나지 않는구나. 하지만 내가 꼭 네게 이야기하려던 게 있어. 가만있자⋯⋯."

허둥대는 뉴추리와 전혀 달라진 말투는 한때 건강했던 그 체력에 얼마나 심한 붕괴가 일어나고 있는가를 말해 주고 있었다. 그녀는 가만히 누워 있지 못하고 몸을 뒤치며 이불을 휘감았다. 그때 이불 한 귀에 괴고 있던 내 팔꿈치가 이불자락을 당기게 했다. 그녀는 금방 벌컥 화를 냈다.

"일어나!" 그녀가 말했다. "내 이불자락을 눌러서 날 못살게 굴지 말란 말이야. 네가 제인 에어냐?"

"네, 제인 에어예요."

"그 애 때문에 남들은 믿을 수 없을 만큼 난 속을 썩였지. 그런 골칫덩어리가 내게 맡겨지다니. 매일 매시간, 어떻게 돼먹은 건지 알 수도 없는 성미를 가지고 나를 못살게 굴고 발끈 성을 잘 내는 데다, 항상 괴망스럽게 남들이 하는 거동을 바라보고 있어 가지고 내 속을 썩인 거라니! 그 앤 언젠가 마치 미친년 아니면 악마가 된 것처럼 내게 조잘댔다. 세상 어떤 아이도 그 애처럼 주둥이를 놀리고 그 애 같은 표정을 지을 수 없어. 나는 그 앨 집에서 쫓아낸 게 기뻤다. 로우드에서는 그 애한테 어떻게들 했을까? 거기에서 열병이 발생해서 많은 학생들이 죽었어. 그런데 그 애는 죽지도 않았다. 그러나 나는 그 애가 죽었다고 했다. 그 애가 죽었다면 얼마나 좋을까?"

"이상한 소망이시군요, 리드 부인. 왜 그렇게 그 애를 미워하시나요?"

"난 그 애 어머니가 항상 싫었어. 그 애 어머니는 내 남편의 하나밖에 없는 여동생인 데다가 아주 귀염을 받았거든. 그 여자가 신분이 낮은 남자와 결혼을 하여 온 집안이 다 그 여자와 절연을 하겠다고 했을 때에도 그이는 반대를 했지. 그리고 그 여자가 죽었다는 소식이 왔을 때에는 바보처럼 울어 댔어. 어린 걸 또 데려오겠다고 하더군. 난 유모한테 주어 차라리 양육비를 대 주자고 간청을 했지만. 난 그 어린것을 보자마자 첫눈에 미워져 버렸어. 찡찡 울어 대고 보채기만 하는 고것이. 요람 속에 눕혀 놓으면 밤새 울었지. 그런데 그게 다른 애들처럼 소리 내서 울어 대는 것도 아니고 쿨쩍거리고 낑낑거리는 거란 말이야. 남편은 그걸 가엾어하고 친자식처럼 먹이고 돌봐 줬지. 그 나이 때의 자기 친자식에게 한 것보다도 더 지성으로 말이야. 그이는 또 우리 애들과 그 거지 아이가 친근하게 놀도록 하려고도 했지. 하지만 우리 귀여운 꼬마들이 어떻게 그 짓을 하겠어. 그래 그 애들이 싫어하는 걸 보고는 막 성을 내더군. 그이는 죽음을 앞둔 마지막 병석에 누웠을 때도 그걸 항시 곁에다 데려다 놓고 있었지. 그리고 죽기 한 시간 전엔 그 애를 돌봐 준다는 맹세를 억지로 나한테 시켜 나를 묶어 놓아 버렸단 말이야. 차라리 양육원에서 가난뱅이의 자식을 맡아다 기르는 편이 낫지. 남편은 마음이 약했어. 천성이 약했어. 존은 저의 아버지를 안 닮았어. 나는 그게 기뻐. 존은 나를 닮고 제 외삼촌들을 닮았거든. 그 애는 아주 깁슨 집안 사람이야. 아아, 제발 돈을 달라는 편지로 나를 괴롭히지만 말아 주었으면! 이젠 그 애한테 줄 돈이 없어. 살림살이가 자꾸 기울어지고 있단 말이야. 이젠 하인들도 반쯤은 내보내고 집도 일부는 폐쇄해 버려야겠는걸. 그러지 않으면 세를 놓든지. 그것도 못 할 일이야. 하지만 그렇게라도 하지 않고야 어떻게 살아가담? 수입의 3분의 2는 저당의 이자른 치러야지. 존은 함부로 놀음을 해서 잃기만 하지. 딱한 자식. 그 애는 사기꾼한테 넘어갔어. 존은 몰락하고 타락해 버렸어. 이젠 그 모습도 무서워졌어. 그 애를 보기만 하면 내가 부끄러워져.”

그녀는 점점 더 흥분했다.

"아무래도 내가 없는 게 낫겠어." 나는 침대 맞은편에 서 있던 베시에게 말했다.

"그럴 것 같아요, 아가씨. 하지만 으레 밤이 되면 이런 이야기를 하시는걸요. 아침이 되면 조용해지신답니다."

나는 일어섰다.

"가만있어!" 리드 부인이 소리쳤다. "이야기할 것이 또 하나 있어. 그 애는 날 위협해. 제가 죽거나 날 죽이거나 한다고 항시 위협하고 있단 말이야. 그리고 난 때때로 그 애가 목에 커다란 상처가 나 가지고, 그렇지 않으면 퉁퉁 부어 있거나 시커멓게 멍든 얼굴로 죽어 있는 꿈을 꾸어. 참 야단났어. 걱정이 태산 같아. 어떻게 하면 좋을까? 어떻게 하면 돈을 구하지?"

베시는 억지로 그녀를 구슬려 진정제를 먹이려 애쓰고 있었다. 그리고 가까스로 약을 먹였다. 얼마 안 있어 리드 부인은 안정이 되면서 꾸벅꾸벅 졸기 시작했다. 그제야 나는 그녀의 곁을 떠났다.

내가 다시 한번 그녀와 이야기를 나눌 수 있었던 건 그로부터 십여 일이 지난 후였다. 그녀는 계속 혼수상태에 빠져 있었고 의사는 그녀에게 고통을 주는 일체의 자극을 금했다. 그동안 나는 될 수 있는 대로 조지아나나 일라이자와 어울리며 지냈다. 그들은 처음엔 정말로 쌀쌀했다. 일라이자는 하루하루의 반을 바느질, 독서, 편지 쓰기 등을 하며 지내면서도 나나 제 동생에게 거의 한마디도 말을 하지 않았다. 조지아나는 카나리아에게는 한 시간이 멀다고 쓸데없는 소리를 지껄이면서도 나는 거들떠 보지도 않았다. 그러나 나는 할 일이 없다거나 심심해 못 견뎌 곤경에 빠져 있는 모양은 보이지 않기로 결심했다. 나는 그림 도구를 가지고 온 것이었다. 그게 나의 일거리가 되어 주고 즐거움이 되어 주었다.

연필통과 몇 장의 종이를 가지고 나는 으레 그들로부터 떨어진 창가에 자리를 잡고 앉았다. 그리고 변화무궁한 내 상상 세계의 만화경 속에 잠깐씩 펼쳐지는 풍경들을 비네트 화풍으로 스케치하는 데 골몰했다. 예를 들면 두 개의 바위 사이로 보이는 바다, 수평선에 막 떠오르는 달과 그 달 속으로 지나가는 배, 우거진 갈대와 창포, 연꽃 관을 쓰고 연꽃 속에서 솟아오르는 물의 요정의 머리 그리고 아가위나무 꽃으로 만든 화환 아래 바위종다리 둥주리에 앉아 있는 꼬마 요정 등.

어느 날 아침 나는 우연히 얼굴을 하나 그렸다. 그게 어떤 얼굴이 되어 갈지 나는 알지도 못했고 생각도 안 했다. 나는 검은 연필 하나를 집어 끝을 뭉툭하게 해 가지고 쓱쓱 그려 나갔다. 먼저 종이 위에 널따랗고 툭 튀어나온 이마를 그리고 다음엔 네모난 얼굴의 윤곽을 그렸다. 그 윤곽이 나를 기쁘게 해 주었다. 내 손가락은 열심히 이목구비를 그려 나갔다. 그런 이마 아래라면 진하고 수평으로 쪽 곧은 눈썹을 그려야 한다. 다음엔 콧날이 쪽 곧고 콧구멍이 큰 잘생긴 코가 와야 하고. 다음에 결코 작지 않으면서 나북나북 자유로이 움직일 수 있어 보이는 입. 다음엔 중간쯤에서 분명하게 홈이 패어 내려간 단단해 보이는 턱. 물론 검은 구레나룻이 나 있어야 한다. 그리고 흑옥색 머리가 관자놀이 근처에서는 헝클어지고 이마에

서는 물결치고 있어야 한다. 인젠 눈이다. 가장 공들여 그려야
할 부분이기 때문에 눈을 최후로 미루어 놓았다. 나는 두 눈
을 큼직하게 그렸다. 모양이 보기 좋게 됐다. 속눈썹은 길고 검
게, 눈동자는 광채 나고 크게 했다. '됐어! 하지만 아직 모자
라.' 나는 전체의 효과를 어림해 보고 생각했다. '강력한 힘과
정신이 들어 있질 않아.' 나는 밝은 부분이 더욱 두드러지게
빛나 보이도록 그늘을 더 검게 칠했다. 몇 번의 가필로 내 뜻
은 이루어졌다. 그러고 보니 거기 내 눈앞에 내 친구의 얼굴이
있었다. 그런데 내 뒤에서 젊은 여자 둘이 내게 등을 돌려 대
고 있는 것쯤 대수로울 게 뭐냐? 나는 그림을 바라보았다. 나
는 여실히 닮아 있는 그 얼굴을 보고 미소 지었다. 나는 완전
히 거기 마음을 빼앗겼다. 그리고 만족했다.

　"누구 아는 사람의 초상화야?" 어느 사이엔가 곁에 와 있
던 일라이자가 물었다. 나는 그저 상상으로 그려 본 얼굴이라
고 대답하곤 얼른 그림을 다른 종이 사이에 감춰 버렸다. 물
론 나는 거짓말을 했다. 사실은 로체스터 씨를 아주 꼭 닮게
그린 그림이었던 것이다. 그러나 그녀거나 누구거나 간에 나
이외의 사람에게 무슨 상관이 있단 말인가? 조지아나 역시 그
림을 보려고 내게로 왔다. 다른 그림들은 그녀의 마음에 들었
다. 그러나 그 그림을 보고는 '추남'이라고 했다. 그들은 둘 다
내 그림 솜씨에 놀란 모양이었다. 나는 그들의 초상화를 그려
주겠다고 제의했다. 그래 그들은 차례로 앉아서 내가 연필로
스케치를 하도록 했다. 그러고 나서 조지아나는 자기의 화집
을 내게 보여 주었다. 나는 수채화를 그려 주겠다고 약속했다.

이 말을 듣고 그녀는 금방 기분이 좋아졌다. 그녀는 정원을 같이 산보하자는 것이었다. 밖으로 나간 우리는 두 시간도 채 되지 않아 속마음을 털어놓고 이야기를 나누게 되었다. 그녀는 자기가 이 년 전에 런던에 가서 지낸 멋진 겨울 이야기를 자세히 들려주었다. 거기서 그녀가 불질러 놓았던 남성들의 찬미, 그녀가 한 몸에 받았던 주목 등. 나는 그녀가 어떤 귀족의 사랑을 독차지한 사실까지도 짐작할 수 있었다. 오후가 지나고 밤이 되면서부터 그 짐작은 점점 확정적인 것으로 되어 갔다. 가지가지 달콤했던 대화가 내 귀에 전해지고 센티멘털한 장면들이 내 눈앞에 펼쳐졌다. 한마디로 말해 그날 하루는 그녀가 나를 위해 그 자리에서 써 주는 상류 사회를 그린 한 편의 장편소설이었다. 이야기는 매일같이 반복되었다. 화제는 늘 마찬가지, 자기 자신, 자기의 연애, 자기의 고뇌에 대한 것뿐이었다. 그녀가 자기 어머니의 병환이나 오빠의 죽음 또는 집안의 장래를 생각할 때 암담하기만 한 현재 상태 따위에 대해 한마디도 언급을 하지 않은 것은 기이한 일이었다. 그녀의 마음은 온통 흘러간 나날의 열락에만 취해 있고 장래의 쾌락을 열망하는 데에만 사로잡혀 있는 모양이었다. 그녀는 자기 어머니의 병실에 하루 오 분씩밖엔 더 있지를 않았다.

일라이자는 여전히 말수가 적었다. 그녀는 분명 이야기할 시간이 없는 것이었다. 나는 그녀처럼 바빠 보이는 사람을 여태껏 본 적이 없다. 그러나 그녀가 한 일이 뭔지, 아니 그보다도 그녀의 그 근면의 결과가 뭔지를 말하기는 어려운 일이다. 그녀는 아침에 일찍 일어나려고 자명종 시계를 가지고 있었다. 나는 그녀가 아침 식사 전에 뭘 하는지를 모른다. 그러나 식사 후에는 규칙적으로 시간을 할당해 짜 가지고 매시간 정해진 할 일이 있었다. 그녀는 하루 세 번씩 조그만 책 한 권을 가지고 공부를 했다. 그건 보아하니 영국 교회의 기도서였다. 언젠가 나는 그녀에게 그 책에서 어디가 제일 흥미를 끄느냐고 물어본 적이 있다. 그러니까 그녀는 전례 법규(典禮法規)라고 대답했다. 그녀는 또 하루 세 시간씩 융단만 한 크기의 진홍색 천의 가장자리를 금실로 감치는 일을 했다. 그걸로 뭘 할 거냐는 나의 물음에 그녀는 최근 게이츠헤드에 건립된 새 교회의 성단(聖壇)을 덮는 데 쓸 것이라고 가르쳐 주었다. 두 시간을 그녀는 일기를 쓰는 데 보냈다. 두 시간은 채마밭을 가꾸는 데 보내고 한 시간은 자기의 장부 정리를 하는 데 보냈다. 그녀에게는 친구도 필요 없고 대화도 필요 없는 모양이었다. 그러나 그 나름으로 그녀는 행복했으리라고 나는 믿는다. 이런 틀에 박힌 일과는 그녀에게 만족을 주었을 것이며 속상한 일이 있다면 그것은 그녀의 이 시계처럼 규칙적인 생활을 변경시켜야 할 사건이 생기는 것뿐이었을 것이다. 어느 날 저녁, 좀 이야기를 할 만큼 마음이 내켰던지 그녀는 나에게 이런 얘기를 했다. 즉 존의 비행이나 집안에 덮치고 있는 파멸의 위협이 자기의 깊은 고뇌의 원인이라는 것이었다. 그러나 인젠 마음을 정하고 아주 결심을 해 버렸다고. 자기의 재산은 자기가 안전하게 간직해 두었으니 어머니가 돌아가시면 (자기 어머니가 쾌유한다거나 더 이상 버텨 나간다는 것은 도저히 불가능한 일이라고 그녀는 태연히 말했다.) 자기는 오랫동안 계획

해 오던 일을 실천에 옮기겠다. 즉, 규칙적인 습관이 아무 방해도 받지 않고 영원히 보장되는 은신처를 찾아 들어가 천박한 세상과 자기 사이에 튼튼한 장벽을 쳐 버리겠다는 이야기였다. 나는 조지아나도 같이 가느냐고 물어보았다.

물론 아니었다. 조지아나와 그녀 사이엔 아무 공통점도 없고 또 애당초에 없었던 것이다. 그녀는 천만금을 준다 하더라도 조지아나와 함께 있어 가지고 속을 썩이고 싶지 않다고 했다. 조지아나는 그녀의 길을 갈 것이고 자기는 자기의 길을 간다는 것이었다.

조지아나는 자기 흉금을 내게 털어놓을 때 이외에는 대부분의 시간을 소파 위에 드러누워 집 안이 침울하다고 속을 태우거나 깁슨 숙모가 자기를 도시로 데려가주기를 거듭거듭 염원하면서 지냈다. "모든 일이 끝날 때까지 한두 달만이라도 집에서 좀 떠나 있을 수 있다면 얼마나 좋을까?" 하고 그녀는 말했다. 나는 그 "모든 일이 끝난다."라는 말이 무슨 뜻인지를 물어보지 않았다. 그러나 그게 자기 어머니의 죽음과 장례식에 뒤따르는 암울함을 가리키는 말일 것이라고 나는 짐작했다. 일라이자는 빈둥빈둥 투정만 하는 대상이 눈앞에 없기라도 하듯이 자기 동생의 게으름이나 불평은 아랑곳하지 않았다. 그러나 어느 날 그녀는 자기의 출납 장부를 덮어 놓고 자숫감을 펴 들면서 돌연히 다음과 같이 자기 동생한테 털어놓았다.

"조지아나, 너보다 더 허영심 많고 가소로운 동물은 지상에 허용되지 않았을 게다. 너는 태어날 권리를 가지고 있지 못해. 삶을 활용하지 않으니까 말이다. 분별 있는 존재라면 그래야 하듯이 너 자신을 위해, 네 안에서, 너 자신과 함께 사는 대신에, 너 자신의 유약함을 타인의 힘에 기대어 살려고 하고 있어. 너같이 살은 쩌 가지고 허약하고 허풍선이며 쓸모없는 인간을 맡아 줄 사람을 남자고 여자고 간에 찾아내지 못하면, 넌 억울한 대우를 받았다느니 무시당했다느니 불행하다느니 하며 울음을 터뜨린단 말이야. 또 네게 있어서 인생은 항상 계속되는 변화와 자극의 무대 같은 것이라야지, 그렇지 않으면 토굴처럼 생각될 테지. 너는 마땅히 찬탄의 대상이 되어야 하고 사랑을 받아야 하고 아첨하는 찬사를 들어야 하고, 또 음악이 있어야 하고 춤이 있어야 하고 상류 사회가 있어야 하고, 안 그러면 넌 맥을 못 추고 죽어 가는 거야. 넌 네 것이 아닌 남의 노력이나 남의 의지에 의존하지 않고 살아 나갈 방책을 연구해 낼 생각도 없니? 하루를 놓고 생각해 봐라. 그걸 여러 개로 쪼개는 거야. 그 나누어진 각 시간마다 할 일을 할당하는 거야. 십오 분이고 십 분이고 단 오 분이라도 일 없이 빈둥거릴 시간을 남겨 두어서는 안 돼. 모든 시간을 일하는 시간에 포함시켜야 돼. 그리고 하나하나의 일을 순서 있게 엄격히 규칙을 지키며 차례대로 해 보란 말이야. 그러면 날이 샜나 하면 벌써 해는 저물 거다. 그럼 넌 할 일 없는 심심한 시간을 보내기 위해 남의 도움이 필요 없으니 너는 아무에게도 빚을 지지 않을 것이고, 친구도 대화도 동정도 인내도 구할 필요가 없게 되는 거야. 그렇게 되면 결국 너는 하나의 독립된 인간답게 산 거야. 내 말대로 해라. 이건 처음이자 마지막 충고다. 그러면 너는 무슨 일이 일어나더라도 나뿐 아니라 아무의 도움이 없어도 해 나갈 수 있다. 내 말을 안 듣고 지금까지처럼 바라기만 하고 징징거리기만 하고 게으름만 피워 봐라. 아무리 나쁘고 견딜 수 없는 것이라 할지라도 넌 네 어리석은 소행의 결과로서 고통을 당해야 할 거다. 내 분명히 말해 둔다. 잘 들어라. 다시는 지금부터 하려는 말을 되풀이하지는 않겠지만 난 꼭 실행을 해 나갈 테니까 말이야. 어머니께서 돌아가시고 나면 나는 너와 손을 끊는다. 어머님의 관이 게이츠헤드 교회의 납골당으로 운반되는 그날부터 너와 나는 여태까지 서로 알지도 못했던 사람처럼 남남이 되어 버리는 거야. 그러니까 우리가 우연히 같은 부모의 혈육을 타고났다는 것으로 해서 그 미약한 인연 때문에 내가 눈곱만큼이라도 너로 인하여 마음을 쓰리라고 생각하지는 마라. 내 분명히 말해 두겠는데, 만약 이 지상의 온 인류가 싹 쓸려 없어지고 너하고 나, 둘만 남아 땅을 디디고 서 있게 된다 하더라도 나는 너를 낡은 세계에 남겨 두고 나만은 새 세계로 가겠단 말이다."

그녀는 입을 다물었다.

"수고스럽게 그렇게 긴 연설을 늘어놓지 않았어도 좋았을 텐데." 조지아나가 대답했다. "언니가 이 세상 누구보다도 이기적이고 몰인정한 사람이라는 건 세상이 다 알아. 그리고 나에 대한 언니의 그 앙심 깊은 증오는 나도 알고 있어. 그때 에드윈 뷔어 경의 일로 내게 쓴 술책이 바로 그 실례였으니까 언니는 내가 언니보다 신분이 높아지고 작위(爵位)를 갖게 된다든가 언니는 감히 얼굴도 내밀어 보지 못할 사교계 사람이 되는 것이 견딜 수가 없었던 거야. 그래서 언니는 스파이 노릇을 하고 밀고자가 되어 가지고 내 전도를 영 망쳐 놓고 만 거야."

조지아나는 손수건을 꺼내 가지고 그 후로 한 시간 동안이나 울면서 코를 풀어 댔다. 일라이자는 싸늘하게, 근접도 할수 없이 무감각한 태도로 앉아서 열심히 손을 놀리고 있었다.

진실하고 너그러운 감정이란 어떤 사람에게는 하찮게 생각된다. 그런데 여기 이 두 사람의 성질에는 그게 없기 때문에, 한 사람은 견딜 수 없을 만큼 혹독한 성질이고 한 사람은 멸시해도 좋을 만큼 멋없는 성질인 것이다. 판단이 결여된 감정이란 물을 섞은 약과 같다. 한편 감정에 의해 순화되지 않은 판단이란 너무 쓰고 껄껄하여 인간이 마셔 넘길 수가 없는 것이다.

비바람 치는 오후였다. 조지아나는 소설을 탐독하다가 소파 위에서 잠들어 버렸다. 일라이자는 새 교회에서 거행되는 성도제(聖徒祭) 예배에 참여하기 위해 교회에 가고 없었다. 종교상의 문제에 있어서 그녀는 완고한 형식 준봉자였기 때문에 어떠한 악천후라도 그녀가 신도의 의무라고 생각한 일을 꼬박꼬박 행해 나가는 것을 막을 수는 없었다. 날씨가 좋건 궂건 그녀는 일요일에는 세 번씩 교회엘 나갔고, 평일에도 기도식만 있다고 하면 나갔다.

나는 이 층에 올라가 빈사의 여인이 어떻게 되었나 들여다봐야겠다는 생각이 났다. 그녀는 거의 아무도 거들떠보지 않은 채 혼자 누워 있었던 것이다. 하인들이란 게 그저 생각나면 한 번씩 들여다볼 뿐이고, 고용된 간호부는 감독하는 사람이 없으니 멋대로 방에서 빠져나오곤 했다. 베시는 충실했다.

그러나 그녀에게는 돌봐야 할 그녀 자신의 가족이 있었다. 그래서 저택까지 자주 올라올 수가 없었다. 예상했던 대로 병실은 내팽개쳐 둔 채였다. 간호부는 없었다. 환자는 조용히 누워 있는데 혼수상태에 빠져 있는 것 같았다. 그녀의 납빛 얼굴은 베개 속에 묻혀 있었고 난롯불은 꺼져 가고 있었다. 나는 석탄을 다시 넣어 불을 살려 놓고 침구를 가지런히 매만져 놓았다. 그러고는 눈을 뜨고 나를 쳐다보지도 못하는 그녀를 한동안 주시하다가 창가로 걸어갔다.

빗줄기가 창틀을 휘때리고 바람은 미친 듯이 불고 있었다. '한 인간이 저기 누워 있다.' 나는 생각했다. '머지않아 이 지상의 비바람의 힘이 미치지 못하는 곳으로 가게 되겠지. 저 영혼은, 지금 그 육신을 하직하려고 몸부림치고 있는 저 영혼은 거기에서 풀려난다면 어디로 갈까?'

이 엄청난 신비를 생각하다가 나는 헬렌 번스를 생각했다. 그녀의 임종의 말, 육신을 떠난 영혼은 평등하다고 하는 그녀의 믿음을 생각해 냈다. 나는 마음속으로 잊을 길 없는 그녀의 말소리를 듣고 있었다. 평온한 죽음의 자리에 누워 하느님 아버지의 품 안으로 돌아가고 싶다는 자기의 소망을 속삭이던 때의 그 창백하면서도 신성한 용모, 메마른 얼굴과 숭고한 눈길을 아직도 마음속에 그리고 있었다. 그때 가냘픈 목소리가 내 뒤 침대 쪽에서 소곤거렸다. "누구지?"

벌써 여러 날 동안 리드 부인이 입을 열지 않은 것을 나는 알고 있었다. 병에 차도가 있는 건가? 나는 그녀에게로 다가갔다.

"저예요, 리드 아주머니."

"저라니, 누구야?" 하는 게 그녀의 대답이었다. "네가 누구냐?" 그녀는 의외라는 듯 일종의 경악의 표정으로 나를 쳐다보았다. 그러나 격렬한 표정은 아니었다.

"전혀 누군지 모를 사람이로군. 베시는 어디 있지?"

"문지기 집에 있어요, 아주머니."

"아주머니." 그녀는 내 말을 되뇌었다. "누가 날 아주머니라 부르지? 넌 깁슨가(家) 사람이 아닌데. 하지만 난 널 알아. 저 얼굴, 저 눈, 저 이마가 아주 낯익어. 넌, 그래, 넌 꼭 제인 에어를 닮았구나!"

나는 아무 말도 하지 않았다. 내가 누구인지를 밝힘으로써 또 그녀에게 무슨 충격을 주게 되지나 않을지 그게 두려웠던 것이다.

"하지만." 그녀가 말했다. "내가 잘못 보았을지도 모르지. 나는 내 생각을 믿을 수가 없어. 난 제인 에어를 만나고 싶어. 그래 닮지도 않았는데 닮은 것처럼 보이는 거야. 더구나 팔 년 동안에 그 애는 퍽 달라졌을 텐데."

이때 나는 부드러운 어조로 내가 바로 그녀가 만나려고 하고 또 나를 보고 닮았다고 한 바로 그 장본인이라는 것을 가르쳐 주었다. 그리고 그녀가 내 말을 알아듣고 그녀의 의식이 완전히 회복된 것을 확인하고 나서 베시가 자기 남편을 시켜 나를 손필드에서 데려오게 된 경위를 설명해 주었다.

"내 병이 매우 깊다." 얼마 안 있다 그녀가 말했다. "아까부터 좀 돌아눕고 싶지만 다리 하나 움직일 수가 없구나. 죽기 전에 마음이라도 좀 편안케 해야겠다. 건강했을 때에는 아무 렇지도 않던 일이 지금과 같은 이런 때에는 괴로움이로구나. 간호부가 와 있니? 아니면 방 안엔 너 혼자뿐이냐?"

나는 방 안에는 우리 두 사람뿐이라는 것을 다짐해 주었다.

"그럼 말하마. 나는 너에게 두 번 잘못을 저질렀다. 지금 와 서는 후회하고 있다만, 하나는 너를 내 친자식처럼 기르겠다 고 남편 앞에서 한 약속을 어긴 것이고, 또 하나는……" 그녀 는 말을 중단했다. "결국 별것도 아닐 텐데." 그녀는 혼잣말로 중얼거렸다. "나도 병이 나아질지도 모르는데 내가 너무 머리 를 숙이는 것은 괴로운 일이야."

그녀는 몸을 좀 돌려 보려고 애를 썼다. 그녀는 마음속으로 무엇인가를 느끼고 있는 것 같았다. 그것은 혹시 후회의 고통 의 전조였는지도 몰랐다.

"그래. 그걸 말해 버려야지. 영원의 세계가 눈앞에 다가왔는 걸. 저애한테 말을 해야 돼. 내 화장대에 가서 그걸 열고 거기 있는 편지를 가지고 오너라."

나는 그녀가 시키는 대로 했다. "그 편지를 읽어라." 그녀가 말했다. 짧은 편지였다. 그리고 그 내용은 이러했다.

죄송스러운 부탁이오나 소생의 질녀 제인 에어의 거처와 안 부를 알려 주시면 고맙겠습니다. 소생은 곧 그 애에게 편지를 하여 이곳 마데이라에 있는 저에게로 오게 하려고 합니다. 저 는 천운으로 웬만큼 재산을 모았습니다만 아직 미혼이라 자 식도 없기 때문에 제 생전에 그 애를 양녀로 삼고 죽은 후에는 전 재산을 그 애에게 물려주고자 하나이다.

존 에어, 마데이라에서

이 편지의 발신일은 삼 년 전이었다.

"어쩨 제가 이 이야기를 여태 못 들었을까요?" 내가 물었다.

"그건 내가 너를 아주 극도로 미워했기 때문이지. 그러니까 네가 잘되는 일에 조력을 안 했던 거야. 네가 내게 한 짓을 나는 잊을 수가 없었다. 제인, 언젠가 네가 내게 행패를 부린 일, 이 세상 누구보다도 나를 미워한다고 잘라 말하던 그 말투, 나를 생각하기만 해도 지긋지긋하다고 말하고, 내가 너를 말할 수 없이 가혹하게 다룬다고 하던 그 어린애답지 않던 목소리와 눈초리. 나는 네가 내게 대들어 네 본심으로 독설을 퍼부어 대던 때의 기분을 잊어버릴 수가 없었어. 난 무서웠다. 마치 내가 때려 주고 밀어붙인 짐승이 사람의 눈을 하고 노려보며 사람의 목소리로 나를 저주하는 것만 같았다. 나 물 좀 다오! 아! 빨리!"

"아주머니." 그녀에게 원하는 물을 갖다주고서 나는 말했다. "그런 일은 이젠 조금도 생각지 마시고, 마음속에서 아주 지워 버리세요. 제가 홧김에 한 말을 용서해 주세요. 그때 전 어린애였어요. 그날부터 벌써 팔구 년이 지나 버렸어요."

그녀는 내가 하는 말을 조금도 개의치 않았다. 물을 마시고 숨을 돌린 다음, 그녀는 계속해서 이렇게 말했다.

"난 그걸 잊을 수가 없었단 말이다. 그래 나는 앙갚음을 한 거다. 네가 네 숙부의 양녀가 되어 안락하고 평안하게 된다는 것은 나로서는 견딜 수 없는 일이었다. 나는 그분에게 이런 내용의 편지를 썼다. 실망을 시켜 드려 송구스러운 일이나 제인 에어는 죽었다고, 그 애는 로우드에서 발진 티푸스로 죽었다고 말이다. 이젠 네 마음대로 해라. 편지를 해서 내가 한 말은 거짓말이라고 해라. 지금 당장이라도 내 거짓말을 폭로해라. 아마 넌 나를 괴롭히기 위해서 태어났나 보다. 너 때문이 아니라면 내가 저지를 엄두도 내지 않았을 행동을 생각하며, 이 세상에서의 내 마지막 시간조차 이렇게 고통을 당하고 있으니 말이다."

"제발 제 말씀대로 더 이상 그 생각은 하지 말아 주신다면 아주머니, 그리고 용서와 호의로 저를 대해 주신다면……"

"넌 참 못된 성질을 가지고 있다." 그녀가 말했다. "그리고 오늘날까지도 내가 이해할 수가 없는 성질이야. 구 년 동안이나 아무리 마구 다루어도 말 한마디 없이 참고 견디던 아이가 어떻게 십 년째 되던 해에는 모든 분노를 다 폭발시켜 버렸는지, 난 알 수가 없구나."

"제 성질은 아주머니께서 생각하시는 것처럼 그렇게 못되지는 않아요. 성미가 급하기는 하지만, 꽁하고 앙심을 품지는 않아요. 어렸을 적에도, 아주머니께서 하게만 해 주신다면 아주머니를 사랑해 드리려고 한 적이 몇 번인지 몰라요. 그리고 지금도 저는 충심으로 아주머니와 화해를 하고 싶은 거예요. 아주머니, 키스해 주세요."

나는 나의 뺨을 그녀의 입으로 가져갔다. 그러나 그녀는 내 뺨을 건드리지도 않았다. 그녀는 내가 침대 위에 엎드렸으므로 내리눌려 무겁다고 했다. 그리고 물을 달라고 했다. 나는 그녀를 눕혀 놓고서(그녀가 물을 마시는 동안 내가 안아 일으켜 팔로 받쳐 주고 있었기 때문에) 그녀의 얼음처럼 차갑고 축축한 손에 내 손을 포갰다. 파리한 손가락들이 내 손이 닿는 것을 피해 빠져나갔다. 흐리멍덩한 눈은 내 시선을 피했다.

"저를 사랑하시든 미워하시든 마음대로 하세요." 마침내 내가 말했다. "전 아주머니를 완전히 용서해 드렸어요. 인젠 하느님의 용서를 빌고 마음 편해지셔요."

가련한, 고난의 여인! 이젠 습관적인 기분을 고치려 애쓰기엔 너무 늦어 버린 것이었다. 살아 있으면서, 그녀는 줄곧 나를 증오했다. 그리고 죽어 가면서도 그녀는 여전히 나를 증오하고 있음이 틀림없다.

그때 간호부가 들어왔다. 그리고 베시가 뒤따라 들어왔다. 나는 그래도 어떤 다정스러운 표시라도 보게 되지 않을까 하는 마음으로 반 시간쯤이나 더 그 방에서 머뭇거렸다. 그러나 그녀에게선 아무 반응도 없었다. 그녀는 갑자기 병세가 악화되어 혼수상태에 빠지고, 다시는 의식이 회복되지 않았다. 그날 밤 열두 시에 그녀는 죽었다. 나는 그녀의 임종에 참석하지 못했다. 두 딸들도 마찬가지였다. 이튿날 아침에야 그들은 모든 게 끝났다고 알려 주었다. 그때엔 벌써 그녀는 입관되어 있었다. 일라이자와 나는 그녀를 보러 갔다. 조지아나는 크게 소리 내어 울고 있었는데 갈 용기가 없다고 했다. 거기 일찍이 건강하고 활동적이던 세라 리드의 육신이 딱딱하게 굳어 꼼짝도 않은 채 뻗어 있었다. 부싯돌 같은 눈은 싸늘한 눈꺼풀로 덮여 있었다. 그녀의 이마와 강한 특징을 가진 얼굴은 냉혹한 그녀의 영혼의 흔적을 아직도 보여 주고 있었다. 그 시신은 나에게 기이하고도 엄숙한 물체였다. 나는 우울하고 고통스러운 마음으로 그 시신을 응시했다. 부드러움도 다정함도 연민도 희망도 안도도 그것은 느끼게 해 주질 않았다. 오로지 (나의 손실이 아니라) 그녀의 괴로움에 대한 불쾌한 고통과, 이런 꼴로 죽지나 않을까 하는 공포에서 생겨나는 우울하고 눈물도 안 나오는 당황뿐이었다.

일라이자는 태연하게 모친을 바라보고 있었다. 얼마 동안의 침묵 끝에 그녀가 말했다.

"어머니의 체질이면 오래오래 사실 수 있었을 텐데. 걱정 때문에 감수(減壽)하신 거야."

그러고 나서 그녀의 입은 잠깐 경련을 일으켰다. 경련이 가라앉자 그녀는 돌아서서 방을 나갔다. 나도 나왔다. 우리 둘 다 눈물 한 방울 흘리지 않았다.

(2권에 계속)

세계문학전집 **109**

제인 에어 1

1판 1쇄 펴냄 2004년 10월 30일
1판 56쇄 펴냄 2024년 5월 14일

지은이 샬럿 브론테
옮긴이 유종호
발행인 박근섭, 박상준
펴낸곳 (주)민음사

출판등록 1966. 5. 19. (제 16-490호)
서울특별시 강남구 도산대로1길 62(신사동) 강남출판문화센터 5층 (우편번호 06027)
대표전화 02-515-2000 팩시밀리 02-515-2007
www.minumsa.com

ISBN 978-89-374-6109-5 04800
ISBN 978-89-374-6000-5 (세트)

* 잘못 만들어진 책은 구입처에서 교환해 드립니다.

세계문학전집 목록

세계문학전집은 계속 간행됩니다.